AF301869

Sylvia Kaml wurde 1975 in Frankfurt am Main geboren und wuchs im hessischen Vogelsberg auf. Sie folgte ihrer Liebe zu Tieren und studierte Veterinärmedizin. Von 2004 bis 2008 lebte sie in den USA, heute mit Mann und zwei Töchtern im Ruhrgebiet und arbeitet in einer Kleintierpraxis in Düsseldorf. Ihre große Leidenschaft ist das Schreiben. Sie veröffentlichte einige gesellschaftskritische Zukunftsromane und Thriller in verschiedenen Verlagen sowie Kurzgeschichten in Anthologien.

Sylvia Kaml

Die Wogen des Schicksals

Die Preston-Saga

Erstausgabe Februar 2022

© 2022 dp Verlag, ein Imprint der dp DIGITAL PUBLISHERS GmbH

Made in Stuttgart with ♥
Alle Rechte vorbehalten

Die Wogen des Schicksals

ISBN 978-3-98637-229-3
E-Book-ISBN 978-3-98637-259-0

Covergestaltung: Grit Bomhauer
Umschlaggestaltung: ARTC.ore Design
Unter Verwendung von Abbildungen von
shutterstock.com: © Alvov, © KKulikov, © Simona Dibitonto,
© UA_pm, © U-Design, © faestock, © Artiste2d3d, © New Africa,
© nasidastudio
Lektorat: Birgit Förster
Satz: dp DIGITAL PUBLISHERS GmbH
Druck und Bindung: Books on Demand GmbH, Norderstedt

Prolog

Effie

Bath, England
Februar 1785

»Du hast dich verändert, Eliza. Wo ist die Frau, die sich immer gegen die Gesellschaft und ihre Normen auflehnte?« Effie stellte die Teetasse auf das verzierte Tischchen vor sich und hoffte, ihre Schwester deutete den vorwurfsvollen Ton korrekt.

Sie fühlte sich fehl am Platze in der Stadt, in diesem eleganten Herrenhaus. Allein das gute Kleid, das sie hier anziehen musste, trug einen großen Teil zu dem Unwohlsein bei. Die Rolle unter dem aufgeplusterten Rock behinderte bequemes Sitzen, und die eng geschnürte Taille drückte ihr die Luft ab, sodass sie trotz der Kühle des hohen Raumes ins Schwitzen geriet.

Eliza hingegen schien an dieser zwanghaften und unpraktischen Tradition mit aller Macht festhalten zu wollen.

»Ich bin erwachsen geworden«, erwiderte ihre Schwester kühl. Sie wirkte fremd auf Effie mit dem voluminösen Rock und der hochgestellten Frisur, die zu errichten gewiss Stunden in Anspruch nahm. »Außerdem war ich nie so extrem wie du.«

Effie lachte leise. »Nicht extrem? Du hattest immerhin ein uneheliches Verhältnis mit einem Freibeuter.«

Eliza riss erschreckt die Augen auf. »Psst, nicht so laut, Elfreda!«, zischte sie zwischen den Zähnen hervor. »Wenn uns jemand hört! Du weißt doch, wie geschwätzig das Dienstmädchen ist.« Sie wedelte sich mit der behandschuhten Hand Luft zu. »Abgesehen davon war er damals noch ein einfacher Seemann und wollte mich heiraten, nachdem ich schwanger wurde.«

»Und warum hast du es abgelehnt? Das werde ich nie verstehen können, er war ehrgeizig und ein Bild von einem Mann.« Effie presste die Lippen zusammen. Sie erinnerte sich noch heute an die Hitze in ihren Wangen, als sie Mr Farson zum ersten Mal sah. Die dunklen Haare, und darunter dieser Blick seiner blauen Augen, die an das Meer erinnerten. »Zudem hat er dich wirklich geliebt. Ihr beide saht immer sehr glücklich aus.« Sie verdrängte rasch die aufflammende Eifersucht.

»Ach, Effie, du und deine Schwärmereien.« Ihre Schwester winkte ab. »Ich war jung und dumm und beging mit dieser Affäre einen großen Fehler. Als ich ein Kind erwartete, wurde mir klar, dass Liebe allein in der heutigen Zeit nichts zählt. Was hätte aus mir werden sollen? Er war fast mittellos, noch dazu ständig auf See. Solch ein Leben konnte und wollte ich weder mir noch meiner Tochter zumuten.« Trotz des kühlen Tonfalls bildete Effie sich ein, ein leichtes Bedauern herauszuhören.

»Du hast Liliana doch immer nur als ein Klotz am Bein betrachtet.«

»Jetzt gehst du aber zu weit!« Eliza stellte mit einer Wucht die Teetasse auf den Tisch, dass es klirrte und braune Flüssigkeit auf den Unterteller schwappte. Ihre hellbraunen Augen wurden schmal.

Effie bedauerte die harten Worte, doch der eisige Stich der Eifersucht verwehte den Anflug von Mitleid. »Du hast einen Mann geheiratet, der von dir verlangte, dein Kind zu verleugnen.«

»Ich kann froh sein, dass er mich überhaupt genommen hat, nachdem er von meiner Vergangenheit erfahren hatte.« Eliza blickte sie mit erhobenem Kinn an. Ihre Stimme blieb jedoch gedämpft und der hastige Blick zur Tür zeigte, dass sie noch immer Lauscher fürchtete. »Was hätte aus mir werden sollen? Eine unverheiratete Frau mit Kind! Ich hätte mit Liliana in Schande gelebt. Wir wären Aussätzige gewesen ...«

Effie war noch immer nicht überzeugt. Sie erinnerte sich daran, wie scheu und unsicher Elizas kleine Tochter bei ihrer ersten Begegnung gewesen war, wie sie sich stets bemüht hatte, ihrer Mutter zu gefallen und ihr gerecht zu werden ... bei ihr bleiben zu dürfen. Sie schüttelte abweisend den Kopf. »Du hast dich der Gesellschaft gebeugt, die du selbst immer so sehr verachtet hast.«

»Ich bin lediglich von meinen kindlichen Tagträumen erwacht. Sollte ich so enden wie du? Verschrien als alte Jungfer?«

Effie sprang empört auf. Der schwere, roséfarben gepolsterte Sessel aus Eichenholz fiel beinahe um. »Aber um deine Tochter zu mir zu nehmen und für sie zu sorgen, dazu war ich gut genug?«

Eliza hob die Arme und stand ebenfalls auf. »Es tut mir leid, Effie«, sagte sie beschwichtigend und nahm ihre ältere Schwester an den Händen. »Es ist wirklich nicht einfach für mich gewesen, Liliana aufzugeben. Ich bin dir sehr, sehr dankbar für alles, was du für sie getan hast. Aber du musstest dein Leben ja in keiner Weise umstellen.«

Effie schnappte nach Luft. »Mit einem Kind muss man sein Leben sehr wohl umstellen!« Einen Mann fand man dann auch nicht mehr so einfach. Diesen Gedanken sprach sie jedoch nicht laut aus.

Es wäre zu unangenehm.

»Du hast dafür das Gut unserer Eltern bekommen«, sagte ihre jüngere Schwester und nahm wieder auf dem Sessel Platz. »Und Richard zahlt immerhin für Lilianas Unkosten.«

»Schweigegeld.« Effie pustete abwertend eine ausgebüxte Strähne aus der Stirn, setzte sich aber ebenfalls.

»Ich bin nun mal nicht so wie du«, rechtfertigte Eliza sich empört, doch es klang nicht überzeugend. Zu gespielt. Sie zog einen Schmollmund und stemmte ihre rüschenbehangenen Arme in die geschnürte Taille. »Ich ließ mich früher von dir leiten, aber es war nicht das Leben, das ich mir tatsächlich gewünscht hatte. Richard ist ein guter Mann. Er sorgt für mich und macht mir nie Vorwürfe wegen meiner Vergangenheit.«

»Doch er verlangte von dir, dass du dein Kind verleugnest.«

»Was hätte er denn sonst tun sollen? Er ist ein angesehener Offizier. Du weißt doch, wie die Leute reden. Sie war nun mal schon viel zu alt, um als Richards Tochter durchzugehen, und hier im eher beschaulichen Bath kannte mich niemand. Liliana ist doch sehr gut aufgehoben bei dir, bei ihrer Familie. Du bist ihre Tante, und du wolltest immer Kinder.«

»Ich beschwere mich ja nicht, Liz.« Im Gegenteil, im Grunde ihres Herzens war Effie überglücklich, das Mädchen bei sich zu haben. Ihre Einstellung gegenüber den gesellschaftlichen Zwängen und ihre Extravaganz hatten sie bis auf wenige sehr gute Freunde allein bleiben lassen. Obgleich dies ihre eigene Wahl gewesen war, freute es sie, jemanden zu haben, für den sie sorgen konnte. Es gab ihrem Leben einen tieferen Sinn.

Sie liebte Liliana wie eine Tochter, und dennoch, oder gerade deswegen, konnte sie die Beweggründe ihrer Schwester nicht nachvollziehen. Sosehr diese Situation auch zu ihren Gunsten war, Effie wollte einfach

nicht verstehen, wie jemand sein eigenes Kind weggeben konnte. Noch dazu für einen Mann, für den man
zwar Freundschaft und Respekt, jedoch keine Liebe
empfand. Dafür sprachen nicht nur die weitere Kinderlosigkeit und getrennte Schlafzimmer, sondern auch
das distanzierte Verhalten ihrem Gatten gegenüber. Dabei hatte Eliza einst wahre Liebe kennengelernt. Diese
Tatsache machte alles für Effie noch unbegreiflicher.

»Wie dem auch sei«, schien Eliza die Diskussion beenden zu wollen. »Wir können es nicht länger hinausschieben. Liliana wird im nächsten Monat bereits
neunzehn und ist längst zu einer Frau herangereift.
Wenn wir nicht bald einen Mann für sie finden ...«

»Wir werden gar nichts für sie suchen, sie soll ihren
Weg gehen, auf eigenen Beinen stehen, und wenn, aus
wahrer Liebe heiraten ...«

»Und so enden wie du?«

Effie hob stolz das Kinn. »Wenn sie das möchte.«

»Ich weiß wohl am besten, was gut für sie ist.«

»Du hast dich all die Jahre kaum um sie gekümmert
und willst auf einmal ihr Leben bestimmen?«

Eliza rümpfte die Nase. »Ich *konnte* mich nicht kümmern, aber ich habe sie nie verlassen und kann ihr
dadurch nun viele Möglichkeiten bieten.« Ihre Augen
weiteten sich enthusiastisch. »Der Sohn von Richards
Schwester zum Beispiel, er ist kaum älter als sie und
wird das Geschäft seines Vaters übernehmen. Sie kann
ihn doch wenigstens einmal kennenlernen. Was
spricht dagegen?«

Effie schwieg. Sie wusste, dass Eliza ihre Tochter nur
finanziell versorgt und abgesichert sehen wollte, doch
dieses einst so lebensfrohe Mädchen in eine Heirat
ohne Liebe zu drängen, schien ihr falsch. Normal oder
nicht, sie würde es nicht übers Herz bringen.

»Effie«, ihre Schwester ergriff ihre Hände. »Mach dir
nicht einen solchen Kopf deswegen. Du hast doch

selbst erfahren müssen, wo kindliche Träumerei und naive Romantik hinführen ... und ich ebenso! Er ist wirklich zuvorkommend und wohlerzogen. Sie kann sich gewiss arrangieren und sehr glücklich mit ihm werden.«

Effie schüttelte betrübt den Kopf. Sie war es müde, mit ihrer Schwester weiter über dieses Thema zu diskutieren. Sie wollte ihre Kräfte nicht unnütz vergeuden und den letzten Tag in der Stadt noch ein wenig genießen. Die lange Kutschfahrt zurück aufs Land am nächsten Tag würde anstrengend genug werden.

Ihr Blick wanderte zum Fenster und von dort über die Straße. Winzige Schneeflocken wirbelten lautlos in der Luft umher und ließen sich auf den Kleidern der wenigen Passanten nieder. Die Nüstern der Pferde dampften, während sie über das Kopfsteinpflaster trabten.

Liliana

Liliana hatte den ganzen Nachmittag mit Ben neue Beerensträucher gesetzt und erhob sich nun erschöpft vom letzten Beet. Sie zog die Handschuhe aus und strich sich über die Stirn. »Ich werde morgen gewiss jeden Muskel spüren.«

Ben lachte. Der breitschulterige ältere Mann war die Seele des Landguts, er kümmerte sich um alles, vom Gärtnern bis zum Bereiten der Pferde. Effie erwähnte oft, dass sie verloren wäre ohne seine Hilfe. »Wenn Ihre Tante erst einmal die leckeren Kuchen und Gelees davon macht, ist alles vergessen.«

Liliana lächelte. »Ganz sicher. Ich hoffe, sie tragen diesen Sommer schon.«

Sie winkte Ben zu und ging müde, aber gut gelaunt vom großen ummauerten Garten zum Gutshaus zurück.

Auf dem Weg setzte sie sich noch kurz auf die kleine verzierte Holzbank vor dem Pavillon. Die Tulpen und Narzissen davor blühten im frühlingshaften April bereits in Gelb und Weiß und erfüllten die Landschaft mit frischer Farbe und Blütenduft. Lächelnd schloss sie die Augen und ließ die Frühlingssonne ihr Gesicht wärmen.

Wie gut sie es doch hatte, hier bei ihrer Tante. Keine unter ständiger Beobachtung stehende Stadtgesellschaft, in der man sich nach strengen Regeln benehmen und rüschenüberladene Kleider mit Schnürmiedern sowie alberne Perücken oder Frisuren tragen musste. Zwar zeigten die Privatlehrer, die Mutter für sie bezahlte, eine gewisse Strenge, aber damit kam sie zurecht. Hier auf dem Gestüt durfte sie sich frei bewegen, mit den Mädchen im Dorf befreundet sein und sogar rittlings reiten, wenn kein Gast zugegen war.

Auf dem Land mit all den Tieren um sich herum war sie glücklich.

Ein wenig trauerte sie dennoch ihrer Kindheit nach. Sie sah, wie ihre Freundinnen inzwischen ihre Zukunft mit Ehemann und Kindern planten. Einige hatten sich sogar bereits verlobt. Sie wollte all dies nicht, hatte andere Träume.

Zwei Herzen schlugen in ihrer Brust. Sie war hin- und hergerissen. Das eine Herz war das des kleinen Mädchens in ihr, das weiter hier bei ihrer Tante und den Pferden leben wollte. Für ewig frei und ungebunden sein, ohne die Verantwortung der Erwachsenen tragen zu müssen.

Das andere war voller Feuer und Tatendrang. Es schrie nach Abenteuern, wollte ausbrechen aus dem gewohnten Leben, die Welt bereisen, fremde Menschen und Länder kennenlernen.

Sich niederzulassen und eine Familie zu gründen, danach verlangte jedoch nichts in ihr.

Warum erging es ihren Freundinnen nicht auch so? War sie selbst anders oder verdrängten diese ihre wahren Gefühle nur?

Seufzend erhob sie sich und setzte den Weg zum Haus fort.

Auf dem Hof begrüßten sie die beiden Deerhounds fröhlich. Liliana gab besonders dem alten Rover noch ein paar Streicheleinheiten, bevor sie sich am Brunnen die Erde von Händen und Gesicht wusch und in das Wohnhaus ging.

Als sie das Foyer betrat, hörte sie Stimmen aus dem Kaminzimmer. Hatten sie Besuch? Es stand doch gar keine Kutsche im Hof. Sollte sie sich noch schnell umziehen? Das einfache Kleid aus dünnem Leinenstoff wies Falten und einige Erdflecken auf. Auch ihre Haare rutschten bereits aus dem Zopf und eine Haube trug sie ebenfalls nicht.

Neugierig spitzte sie die Ohren. Ihre Tante Effie unterhielt sich mit einem Mann, dessen Tonfall ihr vertraut vorkam, doch sie konnte ihn nicht einordnen.

»Tante Effie? Bist du da?«, rief sie vorsichtshalber noch im Flur. Liliana wollte nicht unbemerkt in ein Gespräch hereinplatzen, das wäre unhöflich.

Die Stimmen verstummten und erst nach einem seltsam langen Augenblick antwortete Effie ungewohnt tonlos: »Komm zu uns, Schätzchen. Ich möchte dich jemandem vorstellen.«

Liliana vergaß vor Neugier ihr Aussehen und betrat das Empfangszimmer. Mit großen Augen betrachtete sie den fremden Mann, der ihrer Tante gegenüberstand. Es war ein Gentleman mittleren Alters in eleganter Kleidung mit Umhang und Kniehosen. Alles in Schwarz mit goldenen Knöpfen und Schnallen. Den Dreispitz hielt er vor Effie höflich in der Hand.

Etwas an den Zügen des glatt rasierten Gesichts wirkte vertraut, doch sie vermochte nicht zu sagen, an wen er sie erinnerte.

Der Mann stand einfach da und starrte sie derart forschend an, dass Liliana etwas mulmig wurde. Ihr unangemessener Aufzug vor diesem eleganten Herrn kam ihr erneut in den Sinn, doch er schien ihre Kleidung gar nicht wahrzunehmen, sondern betrachtete nur ihr Gesicht.

Konnte das sein? Der Fremde hatte dunkle, fast schwarze Haare, die im Nacken zu einem kleinen Zopf gebunden waren, doch seine Augen waren stahlblau wie die ihren.

»Hallo, Lily«, sagte er mit gepresster Stimme und schluckte hart. »Erkennst du mich wieder?«

Lilianas Augen wurden feucht, und ohne darüber nachzudenken, ob ihre Vermutung richtig sein mochte, flüsterte sie: »Vater?«

Der Mann nickte. Er breitete die Arme aus und Liliana flog hinein. Die Tränen flossen, während ihr gesamter Körper bebte. Wie sehr hatte sie sich nach ihm gesehnt und gehofft, dass er irgendwann wiederkommen würde! Eine Erwartung, die sie mit den Jahren fast aufgegeben hatte.

»Vater«, schluchzte sie, mehr bekam sie nicht über die Lippen.

Er hielt sie fest an sich gedrückt und strich ihr über die langen Haare. »Meine Kleine«, flüsterte er. »Wie sehr hab ich dich vermisst – und wie groß und erwachsen du geworden bist.«

Langsam löste sie sich aus der Umarmung. Sie wischte sich mit dem Ärmel die Tränen vom Gesicht und blickte ihn sodann mit gerunzelter Stirn an. Ihre Erziehung kam ihr in den Sinn, sie hätte sich nicht derart gehen lassen sollen. »Weiß Mutter, dass Sie hier sind, Mr Farson?«

»Nein. Es ist auch besser, wenn sie es nicht erfährt.«

»Wollen Sie sie nicht wiedersehen?«

Er zögerte mit einer Antwort.

Effie trat dazwischen. »Ich denke, das ist ein Thema für nach dem Essen. Lass Jack erst einmal ankommen.«

»Schon gut.« Er hob beschwichtigend die Hand. »Meine Tochter hat ein Recht darauf, alle Fragen beantwortet zu bekommen. Aber setzen wir uns erst.« Er legte seinen Hut zur Seite und nahm zusammen mit Liliana auf dem mit grünem Samt gepolsterten Sofa Platz. Effie setzte sich in den Sessel daneben.

Jack umfasste Lilianas Hand. »Zuallererst möchte ich, dass du eine vertrautere Anrede verwendest. Ich bin Jack, dein Vater. Ich verabscheue diese Distanziertheit unter Freunden oder Familienmitgliedern.«

Liliana nickte, auch wenn sie wusste, dass es ihr schwerfallen würde. Immerhin besaß sie kaum eine klare Erinnerung an diesen Mann, den sie seit über zehn Jahren nicht gesehen hatte. Er wirkte so fremd ...

Ihr Vater blickte sie mit ernster Miene an. »Um zu deiner Frage zurückzukehren: Nein, Eliza informierte ich nicht über diesen Besuch.« Er atmete tief durch. »Ich habe nicht das Verlangen, die Person, die deine Mutter heute verkörpert, wiederzusehen.«

Liliana schaute betreten zu Boden. Sie wusste, dass sie nur eine Last für ihre Mutter war. Dachte ihr Vater ebenso? Der Mann, den sie als Kind so bewundert und nach dessen Rückkehr sie sich jahrelang gesehnt hatte?

Mit einem strengen Blick sah sie auf. »Wo warst du all die Jahre? Warum hast du uns alleingelassen?« Es kam anklagender aus ihrem Mund als beabsichtigt.

Ihr Vater blickte sie lange an. Seine stahlblauen Augen schauten so sanft, dass Liliana kaum zu schlucken vermochte. Die Hand auf ihrer wog schwer. »Ich habe dich nicht verlassen, sondern gesucht, Liliana«, sagte er mit deutlich bebender Stimme. »Ich habe dich überall gesucht.«

»Was?« Sie stutzte. »Ist das wahr?«

»Ich wusste nicht, dass du hier auf dem Land bei Effie bist. Ich lernte Eliza in Bristol kennen. Sie hatte mir zwar einst von einem Landgut berichtet, das ihren Eltern gehörte, doch niemals, wo genau es sich befindet. Deine Mutter erzählte mir bei meinem letzten Treffen vor gut zehn Jahren nur, dass sie dich zu Pflegeeltern gegeben habe, und ich glaubte ihr.« Der Druck auf Lilianas Hand nahm zu. Er sah sie direkt an. »Ich hatte ihr gesagt, dass ich für dich sorgen würde, aber das schien ihr nicht recht zu sein.« Jack schloss kurz die Augen.

»Aber warum hat es so lange gedauert? Bis heute!« Liliana wollte es nicht derart vorwurfsvoll klingen lassen, doch dieses düstere Grübeln, das sie in all diesen Jahren begleitet hatte, erwachte in seiner Anwesenheit zu neuem Leben. Die ewigen Schuldgefühle, die sie peinigten … Die Suche nach dem Grund, warum ihre Eltern sie nicht bei sich behalten wollten. Vor allem ihr Vater, dieser geheimnisvolle Mann, der ihr stets solch wundervolle Geschenke aus aller Welt mitgebracht hatte. Bei seinen Besuchen hatte sie sich niemals überflüssig oder lästig wie ein Kind gefühlt, das die kostbare Zeit der Erwachsenen stahl oder ihrer Mutter jede Möglichkeit eines angenehmen Lebens raubte. Er gab ihr das für sie seltene Gefühl, eine im Mittelpunkt stehende Prinzessin zu sein. Und dann hatte dies alles ohne Vorwarnung geendet.

Jack lächelte schwach bei ihrem vorwurfsvollen Blick. »Ich könnte mich nun herausreden und behaupten, ich sei viele Jahre auf See gewesen, lange Zeit in Asien und Afrika. Die seltenen Tage hier in England seien gefüllt gewesen mit Aufträgen und Terminen …« Seine Stimme wurde leise. »Die Wahrheit lautet jedoch: Es war eine Flucht.« Er atmete tief durch. »Aber nun habe ich dich wieder und bin sehr erleichtert, dass du lebst und es dir gut geht.« Er tätschelte leicht ihre Hand, als würde der letzte Satz jegliche Fragen beantworten und die Unterredung abschließen.

Liliana ließ sich darauf ein. Sie verscheuchte die düsteren Gedanken und wendete sich dem glücklichen Moment zu. Ihr Vater war zurück und wohlauf; saß neben ihr. »Wie lange kannst du bleiben?«

»Leider nicht lange. Ich muss wieder zum Hafen, wir haben eine wichtige Reise vor uns. Aber das gibt uns

dennoch etwas Gelegenheit, die versäumte Zeit nach-
zuholen.«

Liliana strahlte. Ihr Herz begann vor Freude zu klopfen. »Ich bin so froh, dich zu sehen! Ich wollte noch aus-
reiten heute Abend, kommst du mit? Dann kann ich dir
ein wenig von meiner Heimat zeigen.«

»Liebes«, warf ihre Tante ein. »Dein Vater ist gerade
mehrere Stunden hierhergeritten. Ich denke nicht,
dass er weiter im Sattel sitzen ...«

Jack winkte ab. »Ich würde gerne noch einen beque-
men Ausritt mit meiner Tochter unternehmen.«

»Aber erst mal wird zu Abend gegessen«, mischte sich
Effie heiter ein und klatschte in die Hände. »Anna ist
schon bei den Vorbereitungen.«

***

Nach dem Essen holte Ben Jacks Fuchswallach und
Lilianas hübsche Schimmelstute in den Hof.

Liliana war froh, dass der alte Mann ihr Pferd mit
dem Damensattel bestückt hatte, wie immer, wenn Besuch zugegen war, und zwinkerte ihm dankend zu.
Auch wenn sie es verabscheute; vor ihrem Vater rittlings zu reiten wie ein Kind, wäre ihr doch unangenehm gewesen. Sie wollte erwachsen und damenhaft
wirken.

Jack half ihr sogar galant auf die Stute, bevor er selbst
auf den Wallach stieg, was ihre Stimmung weiter hob.

Das Wetter spielte ebenfalls mit. Die Abendsonne
färbte die hügelige Landschaft Wiltshires in ein sanftes
Orange.

»Du bist eine hervorragende Reiterin«, staunte ihr Vater, als sie zusammen über die Wiesen trabten.

Liliana lächelte kokett. »Ganz so schlecht bist du aber
auch nicht. Für einen Seemann ...«

Jack lachte und ließ seinen Wallach in Schritt übergehen. »Brrr. Keine gekünstelten Komplimente bitte,

ich kenne meine Grenzen.« Er winkte ab. »Ich habe lieber Schiffsplanken unter mir, Pferde dienen lediglich der schnelleren Fortbewegung auf dem Land. Der Gaul hier ist auch nur gemietet.«

»Rede nicht so abfällig über diese herrlichen Tiere!« Sie hob tadelnd den Zeigefinger. »Ich bin mit Pferden aufgewachsen. Effie bildet Reit- und Fahrpferde auf dem Gut aus, seit die Zucht reduziert wurde. *Lady* hier ist meine Freundin, ich kenne sie, seit sie ein Fohlen war.« Sie tätschelte der Stute den Hals. »Deine Tochter ist nun einmal eine echte Landratte.«

»Das ist in der Tat verwunderlich ... bei einem waschechten Kapitän als Vater.«

»Du bist inzwischen Kapitän?« Lilianas Augen weiteten sich. »Hast du auch ein eigenes Schiff?«

Jack lachte laut auf. »Nein, ich befehlige ein Ruderboot! Natürlich habe ich ein Schiff!«

»Aber gehört es dir auch so ganz oder fährst du es nur?«

»Ich bin in der Tat der stolze Besitzer. Sie ist eine Fregatte und meine treue Gefährtin. Ihr Name lautet *Nemesis*.«

»*Nemesis*?« Liliana legte die Stirn in Falten. »Die Göttin des gerechten Zorns? Das klingt sehr düster. Hast *du* sie so genannt?«

»Ja. Es erschien mir passend zu der Zeit. Ich spielte mit dem Gedanken, sie *Liliana* zu taufen, wollte deinen Namen jedoch nicht mit meinen Geschäften in Verbindung bringen.« Ein seltsames Lächeln legte sich auf sein Gesicht, das Liliana nicht zu interpretieren vermochte.

»Ich würde sie gerne mal in natura sehen, deine *Nemesis*.«

»Das lässt sich gewiss einrichten.«

»Wirklich?« Sie zügelte die Stute und starrte ihren Vater mit offenem Mund an. Das Abenteuerherz in ihr begann heftig zu klopfen. Doch dann meldete sich das kleine Mädchen warnend, und sie besann sich. Das musste ein Scherz gewesen sein. »Könnte ich mit dir auf Fahrt gehen?«

Ihr Vater schüttelte den Kopf. »Nein, das ist leider unmöglich.«

Sie schluckte betreten. »Frauen an Bord bringen Unglück, nicht wahr?«

Jack lachte herzhaft auf. »So ein Unfug. Ich lasse mir gewiss nicht von einem Aberglauben vorschreiben, wen ich mit auf mein Schiff nehme und wen nicht. Meine Leute können sich benehmen. Außerdem haben wir eine Köchin an Bord – wenn auch sie nicht mehr so begehrenswert jung ist –, und ab und zu nehmen ein paar der Männer ihre Ehefrauen oder Liebschaften mit auf Fahrt. Meine Mannschaft ist recht klein für solch ein Schiff, es sind alles zivilisierte Leute und Freunde, zumindest der Führungsstab. Wer von den kurzzeitig angeheuerten Seemännern Ärger macht, muss am nächsten Hafen das Schiff verlassen. Du brauchst also diesbezüglich keine Angst zu haben.«

»Warum darf ich dann nicht mitfahren?«

»Weil ich kein Passagierschiff durch die Gegend schippere, sondern eine Fregatte kommandiere.« Sein Tonfall wurde fest, beinahe energisch. »Auf dem Meer ist es gefährlich, man ist Stürmen oder gar Kämpfen ausgesetzt. Da darf kein Ungeübter im Weg herumstehen.«

Liliana presste die Lippen zusammen und hatte das Gefühl, um einige Jahre zu schrumpfen vor diesem Mann. Seine Worte klangen hart, aber natürlich würde ihre Anwesenheit die Arbeiter auf einem Schiff nur behindern. Wie ungebildet und naiv sie wirken musste. Sie versuchte, sich das Deck mit all dem Trubel vorzustellen, und sah auf. »Wie groß ist deine Mannschaft?«

»Die *Nemesis* ist nicht gerade klein.« Ihr Vater richtete seinen Oberkörper auf, als erfüllte ihn Stolz beim Erzählen. »Sie hat zwei Decks und ist für bis zu vierhundertfünfzig Besatzungsmitglieder ausgelegt, doch so viele werden nicht zwingend benötigt, wenn man in keinen Krieg zieht. Da nutzen wir lieber den Raum für Frachten. Würde auch sonst verdammt eng werden.«

»Vierhundertfünfzig Menschen auf einem einzigen Schiff?« Liliana kannte ganze Dörfer, die weniger Leute beherbergten.

»Das ist nicht allzu viel, es gibt Dreidecker-Fregatten mit achthundertfünfzig Mann, die *HMS Victory* der königlichen Marine zum Beispiel. Die benötigen viel Platz für die Soldaten. Aber wie gesagt, man hockt sich dann wirklich sehr auf der Pelle. Das hält nicht jeder aus. Für eine bequeme, ereignislose Fahrt brauche ich lediglich fünfzig bis sechzig Mann. Allerdings dürfen dann nicht viele Kräfte ausfallen, sonst müssen die anderen rund um die Uhr ackern. Daher segle ich in der Regel mit einer Mannschaft von etwa hundert bis hundertfünfzig. Die leitende Besatzung besteht aus knapp zwanzig Seelen, alle gut ausgebildet und Meister ihres Fachs. Etwa die gleiche Menge an Männern steht mir bei Bedarf zur Verfügung. Hinzu kommen einfache Matrosen und Schiffsjungen, die wir zusätzlich anheuern. Einige bleiben länger, andere gehen nach der Fahrt wieder ihrer Wege.«

Liliana lenkte ihre Stute neben den Wallach und hing gebannt an den Lippen ihres Vaters. Dies alles klang wie eine völlig neue und unbekannte Welt für sie. »Ist das nicht riskant, eine immer wechselnde Mannschaft zu haben?«

»Nein, die Kernmannschaft kenne ich gut und ich vertraue denen vollkommen. Falls unter den neuen Matrosen mal ein faules Ei sein sollte, hätte dieser keine Chance. Das sind die Männer fürs Grobe sozusagen. Aber es ist zu riskant, auf jeder Fahrt über zweihundert Mann durchzufüttern. Sauberes Wasser und gute Nahrungsmittel sind kostbar. Zudem muss man wirtschaftlich denken. Neulinge sind wesentlich günstiger und dennoch motiviert. Die wollen was lernen.«

»Eine Fregatte ist doch ein leichtes Kriegsschiff, oder? Mutter sagt, du wärst ein Pirat.«

Jack lächelte so breit, dass seine weißen Zähne blitzten. Es erreichte jedoch nicht seine Augen. »So? Sagt sie das?«

»Bist du ein Pirat?«

»Nicht im eigentlichen Sinne, nein. Ich halte mich nur nicht immer an die von irgendwelchen Regierenden willkürlich gemachten Gesetze. Böse Zungen könnten uns vielleicht als Schmuggler bezeichnen, da ich auch Handel mit Ländern treibe, die kein Abkommen mit der Krone haben. Aber gewöhnliche Piraten sind wir nicht.«

»Schade.« Liliana verzog den Mund und blickte hinunter auf den weißen Mähnenkamm der Stute, der in der Bewegung auf und ab wippte.

»Liliana«, hörte sie die ernste Stimme ihres Vaters und sah wieder auf. »Ich weiß nicht, von wem du solche Flausen hast – nun ja, ich kann es mir denken –, aber du musst eines wissen: Die meisten Piraten sind skrupellose und blutrünstige Mörder und Diebe, die Lust am Foltern von Menschen haben, um ihre Aggressionen abzureagieren. Sie leben in Suff und Dreck. Sie plündern und töten harmlose Seefahrer, vergewaltigen Frauen und verkaufen Menschen als Sklaven. Das hat wirklich nichts Romantisches an sich, Kind! Das ist die bittere Realität. Wünsche dir nur, dass du nie solchen Piraten begegnen wirst!«

***

»Na, wie war der Ausritt?«, fragte Effie, als Jack und Liliana ins Haus zurückkamen.

»Sehr angenehm.« Jack betrachte Liliana von oben bis unten und rieb sich das Kinn. »Mir gefällt, was ich sehe.«

Diese Worte ließen ihren Brustkorb schwellen. Ein derartiges Lob aus dem Mund ihres Vaters erfüllte ihr Herz mit solchem Stolz, dass es zu zerbersten schien.

»Das gilt für alle hier im Raum«, fügte er charmant hinzu.

Ihre Tante lächelte ihn an. War da ein verzögerter Augenaufschlag zu erkennen? Liliana spürte eine leichte Eifersucht. Ihr Vater war wegen ihr hier, nicht für Effie! Gleichzeitig schämte sie sich für diese Gedanken. Mutter tadelte sie stets, dass eine Dame nicht zu selbstbezogen sein durfte. Tante Effie tat so viel für sie, da sollte sie dankbar sein und ihr die Freude gönnen.

»Ich habe dir von Mary das vordere Gästezimmer herrichten lassen«, sagte ihre Tante, den Blick nicht von Jacks blauen Augen lassend, wie Liliana mit leichtem Missmut bemerkte. »Du bist hier stets willkommen – das weißt du –, und du kannst deine Tochter sehen, wann immer du möchtest.«

»Danke, aber ich muss morgen wieder zurück nach Bristol. Mein Schiff wartet.«

Diese Worte trafen Liliana wie ein Schlag in die Magengrube. »So früh schon?«

Jack drehte sich zu ihr und nickte.

»Kann ich dich begleiten?«

Sein Blick verfinsterte sich, und Liliana hob abwehrend die Arme. »Nur bis zum Hafen. Ich möchte so gerne dein Schiff sehen und wir könnten noch etwas Zeit miteinander verbringen, bevor du wieder auf dem Meer verschwindest.« Sie nahm all ihren Mut zusammen und presste den letzten Satz beinahe heraus. »Ich denke, du schuldest mir dies.«

Jacks Miene blieb dennoch verhärmt, als könnte er sich nicht wirklich mit diesem Gedanken anfreunden.

»Ich werde mitkommen«, warf Effie ein. »Auch ich würde gerne deine Fregatte bewundern dürfen.«

Er atmete tief durch. »Nun gut. Ihr könnt gerne eine Nacht auf meinem Schiff bleiben, ansonsten ist die Reise zu beschwerlich. Wir legen erst am Mittwoch ab.«

Effie nickte froh. »Ben kann uns alle mit der Kutsche hinbringen, er wird dann bei meiner Schwester und Richard in Bath übernachten.«

»Wie schön!« Liliana sprang auf und klatschte jauchzend in die Hände. »Ich gehe sogleich packen.«

***

Was sollte sie nur für Kleidung wählen?

Lilianas Herz sprang in ihrem Brustkorb umher wie ein junges Fohlen auf der Weide. Bristol war gewiss keine Kleinstadt. Wie sah das Leben dort wohl aus? Was sollte sie dort tragen? Welch ein Verhalten erwartete ihr Vater von ihr? Immerhin war er der Kapitän …

Sie blickte auf die Gewänder in ihrem Schrank. Die passende Garderobe für eine Seefahrt besaß sie sicherlich nicht … Konnte man in Stiefeln herumlaufen? Die Zeichnungen in ihren Büchern zeigten oft barfüßige Matrosen. Lief man auf einem Schiff gar ohne Schuhe herum, um die Balance halten zu können? Schwankten Segelschiffe sehr? Nun, vertäut im Hafen hoffentlich nicht, und mit auf Fahrt würde sie kaum dürfen. Sie seufzte innerlich. Schade, dass ihr Vater hier derart streng reagierte. Aber den Erzählungen ihrer Freundin Mary nach, deren älterer Bruder zur Marine ging, musste es auf Schiffen wirklich rau und gefährlich zugehen. Da passte eine junge Frau schlichtweg nicht hin.

Wie diese Köchin ihres Vaters wohl aussah? Liliana stellte sich eine große, kräftige Dame vor, ähnlich der Waschfrau ihrer Mutter, mit Kochlöffel in der Hand wie einen Knüppel. Anders könnte man sich zwischen all den Matrosen sicher nicht behaupten.

Beschämt sah sie auf den kleinen Holzkoffer vor sich auf ihrem Bett. Das einzige Boot, in dem sie je gesessen hatte, war das Ruderboot am See gewesen. Sie kannte kaum etwas von ihrem eigenen Land, geschweige denn von der Welt.

Liliana riss sich zusammen und straffte die Schultern. Genau das sollte sich nun ändern.

Sie packte einige einfache, bequeme Kleider und eines ihrer besseren Gewänder ein. Schließlich konnte man ja nie wissen. Es war zwar nur eine Nacht, aber dann hätte sie die Möglichkeit, die äußere Erscheinung entsprechend anzupassen.

Liliana spürte, wie ihre Wangen heiß wurden. Sie würde echte Matrosen sehen! Aus der Nähe! Starke, schwitzende Männer bei der Arbeit, mit vielleicht entblößtem Oberkörper, wie einige Farmer während der Heuernte, die sie jedoch immer nur von Weitem betrachten konnte – keine so steifen und spießigen Gentlemen wie bei Mutters Gartenpartys. Ihr Herzschlag beschleunigte sich und sie kicherte trotz ihrer neunzehn Jahre in sich hinein wie ein Schulmädchen. Du liebe Güte, wie albern sie diese Aufregung werden ließ.

***

Nach dem Mittagessen des folgenden Tages bereitete Ben die Kutsche vor, um Effie, Liliana und ihren Vater nach Bristol zu fahren. Der Wallach, den Jack von einem Freund in Bristol ausgeborgt hatte, wurde an der Kabine angebunden.

Liliana platzte vor Aufregung. So viele Fragen schwirrten seit Jahren in ihrem Kopf umher, durfte sie diese ihrem noch so fremden Vater stellen?

Sie blickte fragend zu Effie, die ihre Gedanken zu erraten schien und ihr aufmunternd zunickte, bevor sie wieder nach draußen sah, wie um den beiden eine gewisse Privatsphäre zu ermöglichen.

Liliana nahm ihren Mut zusammen. »Vater?«

»Ja?« Sein Blick blieb ausdruckslos, was ihr Herzklopfen nicht gerade milderte.

Sie faltete die Hände im Schoß zusammen, um nicht nervös auf der Armlehne zu tippen. Das würde kindisch wirken. »Ich weiß so gar nichts über dich, wie bist du zur See gekommen? Hast du noch mehr Familie?«

Jack lächelte geduldig, dennoch verrieten seine angespannten Mundwinkel, dass ihm dieses Gespräch nicht angenehm war. »Ich stamme aus der Nähe von Bristol. Leider gibt es keine direkte Familie mehr, nur noch einen Cousin in London, zu dem ich ab und zu Kontakt habe. William. Er ist Richter. Mein Vater Anthony Farson war ein angesehener Admiral.«

»Ich hatte einen richtigen Admiral als Großvater?« Liliana riss erstaunt die Augen auf. »Mutter hat immer angedeutet, du seist ein mittelloser Matrose gewesen.«

Ihr Vater atmete tief durch. »Es ist kompliziert. Mit zehn Jahren bin ich von zu Hause fortgelaufen und habe mich gemeinsam mit meinem älteren Bruder als einfacher Seemann durchgeschlagen. Du musst wissen, dein Großvater spielte nach außen hin den Gentleman und angesehenen Offizier, doch zu Hause war er ein wahrer Tyrann, der seine Frau und seinen älteren Sohn letztendlich in den Tod getrieben hat.«

Liliana öffnete erstaunt den Mund, brachte aber kein Wort hervor.

»Es ist keine schöne Geschichte, die unsere kurze Zeit zusammen nur überschatten würde.«

»Ich wünschte mir dennoch, mehr über meine Familie zu erfahren ... wenn es dich nicht zu sehr betrübt, darüber zu sprechen.«

Jack winkte ab. »Es ist lange her. Er fiel 1765 in der Seeschlacht gegen die Niederlande. Ich habe mit ihm abgeschlossen.«

»Hattest du noch mehr Geschwister?«

»Nein, nur Joseph. Er war fünf Jahre älter als ich und ging wie Vater zur königlichen Marine, obgleich er dieses Leben verabscheute.«

»Verlangte dein Vater das von ihm?«

Jack nickte. »Als ältester Sohn war es sozusagen Gesetz für ihn. Joseph litt sehr darunter. Im Gegensatz zu mir, den die Schifffahrt stets faszinierte, wollte er niemals aufs Meer oder zum Militär. Er war ein Freigeist und Rebell in seinem Herzen sowie ein wahrer Künstler, jedoch zu gebrochen von Vater, um seine Kreativität aufblühen zu lassen.«

»Was ist mit deinem Bruder geschehen?« Liliana bemerkte aus den Augenwinkeln, dass auch ihre Tante aufhorchte, den Blick aber höflich weiter nach draußen richtete.

»Er desertierte und wehrte sich bei einer Konfrontation auch körperlich gegen Vaters Angriffe. Der Admiral ließ ihn zur Strafe ins Gefängnis sperren, wo er schließlich einer Krankheit erlag.« Jack presste die Kiefer zusammen. »Der völlig sinnlose Tod eines wundervollen Menschen.«

»Das tut mir leid«, sagte Liliana leise. »Dies alles muss schrecklich gewesen sein.«

»Eliza half mir sehr über diese schwere Zeit hinweg, wie ich zugeben muss. Obgleich sie all dies nie erfuhr, aber ich fand in ihren Armen Frieden.«

Liliana wollte sich ihre Eltern nicht in dieser vertrauten Art zusammen vorstellen und wechselte schnell das Thema. »Bist du denn ein Offizier der Marine?«

Jack neigte den Kopf zur Seite. »Ja und nein«, sagte er. »Ich schloss die Ausbildung zum nautischen Offizier mit Erfolg ab. Doch ich verpflichtete mich nicht zum

Dienst in der königlichen Marine. Obgleich es alle von mir erwarteten. Auch als ich nach Vaters Tod zu unserem Anwesen zurückkehrte, verstand niemand in seinem Umfeld, warum ich diesem bewundernswert erfolgreichen Menschen nicht nacheiferte.« Seine Stimme klang deutlich bissig. »Ich bereue jedoch nichts. Ich hatte durch mein Ausbrechen die Arbeit auf einem Schiff aus Sicht der Matrosen gesehen und lernte danach, wie die Offiziere denken. Eine solche Erfahrung kann für einen guten Kapitän nur von Nutzen sein.«

Bristol, England

Liliana kam aus dem Staunen nicht mehr heraus, als die Kutsche am Nachmittag den Binnenhafen von Bristol erreichte. Das bisher eher einschläfernde Klappern der Hufeisen auf dem Kopfsteinpflaster ging im Lärm um sie herum nun beinahe völlig unter. Gebannt hing sie an dem kleinen Kutschfenster und schaute hinaus. Trotz all der Bücher über die Seefahrt, die sie gelesen hatte, und der Zeichnungen und Gemälde, war sie nicht auf den Anblick vorbereitet, der sich ihr bot.

Einige Schiffe löschten gerade ihre Ladung. Es herrschte reges Treiben und Ben ließ die Pferde in Schritt übergehen. Überall wimmelte es von den verschiedensten Menschen, Tieren und Gütern. Auch ihr Geruchssinn wurde mit neuen Aromen bombardiert. Es roch nach Teer, Moder, Fisch, Schweiß, orientalischen Gewürzen und Parfums. Am intensivsten jedoch nahm sie den salzig-algigen Duft des Meeres wahr. Es regte sich eine tiefe Sehnsucht in ihr, die Geschichten aus den Büchern nun endlich selbst zu erleben. Das Kreischen der vielen Möwen, die sich um die Fische stritten, das Knarren der Schiffsbalken, das Wehen der Fahnen im Wind, das Knarzen der Festmacherleinen, dies alles klang wie die Instrumente eines gewaltigen

Orchesters in ihren Ohren. Eine Symphonie aus Freiheit und Abenteuer.

Mit offenem Mund bestaunte sie die Schiffe. Was für ein Unterschied, wenn man nur darüber gelesen hatte und es nun leibhaftig vor sich sah ...

Ihr Vater stieß sie leicht am Arm. »Das dort ist die *Nemesis.*« Er beugte sich ein wenig vor und zeigte auf einen großen Zweidecker mit schlankem, schwarz gestrichenem Rumpf, weißem Anstrich um die Fenster und drei Masten.

Die Galionsfigur war eine wunderschön geschnitzte Meerjungfrau mit langen, schwarzen Haaren und goldenem Fischschwanz, ihr Blick wirkte finster, aber auch anmutig.

Ein Steg, der an einem verzierten Durchgang endete, führte in das Innere der Fregatte.

Liliana schnappte nach Luft. »Dieses Riesenschiff? Wahnsinn, wie elegant es ist!«

»Danke. Sie ist mein ganzer Stolz. Nach dir natürlich«, fügte er schmunzelnd hinzu. Jack lehnte sich zum Fenster und wies den Mann auf dem Kutschbock an, stehen zu bleiben.

Wenig später öffnete Ben die Türen und half Effie und ihr beim Aussteigen. Dann schnallte er die Koffer ab und stellte sie neben die Passagiere. Jack wies ihn an, wo er den Wallach abliefern sollte, und gab ihm noch ein Trinkgeld. Der ältere Mann zog lächelnd den Hut. »Vielen Dank, Mr Farson.«

Als die Kutsche fort war, rieb sich ihr Vater die Hände. Seine gesamte Gestik strahlte Entschlossenheit aus, als hätte der Anblick des Schiffs eine andere Person in ihm geweckt: den Kapitän.

Liliana bestaunte die Fregatte vor sich, die aus der Nähe noch größer wirkte. Der elegante Anstrich glänzte feucht in der Sonne, die sich gerade wieder aus den dicken Wolken kämpfte. Effie öffnete ihren

Sonnenschirm aus weißem Stoff, wohl auch, um den Wind abzuhalten, der drohte, ihr den Hut vom Kopf zu wehen. Liliana war froh, lediglich eine Haube zu tragen.

Auf Jacks Wink hin liefen zwei Matrosen im flotten Schritt den Steg hinunter, begrüßten ihren Kapitän und ergriffen die Koffer, um sie an Bord zu schleppen.

Jack wandte sich Effie und Liliana zu. »Ich zeige euch erst einmal mein Schiff und die Kajüte, in der ihr übernachten könnt. Die ist allerdings nicht sehr groß, der Platz für Passagiere wird durch den Frachtraum beschränkt.«

Effie winkte ab. »Es ist ja nur für eine Nacht, mach dir unseretwegen bitte keine Umstände.«

»Oh, ich bin so aufgeregt.« Liliana klatschte in die behandschuhten Hände und wäre beinahe dabei in die Luft gesprungen wie ein kleines Mädchen. »Auf einem echten Schiff übernachten! Das klingt wie ein Traum.« Schade, dass sie nicht mit ablegen durfte.

Ihr Vater lachte amüsiert. »Wer weiß, vielleicht wirst du seekrank, dann wäre der Traum jäh vorüber.«

Liliana riss die Augen auf. Man konnte von der See krank werden? »Was ist das?«

»Manche Menschen vertragen den Wellengang nicht«, erklärte Jack. »Etwas flau im Magen wird anfangs jedem, aber bei einigen verschwindet die Übelkeit nie. Horatio Nelson leidet darunter. Er ist ein leidenschaftlicher Seemann, der sich trotz Seekrankheit schon früh zum Marinedienst verpflichtete. Dafür muss man allerdings sehr ehrgeizig und äußerst leidensfähig sein.« Er schüttelte amüsiert den Kopf.

Liliana stellte sich das weniger witzig vor. Sie seufzte. »Ich hoffe, das blüht mir nicht. Ich bin nicht scharf auf Leid.«

Jack lachte, als er ihr Gesicht sah. »Keine Sorge, noch liegen wir im Hafen, und als meine Tochter solltest du dagegen gefeit sein.«

Sie liefen über den hölzernen Steg auf das Schiff zu, das sich bereits leicht hin und her bewegte. Liliana schaute nach unten. Das Meerwasser plätscherte trüb gegen den hölzernen Rumpf und es roch modrig.

»Komm mit«, sagte er. »Ich stelle euch meine Mannschaft vor.« Sie gingen durch den Eingang an Bord. Das Schwanken war auf dem großen Schiff weit weniger stark, als Liliana anfangs befürchtet hatte. Doch noch lagen sie vertäut am Hafen. Wer wusste schon, wie es auf hoher See wäre?

Der Durchgang endete unter Deck vor einem breiten Gang an einer Holztreppe, die nach oben führte. Alles war in gewachstem Eichenholz gehalten und wirkte zwar weniger elegant als der gestrichene Rumpf, aber auch irgendwie gemütlich auf Liliana.

Jack führte sie auf das Oberdeck und wandte sich an die Leute an Bord, von denen einige schon herüberblickten, als warteten sie nur auf einen Wink ihres Kapitäns. Er pfiff zweimal kurz und laut.

Etwa fünfzehn Männer und eine Frau traten herbei und stellten sich neben dem Kapitän auf. Es waren Menschen verschiedenster Hautfarbe und Größe. Auch ihre Kleidung unterschied sich. Von einfachen Leinenhemden und -hosen bis hin zu bunt gemusterter, afrikanisch oder orientalisch anmutender Baumwollkleidung. Einige der Männer trugen einen oder gar zwei Goldringe im Ohr. Der blonde Mann, der alle um einen Kopf überragte, hatte sogar eines dieser polynesischen Tintenstichmuster auf dem muskulösen Körper gezeichnet. Dieser Hüne war ihr beinahe noch unheimlicher als der nur unwesentlich kleinere Afrikaner in der bunten Kleidung.

Liliana, die nie jemand anders als die Bewohner des nahe gelegenen Dorfes oder Mutters sehr britische Bekannte gesehen hatte, wurde etwas flau im Magen beim Anblick der Gruppe. Gleichzeitig roch dies alles so aufregend nach Abenteuer, dass ihr Herz raste.

Die restlichen Seeleute – auch die, die ihre Koffer geholt hatten – gingen weiter ihrer Arbeit nach, behielten das Geschehen aber dennoch im Auge. Liliana vermutete, dass dies die einfachen Matrosen waren.

Ihr Vater legte den Arm um sie und wandte sich an die leitende Mannschaft. »Darf ich vorstellen? Meine Tochter Liliana Preston und ihre Tante Elfreda Preston. Die beiden werden bis morgen an Bord verweilen, und ich will keine Klagen von den Damen über euch hören, verstanden?«

Liliana spürte, wie ihre Wangen glühten. Sie fürchtete, nach diesen Worten von der Mannschaft als etwas Lästiges angesehen zu werden, das man für seinen Kapitän bei Laune halten musste. Doch die Männer und Frau nickten ihr allesamt freundlich zu.

»Das ist meine Kernbesatzung«, fuhr Jack fort und ging die Reihe ab. »Bootsmann, Steuermann, Schiffsarzt, Quartiermeister, Kanonier, Zimmermann, Segelmacher ... die Fachleute eben und deren Gehilfen. Ich denke, ein Vorstellen wäre müßig. Grace?« Er winkte die ältere Frau mit den grauen Locken und dunkelbrauner Hautfarbe zu sich. Liliana hatte nie zuvor einen dunkelhäutigen Menschen gesehen und beäugte die Köchin neugierig. Sie war klein und drahtig, doch das breite Lächeln in dem faltigen Gesicht wirkte freundlich und einnehmend. Eine etwas gruselige Narbe zog sich über ihre rechte Wange und sah aus wie von einer alten Schnittverletzung. An ihrer linken Hand fehlte der kleine Finger. Liliana wollte lieber nicht wissen, wie es zu diesen Verletzungen gekommen war.

»Kannst du meiner Tochter und Effie bitte die vordere Kajüte zeigen?« Jack drehte sich zu Liliana. »Grace ist unsere Köchin. Natürlich muss sie nicht allein die ganze Mannschaft füttern, dazu hat sie ein paar Jungs unter sich. Aber als Kapitän genieße ich das Privileg, von der Meisterin ihres Fachs persönlich bekocht zu werden, und ihr werdet ebenfalls in diesen Genuss kommen.« Er lächelte. »Nicht erschrecken, das Ding da auf ihrem Arm ist keine zerrupfte Stola, sondern ihre Katze.«

Abgelenkt von dem exotischen Aussehen der Frau erkannte Liliana erst jetzt die braun getigerte Katze auf deren Arm. Das Tier schmiegte sich so in die weiten Ärmel ihres Mantels, dass nur der Rücken und die Ohren zu erkennen waren. »Sie haben eine Katze, Miss Grace?« Ein Tier an Bord zu wissen wäre wundervoll. Sie vermisste ihre Hunde und Pferde jetzt schon.

Die Katze wandte den Kopf und sah sie mit gelbgrünen Augen an, blinzelte und drehte sich wieder weg.

Grace lächelte. »*Grace* genügt, Miss Preston.« Sie kraulte den Hals des Tieres. »Auma gehört zur Mannschaft, auch wenn sich Ihr Vater nur schwer daran gewöhnen konnte. Aber heute ist er dankbar dafür. Sie hält die Ratten im Zaum und verhindert Mäusefraß.«

Jack hob warnend den Zeigefinger. »Solange das Vieh nicht wieder eines der Hühner klaut.« Liliana spitzte die Ohren. Hühner gab es auch? Sicher für die Nahrungsversorgung mit Eiern und Fleisch.

Jack schnaubte. »Zumindest lässt sie sich nicht in meinem Arbeitsraum blicken, daher ist es erträglich.«

»Ein cleveres Tierchen eben«, tönte der tätowierte Hüne. Liliana fühlte sich gleich einen Kopf kleiner, als sie ihn ansah. Selbst ihr Vater wirkte schmächtig neben ihm.

Jacks Augen verengten sich. »Noch so ein Spruch, und du kannst die Nacht im Krähennest verbringen.«

Liliana schluckte. Würde es zu einem Streit kommen? Gleich an ihrem ersten Tag?

Das folgende Schmunzeln ihres Vaters ließ sie jedoch erahnen, dass dieses Wortgefecht rein freundschaftlich war. »Das Großmaul ist übrigens Ove, mein Steuermann und ältester Freund an Bord«, erklärte er. »Eine Tatsache, die ihm gerade das Leben gerettet hat.« Er warf dem Hünen einen vielsagenden Blick zu.

Liliana fiel auf, wie ihr Vater seine Art zu sprechen vor der Mannschaft veränderte. Es klang energischer, weniger elegant, aber auch vertrauter.

»Auf, mach dich nützlich und hilf Enrique, die Vorräte zu berechnen«, rief er dem Hünen zu, »und vergiss nicht: Bis morgen sind zwei Personen mehr an Bord!«

Ove salutierte. »Aye, Kapitän.« Er zwinkerte Liliana zu, die nun endgültig rot wurde. Dann klopfte er einem südländisch aussehenden Mann auf die Schulter, und die beiden gingen davon.

Den Rest des Tages wanderte Liliana über das Schiff und beäugte neugierig alle Stationen.

Die Länge der *Nemesis* betrug etwas mehr als sechzig ihrer Schritte, ihre Breite etwa fünfzehn. Es kam Liliana vor wie ein gigantisches Schloss. Sie wanderte durch die Gänge und über die Decks in ständiger Sorge, sich zu verlaufen. Der hintere Bereich, der bei diesem Schiffstyp im Vergleich zu anderen nicht erhöht war, gefiel ihr am besten. Hier am Heck, begrenzt von den hohen, verzierten Fenstern, befanden sich der Speisesaal der leitenden Seeleute und das Arbeitszimmer ihres Vaters, das so viele interessante Gegenstände beherbergte, wie Sextanten und Zirkel, einen Globus, etliche Weltkarten und ein riesiges Regal mit Büchern. Auch seine Schlafkabine und die Kajüten für Gäste, von denen sich Liliana die größte mit ihrer Tante teilte, entdeckte sie hier.

Das Deck darunter, das sogenannte Batteriedeck, war Liliana hingegen etwas unheimlich. Sie lief schnell an den vielen Kanonen vorbei, ohne über deren Nutzung nachdenken zu wollen. Es roch nach Schießpulver und Schweiß.

Hier befand sich auch Graces Reich, die Kombüse, die wesentlich verführerischer duftete. Sie war in zwei Bereiche unterteilt, einen Raum mit einem langen Tisch und großer, mit Kohle befeuerter Kochstelle, an der Graces Lehrling Rinaldo und zwei weitere Gehilfen für die große Crew das Essen zubereiteten, und eine kleinere, abschließbare Kammer, zu der kein anderer außer Grace Zutritt hatte. Hier kochte und backte nur sie, und Liliana bekam den Eindruck, sie wohnte da auch.

Am Bug dieses Decks befand sich das Arztzimmer mit Lazarett. Die vielen Instrumente, Messer, Klemmen und Knochensägen flößten ihr Angst ein und sie ging schnell weiter, ohne einen weiteren Blick hineinzuwerfen.

Im Unterdeck, das keine Fenster hatte, waren Lade- und Pulverraum. Auch die Schlafplätze der Matrosen, die teilweise lediglich aus Hängematten in den Gängen bestanden, befanden sich in diesem Bereich.

Dazwischen wimmelte es von Konstruktionen, die Liliana nicht einordnen konnte: Seilzüge, Ketten und riesige Trommelwinden.

Sich die Gesichter und die vielen – oft ungewöhnlichen – Namen zu merken, denen sie begegnete, gelang ihr nur bei wenigen der für sie riesigen Besatzung.

Neben Grace und dem Steuermann Ove Gjertsen fiel ihr noch der Spanier Enrique Ortega auf, der sowohl Quartier- als auch Zahlmeister war. Er kümmerte sich um die Waren an Bord, behielt den Überblick über die Vorräte und verteilte die Heuer am Ende jeder Woche.

Als sie durch das Batteriedeck zurück zum Heck gehen wollte, stand plötzlich der große Afrikaner vor ihr.

Erschreckt riss sie die Augen auf.

Der Mann aber lachte freundlich. »Keine Angst, Miss Preston, ich verspeise nur kleine Kinder und habe bereits gegessen heute.« Seine weißen Zähne leuchteten unter der dunklen Hautfarbe noch heller als die buntgemusterte Kleidung.

Liliana spürte, wie ihre Wangen brannten. »Bitte verzeihen Sie meine Schreckhaftigkeit. Es ist alles noch so neu und fremdartig hier.« Sie senkte verschämt den Blick.

Der Mann lachte. »Sie brauchen sich nicht zu entschuldigen, Miss Preston.« Er verbeugte sich. »Mein Name ist Kweku, ich bin hier der Kanonier und behalte Waffen und Artillerie im Blick.«

Sie sah auf. Das freundliche Gesicht des Mannes nahm ihr die Angst. »Freut mich, Sie kennenzulernen, Mr Kweku.« Sie runzelte die Stirn. »Das ist ein ungewöhnlicher Name, was bedeutet er?«

Kweku zuckte die Schultern. »Dass ich in der Mitte der Woche geboren wurde.«

Liliana hatte mit einer mystischeren Antwort gerechnet, wie *der Kämpfer* oder den Bezug zu einer Gottheit, und musste schmunzeln. »Ist das so üblich in Afrika?« Sie besann sich. »Sie kommen aus Afrika, oder?«

»Afrika ist ein riesiger Kontinent und besteht aus vielen unterschiedlichen Stammesgebieten. Ich komme von der westafrikanischen Goldküste und gehöre dem Aschantistamm an.«

Liliana staunte. Sie musste sich immer wieder aufs Neue bewusst machen, wie groß die Welt doch war. »Wie kamen Sie an Bord dieses Schiffes?«

»Das frage ich mich manchmal auch.« Kweku lachte. »Die Aschanti leben eher im Binnenland und finden eure Belagerung ihrer Küsten nicht sonderlich nett. Ihr Vater wollte damals allerdings einen üblen Sklavenhändler ausfindig machen und heuerte mich als

Führer durch die Wildnis an. Er überzeugte mich, mit auf sein Schiff zu kommen.« Er grinste breit. »Bis heute eine Entscheidung, die ich nicht bereue.«

Am Abend saßen diejenigen Matrosen, die niemanden an Land besuchten, unter Deck in einem großen Raum beisammen, in dem sie auch aßen und schliefen. Die Männer genossen sichtlich die Zeit im Hafen, sie wurde offenbar zum geselligen Beisammensein und Feiern genutzt, bevor die harte Arbeit auf See wieder begann. Bis auf einige Reparaturen, Wartungen und das Verladen von Vorräten war nicht viel zu tun.

Ein kleiner Teil Jacks sogenannter Kernmannschaft zog sich getrennt von den einfachen Matrosen zurück. Sie versammelten sich im Messraum. Liliana traf auf die Gruppe, als sie sich einen Apfel holen wollte.

Zögernd stand sie an der Tür und überlegte, wieder zu gehen.

»Kommen Sie ruhig rein, Miss Liliana«, forderte Grace sie auf. »Setzen Sie sich zu uns.« Sie klopfte neben sich auf den Stuhl. »Sie stören nicht, wir sind jeden Abend hier und jeder ist eingeladen.«

Liliana lächelte und setzte sich. Etwas beklommen fühlte sie sich durchaus unter den vielen Männern.

Die ältere Frau schien das zu bemerken. »Keine Angst, ich passe auf, dass die Bengel sich benehmen.« Sie zwinkerte ihr zu.

»Grace schafft das, sie ist eine Hexe«, raunte der Quartiermeister Enrique mit geisterhaft aufgerissenen Augen und zupfte sich an dem goldenen Ohrring. »Verärgern Sie sie nie, sonst baut sie eine Voodoo-Puppe von Ihnen oder braut einen Gifttrank.«

»Ich glaube, ich sollte deine Puppe mal wieder aus der Kiste holen, Enrique«, erwiderte die alte Frau scharf, und die anderen lachten.

»Lass das lieber, dann hat er wieder Albträume wie neulich«, spottete der Bootsmann Brian, ein muskulöser Engländer mit Yorkshire-Akzent, hellbraunen Locken und Dreitagebart.

»So ein Quatsch, wenn ich nachts mal stöhne, dann sind das ganz andere Träume, aber davon verstehst du ja nix mit deiner Xanthippe daheim!«, tönte der Spanier.

»Du bettelst nur darum, was aufs Maul zu bekommen, was?«, rief Brian zurück, grinste aber.

»Hey, Leute«, tadelte der blonde Zimmermann Kai. »Reißt euch mal am Riemen, immerhin haben wir Damen am Tisch.«

»Seit wann bist du denn so höflich?«, spottete Enrique.

»Seit er mich hat kommen sehen«, grinste Jack, der mit Effie zusammen hinter Enrique die Messe betreten hatte.

»Oh«, meinte der Spanier verschämt und sprang auf. »'hoy, Kapitän!«

Jack lachte. »Wenn du das wiedergutmachen willst, dann rück was vom Wein deines Bruders raus, wir haben schließlich etwas zu feiern!«

Die Gruppe jubelte zustimmend.

»Aye, Kapitän«, sagte Enrique grinsend und verschwand, um den Wein zu holen.

»Holla, ohne Diskussion?« Ove hob die Brauen. »Die Flaschen sind ihm doch heilig.«

Der Segelmacher, ein dunkelhaariger, vollbärtiger Russe namens Vladimir, lachte laut. »Sein Imponiergehabe geht ihm über den Geiz, wie es scheint.«

Als kurz darauf jeder ein Glas vor sich hatte, stießen sie auf die Gäste an.

»Jetzt hab ich den Wein gespendet, jetzt muss der Preuße, der mir das eingebrockt hat, uns was vorspielen«, sagte der Quartiermeister darauf feierlich.

»Kai ist Hamburger, kein Preuße«, bemerkte der Hüne.

Der Zimmerer seufzte. »Danke, Ove, aber ich hab's schon aufgegeben, einen Spanier in Politik zu unterweisen.«

»Genau, wir unterteilen nur in *noch zu erobern* oder *bereits erobert.*« Enrique zeigte die Zähne.

Kai ignorierte ihn. Er trat an die große Holztruhe in der Ecke und holte einen langen, rechteckigen Behälter hervor. Liliana streckte den Hals, so neugierig war sie zu sehen, was der junge Matrose da aus dem Kästchen holen würde. Es kam eine wunderschöne Querflöte zum Vorschein, schwarz mit silbernen Beschlägen und mehr Klappen, als Liliana es kannte. Ob dies eine Version aus seiner Heimat war? Konnte dieser Seemann tatsächlich ein solch filigranes Instrument spielen?

Kai sah zu dem Norweger. »Ove? Bist du dabei?«

Der Hüne lachte auf. »Du willst mich nur wieder bloßstellen!« Trotz der Worte holte er grinsend eine Maultrommel aus seiner Hemdtasche.

»Kai spielt wie der Rattenfänger von Hamburg«, erklärte Enrique feierlich.

»Das war Hameln.« Der Zimmermann schüttelte den Kopf. »Wie jemand mit deinem Namensgedächtnis Quartiermeister werden konnte, ist mir schleierhaft.«

Der Spanier lachte. »Vorsicht, Konrad! Sonst kannst du gleich durch Zahnlücken flöten, dann brauchst du das Ding nicht mehr!«

Kai zwinkerte ihm nur beinahe kokett zu und begann zu spielen.

Liliana bewunderte staunend, wie der Zimmermann in das Instrument blies, seine schlanken Finger sich hoben und senkten und dabei wundervoll klingende Melodien hervorzauberten. Sicher brauchte der Deutsche auch bei seinen Arbeiten mit Holz solche geschickten Hände.

Sie genoss den Rest des Abends. Kai spielte ein Lied nach dem anderen auf der Querflöte, und Ove begleitete ihn mit der Maultrommel. Sie tranken Wein und sangen zu den Melodien, bis Liliana sich verabschieden musste. Sie fühlte sich zu schummrig vom Alkohol.

»Morgen Abend wieder?«, fragte Grace freundlich, und sie nickte.

»Gerne.«

Später, als Liliana sich schon in der Kajüte schlafen gelegt hatte, ging Effie noch mal über Deck. Zu viele Gedanken kreisten in ihrem Kopf herum.

Sie erinnerte sich an ihre erste Begegnung mit Jack vor so vielen Jahren hier in Bristol. Dieser junge, gut aussehende Matrose in einfacher Leinenkleidung, der dennoch wirkte, als gehöre ihm die Welt. Er strahlte schon damals eine unwiderstehliche Anziehung auf sie aus, weshalb sie sich nur mehr von ihm distanzierte. Er machte immerhin ihrer Schwester den Hof, da waren solche Gefühle unangebracht ... und sinnlos.

Effie erinnerte sich, wie Eliza sie in eine Ecke der Näherei gezogen hatte, in der ihre Schwester eine Ausbildung machte, und mit flehendem Ton auf sie eingeredet hatte, es ihren pflegebedürftigen Eltern nicht zu verraten. Oh, wie hatte sie ihre Schwester beneidet ... und später bemitleidet, als sie nach dem Tod der Eltern ohne familiären Rückhalt mit dem Kind in dieser Stadt lebte. Erst als sie Richard kennengelernt und ihre Tochter bei Effie abgeladen hatte, wandelte sich das Mitleid in Unverständnis, und der Kontakt reduzierte sich.

Nach dieser langen, eher ereignislosen Zeit auf dem Gutshof wirkten die Eindrücke des letzten Tages wie ein Rausch auf sie. So viele neue Gesichter, Gerüche und Töne. Auch wusste sie nicht, ob die Entscheidung, Liliana ihrem Vater vorzustellen, die richtige gewesen war. Eliza würde fuchsteufelswild, erführe sie davon. Dennoch, beide hatten ein Recht darauf.

Sie trat an die Reling und atmete tief die salzige Meeresluft ein. Es war eine sternenklare Nacht und der fast volle Mond schien heller als die schwachen Lichter im Hafen. Das feuchte Deck des Schiffes, von den schwachen Wellen hin und her gewiegt, schimmerte im Mondlicht. Beinahe einschläfernd plätscherte der leichte Seegang gegen die Fregatte und ließ das Holz knarren.

»Kannst du nicht schlafen?«, erklang Jacks Stimme hinter ihr.

Erschreckt drehte sie sich um. Er hatte den Kapitänsrock abgelegt und trug nur die schwarze Hose und das weiße Hemd. Für Effie wirkte er noch attraktiver als zuvor. Sie hoffte, dass er in der Dunkelheit die Hitze auf ihren Wangen nicht bemerkte. Effie schimpfte sich selbst dafür, dass ihr Magen bei seinem Anblick kribbelte wie der eines Schulmädchens. Wie konnte man sich in ihrem Alter noch so aufführen? Außerdem hatte er ihre Schwester geliebt und nicht sie. Effie war nicht so zierlich wie Eliza, und ihr loses Mundwerk hatte potenzielle Verehrer immer abgeschreckt. Sie hatte noch nie zu den Frauen gehört, die von Männern bevorzugt umgarnt wurden. Warum sollte dieser Mann anders denken?

Mit seinem Aussehen und seiner Position konnte er gewiss so ziemlich jede Frau für sich gewinnen, nach der es ihn verlangte.

Sie zwang sich zu einem Lächeln. »Eine wunderschöne Nacht.«

Jack nickte. Er trat neben sie, stützte die Hände auf die Reling und schaute aufs dunkle Meer hinaus. Der Anblick seiner muskulösen Arme unter den hochgekrempelten Hemdsärmeln verstärkte das kribbelnde Gefühl in ihrem Magen. »Allerdings zu flau, ein wenig mehr Wind würde ich mir wünschen für Mittwoch.«

Sie sah ihn mit gerunzelter Stirn an und atmete tief durch. »Was treibst du wirklich, Jack? Sei ehrlich zu mir!«, stellte sie endlich die Frage, die sie die ganze Zeit beschäftigte.

Jack blickte aus den Augenwinkeln zu ihr herüber. »Ich plündere keine redlichen Schiffe, Effie, falls du das andeuten wolltest.«

Sie seufzte theatralisch. »Ich will nicht immer hören, was du *nicht* tust, sondern *was* du tust.«

Er wandte sich ihr zu. Das Schmunzeln in seinem Gesicht half nicht gerade dabei, ihre Gefühle abzuschalten. Noch weniger sein tiefer Tonfall, der beinahe melodisch mit dem Rauschen der Wellen mitschwang. »Wir handeln mit Gütern. Hauptsächlich Afrika und Asien, aber auch in der Neuen Welt.«

Effie verschränkte die Arme. »Ich habe mich unter Deck umgesehen. Für ein Handelsschiff ist die *Nemesis* erstaunlich gut bewaffnet.«

»Es herrschen oft raue Sitten hier draußen, da muss man sich gut verteidigen können.« Seine Stimme blieb ruhig, doch sein sanftes Lächeln verschwand.

Effie warf ihm einen vielsagenden Blick zu.

Er hob abwehrend die Hand. »Das dient nur unserer Sicherheit. Ich bin kein Aggressor, aber man muss sich seinen Respekt bewahren dort draußen. Einmal Schwäche gezeigt, und sie fallen über dich her wie hungrige Wölfe und reißen dich in Stücke.«

Sie hob die Brauen. »Und dieses Bild soll mich nun beruhigen?«

Jack blickte sie derart unverfänglich an, dass sich ein tiefer Seufzer ihrer Kehle entrang.

»Sag es frei heraus! Liegt Eliza mit ihrer Behauptung richtig? Bist du Pirat oder Freibeuter?« In der Dunkelheit der Nacht löste sich ihre Zunge leichter, als womöglich gut war. Auch wenn ihr Körper bebte und das

Herz ihr bis zum Hals klopfte, fühlte sie sich befreit, nachdem sie diese Fragen endlich gestellt hatte.

Jack musterte sie eine Zeit lang mit ausdrucksloser Miene. »Weder noch und beides«, sagte er leise. »Wenn, dann kapere ich nur die Schiffe, die es verdient haben.«

Effies Augen verengten sich. »Welche Menschen verdienen denn deiner Ansicht nach ein solch grausames Schicksal? Franzosen?«

»Ich urteile niemals nach Herkunft«, brummte er. »Aber ich verabscheue zum Beispiel den Menschenhandel. Grace ist im Übrigen eine ehemalige Sklavin! Frag sie gerne, wenn du meinst, ihre Entführer wären von mir ungerecht behandelt worden.« Er warf ihr einen finsteren Blick zu und Effie wich diesem beschämt aus. »Und ich verabscheue auch Schiffe, die Waffen verkaufen, um Tyrannen an der Macht zu lassen oder Bürgerkriege aufrechtzuerhalten, damit das Gold und die Edelsteine in dem Land billig zu haben sind«, fuhr er unbeirrt fort, »und das alles unter dem Schutz der englischen oder spanischen Krone. Sie alle kommen nicht weit, wenn sie den Weg der *Nemesis* kreuzen.« Jack ballte die Fäuste.

Effie presste die Lippen zusammen. »Und dies alles tust du natürlich aus reiner Güte und nicht des Geldes wegen?« Sie atmete tief durch. »Zwar stammst du aus einer nicht gerade armen Familie, aber in nur wenigen Jahren von einem einfachen Leutnant der Marine zum Kapitän und gar Schiffseigner aufzusteigen, dazu gehört mehr als nur eine Erbschaft. Lässt sich ein derartig großes Schiff und seine Besatzung durch bloßen Handel legal erhalten? Bitte verkaufe mich nicht für dumm.«

Jack lockerte die Hände wieder und seine Mimik entspannte sich. »Ich würde es niemals wagen, dich zu unterschätzen.« Sein Blick hielt sie gefangen. »Zugegeben, der Gewinn aus einigen Überfällen ist durchaus ein angenehmer Nebeneffekt. Ich bestritt meinen Weg mit dem Erbe meines Vaters, erreichte meine Ziele jedoch durch eigener Hände Arbeit. Auf Letzteres bin ich stolz.«

Effie legte skeptisch den Kopf schief. »Und du kannst dich dennoch in England und Spanien weiterhin öffentlich zeigen?«

Jack zuckte die Achseln. »Natürlich. Ich entstamme einer angesehenen Familie und lege keinen Wert darauf, die oberen Ränge aufzuwirbeln. Allein das zählt hierzulande.« Seine Stimme klang zynisch. »Man muss nur gut darauf achten, dass man nicht allzu lästig wird und es bei dem Nebenerwerb keine Zeugen gibt.«

Ein Schrecken durchfuhr Effie bei diesen Worten und sie riss entsetzt die Augen auf. »Wie meinst du das, es gibt keine Zeugen? Du bringst die Mannschaften um?«

»Nicht zwangsläufig, nein. Viele ändern von sich aus ihre Meinung.« Seine Stimme klang ruhig, beinahe emotionslos. Sein Blick wanderte hinaus aufs weite Meer. »Ja, die *Nemesis* hat schon etliche Seelen gerettet.«

Effie runzelte die Stirn.

Jack sah sie mit gehobenen Brauen an. »Im Vergleich zur Marine sind wir äußerst charmant«, sagte er wie zur Erklärung.

Sie drehte leicht den Kopf zur Seite, unsicher, wie sie diese Worte interpretieren sollte. Der Kapitän war ihr in dieser Nacht auf dem dunklen Deck mehr als nur ein wenig unheimlich.

Jack trat ein Stück näher an sie heran. »Was denkst du?«, fragte er.

Effie wich dem Blick seiner blauen Augen aus. Ihr Körper bebte erneut. Diesen Schwall von Gefühlen nach jahrelanger emotionaler Eintönigkeit konnte sie kaum bändigen. »Das ist das Problem. Ich weiß nicht, was ich denken soll.«

»Was ist los?«

Sie sah krampfhaft zu Boden und spürte, wie Jack ihre Hände in seine nahm. Der sanfte Druck, mit dem seine Finger über ihre Knöchel strichen, fuhr kribbelnd durch ihren gesamten Körper.

»Wie unterschiedlich ihr beiden Schwestern doch seid. Heute noch mehr als damals«, sagt er leise und Effie blickte scheu auf. Die Laternen spiegelten sich in seinen Augen wider. »Du warst so wild und voller Feuer damals«, fuhr er fort. »Humorvoll, spontan und klug. Dennoch verfiel ich der anmutigen und stolzen Grazie deiner Schwester. Eliza konnte Männer mit einem bloßen Augenaufschlag in die Knie zwingen ... und ich war einer von ihnen.« Jack atmete tief ein. »Und was hat es mir eingebracht, dass ich meinen Augen mehr als meinem Kopf gefolgt bin? Nur Ärger mit einer stoischen, in der Gesellschaft festgefahrenen Person.«

Er sah Effie tief in die Augen und sie hatte Mühe, dem Blick standzuhalten. Noch weniger konnte sie sich jedoch von ihm lösen. Sie genoss diese lang vermisste Wärme, die ihr Herz erfüllte.

»Ich wünschte, ich könnte die Zeit zurückdrehen.« Sein Flüstern glich einem Windhauch, der über ihre Haut strich. »Ich würde dich wählen ... sofern du es wollen würdest.«

Effie holte tief Luft. »Ich ...« Sie schluckte. »Ich hätte dich damals schon gewollt ...«

Jack beugte sich hinunter und drückte seine Lippen auf ihre. Effie wäre beinahe in die Knie gesackt bei dieser Berührung. Sie erwiderte den Kuss leidenschaftlich. Er schmeckte so wundervoll nach Salz und Freiheit, dass ihr schummrig wurde. Ihr Herz schien zu zerbersten vor Glück. Als seine Zunge sanft ihre Lippen trennte, tanzten Schmetterlinge in ihrem Unterleib.

»Kommst du mit in meine Kajüte?«, fragte er leise in ihr Ohr, sodass sie von seinem warmen Atem eine

Gänsehaut bekam. Ein schier unbändiges Verlangen brannte in ihrem Körper.

»Ja«, flüsterte sie mit bebenden Lippen.

Auch wenn es nur ein kurzes Abenteuer für ihn sein sollte ... war es ihr gleich. Zu lange hatte sie diesen Moment in ihren Träumen herbeigesehnt.

Liliana

Als Liliana am nächsten Morgen aufwachte, schien die Sonne bereits warm durch das kleine Fenster. Der sanfte Wellengang hatte sie am Abend zuvor früher als gedacht in den Schlaf gewiegt. Effie? Ihr Blick ging zu dem Bett gegenüber. Erschreckt setzte sie sich auf. Es war leer und wirkte unbenutzt. War ihre Tante so früh aufgestanden und hatte bereits die Laken wieder geglättet oder war etwas geschehen?

Sie stand auf und öffnete das Fenster. Die Geräusche des Hafens drangen an ihre Ohren: Hufgetrappel, Wagenräder, die über das Pflaster ratterten, das allgegenwärtige Scheppern, Knarzen und Quietschen der Schiffstakelagen und die Rufe der Hafenarbeiter. Alles wirkte normal. Sie sog den Geruch des Meeres in sich ein und genoss die Sonnenstrahlen, die warm auf ihr Gesicht schienen. Dies alles vertrieb die dunklen Gedanken. Zudem ... wenn etwas geschehen wäre, hätte man sie sicher in Kenntnis gesetzt.

Sie öffnete ihren Koffer und wählte ein frisches, aber schlichtes Kleid aus weißer und hellblauer Wolle. Es war mit seinen wenigen Rüschen dünner und bequemer für das Herumlaufen auf einem Schiff, aber doch gediegen genug, um nicht anzüglich zu wirken.

Sie trat hinaus in den Gang und erblickte Effie, die auf dem Weg zu ihrer Kabine war. Ihre Tante trug noch immer das Kleid von gestern, doch die Haare waren offen. Als Effie ihre Nichte erblickte, röteten sich ihre Wangen, was Liliana gar nicht von ihr kannte.

»Guten Morgen, Effie. Wo warst du?«

»Hallo Lily, ich ...« Sie lächelte müde. »Ich habe die Nacht mit deinem Vater verbracht.«

Liliana zuckte leicht zusammen, doch das Gefühl in ihrem Bauch wurde wohlig warm bei der Vorstellung. Sie lächelte. »Wirklich? Das ist wundervoll.«

»Danke, Schatz.« Ihre Tante wirkte noch immer ungewohnt verlegen, aber auch sehr glücklich. »Wir haben uns nur ... über früher unterhalten.«

Liliana nickte und versuchte, ein verschmitztes Grinsen zurückzuhalten. Ihre anfängliche Eifersucht war verblichen, und sich ihre Tante mit ihrem Vater liiert vorzustellen, erfüllte sie mit einem ungeahnten Glücksgefühl. Es wäre beinahe wie eine echte Familie ... apropos ... »Effie ...?«, begann sie zögerlich.

»Ja?«

»Vielleicht sollten wir Mutter nichts hiervon erzählen, wenn wir heute nach Bath kommen.«

Der Blick ihrer Tante spiegelte Verständnis wieder. »Ich denke, das ist eine gute Idee.« Sie winkte ab. »Ich werde mich nun etwas frisch machen und dann noch mal in die Stadt gehen.«

Liliana stutzte. »Aber Ben holt uns doch bald ab.« Der Gedanke, dieses wundervolle Schiff wieder verlassen zu müssen, trieb ihr beinahe die Tränen in die Augen.

»Ich muss noch einige Stoffe besorgen für das Kleid, das ich für dich nähen wollte. So spare ich mir eine Fahrt.«

»Kennst du dich denn in Bristol aus?«

»Ein wenig, ja. Ich habe zudem das Verlangen, mir etwas die Beine zu vertreten vor der Fahrt zurück.«

Liliana nickte. »Ich begleite dich.«

Wenig später gingen sie zusammen an Deck. Liliana wollte ihrem Vater Bescheid geben, doch der war nirgends zu finden, und die Zeit lief ihnen davon.

Effie wand sich daher an Jonas, einen der jüngeren Matrosen. »Wir gehen zum Tuchhändler, bitte richten Sie Ben aus, dass er hier auf uns warten soll, wenn er kommt.«

Der junge Mann zog seine Mütze. »Sehr wohl, Miss Preston. Das werde ich tun.«

Das Wetter war ungewöhnlich heiter für diese Jahreszeit, und Effie öffnete ihren Sonnenschirm. Liliana schmunzelte. Ihre Tante bemühte sich stets, eine noble Blässe zu bewahren, was kein einfaches Unterfangen war auf dem Land. Liliana scherte sich wenig darum, ihr gefiel die sonnengebräunte Haut der Matrosen sogar. Auch das duftete nach Abenteuer.

Sie passierten einen Fischladen, der seinen penetranten Geruch verströmte. Liliana staunte über die verschiedenen und auch ungewöhnlichen Meerestiere, die hier dargeboten wurden, hatte sie bisher doch nur Forellen und Karpfen gesehen. Es gab Fische in allen Größen und Farben, auch Tintenfische, die Liliana nur von Zeichnungen kannte. Konnte man diese schmierigen Tiere mit den widerlichen Tentakeln tatsächlich essen? Doch das, was den Erzählungen nach an französischen Höfen serviert wurde, wirkte noch befremdlicher auf sie.

Wie sähe das wohl in gänzlich anderen Kulturen aus? Welches Getier und welch ungewöhnliche Früchte gäbe es dort? Sie wünschte sich, dies alles erfahren, sehen und riechen zu können ... ob auch schmecken, das würde sie vor Ort entscheiden.

»Das Tuchgeschäft befindet sich hier in der Gasse«, unterbrach Effie ihre Gedanken. Sie blieb an einem Schaufenster stehen und sah dort hinein.

Liliana runzelte die Stirn. »Das wirkt wie eine Näherei. Verkaufen die auch Stoffe?«

Ihre Tante schüttelte den Kopf, es wirkte mehr, als erwachte sie aus Erinnerungen. »Nein, es ist das daneben.« Sie zögerte. »Hier wurde ich - und später auch deine Mutter – damals im Nähen unterrichtet. Das Geschäft gehörte Bekannten und deine Großmutter legte großen Wert darauf, dass ihre Töchter Kleider nähen können.« Effie lächelte abwesend, als schwebten noch weitere Erinnerungen in ihrem Kopf herum. »Sie sagte stets, selbst wenn einmal das Geld fehlte, sollte eine Dame zumindest gut gekleidet sein.«

»Ich wünschte, ich hätte Großmutter kennenlernen dürfen«, meinte Liliana etwas traurig. Ihre Großeltern waren beide noch vor ihrer Geburt verstorben.

»Sie hätte sich sehr über ein Enkelkind gefreut.«

Liliana kam eine Ahnung. »Lernte Mutter hier, als sie Vater kennenlernte?«

Effie nickte, winkte aber sofort ab. »Lass uns weitergehen, ich möchte Ben nicht warten lassen.«

Der von außen so klein wirkende Laden war erstaunlich gut sortiert. Effie wählte einen wundervollen, dunkelgrünen Seidenstoff und mehrere weiße Baumwolltücher für das Unterkleid aus, die sie sogleich bezahlte und auf das Landgut liefern ließ. Liliana freute sich schon auf dieses Kleid. Ihre Tante konnte wundervoll mit Stoffen umgehen. Schon als Kind hatte Liliana davon geträumt, dass Effie ihr eines Tages ihr Hochzeitskleid nähen würde ... aber dieser Tag schien seltsamerweise weiter entfernt, je älter sie wurde.

Sie gingen durch eine leere Gasse zurück zum Schiff. Die Straße war so eng, dass Effie hinter ihr herlaufen musste.

Liliana konzentrierte sich auf den Weg, bemüht, über keinen der Steine zu stolpern, die hier herumlagen.

In dem Moment ertönte ein dumpfer Schlag hinter ihr, gefolgt von einem unterdrückten Stöhnen.

Liliana drehte sich um und musste mit ansehen, wie ihre Tante lautlos zu Boden sackte. Sie wollte vor Schreck schreien, aber eine breite, schwielige, schmutzige Hand schoss aus einem Eingang neben ihr und presste sich ihr auf Mund und Nase, sodass sie kaum Luft bekam. Sie wurde an einen muskulösen Körper gedrückt. Panisch versuchte sie, sich loszureißen, doch das Gefühl einer metallenen Kälte am Hals ließ sie erstarren. Die Klinge eines Messers? Langsam rutschte die Hand etwas hinab und befreite ihre Nase. Liliana sog die rettende Luft durch die geblähten Nasenflügel und versuchte, den Gestank nach Fusel, Teer und Schweiß zu ignorieren, der dabei ihren Geruchssinn bombardierte. Sie richtete ihren Blick auf Effie, die reglos zu ihren Füßen lag. Liliana konnte nicht erkennen, ob sie noch lebte, die braunen Locken verdeckten völlig das Gesicht ihrer Tante.

Sie schnaufte. Ihr Herz raste vor Angst.

Ein wild aussehender Mann mit Vollbart in schmutziger, beiger Leinenhose und dunklem, fleckigem Matrosenhemd stand vor ihr. Ein weiterer, den sie nicht sehen konnte, hielt sie fest im Griff und drückte das Messer an ihren Hals. Er löste die Hand nun gänzlich von ihrem Mund und ergriff sie grob am Arm. Der Gestank wurde schier unerträglich.

»Du kommst jetzt mit. Ohne einen Mucks!«, flüsterte er dicht an ihrem Ohr. »Sonst schneid ich deiner Begleiterin hier die Kehle durch, kapiert?«

Liliana nickte. Sie zitterte am ganzen Leib. Schwarze Flecken bildeten sich vor ihren Augen und die aufkommende Übelkeit raubte ihr beinahe den Atem, doch sie zwang sich, dem nicht nachzugeben.

Die zwei Männer zerrten sie durch weitere leere, enge Gassen in Richtung eines abgelegenen Piers. Der Ältere hielt sie mit einer Hand fest am Arm, während die andere zu ihren Brüsten wanderte. Liliana versuchte sich verzweifelt aus dem Griff zu winden, doch das schien ihn nur zu motivieren, fester zuzupacken. Sie gab den Widerstand auf und bemühte sich, ihr Körpergefühl auszuschalten, sodass sie nichts mehr spürte.

Unter dem Pier schaukelte versteckt ein kleines Beiboot. Noch immer zitternd ließ sich Liliana in den Kahn schieben. Durch das Schwanken fiel sie beinahe auf den Holzsitz.

Der ältere Mann band ihr die Hände mit einem alten, faserigen Hanfstrick zusammen und beide Entführer ruderten los. Zum Glück, so waren sie beschäftigt und konnten sie nicht weiter unsittlich berühren. Doch Liliana machte sich nichts vor, es sah nicht so aus, als würden diese Kerle sie diesbezüglich verschonen. Sie versuchte mit aller Kraft, ihre Atmung zu regulieren und die aufsteigenden Tränen zu unterdrücken.

Effie

Ein pulsierender Schmerz war das Erste, was sie spürte. Effie öffnete die Augen. Als das verschwommene Bild langsam scharf wurde, sah sie den asiatischen Schiffsarzt Dr. Nguyen neben ihrem Lager sitzen. Er hielt eine seiner Flaschen mit grünlich braunem Sud in der Hand und betupfte damit ihre Stirn. Der säuerliche Geruch verdrängte die Übelkeit. Es brannte wie Feuer. Effie stöhnte auf.

»Alles gut. Sie sind in Sicherheit«, sagte Tai mit seiner sanft klingenden, melodischen Stimme. »Es ist nur eine Platzwunde, nichts gebrochen.«

»Lily?« Ihre Stimme glich einem Krächzen.

Der Vietnamese schüttelte mit ernster Miene den Kopf. Ein Schrecken der Erkenntnis durchfuhr Effie, und sie versuchte, sich aufzurichten.

Sofort verschwammen die Konturen des Raums erneut und tanzten vor ihren Augen. Ihr Magen krampfte und bittere Säure kroch in ihren Hals. Sie erblickte den großen Steuermann Ove, der sie ebenfalls besorgt ansah.

Der Arzt drückte sie sanft, aber bestimmt an den Schultern zurück auf das Lager. »Bleiben Sie liegen, Miss Preston, Sie müssen sich schonen!«

Effie hörte energische Schritte auf dem Holzboden, im Takt mit dem Pochen in ihren Schläfen. Sie drehte die Augen und erkannte Jack, der mit zorniger Miene in den Raum trat.

»Ist sie wach? Hat sie etwas erkennen können?«

Ove trat dem Kapitän entgegen und hielt ihn zurück. »Sie ist gerade wieder zu sich gekommen, gib ihr einen Moment.«

Jack schnaubte und lief mit geballten Fäusten auf und ab wie ein eingesperrtes Raubtier. »Warum mussten sie auch allein von Bord gehen, verdammt?«, fluchte er. »Bring mir Jonas in meinen Arbeitsraum. Der kann was erleben!«

Effie entfuhr ein entsetztes Keuchen. Sie wollte etwas sagen, den jungen Matrosen verteidigen, doch ihre Kehle schien wie zugeschnürt.

Der blonde Hüne ergriff Jacks Arm. Das tätowierte Muster auf dem voluminösen Bizeps spannte sich. »Versuch dich zu beruhigen, Jack.«

»Beruhigen soll ich mich?«, fuhr ihn der Kapitän an und riss sich energisch los. Seine blauen Augen funkelten zornig, beinahe herausfordernd. Im Gegensatz zu dem Rest der Mannschaft schien er nicht den geringsten Respekt vor den Muskeln seines Steuermannes zu haben. »Sie kann jetzt schon tot sein! Ich habe sie erneut verloren, und wir haben noch nicht einmal abgelegt, verflucht noch mal! Wenn Brian oder Enrique nicht bald eine Spur haben, weiß ich nicht, was ich tue!«

»Dennoch, es hilft ihr nichts, wenn du hier Funken sprühst oder deinen Zorn an guten und loyalen Männern auslässt. Was hätte Jonas tun sollen? Zwei erwachsene Frauen gegen ihren Willen aufhalten und einsperren? Er konnte nicht wissen, dass es nicht mit dir abgesprochen war, und noch weniger einen Überfall erahnen. Glaube mir, der Junge macht sich schon genug Vorwürfe.«

Jack blies zischend die Luft zwischen den Zähnen durch, widersprach jedoch nicht. Die Worte des Steuermanns schienen ihn zu erreichen.

»Sie waren nur an Liliana interessiert und nicht an Effie«, fuhr Ove fort. »Es sieht demnach ganz so aus, als ob *du* das Hauptziel hierbei wärest. Wir sollten überlegen, wer sich alles auf eine solche Weise an dir rächen würde.«

Jack brummte. »Leider gibt es Zahlreiche, besonders unter den Piraten, die mir nur zu gerne einiges heimzahlen würden ... verdammt!« Er sah zu Effie, die mit aller Kraft versuchte, die Augen offen zu halten. Ihre Lider fühlten sich an wie aus Blei gegossen. Jacks Blick verlor an Zorn. Er setzte sich zu ihr ans Bett. »Wie geht es dir?«, fragte er sanft.

Effie versuchte schluckend, die trockene Kehle zu befeuchten. »Es tut mir leid«, flüsterte sie mit rauer Stimme. Erneut drehte sich alles und die Übelkeit kehrte zurück. »Ich konnte nichts erkennen. Es tut mir so leid.« Sie ergriff seine Hand. »Bitte bestrafe den Matrosen nicht, ich würde mir nur noch mehr Vorwürfe machen.«

»Ruh dich aus, und keine Sorge, ich werde Jonas nicht bestrafen.« Jack drückte ihre Finger und strich ihr sanft mit der anderen Hand über das Gesicht. »Zumindest haben die Schweine dich nicht auch mitgenommen.« Er biss die Zähne zusammen. »Wer immer das war«, zischte er, »der wird diesen Tag noch verfluchen, das schwöre ich bei allem, was mir heilig ist!«

Effies Magen zog sich bei diesem eisigen Blick noch mehr zusammen.

Liliana

Liliana wurde über die feuchten Planken eines Dreimasters gezerrt. Unten am Hauptmast erkannte sie eine schwarze Flagge mit weißem Totenkopf auf dem Bretterboden, halb unter Seilen verborgen, die wohl hier im englischen Hafen versteckt gehalten wurde. Sie hatte davon gehört: Diese Flagge wurde *Jolly Roger* oder auch *Black Jack* genannt. Sie war auf einem Piratenschiff gelandet! Ihr Brustkorb verengte sich, als sie an die Worte ihres Vaters dachte. Sie würde nicht mehr lange leben.

Sie wurde vor einen korpulenten, mit Narben übersäten Mann mit fettigem Vollbart und faulen Zähnen gestoßen, der offensichtlich der Kapitän des Schiffes war. Ihr gesamter Körper zitterte, sodass sie sich kaum auf den Beinen halten konnte.

Der Mann stellte sich breitbeinig vor sie hin und grinste hämisch. Er schien ihre Angst zu genießen. Die Pupille seines rechten Auges wirkte wolkig weiß. »Das ist also Blackhounds Sprössling! Was richtig Feines«, tönte er triumphierend mit tiefer Stimme, die laut aus seinem voluminösen Brustkorb drang. »Sperrt sie in den Schrank neben meiner Kabine!« Er hob drohend die Finger. »Und dass sie mir keiner von euch anrührt! Die saubere Kleine gehört ganz allein mir! Nur wer brav ist, darf danach vielleicht auch mal.«

Die Blicke der Mannschaft, die nach diesen Worten an ihr klebten wie Leim, trieben Liliana das Blut in den Kopf. Der Kloß in ihrer Kehle verdickte sich.

Der ältere der beiden Entführer stieß sie grob über Deck, eine kleine Treppe hinunter in eine geräumige Kajüte und sperrte sie in eine Art Schrank. Hier konnte sie zwischen mehreren gestapelten Fässern nur stehen oder sich zusammengekauert auf den Boden setzen. Die kleine Tür wurde von außen verriegelt.

Der Raum war fensterlos und finster, doch bald gewöhnten sich ihre Augen an die Dunkelheit, und das schwache Licht, das durch den Türspalt schimmerte, reichte zur Orientierung aus. Es stank stickig nach feuchtem Holz und Schimmel. Liliana zitterte am ganzen Leib vor Angst und Erschöpfung. Das Herzrasen ignorierend, wischte sie sich mit den Handgelenken über die schwitzende Stirn und versuchte dann, ihre nun feuchten und - zum Glück - schlanken Hände aus dem öligen Strick zu winden. Es klappte mit viel Kraft und Geschicklichkeit ohne schmerzhafte Abschürfungen. Sie atmete tief durch, ließ die widerliche Fessel zu Boden gleiten und kauerte sich zitternd an die Fässer. Sie vergrub das Gesicht in ihren Händen und weinte.

Sie konnte die Tränen nicht zurückhalten. Zu groß war ihre Angst.

Zu dem entfernten Rufen der Matrosen gesellten sich auf einmal mehr Laute. Sie hörte die Wellen, die gegen den Rumpf schlugen, das Ächzen der Takelage, das Rauschen des Meeres und das Knarren der Holzplanken unter ihr. Das Schiff schien sich nun in Fahrt zu befinden und schwankte von den Wellen getroffen derart, dass sie an die Wand gepresst wurde und nur hoffte, keines der zwar mit Stricken verbundenen, aber doch gefährlich knarzenden Fässer würde auf sie herabstürzen. Das plötzliche Auf und Ab ließ ihre Eingeweide Purzelbäume schlagen. Ihr Gleichgewichtssinn konnte die Eindrücke nicht verarbeiten. Der kleine Raum schien sich zu drehen, obgleich sie immer dieselben Astlöcher in den Brettern vor sich anstarrte. Alles bewegte sich und doch wieder nicht. Schwindel überkam sie. War das die Seekrankheit, die ihr Vater erwähnt hatte? Doch eine starke Übelkeit setzte nicht ein, lediglich die leichte Benommenheit blieb, ein wenig wie nach dem Trinken von Wein. Langsam gewöhnte sie sich an den Wellengang, doch mit ihm kam die Gewissheit. Sie befanden sich in voller Fahrt auf dem Meer. Würde ihr Vater sie jetzt noch ausfindig machen können?

Zu ihr kam die nächsten Stunden kein Mensch, auch keine Ratte, beides begrüßte Liliana. Tief durchatmend rieb sie sich die Augen an ihrer Schürze trocken und fasste sich sodann wieder. Sie musste überleben, alles andere war nebensächlich. Irgendwann würden sie Land erreichen, und dann mochte es eine Chance zur Flucht geben.

Liliana störte es nicht, dass ihr Magen fordernd grummelte, selbst der Durst war auszuhalten, wenn bloß niemand von diesen widerlichen, stinkenden Männern die Tür öffnen würde! Lieber wollte sie vergessen werden und hier drinnen verdursten.

Irgendwann musste sie trotz ihrer gekrümmten Haltung vor Erschöpfung eingenickt sein, denn ein schwacher Lichtschein, der ihr Gesicht traf, ließ sie aus dem Schlaf aufschrecken. Über ihr erschien der fette Kapitän wie ein angreifender Bär, packte sie grob am Arm und riss sie hoch. Liliana schrie vor Schreck auf, Hitze schoss durch ihre Glieder. Er rülpste laut, und eine widerliche Rumfahne betäubte beinahe ihren Geruchssinn. Der Mann konnte bei dem recht starken Seegang kaum noch richtig stehen, zerrte sie aber wortlos in seine Kabine. Liliana versuchte verzweifelt, sich zu wehren, doch der Kapitän schlug ziellos auf sie ein und fluchte lallend. Sie zog den Kopf ein, spürte die Hiebe aber kaum, zu groß war ihre Angst. Er riss sie an sich, drückte seine schmierigen Lippen in ihr Gesicht, dass ihr bei dem fauligen Mundgeruch übel wurde, und machte Anstalten, ihr die Röcke hochzuschieben. Eine Welle der Panik schwappte über sie hinweg. Liliana brachte ihre gesamte Kraft auf und schaffte es, sich seinem Griff zu entwinden. An der Trunkenheit erkannte sie ihre Chance. Sie stemmte sich am Esstisch ab, zog beide Beine an und trat dem Mann, so fest sie konnte, mit beiden Füßen gegen den Bauch. Es war ein seltsames Gefühl, jemandem die Schuhsohlen in den Wanst zu rammen.

Der Kapitän stöhnte auf und würgte einen Schwall Mageninhalt hervor. Er strauchelte zurück und balancierte wild mit den Armen in der Luft. »Du verflu...« Weiter kam er nicht. Eine neue Welle traf das Schiff und der Boden senkte sich. Der betrunkene Kapitän verlor den Halt, stürzte rücklings und schlug mit dem Hinterkopf gegen die Kante des Sekretärs, dass es krachte. Dann rutschte er zu Boden und blieb dort liegen, noch immer klebte die schaumige Galle an Mund und Bart.

Liliana klammerte sich an der Tischkante fest und starrte eine Zeit lang voller Panik und Ekel auf den vor ihr liegenden Kapitän. Das Blut pumpte durch ihre Adern, Schweiß trat aus jeder Pore, und sie rang keuchend nach Luft.

War er tot? Was, wenn seine Männer plötzlich auftauchten und dies hier vorfanden?

Ein lautes Schnarchen riss Liliana aus den Gedanken und nahm ihr die leise Hoffnung.

Was jetzt?

Ein sicheres Versteck zu finden war auf einem fahrenden Schiff gewiss unmöglich. Die Kapitänskajüte würde sie nicht unbemerkt verlassen können.

Ihr Blick fiel auf ein paar Scheiben Zwieback auf dem Tisch, an dem sie noch lehnte. Sie suchte nach Wasser, doch fand nur scharf riechenden Alkohol in den Flaschen. Liliana nahm sich kurzerhand das Essen vom Tisch, schlich dann wieder in ihre Kammer und schloss die Tür von innen. Dass der Riegel nicht vorgeschoben war, würde womöglich nicht mal jemanden wundern, freiwillig kam hier gewiss keine Frau raus, solange der Fettsack im Raum lag.

Sie hoffte, dass die Männer denken würden, der Kapitän wäre im Suff gestürzt. Damit prahlen, von einer Frau bewusstlos geschubst worden zu sein, würde dieser Mann wohl kaum.

Sie aß nur ein klein wenig von dem Zwieback, um nicht noch mehr Durst zu bekommen, und versteckte den Rest dann hinter den Fässern. Hoffentlich würde das keine Ratten anlocken ... obgleich die gewiss mehr Interesse an dem stinkenden Kapitän haben würden. Sie ging davon aus, dass die Mannschaft ihr zumindest irgendwann Wasser geben würde, doch ob sie hier je etwas zu Essen bekäme, blieb fraglich. Liliana kauerte sich wieder zitternd auf den Boden und wünschte sich, dass der Piratenkapitän nie wieder aufwachen würde.

Noch einmal wäre ihr ein solches Glück gewiss nicht hold.

Finlay

Kapitän Finlay Clark saß auf den sonnengewärmten Steinen der kleinen Insel der Scilly-Gruppe vor Cornwall und schaute hinaus auf das weite Meer. Der Wind wehte ihm die blonden Haare aus der Stirn. Er betrachtete die teilweise grasbewachsenen Klippen der Küste, die wie Zähne eines riesigen Wals in die Höhe ragten. Vor ihm die Brandung, die schäumende Gischt gegen die Steine warf, über ihm das Kreischen der Möwen. Dies alles machte ihm erneut bewusst, wie sehr er sein Leben liebte.

Er genoss den Frieden hier. Dieser Ort war aufgrund seiner gefährlichen Klippen und guten Versteckmöglichkeiten eines der geheimen Refugien der Piraten.

Hier galt Waffenstillstand, ganz gleich, auf welcher Seite man stand. Es wurden Geschäfte abgeschlossen, Neuigkeiten verbreitet und Feiern abgehalten. Niemand durfte an diesem Ort Krieg führen, einen Kameraden töten oder auch nur gefangen nehmen. Nicht einmal auf seine persönlichen Dinge oder Beute musste man achtgeben, was unter Piraten durchaus ungewöhnlich war. Doch wer sich nicht an den Ehrenkodex hielt, machte sich die gesamte Gilde zum Feind.

Finlay spürte eine leichte Melancholie aufkommen, während er beobachtete, wie sich die Sonne langsam dem weiten Horizont näherte und sich auf ihrem Weg von Gelb zu Orange färbte.

Lange würde es auch diesen Zufluchtsort nicht mehr geben. Zu nah befand er sich am britischen Festland. Dazu der ewige Machtkampf mit den Niederlanden um diesen Flecken Erde.

Die königliche Marine griff allgemein stetig härter gegen Piraterie durch, besonders in der Karibik. Aufgrund der neuen Unabhängigkeit der Staaten von Amerika versiegte zusätzlich der Goldtransport nach Europa. Die Piraterie, wie man sie kannte, würde wohl bald der Vergangenheit angehören.

Er musste sich also wohl oder übel nach anderen Handelspartnern umsehen für seine Nebengeschäfte.

Aber das schreckte ihn nicht. Sich an ungewohnte Situationen anzupassen, fiel ihm nie sonderlich schwer.

Neues Spiel, neues Glück.

»Na, da hat Pelt 'nen Fang gemacht«, unterbrach Ryan »Red« O'Connor Finlays Gedanken. Sein Segelmacher sprach zum Zimmermann Ewan Kelly und zeigte auf eine junge Frau, die von den Männern der *Bloody Sue* gerade zu deren Lager auf der nahen Wiese gezerrt wurde.

Finlay horchte auf. Das war genau die Art der Gespräche, die zu hören er hier erhoffte. »Wieso das?« Er erhob sich von dem Felsen und trat durch den steinigen Sand näher zu seinen Matrosen, die auf Kisten um das Lagerfeuer saßen. »Sie sieht nicht besonders teuer gekleidet aus.«

»Das ist Blackhounds Tochter, Kapitän!« Der Rotschopf grinste mit stolz geschwellter Brust.

»Was?« Die Nennung dieses Namens fühlte sich an wie ein dumpfer Schlag in den Magen. »Ich wusste gar nicht, dass Jack eine Tochter hat.«

»Er hat sie wohl selbst erst vor Kurzem ausfindig gemacht«, erklärte Red und rieb sich über den breiten Nacken. »Der hatte mal'n Verhältnis mit so 'ner Piekfeinen vom Inland, doch die hat ihn verlassen und das Kind versteckt oder so. Pelts Bootsmann hat's mir erzählt. Er hat Blackhounds Männer im Hafen beschatten lassen, weil er ihm irgendein Dokument klauen wollte, da ham se's gehört und das Mädel gleich mitgehen lassen.«

Finlay kniff die Augen zusammen. Hier könnte sich die Chance seines Lebens eröffnen. »Was will er mit ihr?«

Red zuckte mit den Schultern. »Kohle wohl, ihn erpressen damit. Will sich doch immer noch rächen. Wird aber auch keine Vergnügungsfahrt für Pelt.«

Ewan beugte sich vor und hob mit bedeutungsvollem Blick den Zeigefinger. »Wenn ihr mich fragt, reißt der sich ein Leck dabei.« Er entblößte die breite Zahnlücke zwischen den Schneidezähnen. »Is' ja eh schon heiß zwischen den beiden. Und zurückhalten kann der sich bei 'nem Weibsbild ja auch nicht, kennst Pelt ja! Wenn er's überhaupt schafft, sie so lange am Leben zu lassen. Das ist blanke Dummheit, was der treibt, nach der Sache hier wird Blackhound ihn zerfleischen, da kann er sein Testament machen.«

»Meine Rede.« Red nickte zustimmend und trank einen weiteren Schluck. »Der steuert mit voller Fahrt gegen das Riff. Ich wette zwanzig Schilling, dass Pelt seinen letzten Frühling gesehen hat.«

Ewan kicherte schrill. »Da hält keiner gegen!«

Finlay runzelte die Stirn. In seinem Kopf ratterten die Zahnräder. Er holte geistesabwesend eine Goldmünze aus der Innentasche seiner Jacke und drehte das kühle Edelmetall in der Hand. Sie wog noch so schwer wie damals.

»Ich hab da eigentlich auch noch was offen mit Blackhound«, flüsterte er mehr an das bereits stark abgenutzte Geldstück gerichtet als an die anderen. »Warum nicht zwei Fliegen mit einer Klappe schlagen und noch etwas verdienen dabei?« Er ignorierte die skeptischen Blicke seiner beiden Seeleute. »Ich bin gleich wieder da.«

Finlay steckte die Münze ein, griff sich einen Krug Rum und schlenderte wie zufällig zu dem Unterstand hinüber, unter dem der Kapitän der *Bloody Sue* mit seinen Männern an einem rustikalen Holztisch saß. Pelts Mannschaft hatte sich schon seit Längerem auf der steinigen Insel ein Lager errichtet, das aus offenen Holzhütten und grob gezimmerten Unterständen bestand, die natürlichen Höhlen in den Felsformationen mit einbindend.

Finlay warf im Vorbeigehen einen kurzen, abschätzenden Blick auf die Gefangene, die in einer der Hütten auf dem Boden kauerte. Sie wirkte noch jung, womöglich nicht einmal zwanzig, mit einem hübschen Gesicht, in dem er tatsächlich Züge seines Kontrahenten wiedererkannte. Nur ihre Haare, die strähnig aus dem Zopf fielen, glänzten nicht schwarz, sondern in einem warmen Dunkelbraun. Das Mädchen saß apathisch an der hinteren Wand, starrte vor sich auf den Boden und schien in ihrer eigenen Welt versunken zu sein.

Bei ihrem Anblick drängte sich eine schmerzhafte, ungeliebte Erinnerung in ihm empor, die er sofort wieder abschüttelte. Hier ging es ums Geschäft, da waren Emotionen unangebracht.

Er riss seinen Blick von ihr los und wandte sich an den bärtigen Piratenkapitän, der schon reichlich betrunken und rülpsend am Tisch saß. »Ich sehe, es gibt Grund zum Feiern bei euch. Darf man sich dazusetzen?« Er schwenkte den vollen Krug Rum.

»Mit *dem* Ausweis immer«, rief Pelt und wies auf den Stuhl gegenüber.

Finlay setzte sich.

»Mach's Maul auf, Snobby!« Pelt beugte sich ihm über den Tisch entgegen und grinste so breit, dass man die

Reste des letzten Essens zwischen seinen Zähnen sehen konnte. »Was willste wirklich? Du bist doch sonst auch immer zu fein für uns.«

»Ich möchte dir ein Geschäft vorschlagen«, sagte Finlay kühl und füllte Pelts Becher.

»Wenn du mich dazu besoffen machen willst, Snobby, dann wird das bisschen nicht reichen!« Pelt riss ihm den Krug aus der Hand. »Da musst du schon ein Fass holen.« Seine Männer grölten.

Finlay blieb gelassen. »Du hast da ziemlich heiße Ware, habe ich gehört.« Er nickte in Richtung der Gefangenen.

»So, *haste gehört?*«, äffte Pelt und verzog das Gesicht. »Das ist nur meine neue Freundin da hinten, da lasst ihr anderen die Pfoten von.«

»Ich weiß, wer sie ist.«

Pelt stöhnte theatralisch. »Seemänner sind doch wirklich die größten Klatschweiber!«, schimpfte er. »Geht dich dennoch nix an, Clark, kapiert? Fang dir zur Abwechslung selber mal was, du elender Aasfresser.«

»Ich werde dir aus der Klemme helfen, indem ich dir Blackhounds Tochter abkaufe.«

»Pah! Und meine Rache?«, brüllte Pelt. Er leerte seinen Becher in einem Zug und knallte ihn auf die Holzplatte. »Der Dreckskerl hat fünf meiner Schmugglerboote versenkt! Kämpft gegen uns und gegen die Krone, der fühlt sich nur dem Teufel verpflichtet, wie es scheint, und der steht ihm bei, wo er kann! Doch endlich hab ich ihn an der Gurgel! Ich will ihm seine Tochter vor seine gewienerten Stiefel schmeißen und den Hund winseln sehen. *Das* will ich!« Er hämmerte mit dem Zeigefinger auf dem Tisch herum, als wollte er Wanzen zerdrücken.

Finlay zupfte wie nebenbei die Hemdsärmel aus den Manschetten seines blauen Mantels. »Du wirst ihn lediglich Zähne fletschen sehen, Pelt. Bleib mit den

Füßen auf den Planken!« Er sah ihn an, mied aber einen Blick in die milchige Pupille und fixierte stattdessen das linke Auge. »Mit meinem Vorschlag wird er wissen, dass du es warst, der sie geschnappt hat, aber dich nicht gleich erwischen können. Blackhound wird sich schwarzärgern, es gibt keine bessere Rache.«

Pelt brummte wie ein Bär und murmelte Unverständliches in seinen Bart.

»Willst du jetzt sicheres Geld auf die Hand oder dich mit dem Teufel anlegen, der, wie du sagst, immer hinter Blackhound spukt?« Er hob auffordernd die Brauen.

»Wie viel?«, fragte Pelt mit noch immer vor sich hin knirschendem Kiefer.

»Dreißig Guineen.«

»Hah! Du träumst ja!«, rief er aus. »Blackhound würde mir gut das Dreifache zahlen.«

»Er wird dich kielholen lassen, wenn er dich zu fassen bekommt. Mit mir hast du kein Risiko.« Finlay verengte die Augen. »Das ist sicheres und schnelles Geld für dich! Du wolltest doch Gold für sie, oder nicht?«

»Klar, aber an etwas mehr hab ich schon gedacht ...«

»Für mehr geh ich das Risiko nicht ein, dann kannst du selber mit Blackhound Kontakt aufnehmen. Du hast ja sicher einen Plan für die Übergabe ausgearbeitet, damit er dir freundlich und ruhig gegenübersteht und dir danach gewiss nicht folgen wird«, spottete er. »Aber selbst wenn, deine schwere Pinas kann der *Nemesis*, die es auf über 14 Knoten bringen kann, sicher leicht entkommen.«

»Die *Nemesis* wird vom Teufel angetrieben!« Pelt schwankte leicht auf dem Hocker. »Das sagen sie alle.«

Finlay strich sich nachdenklich mit Daumen und Zeigefinger über das Kinn. »Vielleicht lässt er dich ja auch nur von dieser Grace verfluchen ...« Seine Miene blieb ernst, doch er grinste in sich hinein. Es amüsierte ihn immer wieder, mit dem Aberglauben der Seemänner zu spielen. Er selbst war für diesen nie anfällig gewesen, er dachte zu rational, um auch nur irgendetwas Übersinnliches ernst zu nehmen. Finlay vermutete, dass die Angst vor Teufel, Tod und Hexen mit dem tief verwurzelten schlechten Gewissen einiger Piraten wegen ihrer Taten und ihres verdammten Lebens einhergingen.

»Die schwarze Hexe, meinst du?« Pelts gerötete Augen traten beinahe aus ihren Höhlen. »Die kann ein Schiff versenken mit nur einem Blick, ich sag's dir! Die *Nemesis* segelt mit dem Teufel!«

»Also, was ist jetzt? Willst du Geld oder den Leibhaftigen herausfordern?«

»Schon gut, schon gut«, brummelte Pelt missmutig und knirschte mit den faulen Zähnen. »Ich hab's kapiert. Dann eben vierzig und du kannst sie mitnehmen, aber keine Münze weniger!«

»Abgemacht!« Sie stießen die Becher aneinander, was bei Piraten einem Handschlag gleichkam.

Wie Clark richtig vermutete, hatte Pelt wie so oft sein Vorhaben nicht zu Ende gedacht und redete sich jetzt raus. Er jubilierte innerlich, verzog aber keine Miene dabei. »Ich schicke Ezekiel heute noch mit dem Geld zu dir, um das Mädchen abzuholen.«

»Du wirst dich noch umschauen, Snobby«, flüsterte Pelt sichtlich betrunken, als Finlay aufstand. Er hob drohend den Zeigefinger. »Der Teufel wird sich auch deine Seele holen! Da wird dir dein Verhandeln auch nicht mehr helfen, ich sag's dir!« Sein Blick wurde glasig.

»Dann sei froh, dass du nichts mehr besitzt, was er haben will!«, meinte Finlay abfällig und ging.

Zurück auf dem Schiff, zitierte Finlay seinen Bootsmann zu sich. Normalerweise schickte er zu Geldübergaben den Quartiermeister, doch bei solch einer heiklen Sache wäre dies ungeschickt. Alan war zwar ein

Könner im Umgang mit Zahlen, doch er wirkte von seiner Statur und der oft nervösen Gestik her zu schmächtig und vornehm. Finlay befürchtete, dass sich Pelt bei dessen Anblick plötzlich nicht mehr an die Abmachung erinnern würde.

Ezekiel Braden hingegen war ein grimmig blickender, älterer Mann mit buschigem, grauem Bart und drahtigdünner Figur. Auf seinem Lockenkopf trug er stets eine dunkle Strickmütze. Der Bootsmann war trotz seines verwilderten Aussehens einer seiner engsten Vertrauten an Bord. Finlay würde diesem Mann sein Leben anvertrauen, was bei seiner eher skeptischen Natur selten der Fall war.

»Ich möchte, dass du das Mädchen holst«, beendete der Kapitän seinen Bericht. »Lass dir von Alan die vierzig Guineen geben und mach dich gleich auf den Weg.«

»Ich halte das für keine so gute Idee«, brummte Ezekiel und fuhr sich über den Bart. »Ihr habt euch damals nicht gerade als Freunde getrennt, Blackhound und du. Wenn du nun mit seiner Tochter als Geisel kommst, wird das auch für uns ein riskantes Spiel.«

Finlay winkte ab. »Keine Sorge, ich weiß genau, was ich tue. Jack hat noch ’ne Schuld bei mir, er wird sich wohl oder übel zügeln müssen. Er muss mir dazu noch dankbar sein, dass ich sie Pelt entrissen habe, das gönne ich ihm.«

Ezekiels buschige Brauen senkten sich. »Kein Mensch mit klarem Verstand legt sich freiwillig mit der *Nemesis* an.«

Finlay verengte die Augen. »Das ist genau das Denken, das diesem Fuchs ungehemmt freies Spiel lässt. Doch so leicht schüchtert er mich nicht ein, dafür kenne ich ihn zu gut«, sagte er unbekümmert. »Bring das Geld rüber zu Pelt, bevor er wieder nüchtern wird und es sich noch anders überlegt, und führe das Mädchen dann erst einmal in mein Arbeitszimmer.«

Ezekiel nickte und verschwand.

Finlay setzte sich an seinen Schreibtisch, holte die Münze hervor und betrachtete sie. Die Brandung des Schicksals schien Jacks wertvollsten Schatz direkt vor seine Füße gespült zu haben ... und alles, was er tun musste, war, sich zu bücken und ihn aufzuheben. Endlich senkte sich die Waagschale mal auf seine Seite.

Ein bitter schmeckendes Lächeln umspielte seine Lippen, als er das Goldstück mit der Hand umschloss.

Liliana

Liliana saß auf dem sandigen Erdboden und starrte vor sich auf das Gras, das sich seinen Weg durch die Steine erkämpft hatte. Sie fröstelte, doch das Schlimmste war der Durst. Ihr ganzer Körper schrie nach Flüssigkeit und Schwindel überkam sie bei jeder Bewegung. War das die Strafe für ihre Gegenwehr? Hatte dieser widerliche Kapitän vor, sie nach Wasser betteln zu lassen? Durch Durst gefügig zu machen? Nein, sie würde nicht aufgeben … noch nicht. Langsam hob sie den Kopf, auch wenn die Landschaft anfing, sich vor ihren Augen zu drehen.

Sie beobachtete stumm, wie ein vollbärtiger Mann, in beiges Leinen gekleidet und mit rauem Aussehen, zu dem Piratenkapitän trat. Er überreichte ihrem Peiniger einen großen Beutel Münzen, die dieser sofort zu zählen begann. Kurz darauf wies der Kapitän mit einer Kopfbewegung mürrisch in ihre Richtung. Als der ältere Mann den Blick ebenfalls wendete, durchfuhr sie ein Schrecken. Ging es um ihre Person bei dem Handel? Wurde sie gerade wie Ware verkauft?

Der drahtige Seemann schritt auf sie zu und ergriff ihren Arm. »Du kommst mit mir!«, befahl er knapp und zog sie hoch.

Liliana schluckte, aber sie fügte sich. Immerhin schien dieser Mann weit mehr auf Körperhygiene zu achten als seine Kameraden auf dem Piratenschiff.

Er ruderte sie mit einem Beiboot zu einem Dreimaster mit dem Schriftzug *Alecto*, der ebenfalls vor Anker lag. Sie sah sofort, dass hier zumindest die englische Flagge am Mast wehte statt des Jolly Roger. Obgleich dies gewiss nicht viel bedeutete.

Dieses Segelschiff wirkte um einiges kleiner als die *Nemesis*, das Heck war blau gestrichen mit goldenen Verzierungen um die Fenster. Wäre die Situation eine andere, würde Liliana es als hübsch und durchaus prachtvoll bezeichnen, wenn auch weniger elegant als die Fregatte ihres Vaters.

Auf ein weiteres Schiff, dachte sie betrübt. Mal sehen, was und wer sie hier erwartete. Dass sie verkauft worden war, schien offensichtlich ... aber zu welchem Zweck?

Das Beiboot wurde samt Insassen von der Seilwinde hochgezogen. An Deck führte der Mann sie zum Heck und in das Arbeitszimmer des Kapitäns. Es war kleiner und um einiges schlichter eingerichtet als das ihres Vaters. Die hölzernen Möbel wiesen kaum Verzierungen auf, der Schreibtisch wirkte rustikal und praktisch. Das einzige Schmuckstück war ein kleines Schiffsmodell auf einem verzierten Sockel.

Liliana dachte nicht mehr über ihre Situation oder den Durst nach, sie folgte dem Fremden wortlos und stand nun erschöpft und zitternd vor einem Mann in blauem Kapitänsrock, beiger Kniehose, weißen Strümpfen und schwarzen Schuhen mit silbernen Schnallen. Er saß an dem schlichten Schreibtisch aus Holz, auf dem sich lediglich Schreibutensilien befanden, die Kopfbedeckung hing an der Stuhllehne.

Das musste der Kapitän des Schiffes sein, der jetzt von seinen Büchern aufblickte und sie betrachtete. Seine ganze Mimik deutete auf einen ebenso selbstbewussten wie berechnenden Mann hin. Er wirkte um einiges jünger als ihr Vater, mit schmaleren Schultern und feiner gezeichneten, weniger energischen Zügen. Seine mittellangen, blonden Haare waren zu einem Zopf gebunden, das Gesicht glatt rasiert. Er musterte sie mit seinen braunen Augen und besaß trotz der wettergegerbten Haut eine gewisse aristokratische Anmut in seiner Haltung. Zumindest jemand, der weder nach gammeligen Zähnen und Schweiß noch nach Fusel roch. Der Raum duftete sogar angenehm nach Holz und Bienenwachs. Dennoch steckte die Angst ihr nach wie vor in den Knochen.

»Sie brauchen sich nicht zu fürchten«, sagte er mit sanfter Stimme in erstaunlich dialektarmem Englisch. »Wir werden Ihnen nichts tun, Miss. Setzen Sie sich, Sie sehen erschöpft aus. Ezekiel, nimm ihr bitte diese fürchterlichen Fesseln ab!«

Der Angesprochene trat wortlos vor, zog sein Messer und löste den Strick. Liliana setzte sich stumm auf den Stuhl ihm gegenüber und rieb sich zitternd die wunden Handgelenke.

»Mein Name ist Finlay Clark«, fuhr der Mann fort. »Ich bin der Kapitän dieses Schiffes. Gehe ich recht in der Annahme, dass Sie Blackhounds Tochter sind?«

Sie blinzelte verständnislos.

»Kapitän Jack Farson meine ich«, fügte er schnell hinzu.

Liliana nickte zögerlich. Sie war durch die Freundlichkeit des Mannes wieder etwas beruhigter, aber noch immer zu Tode erschöpft und verängstigt. Sie versuchte zu schlucken, doch ihre trockene Kehle ähnelte einem Reibeisen.

Clark betrachtete sie eine Weile. Er erhob sich, holte einen Krug und füllte einen Becher mit Wasser. Mit diesem trat er auf sie zu und reichte ihn ihr. Liliana vergaß alle Höflichkeit, nahm das Gefäß entgegen und trank gierig. Das kühle Nass schmeckte so frisch und sauber wie aus einer Bergquelle. Sie fühlte sich gleich besser, auch die Kopfschmerzen klangen langsam ab.

»Danke«, sagte sie mit rauer Stimme und stellte den Becher auf den Tisch.

»Wir werden Ihren Vater benachrichtigen«, erklärte der Kapitän in leicht strengerem Ton. »Bis zum Treffpunkt werden Sie hier an Bord bleiben und nicht versuchen das Schiff zu verlassen, verstanden?«

Liliana nickte erneut, sie war so geschwächt, dass sie befürchtete zu weinen, wenn sie versuchen würde, noch etwas zu sagen. Sie wollte nur zu ihrem Vater zurück.

»Ich habe gehört, dass Jack Sie erst kürzlich gefunden hat«, fuhr der Kapitän fort und betrachtete ihre Prellungen an Gesicht und Armen. »Und dann sind Sie gleich in die Hände von Pelt geraten! Hat er Sie ... unsittlich berührt?«

Liliana schüttelte den Kopf. »Nein«, flüsterte sie. »Er wollte es, aber er war zu betrunken ...« Sie spürte, wie ihre Wangen heiß wurden und sich ihre Augen mit Tränen füllten. Schnell senkte sie den Blick, damit die Männer es nicht bemerkten.

»Gut«, sagte der Kapitän knapp. »Folgen Sie nun Mr Braden, er wird Ihnen die Kabine zeigen.«

»Da hast du Glück.« Der alte Mann grinste, als er sie den hölzernen Gang entlangführte. »Wir vergewaltigen keine Jungfrauen, das ist wertmindernd.«

Liliana wusste nicht, ob er sie einschüchtern wollte, ihr Mut zusprach oder sich nur über sie lustig machte, doch in diesem Moment hatte sie nicht die Kraft, darüber nachzudenken. Das abwertende Duzen des Matrosen war ihr nicht entgangen. Oder war die Höflichkeitsform des Kapitäns lediglich Spott gewesen?

Die Kajüte ähnelte der auf der *Nemesis*, nur war sie um einiges kleiner und lediglich mit einem Bett ausgestattet, das allerdings saubere Laken besaß.

Nach den Stunden zwischen den Holzfässern blickte Liliana voller Sehnsucht und Erleichterung auf die weiche Unterlage. Der Raum war ebenfalls schlicht eingerichtet, aber die Holzplanken sahen sauber gewischt aus, nicht einmal Staub hatte sich in den Ecken gesammelt. Offenbar führte der Kapitän in dieser Beziehung ein strenges Regiment, denn dass die Matrosen freiwillig unbenutzte Räume putzten, bezweifelte sie stark. Es gab sogar einen Bottich mit Wasser und Seife, an dem sie sich zumindest ein wenig den Schmutz und Angstschweiß der letzten Tage abwaschen konnte.

Braden schloss die Tür nicht hinter ihr ab, was sie trotz der Worte des Kapitäns verwunderte. Wo sollte sie auch hin? Freiwillig raus unter die rauen Seemänner? Ins Wasser springen?

Es gab zudem einen Riegel, mit dem sie die Tür von innen verschließen konnte. Vorsichtshalber schob sie diesen vor.

***

Liliana verbrachte auch den darauffolgenden Vormittag in der ihr zugeteilten Kabine. Auch wenn das Bett sehr bequem und diese Kabine kein Vergleich zu dem engen Raum auf dem Piratenschiff *Bloody Sue* war, irritierte sie der Seegang noch immer sehr. Mehrmals wachte sie nachts auf mit dem Gefühl, jemand rüttele an ihr. Nur um zu erkennen, dass es eine Welle gewesen war, die sie zur Seite geworfen hatte. An die Schräglage des kleinen Raumes gewöhnte sie sich ebenfalls nur langsam.

Sie traute sich nicht, dieses sichere Refugium zu verlassen. Nur ein Buch oder ihr Stickzeug hätte sie sich gegen die Eintönigkeit gewünscht. So blieb ihr nur das endlose Grübeln. Wie ging es wohl Tante Effie? Hatte sie den schrecklichen Überfall ohne Schaden überlebt? Und wo befand sich die *Nemesis?* Welche Möglichkeiten gab es für Kapitän Clark überhaupt, ihren Vater zu benachrichtigen? Oder war dies nur eine Lüge, um sie in Sicherheit zu wiegen? Nein, das wäre bei einer schwachen Frau kaum nötig. Liliana atmete tief durch. Sie verabscheute es, derart hilf- und wehrlos zu sein. Mit zusammengepressten Lippen setzte sie sich auf das kleine Bett und zog die Beine an den Bauch. Sie fühlte sich eingesperrt und den Männern an Bord komplett ausgeliefert. Was, wenn sie ihre Hilflosigkeit ausnutzten, gegen den Befehl ihres Kapitäns?

Doch niemand kam und belästigte sie. Als irgendjemand ihr Essen und Trinken vor die Tür stellte, klopfte er nur und ging dann weiter, das gab ihr wieder etwas Mut. Ihr war klar, dass sie weiterhin eine Geisel war, doch schien diese Mannschaft sie wirklich nur einlösen zu wollen. Das hoffte sie zumindest aus vollem Herzen.

Der Eintopf aus Wurzelgemüse, Kraut und Fischstücken schmeckte unerwartet gut, auch wenn er nicht so aussah. Allerdings war er im Vergleich zu Graces Gerichten nur sehr wenig gewürzt. Nachdem sie gegessen hatte, nahm sie das leere Blechgeschirr und schob den Riegel an der Holztür zurück. Vorsichtig öffnete sie diese und wagte einen Blick in den Flur. Niemand war zu sehen. Sie ging den Gang entlang, schwankend wie eine Betrunkene aufgrund des Seegangs. Sie musste aufpassen, dass sie nicht stürzte, und stützte sich deswegen ab und zu an der Wand ab.

Liliana folgte dem Geruch von Pökelfleisch, bis sie die Kombüse fand. Ein Matrose kam ihr entgegen, und ihr blieb vor Schreck fast das Herz stehen. Sie stoppte und starrte ihn mit aufgerissenen Augen an wie ein von der Meute gestellter Fuchs. Doch der Mann lief an ihr vorbei, als hätte er sie nicht gesehen.

Aus der kleinen Küche drangen ihr ungewohnte Laute entgegen, die aufgehängten Kochutensilien klapperten und schepperten. Im Raum stand ein schmaler, rothaariger Junge von vielleicht zwölf oder dreizehn Jahren, der das Geschirr abwusch. Er war allein in dem Raum. Das Wasser im Bottich schwappte vom Seegang über den Rand und überzog den ohnehin schon feuchten Boden.

»Hallo?«, sagte sie zaghaft.

Der Junge sah auf, Augen und Mund weiteten sich vor Erstaunen. Immerhin eine Bestätigung, dass sie nicht komplett unsichtbar geworden war.

»Ich wollte nur den Teller zurückbringen«, fuhr Liliana unsicher fort. »Danke für das Essen.«

Er schwieg, streckte aber die Hand aus und sie reichte ihm das Geschirr. Dann wand er sich wieder seiner Arbeit zu.

Liliana ging hinaus. Noch immer musste sie sich an der hölzernen Wand abstützen aufgrund der ungewohnten Schräglage. Wie konnten die Männer auf so einem unsicheren Untergrund überhaupt ihrer Arbeit nachgehen? Gewöhnte man sich je daran?

Auf dem Weg zurück zu ihrer Kabine hörte sie die Rufe und Geräusche an Deck und spürte frische Seeluft sie umwehen.

Kurz entschlossen änderte sie ihre Meinung. Noch nie hatte sie die Arbeit auf einem Schiff bei voller Fahrt gesehen. Die Neugier überstieg ihre Angst und sie ging die Treppe hinauf, dem heftigen Windzug entgegen. Statt der Sonne von gestern empfing sie nun ein wolkenverhangener Himmel, der sich im grauen Meer spiegelte, immerhin ohne Regen. Dennoch waren ihr Gesicht und das doch recht dünne Kleid bald feucht von der Gischt, die gegen den Rumpf schlug. Auch das Deck war rutschig, sodass sie noch mehr darauf achten musste, nicht zu stürzen.

Das Schiff befand sich in voller Fahrt, die Segel der drei Masten waren gehisst und an Bord herrschte reges Treiben. Liliana wusste nicht, welche Art Segelschiff das war. Alles wirkte um einiges kleiner als auf der *Nemesis*. Es glitt jedoch flott und geschmeidig über die dunklen Wellen wie ein Pferd in weit ausgreifenden Galoppsprüngen.

Liliana wich den Matrosen aus und stellte sich in eine ruhige Ecke an der Reling, die durch eine dünne Salzschicht weißlich grau schimmerte. Der starke Wind peitschte ihre Haare durch das Gesicht, und sie schmeckte das Salz des Meeres nun auch auf ihren Lippen. Land war im Wolkendunst keins mehr zu sehen, nur einige Möwen folgten ihnen noch, wohl in der Hoffnung, etwas aufgeschreckten Fisch abzubekommen.

Die Mannschaft wirkte weniger international als die unter ihrem Vater. Liliana erblickte niemanden mit wirklich dunkler Haut, wie sie auf der *Nemesis* noch etwa ein Drittel ausgemacht hatten, und auch keine Asiaten. Nur Europäer.

Sie betrachtete die Männer, die ihr teilweise einen verächtlichen Blick zuwarfen, als wäre sie wirklich nur Ware, die unbefestigt an Deck herumrollte. Eine Welle heißen Ärgers fuhr durch ihren Körper. Sie hatte wahrhaft keine Lust darauf, die ganze Zeit nur als lästig empfunden zu werden. Immerhin war sie nicht freiwillig an Bord gekommen!

Nach einiger Zeit sah sie den Kapitän an Deck. Sie wartete, bis er allein war und mit keinem mehr redete oder Kommandos rief, nahm allen Mut zusammen und ging auf ihn zu. Ihre Hände waren mittlerweile ebenfalls salzig vom Festhalten an der Reling. Sie hoffte, trotz des Festklammerns am Holz mit einer Hand und ihres schwankenden Ganges nicht allzu lächerlich zu wirken.

»Kapitän?«

»Was ist?«, fragte er barsch und betrachtete sie entnervt.

Die aufsteigende Empörung über diesen abfälligen Blick verdrängte ihre Angst. Sie kochte innerlich.

»Kann ich etwas tun, Sir? Irgendwie zur Hand gehen an Bord?«, fragte sie mit festem Ton.

Clark sah sie mit erhobenen Brauen an, als wäre ihm nicht klar, ob er die Worte richtig verstanden hatte.

»Ich bin nicht dumm, Mr Clark«, erklärte sie schnell, ihre Stimme bebte leicht. »Mir ist durchaus bewusst, dass ich – trotz netter Worte – Ihre Gefangene bin und Sie auf ein Lösegeld aus sind. Dennoch haben Sie mich wohl vor Schlimmerem bewahrt, und ich bin es einfach nicht gewohnt, faul herumzusitzen. Ich könnte zumindest beim Decksäubern helfen oder in der Kombüse ...« Dass sie ihren düsteren Grübeleien und der verflixten Eintönigkeit der Kabine entgehen wollte, musste sie ihm ja nicht auf die Nase binden.

Der Kapitän stutzte und lachte dann laut auf. »Na, das ist neu!« Er schüttelte amüsiert den Kopf und betrachtete sie abschätzend. Seine Züge wurden sanfter. Zum ersten Mal schien er sie wirklich anzusehen, ohne die vorherige Arroganz und Oberflächlichkeit in seiner Mimik. »Wie ist Ihr Name?«

»Ich heiße Liliana Preston, Sir.«

Clark nickte, der musternde Blick seiner dunklen Augen ließ ihre Knie weich werden. »Gut, Miss Preston. Ich werde Mr Braden benachrichtigen, der findet sicherlich etwas zu tun für Sie.«

Liliana nickte und ging so rasch und stolz wie möglich zurück in ihre Kabine, bevor jemand bemerkte, wie ihr Körper bebte. Welcher Teufel hatte sie dort oben geritten, den Kapitän dieses Schiffes so direkt anzusprechen? Sie kühlte ihre heißen, salzbeschichteten Wangen mit dem Waschwasser aus dem Bottich und atmete tief durch, bis sich ihr Herzschlag wieder normalisierte.

***

Am nächsten Morgen wachte Liliana früh auf. Sie fühlte sich erholt wie seit Langem nicht mehr. Erstaunlicherweise hatte diesmal der Wellengang, der sie die Nacht zuvor noch wach gehalten hatte, dazu beigetragen, sie wie ein Baby in den Schlaf zu wiegen. Die ganze Nervosität und die Anstrengungen der letzten Zeit schienen verflogen. Sie freute sich direkt auf diesen Tag, der vor ihr lag.

Nach dem Ankleiden – das heute ebenfalls schon besser klappte, da sie lernte, sich mit den Wellen zu bewegen – schaute Liliana aus dem kleinen Fenster, von dem aus sie den Sonnenaufgang beobachten konnte. Nur noch wenige Wolken hingen am Horizont. Der orange Feuerball stand über dem glatten Meer und ließ es in vielen Farben schimmern. Das Schiff hob und senkte sich, als tanzte es zu einer stillen Melodie.

Liliana lächelte und eine Sehnsucht erfüllte ihr Herz. Zu gerne würde sie alle Länder dieser Welt mit dem Schiff erkunden.

Ein energisches Klopfen an ihrer Kabinentür riss sie gewaltsam aus den Träumen und zurück in die raue Gegenwart. Sie zog den kleinen Riegel zurück und öffnete. Ezekiel Braden betrachtete sie mit gesenkten Brauen. »Du bist bereits fertig?«

Liliana nickte stumm. Sie konnte Tonfall und Mimik dieses finsteren, ihr unheimlichen Mannes einfach nicht deuten. War das Erstaunen oder Spott in seinen Augen?

Sie beschloss, sein Verhalten zu ignorieren.

»Komm mit!« Er drehte sich um und sie folgte ihm an Deck zu dem Schiffsjungen, den sie neulich in der Kombüse angetroffen hatte und der jetzt frisch gefangene Fische schuppte und ausnahm. Der Bursche blickte unsicher auf, fuhr aber schnell wieder mit der Arbeit fort, als er Mr Bradens strengen Blick bemerkte. Er wirkte sehr hübsch mit den Sommersprossen und den grünen Augen unter den glatten, roten Strähnen.

»Du kannst Duncan helfen«, sagte Ezekiel in seinem schroffen Ton. »Wasch die fertigen Fische dort im Zuber ab und pökle sie, dann legst du sie in die Vorratskisten. Mach die Kisten so voll wie möglich! Wenn du nicht klarkommst, frag den Jungen.«

Liliana nickte. Sie suchte sich einen Platz neben Duncan, wo sie ihre Beine gegen die Bretter stemmen konnte, um bei dem Seegang nicht hin und her zu rutschen, und begann sodann mit der Arbeit. Trotz des Fischgeruchs, den sie wohl nie mehr aus Kleid und Fingern bekommen würde, genoss sie es, endlich etwas tun zu können, auch wenn die Arbeit eintönig war.

Der Junge neben ihr machte einen zunehmend nervösen Eindruck. Er wackelte mit den Knien und rutschte mehrmals mit seinem Messer ab. Liliana vermutete, dass es an ihrer Anwesenheit lag. Sie wollte ihm gerne helfen, bevor er sich noch selbst verletzte.

Kurz entschlossen begann sie, ihn über die Fischarten auszufragen. Sie war überrascht, wie der Junge aufblühte. Er erklärte ihr, welche Sorten von Fischen sie gerade ausnahmen und wo diese lebten. Auch mit anderen Meerestieren wie Krabben, Muscheln oder Garnelen kannte er sich aus.

»Unglaublich, was du alles weißt, dabei ist das doch gar kein Fischerboot«, staunte Liliana.

»Mein Vater ist Fischer, Miss«, sagte Duncan mit deutlichem Stolz in der Stimme. »Aber alle Meerestiere faszinieren mich. Was da so unter der Oberfläche ohne Luft leben kann.« Er wirkte bereits viel lockerer. »Für gewöhnlich fischt man nicht auf einem solchen Segelschiff, da liegen Sie richtig, diese Fische haben wir heute ganz in der Frühe von einem vorbeikommenden Fischerboot gekauft. Was nicht frisch verkocht wird, muss dann gepökelt werden. Fisch verdirbt sehr schnell.«

»Was treibt ihr hauptsächlich?« Liliana wollte sich die Redefreudigkeit des Jungen zunutze machen, um mehr über dieses Schiff und seine Besatzung zu erfahren.

»Handel. Mit allem Möglichen, überall auf der Welt. Ist wirklich interessant, so herumzukommen.«

Sie runzelte die Stirn und blickte ihn von der Seite an. »Handelt ihr auch mit Menschen?«

»Mit Sklaven meinen Sie? Nein, das ist zu aufwendig, und es brechen dabei oft Krankheiten aus.«

»Aber mit Frauen?«

Duncan zuckte zusammen, als habe man ihn geohrfeigt. Dumm war der Junge nicht, er wusste, worauf Liliana anspielte. »Nicht so, wie Sie denken, Miss«, sagte er hastig und sah vor sich auf die Fische. »Manchmal machen die Piraten einen Fang und wissen nicht, wen sie da haben. Dann werden die Gefangenen, die wertvoll erscheinen – oder eben nicht tot sind – unter den Seeräubern versteigert. Unser Kapitän hat ein gutes Auge und erkennt schnell wichtige Persönlichkeiten, sodass wir selten ein schlechtes Geschäft machen. Im Gegenteil. Wir behandeln sie aber immer ehrenvoll!« Er blickte schüchtern zu ihr auf.

Liliana zwang sich zu einem ermunternden Lächeln. »Ich bin froh, dass ihr mich gerettet habt. Lösegeld hin oder her, dieser grauenhafte Mensch hätte mich sicher auf kurz oder lang umgebracht.«

Duncan blickte betreten nach unten auf seine Hände und pickte die glänzenden Schuppen von den Fingern, als suchte er eine Ablenkung. Er sah wieder auf und seine Augen strahlten. »Waren Sie schon einmal in Indien, Miss?«, fragte er, wie um das Thema zu wechseln. »Da reiten die Leute auf echten Elefanten, und es gibt wilde Tiger dort!«

»Da war ich noch nie. Erzähl mir alles davon, bitte! Bis vor ein paar Tagen bin ich nie aus meinem Heimatort rausgekommen. Die Welt kenne ich nur aus Büchern.«

Duncan lächelte. »Ich beneide Sie, ich kann nicht einmal lesen – nur Zahlen.« Er seufzte. »Ich wünschte, ich könnte es.«

***

Am nächsten Tag musste Liliana unter Deck bleiben, da sie zu dicht an der Küste Frankreichs vor Anker lagen. Offenbar wurde von hier ein Kurier zu ihrem Vater geschickt.

Da es ohnehin in Strömen regnete, fand sie dies nicht allzu tragisch. Das nasskalte Wetter heute zog durch jede Ritze.

Nachdem sie dem weniger gesprächigen Schiffskoch Victor Panlov beim Schälen der Kartoffeln geholfen hatte, wusch sie nun mit Duncan zusammen das Geschirr ab. Zumindest gab es vor Anker im Schutz der Küsten keinen so starken Seegang, sodass die Arbeit leichter fiel.

»Schade, dass du nicht schreiben kannst, so bilderreich, wie du erzählst, könntest du sicher ein tolles Buch verfassen«, sagte sie, als er ihr erneut von fremden Ländern berichtete. »Dann wären auch andere, so wie ich hier, in der Lage, an deinen Erlebnissen teilzuhaben.«

Der Junge kratzte sich mit den nassen Händen verlegen am Hinterkopf, sodass das Spülwasser von seinem Nacken tropfte. »Die Leute sollen sich das lieber selbst ansehen, ist viel besser.«

»Viele können sich das nicht leisten. Denk nur, was du in deinen jungen Jahren schon alles gesehen und erlebt hast.«

Duncans Wangen färbten sich rötlich und er klapperte nervös mit den Tellern im Zuber, Bewunderung

82

oder Lob schien er nicht gewohnt zu sein. Natürlich, als Jüngster an Bord stand er schließlich auf der untersten Stufe der Rangordnung.

»Wie lange dienst du schon hier?«, fragte sie.

»Seit über einem Jahr«, antwortete er. »Bis ich alt genug bin, ein richtiger Matrose zu sein.«

»Waren deine Eltern damit einverstanden?«

»Nein.« Sein Blick wurde trüb. »Eines Tages bin ich zum Hafen gelaufen und habe heimlich auf dem Schiff angeheuert. Mutter und Vater waren dagegen. Vater hoffte, dass ich Fischer werde. Aber ich wollte die Welt sehen!«

»Hast du noch Kontakt zu ihnen?«

»Ja klar«, erzählte er. »Ich besuche sie immer, wenn wir in Hastings sind, und gebe ihnen einen Teil meines Lohns. Mein jüngerer Bruder wird eines Tages das Fischen übernehmen. Die Eltern haben nur Angst um mich gehabt. Es geschieht so viel Übles in der Welt ... das weiß ich natürlich auch.«

»Die Sorgen kann ich nachvollziehen, der Sohn weit weg auf hoher See.«

»Irgendwann kommandiere ich mal ein großes Schiff.« Duncans Blick wurde schwärmerisch. »Dann entdecke ich neue Länder, Menschen und Tierarten. So wie James Cook.«

»Ach, das würde mir auch gefallen, aber als Frau geht das leider nicht«, sinnierte Liliana betrübt. »Ich wäre auch gerne Kapitän auf einem Schiff, wie mein Vater.«

»Ich habe schon von weiblichen Kapitänen gehört – bei den Piraten. Natürlich nicht bei der Marine oder so ... und die Männer scherzen immer, dass das keine echten Frauen wären. Keine Ahnung, was die damit meinen.« Er zuckte ratlos mit den Schultern.

Liliana schmunzelte darüber, schwieg aber. Sie wollte den Jungen nicht aufziehen.

***

Die Matrosen lichteten den Anker und das Schiff stach erneut in die Wellen.

Als die Rufe zum Ablegen verhallt und sie weit genug von der Küste entfernt waren, wagte Liliana sich auf Deck. Noch immer ließ der Anblick der geblähten Segel ihr Herz aufgehen. Welch eine bautechnische Meisterleistung solch ein Schiff doch war. Sich von den Kräften der Natur treiben zu lassen, den Himmel und das Magnetfeld der Erde mit Kompass und Sextant als Navigationshilfe zu nutzen ... wohin würden die Erfindungen der Menschen sie noch führen?

Sie trat an die Reling und betrachtete die Küstenlinie, die sich backbord erstreckte. Ein dunkelbrauner Streifen Land, der stetig kleiner wurde. War das Frankreich? Sehr wahrscheinlich. Sie blickte stirnrunzelnd zum Himmel. Nach dem Stand der Sonne fuhren sie in Richtung Süden. Oder doch eher Westen? Südwesten? Sie hätte zu gerne einen Kompass gehabt.

Trotz aller Ungewissheit begann Liliana, die Fahrt zu genießen. Die Arbeiten, die nicht sonderlich schwer waren, halfen ihr, die Zeit herumzubringen, und sie fühlte sich so auch weniger lästig auf dem Schiff. Außerdem kam sie dadurch mit der Mannschaft ins Gespräch, die sie ebenfalls deutlich respektvoller behandelte. Sie fühlte sich ein wenig, als gehörte sie dazu. Da die *Alecto* lediglich um die sechzig Mann beherbergte, war alles weniger anonym als auf der *Nemesis* und beinahe familiär. Liliana bekam den Eindruck, eine feste und eingespielte Truppe vor sich zu haben, die sich schon lange kannte.

Sie arbeitete hauptsächlich mit Duncan zusammen oder allein, dennoch hatte sie mehr Mut, die Männer anzusprechen oder Fragen zu stellen.

Nur Ezekiel und den Kapitän mied sie, so gut es ging.

Als sie am Abend auf Deck den Quartiermeister Alan Miller von den Fängen seines Kapitäns prahlen hörte, schwieg sie zunächst. Dem eleganten, gebildet wirkenden Mann mit den blonden Locken und hellblauen Augen, der so das komplette Gegenteil von dem Bootsmann zu sein schien, entging ihr kritischer Blick jedoch nicht.

»Clark müsste doch auch Ihr persönlicher Held und Retter sein, Miss Preston«, scherzte er grinsend.

Liliana verzog den Mund. »Ich denke nicht, dass sich Ihr Kapitän den Heldenstatus verdient, Mr Miller.«

Alan hob überrascht die hellblonden Brauen. »Wieso nicht? Er rettet immerhin ein paar Leben damit, Ihres eingeschlossen.«

»Aber nur die, die ihm einen Gewinn einbringen«, erwiderte sie kühl.

»Das ist ja auch Sinn der Sache«, mischte sich der Steuermann Joshua Brown ein. Ein stämmiger, energischer Mann mit Halbglatze und einer Narbe über dem linken Auge. »Warum keinen Nutzen ziehen aus den Geschäften anderer?«

»Aber genau diese Tatsache schließt ihn davon aus, ein Held zu sein, Mr Brown«, fuhr Liliana unbeirrt fort. »Er handelt nur zu seinem Vorteil. Was ist mit den Menschen, für die niemand Geld zahlen kann? Sie sind es aus seiner Sicht nicht wert, gerettet zu werden, und werden getötet oder versklavt. Was, wenn mein Vater ihm unbekannt gewesen wäre oder kein Geld gehabt hätte? Dann hätte er mich meinem Schicksal überlassen. Nein, einen Heldenstatus erhält man auf diese Weise gewiss nicht.«

»Wir haben diese Leute nicht gefangen genommen«, ertönte Clarks Stimme hinter ihr.

Liliana fuhr erschrocken zusammen und drehte sich um.

Der Kapitän hatte die Hände in die Hüften gestemmt und blickte sie mit seinen dunklen Augen streng an. »Ich kann nicht die ganze Welt verbessern, dafür fehlen mir Zeit, Lust und Geld!«

Sie bemerkte den scharfen Unterton und biss sich auf die Zunge, doch sie war zu stolz, sich zu entschuldigen. Dieser Mann bewunderte sich schon selbst genug, da schadeten ein paar Dämpfer nicht – zumindest nicht, solange er sie nicht über Bord warf. Seine Rechtfertigung zeigte schließlich, dass die Anschuldigung ihn nicht kaltließ.

»Miss Preston?«

Sie sah den Kapitän mit erhobenen Brauen an.

»Heute Abend werden wir an der Insel dort anlegen, sie gehört trotz ihrer südlichen Lage zu Spanien«, erklärte er und deutete nach steuerbord. Am Horizont erstreckte sich eine Fläche Land. »Die *Nemesis* war etwas schneller als wir und liegt bereits vor Anker. Ich werde Sie morgen früh Ihrem Vater am Treffpunkt übergeben.«

Der Name des Schiffes ihres Vaters ließ ihr Herz Purzelbäume schlagen. Endlich würde sie ihn wiedersehen und hoffentlich auch eine gesunde Tante Effie! Liliana holte tief Luft und nahm all ihren Mut zusammen, auch wenn sein Blick sie in die Knie zu zwingen vermochte. »Danke, Mr Clark. Zumindest dafür, dass Sie meine Situation nicht unredlich ausgenutzt haben. Abgesehen vom Lösegeld natürlich«, fügte sie so stolz wie möglich hinzu, auch wenn ihr Herz raste.

Der Kapitän blieb äußerlich ruhig. »Sie sind tapfer, das muss man Ihnen lassen«, sagte er trocken mit deutlich scharfem Unterton. »Doch ich benötige ganz gewiss keine Belehrung von jungen Frauen!« Mit diesen Worten ließ er sie stehen. Von den Männern um sie herum kam kein Laut.

Liliana versuchte, ihr ohrenbetäubendes Herzklopfen nach dieser verbalen Schelte zu ignorieren, und ging in ihre Kammer. Sie würde in dieser Nacht ohnehin nicht schlafen, da brauchte sie nicht noch eine Auseinandersetzung mit dem Kapitän aufgrund ihres losen Mundwerks.

Sie lehnte sich mit dem Rücken an die Holztür, atmete tief durch und lächelte. Endlich würde sie ihren Vater wiedersehen und hoffentlich auch eine gesunde Tante Effie! Der Albtraum war nun bald vorüber.

Dennoch ertappte sie sich bei dem Gedanken, dass sie die Mannschaft der *Alecto* vermissen würde. Die Männer waren ihr mittlerweile vertrauter als die Besatzung der *Nemesis*.

An diesem Abend nach Ankerwurf saß sie allein im vorderen Teil des Decks und flickte die löchrigen Hemden einiger Seeleute. Hier am Bug gab es nur eine schwache Öllampe.

Nach einiger Zeit trat Ezekiel Braden zu ihr. Liliana glaubte schon, irgendetwas falsch gemacht zu haben, doch der brummige Bootsmann blieb ausnahmsweise freundlich.

Er nickte in Richtung ihres Nähzeugs. »Sie brauchen das nicht mehr fertig zu machen, Miss Preston.«

Liliana stutzte über die plötzliche Verwendung der Höflichkeitsform, sprach es jedoch nicht an. »Danke, aber ich sitze gerne hier oben in der frischen Luft, und es ist auch keine große Arbeit.« Bis auf die Tatsache, dass sie bei dem Seegang trotz Anker sehr aufpassen musste, sich nicht mit der Nadel zu stechen.

Ezekiel sah sie forschend an. »Warum tun Sie das?«

»Es vertreibt mir die Zeit.« Sie zog die Wolldecke etwas dichter um sich, die Luft wurde langsam kühl und der Wind nahm zu. Dennoch war es angenehmer, hier oben zu sitzen, als unter Deck.

»Dann setzen Sie sich doch zu der Mannschaft. Es ist Ihr letzter Abend bei uns.«

Liliana sah zu den Matrosen hinüber, die lachend und singend zusammensaßen und die freie Zeit feierten.

»Danke«, sagte sie leise und blickte wieder zu dem Bootsmann. »Sehr freundlich, aber ich denke, das gehört sich nicht. Wissen Sie, ich möchte niemanden irritieren ...« Sie wusste nicht, wie sie ihre Gedanken in Worte fassen sollte. Auch wenn sie einen Großteil der Mannschaft lieb gewonnen hatte, bezweifelte sie, dass es eine gute Idee war, sich als junge Frau zu den Männern zu gesellen, während diese sangen und Rum tranken. Was, wenn sich einer von ihnen doch nicht zurückhalten konnte oder es zu Streit kam? Nur wie erklärte sie dies dem Bootsmann, ohne überheblich oder weinerlich zu wirken?

Ezekiel nickte mit ernster Miene. Er schien ihre Sorgen zu verstehen. »Sie haben wohl recht.« Er drehte sich zur Reling und sah eine Zeit lang auf das Meer hinaus, das friedlich in der untergehenden Sonne glitzerte. Der Himmel über ihnen war wolkenlos und es würden sich in dieser Nacht gewiss Milliarden von Sternen zeigen.

Liliana glaubte schon, dass er sie vergessen hätte, als er unvermittelt weitersprach: »Wissen Sie, Miss Preston, ich habe Ihnen anfangs nicht getraut. Ein Frauenzimmer, das weder meckert noch jammert und sogar mit anpackt, hatten wir in der Tat noch nie an Bord. Gut, es waren auch sonst nur verzogene reiche Gören, aber dennoch ... ich dachte mir, was hat sie vor? Was bezweckt sie? Will sie sich einschmeicheln oder uns den Kopf verdrehen?« Er rieb sich über den Bart und wandte sich ihr wieder zu.

Liliana schwieg. Sie spürte keinen Drang, sich gegen solche absurden Verdächtigungen zu verteidigen.

»Aber nun erkenne ich, dass dies nicht der Fall ist«, fuhr er fort und atmete tief durch, als fiele ihm der nächste Satz schwer. »Ich will Ihnen mit all dem Geschwätz nur sagen, dass ich wirklich froh bin, dass unser Kapitän Sie gerettet hat, und ich werde ihm mitteilen, dass ich keinen Anteil von Ihrem Preis haben möchte.«

Liliana sah ihn verblüfft an.

Ezekiel grinste breit unter dem buschigen Bart. »Dann noch einen schönen Abend. Sie müssen sich nicht beeilen mit dem Nähen, Miss Preston, ich danke Ihnen für die ganze Hilfe.«

Teneriffa, Spanien

April 1785

Am nächsten Morgen holte Ezekiel sie schon früh aus der Kabine und brachte sie zum Kapitän an Deck.

»Mitkommen!«, befahl Clark knapp. Die Anspannung in seiner Haltung war merklich. Liliana überlegte, in welchem Verhältnis er zu ihrem Vater stand. Sie schienen sich zumindest zu kennen. Waren sie nur Bekannte oder gar Feinde? Würde die Übergabe vielleicht in einem Kampf enden? Gewiss war ihr Vater nicht gerade erfreut darüber, ein Lösegeld für sie zahlen zu müssen. Sie schämte sich dafür, ihm derartige Sorgen und Kosten zu bereiten ... Doch was hätte sie ausrichten können gegen bewaffnete Männer?

Liliana setzte sich mit dem Kapitän ins Beiboot, und zwei Matrosen ruderten los. Die Männer waren schwer mit Säbeln und Pistolen bewaffnet, die ihr den Ernst der Situation erneut deutlich vor Augen führten. Sie schwieg die Fahrt über, schaute beklommen auf die Hände in ihrem Schoß und hoffte nur, dass dies alles schnell und unkompliziert vonstattengehen würde ... ohne Verletzte. Oder gar Tote.

Das Ruderboot setzte auf dem sandigen Ufer auf. Liliana bemerkte erst jetzt, dass der Sand auf dieser Insel schwarz wie eine Piratenflagge war anstatt gelb.

Die beiden Matrosen stiegen barfuß ins knietiefe Wasser und zogen das Boot mit dem Kapitän und ihr an Land.

Clark reichte ihr schweigend seine Hand und half beim Aussteigen aus dem wackeligen Rumpf. Liliana erkannte ihren Vater am Strand stehen, unter dem linken Arm trug er eine kleine Kiste. Ihr Herz machte einen Sprung und sie wollte loslaufen, doch einer der Matrosen hielt sie energisch am Oberarm zurück.

Der feste Griff schmerzte. Liliana stoppte und schluckte betreten.

»Lasst sie gehen«, sagte Clark. »Jack hält sein Wort, ich vertrau ihm. Außerdem ist er allein und unbewaffnet.«

Der Mann löste seine Hand, und Liliana rannte durch den Sand zu ihrem Vater. »Papa!«

»Lily! Geht es dir gut?« Jack schloss sie fest in die Arme. »Meine Kleine, es tut mir so leid!«

»Was ist mit Effie?«

»Sie ist wohlauf, keine Sorge.«

Liliana sackte vor Erleichterung ein wenig in die Knie.

Ihr Vater aber hielt sie fest. »Mein Engel, was musstest du durchmachen ...« Er löste die Umarmung, nahm sie an den Schultern und sah sie mit seinen blauen Augen ernst an, sein fesselnder Blick drang tief in sie hinein. »Sag es mir! Ist dir etwas angetan worden?«

Liliana schüttelte den Kopf, sie wusste, was er meinte, und versuchte mit Gewalt, sich zu beherrschen. »Nein, nicht wirklich ... aber hätte Kapitän Clark mich nicht ... erworben, wäre es wohl ... seine Leute haben mich anständig behandelt.«

Jack atmete erleichtert auf und strich ihr liebevoll über die Haare. »Warte hier. Ich werde das mit Mr Clark regeln.«

Liliana nickte. Sie ging ihm jedoch einige Schritte nach. Zu neugierig war sie auf das Treffen der beiden Kapitäne.

Jack trat zu Clark und sah ihm finster in die Augen.

»Hallo Finlay«, sagte er kühl und reichte ihm die kleine ledergebundene Holzkiste. »Wie es scheint, hast du Fortuna mal wieder auf deiner Seite gehabt. Für diesmal zumindest. Hier sind die hundert. Nun hast du mich ja endlich da, wo du mich immer haben wolltest.«

Der Kapitän der *Alecto* lächelte. »Das dachte ich anfangs auch, ehrlich gesagt«, meinte er ruhig und straffte seine Schultern. »Ich habe an Pelt vierzig Guineen gezahlt. Diese Summe hätte ich gerne, mehr verlange ich nicht.«

Jack blinzelte verständnislos und verengte die Augen. »Wo ist hier der Haken?«

Finlay lachte freudlos auf. »Der Haken war deine Tochter, und zwar für mich. Meine Mannschaft weigert sich geschlossen, einen Profit aus ihrer Rettung zu schlagen. Sie ist eine bemerkenswerte junge Frau, du kannst wirklich stolz auf sie sein.«

Liliana spitzte die Ohren. Gegen ihren Willen huschte ein zufriedenes Lächeln über ihre Lippen, als sie an die Crew der *Alecto* dachte. Vor ihrem inneren Auge erschien ein Bild, wie die Männer ihrem Kapitän das gesagt haben mussten. Gewiss war Mr Braden der Anführer gewesen, Alan Millers Stimme überschlug sich bei Nervosität stets, und Mr Brown hatte sich ganz gewiss ununterbrochen am Ohr gekratzt währenddessen.

»Das bin ich.« Ihr Vater klang deutlich irritiert. Er sah auf. »Komm heute Abend zu mir auf die *Nemesis*«, schlug er vor. »Dann können wir reden.«

Finlay runzelte die Stirn. »Werde ich das Schiff wieder lebend verlassen?«

Jack schnaubte. »Das war ein Friedensangebot. Da können wir vielleicht auch ein paar alte Geschichten begraben. Ich halte dir hier eine Hand hin, Kleiner. Lass mich diese Großzügigkeit nicht gleich wieder bereuen!«

Der attraktive Kapitän kam noch mal auf die *Nemesis?* Lilianas Herz tat einen Freudensprung bei diesen Worten, beinahe hätte sie begeistert in die Hände geklatscht, besann sich aber rechtzeitig.

Clark nickte. »Das mache ich gerne, aber gib mir noch die vierzig, bevor du gehst!«

Jack schüttelte den Kopf. »Noch ganz der Alte.«

Nach der Bezahlung drehte ihr Vater sich um. Als er Liliana derart dicht hinter sich sah, verengte er die Augen. »Solltest du nicht Abstand halten?«

Liliana setzte eine Unschuldsmiene auf. »Ich sollte warten. Von Abstand sagtest du nichts.«

Jack lachte und legte ihr den Arm um die Schulter. »Komm, gehen wir zurück. Effie ist krank vor Sorge und wartet bereits sehnsüchtig im Beiboot.« Er atmete tief durch. »Auch ich hatte keine ruhige Nacht. Gott sei Dank ist dir nichts Schlimmeres widerfahren.«

»Woher wusstest du, wo ich war?«, fragte sie neugierig, als sie durch den Sand mit der ungewöhnlich schwarzen Färbung wanderten. Es war seltsam, Boden unter sich zu spüren, der nicht schwankte.

»Es gibt verschiedene Anlaufstellen, um an Informationen zu kommen. Mr Clark schickte einen Botschafter in eine spezielle Schenke in Frankreich, in der ich ebenfalls nachfragte.«

»Wie gut kennst du den Kapitän der *Alecto?*«

»Besser, als es ihm lieb ist«, kam die knappe Antwort, die deutlich signalisierte, dieses Thema nicht weiter zu verfolgen. Daher ließ sie es, der Moment schien zu wertvoll für unangenehme Unterhaltungen.

Effie wartete bereits vor dem Beiboot und stürzte mit ausgebreiteten Armen auf die beiden zu.

Liliana wurde auch von der Mannschaft der *Nemesis* fröhlich und erleichtert begrüßt, Grace umarmte sie sogar überraschenderweise. Sie alle gaben ihr das Gefühl, nach Hause zu kommen, obgleich sie die Besatzung noch kaum kannte.

Sie wurde mit Hunderten von Fragen überschüttet, und bevor Liliana sichs versah, wurde ihr alles Erlebte aus der Nase gezogen. Sie berichtete mehr, als sie beabsichtigt hatte, doch die befürchteten peinlichen Momente blieben aus. Alle klopften ihr anerkennend auf die Schultern.

Auch Effie und Jack schienen sich in der Zeit ihrer Abwesenheit noch näher gekommen zu sein, was sie sehr begrüßte. Liliana konnte sich nichts Schöneres vorstellen, als ihren Vater und ihre Tante als Paar zu sehen. Es wäre für sie wie eine intakte Familie.

***

Später bat sie um einen Bottich mit Waschwasser, der in ihre Kajüte gebracht wurde. Liliana genoss es, endlich die Mischung aus Schweiß, Salz und Schmutz von ihrem Körper waschen zu können. Sie legte ihr gutes Kleid mit fliederfarbener Schürze und gleichfarbigem Mieder an, das – wie sie fand – ihre braunen Haare sehr schön zur Geltung brachte, und entschied sich für eine Hochsteckfrisur. Der eigentümliche Drang, an diesem Abend besonders elegant zu wirken, überkam sie.

Dieser Kapitän Clark sollte sie noch einmal zu Gesicht bekommen und nicht nur als das zerrupfte Huhn in Erinnerung behalten, das sie während seiner Gefangenschaft gewesen war.

Erfrischt ging sie zu dem Arbeitszimmer ihres Vaters, klopfte kurz und trat ein.

Jack saß an seinem Schreibtisch und berechnete die neue Route auf der Karte. Nun, da sie einen Vergleich mit anderen Schiffen ziehen konnte, fiel ihr auf, wie elegant und teuer hier alles wirkte, im Gegensatz zur eher beengten *Alecto*. Diese Fregatte musste ein Vermögen gekostet haben.

Ihr Vater blickte auf und sah sie fragend an.

Liliana schluckte. »Ich wollte mich entschuldigen.«

Er runzelte die Stirn. »Wofür?«

»Dass ich dir solch schreckliche Sorgen und dazu noch Kosten bereitet habe.« Erneut musste sie mit den Tränen ringen. »Ich wünschte, ich hätte gelernt, zu kämpfen und mich zu wehren.«

Jacks Augen weiteten sich. »Denke so etwas nicht!« Er erhob sich und ging um den Schreibtisch herum auf sie zu. »Nach allem, was ich aus deiner Erzählung gehört habe, hast du diese schreckliche Situation großartig gemeistert. Du hat dich erfolgreich gegen Pelt verteidigt und selbst Finlay dazu gebracht, entgegen seiner gewohnten Habgier zu handeln, was in der Tat beachtenswert ist.«

Liliana sah beschämt zur Seite. »Das Glück war mir hold.«

Ihr Vater schüttelte den Kopf. »Stell dein Licht nicht unter den Scheffel, auch Glück muss man ergreifen können. Du hast eine dir günstige Situation richtig eingeschätzt und zügig gehandelt.« Er sah ihr tief in die Augen. »Wenn sich jemand von uns beiden entschuldigen muss, dann bin ich es. Der Anschlag galt ganz allein mir, mein Handeln führte zu dieser Tat. Ich hätte so etwas voraussehen und besser achtgeben müssen.« Er ergriff ihre Hände. Seine blauen Augen nahmen einen sanften Ausdruck an. »Es tut mir so leid, es war ein Fehler, dich aus dem sicheren Landsitz zu reißen. Ich werde euch sobald wie möglich zurück nach England bringen.«

»Nein!«, rief Liliana erschrocken aus. »Ich möchte hier bei dir bleiben!«

»Aber, nach allem, was du durchmachen ...«

»Vater«, unterbrach sie ihn und drückte sanft seine Finger. »Die letzten Wochen waren die aufregendsten und bis auf einige schlimme Tage die schönsten meines Lebens. Bitte schicke mich nicht fort! Das käme einer Bestrafung gleich. Ich möchte auf dem Schiff bleiben und die Welt bereisen.« Sie sah ihn flehend an. »Ich fürchte mich nicht vor den Gefahren, im Gegenteil, ich würde sterben, befände ich mich wieder auf dem langweiligen Gut.«

Jack atmete tief durch, es wirkte trotz allem erleichtert. »Wenn es wirklich dein Wunsch ist, kannst du liebend gerne bleiben. Ein weiterer Umweg wäre meinen Plänen in der Tat nicht sehr zuträglich.«

»Es ist mein größter Wunsch, Vater.« Sie lächelte und sah ihn schief an. »Darf ich dich etwas fragen?«

»Natürlich. Frei heraus!«

Liliana zögerte einen Moment, sie wusste nicht genau, wie sie es formulieren sollte. »*Blackhound*?« Sie zog die Nase kraus.

Jack lachte bei ihrer Mimik laut auf. »Diese Frage musste früher oder später kommen.« Er schmunzelte. »Ich habe mir einen Namen als leitender Offizier auf der *Black Hound* gemacht und diente dort unter einem recht fragwürdigen Kapitän. Der Name setzte sich ohne mein Zutun fest. Allerdings bin ich nicht allzu stolz auf meine Taten damals. Ich war jung. Zu wild und zu ehrgeizig.«

Liliana runzelte die Stirn. »Da sind noch so einige Geschichten offen, wie es scheint.«

»So wird es uns nicht langweilig auf der Fahrt.«

Lilianas Blick schweifte durch den Raum, die hohe Decke und das prunkvolle Fenster entlang. »Was für ein Schiff ist eigentlich die *Alecto?* Ich kenne mich so gar nicht damit aus.«

»Den Schiffstyp nennt man Bark. Ähnlich der *Endeavour*, auf der James Cook segelte. Allerdings war dessen Schiff ein Kohletransporter und wurde von einer Katt zu einer Bark umgetakelt. Doch auch die *Alecto* ist mehr für Frachten gebaut als für Kämpfe.«

Der letzte Satz erleichterte Liliana sehr, auch wenn sie mit den anderen Bezeichnungen nicht viel anfangen konnte.

»Dieser berühmte Mr Cook, von dem alle reden, ist auf einem solch kleinen Schiff um die ganze Welt gesegelt und hat diese sogar neu kartografiert?« Das verwunderte sie doch. Wie konnte man es monatelang so beengt zusammen aushalten?

»Du bist verwöhnt von der *Nemesis*, fürchte ich.« Jack lachte auf. »So winzig ist die *Alecto* nun auch wieder nicht. Da gibt es kleinere Schiffe, selbst bei den Piraten, die bei Kämpfen dennoch weit über hundert Männer in solche Nussschalen hineinpacken. Dafür ist Finlays Crew übersichtlicher, leichter kalkulierbar, und er muss auch weniger Mäuler stopfen.«

Liliana runzelte die Stirn. War das eine bloße Feststellung, oder hielt er den Kapitän der *Alecto* für weniger fähig? Die Worte und Gedanken ihres Vaters wirkten auf sie so undurchschaubar.

***

Pünktlich nach dem Abendessen erreichte ein Beiboot der *Alecto* die *Nemesis,* und der Kapitän kletterte über die Strickleiter an Bord, während seine Matrosen unten im Boot warteten.

Liliana klopfte das Herz bis zum Hals, als sie Kapitän Clark über die Reling steigen sah. Er zog den Hut vor Effie und ihr, und seine dunklen Augen blieben länger, als es höflich gewesen wäre, an Liliana hängen, was ihr

Herz schneller schlagen ließ. Sie senkte beschämt den Blick, während alles in ihr jubilierte. Das Herausputzen hatte sich gelohnt.

Der junge Kapitän folgte Jack in den Arbeitsraum. Leider blieben die Männer unter sich. Liliana wollte zu gerne wissen, was die beiden besprachen. Zweimal stand sie vor der verschlossenen Holztür, die Faust zum Anklopfen erhoben, doch mehr schaffte sie nicht. Sie atmete enttäuscht durch und blickte zu Boden. Es wäre ohnehin albern, sich in die Gespräche der beiden Kapitäne zu drängen, sie sollte besser zu Effie und Grace an Deck gehen. Als sie sich umdrehte, lief sie beinahe einem Mann in die Arme und schaute erschreckt auf. Es war der junge Koch Rinaldo mit einem Korb in der Hand.

»Verzeihen Sie mir, ich wollte Sie nicht erschrecken, Miss Preston«, sagte er in seinem italienischen Akzent. »Ich muss nur dort hinein, den Herrschaften etwas Obst hinstellen.« Er wies auf die Tür, deren Eingang sie versperrte.

Liliana sah zunächst ihn mit offenem Mund an, dann über die Schulter zur Tür und wieder zu dem jungen Mann in Kochschürze.

»Geben Sie mir bitte den Korb, Mr Mancini«, sagte sie etwas hastiger als beabsichtigt. »Ich werde es dem Kapitän bringen.«

Rinaldo hob die Stirn und zog dann wissend einen Mundwinkel hoch. »In Ordnung, danke.« Er reichte ihr den Obstkorb, zwinkerte und ging.

Der Auftrag gab ihr den Mut, der ihr bislang gefehlt hatte. Sie klopfte beherzt an und trat ein, sobald sie das »Herein!« ihres Vaters vernahm. Er hielt in seiner Erzählung inne, als er sie sah.

»Mr Mancini bat mich, Ihnen Obst zu reichen«, sagte sie höflich und warf einen kurzen Blick auf Kapitän Clark, der in seinem blauen Kapitänsrock danebenstand und ein gefülltes Cognacglas in der Hand hielt. Er nickte ihr freundlich zu, und sie lächelte schüchtern. Ihr Herz klopfte so laut wie ein Schmiedehammer in ihren Ohren.

Die beiden Kapitäne fuhren mit ihrem Gespräch fort, als hätte es keine Unterbrechung gegeben. Sie stellte den Korb auf den Tisch und wollte nun endlich zu Effie und Grace gehen, als sie einige Gesprächsfetzen aufschnappte.

Kapitän Clark erzählte, wen aus seiner Mannschaft er für den Warenhandel nach Indien einsetzen wollte.

Sie hielt inne und drehte sich zu den beiden Männern um. »Aber nehmen Sie nicht Mr Miller, der ist zwar klug, aber zu unflexibel und wenig empathisch. Er würde in einem fremden Land mit anderen Sitten wie ein notorischer Besserwisser auftreten«, entfuhr es ihr, ohne dass sie darüber nachgedacht hätte.

Die beiden Kapitäne sahen sie verwundert an.

Clark hob den Kopf. »Ich dachte auch an Victor.« Seine Stimme klang hörbar irritiert über die Einmischung.

Liliana winkte ab. »Mr Panlov hat kein Händchen für Zahlen, der würde die Ware nur verscherbeln.« Sie sah ihn an. »Warum kann Duncan nicht einspringen?«

»Duncan?« Clarks Augen weiteten sich. »Der Junge?«

»Zumindest als beratende Begleitperson. Er ist wirklich gescheit und weiß mehr über Indien und dessen Güter als jeder andere an Bord. Außerdem ist er ehrgeizig, es ist sein Traum, irgendwann einmal selbst Kapitän zu sein.« Ihr Blick wurde ernst, tadelnd hob sie den Zeigefinger. »Jemand sollte sich wirklich mal die Zeit nehmen und dem Jungen Lesen und Schreiben beibringen. Er würde gewiss Bücher nur so verschlingen. Duncan ist wissbegierig, er saugt jede neue Information auf wie ein Schwamm und hat zudem eine sehr gute

Auffassungsgabe. Man sollte ihm unbedingt eine Chance geben!«

Kapitän Clark sah zu Jack herüber und schüttelte den Kopf. »Sieh dir das an!«, meinte er. »Deine Tochter weiß nach nur einer Woche mehr über meine Mannschaft als ich selbst. Ich hoffe, du weißt, was du dir da an Bord geholt hast.«

Jack schmunzelte. »Sie kann gut mit Leuten umgehen, das hat sie wohl von mir geerbt.«

»Sieht ganz so aus«, erwiderte Clark bissig. »Ein paar Tage länger an Bord, und ich hätte wohl eine Meuterei am Hals gehabt.«

Jacks Augen verengten sich. »Diese Anspielung kannst du dir verkneifen! Gemeutert wird in der Regel nur gegen schlechte Kapitäne und nur schwache Charaktere lassen sich gegen ihre eigenen Leute aufhetzen.«

»Das hängt vom Talent des Aufhetzenden ab«, kam es mit einem giftigen Unterton zurück.

Jack zeigte die Zähne. »Von der Bestechlichkeit des Betroffenen meinst du wohl?«

Die beiden sahen sich so finster in die Augen, dass es Liliana den Magen zusammenzog. Man spürte regelrecht die Spannung in der Luft wie ein drohendes Gewitter.

»Ich … äh … ich entschuldige mich für die Einmischung«, sagte sie hastig und hob beschwichtigend die Hände. »Es sollte nur ein Vorschlag sein … Ich werde nun besser gehen.« Sie wollte dieser unangenehmen Situation umgehend entfliehen.

»Nein, nein«, sagte Kapitän Clark beinahe hastig und ließ den Blick von ihrem Vater ab. »Ihr Vorschlag war sehr gut, Miss Preston, ich danke Ihnen. Ich werde mich darum kümmern, dass Duncan lesen lernt. Versprochen! Der Junge hat was im Kopf, das ist mir auch schon aufgefallen.« Er wandte sich an Jack, der ihn noch immer streng anblickte. »Ich habe angefangen mit der kindischen Stichelei, entschuldige! Die Sache ist wirklich zu lange her, um sie erneut aufzuwärmen.«

»Dann lass die unangebrachten Versuche«, sagte Jack düster, sein Blick verlor im Gegensatz zu dem seines Gegenübers nicht an Strenge. »Du verbrennst dir ohnehin nur die Finger dabei!«

Liliana ging rasch hinaus und an Deck zu Effie und Grace. Die beiden Frauen saßen an der Reling gelehnt auf Wolldecken und genossen die milde Abendluft. Die Katze Auma lag im Schoß der Köchin und schnurrte laut. Liliana setzte sich wortlos zu ihnen und dachte über die eben gehörten Worte nach, die wie eine finstere Wolke auf ihr Gemüt drückten. Diese Anspannung, die zwischen den beiden Männern bestanden hatte, war zu ernst gewesen. Todernst.

Effie, die sich gerade mit Grace über Gewürze unterhalten hatte, tätschelte ihren Oberschenkel. »Warum das trübe Gesicht?«, fragte sie. »Ist etwas vorgefallen?«

Liliana schüttelte den Kopf, doch es war mehr ein Abschütteln der Erinnerungen. »Nichts, ich habe nur nachgedacht.«

Effies Mimik wandelte sich in Besorgnis. »Du kannst mit mir über alles reden, das weißt du doch«, sagte sie sanft. »Wenn du etwas erlebt hast ...«

»Nein, das ist es nicht, Effie, keine Sorge.« Sie atmete tief durch und sah zu Grace, deren Mimik ebenfalls wächsern geworden war. Die ältere Frau musterte Liliana und schien jede Regung in ihrem Gesicht lesen und deuten zu können. »Grace, was wissen Sie über die Beziehung zwischen Kapitän Clark und meinem Vater? Sie wirken einerseits vertraut wie alte Freunde, andererseits so ... feindlich.«

Grace sah sie eine Weile an und kraulte derweil Auma unter dem Kinn, die das sichtlich genoss. »Über Beziehungen können Außenstehende nur spekulieren«, sagte sie tonlos. »Und die sollten sich nicht einmischen, denn das führt selten zu einer Besserung.«

Liliana seufzte. »Sie haben recht. Wenn, dann muss ich ihn selbst fragen. Aber woher kennen die beiden sich?«

»Hat Ihr Vater Ihnen erzählt, warum sie ihn *Blackhound* nennen?«, kam die Gegenfrage von Grace.

»Er sagte, er sei mal ein Schiff mit diesem Namen gefahren.«

Die alte Frau verengte die Augen. »Erwähnte er auch, was das für ein Schiff war?«

Liliana schüttelte den Kopf. »Nein, nicht direkt. Aber wenn ich seine Andeutungen richtig interpretiere, trug es wohl keinen Heiligenschein.«

Grace schmunzelte und nickte. »Die *Black Hound* war ein Freibeuter und Kopfgeldjäger. Ihr damaliger Kapitän jagte Flüchtlinge und lieferte sie aus, ob gerechtfertigt oder nicht.«

»Ein Piratenschiff?« Liliana schluckte. »Und Vater? Inwieweit war er da involviert?«

»Ich kam erst viel später dazu und rede ungern über Dinge, die ich nur vom Hörensagen kenne. Aber wenn Sie einen Augenzeugen befragen möchten, dort steht einer. Hey, Brian!« Sie winkte den Bootsmann herüber, der Pfeife rauchend an einem Fass lehnte. »Komm mal her!«

Der Mann trat schmunzelnd hinzu. »Jungen Frauen helfe ich doch gerne in der Not, was braucht ihr?«

Grace zwinkerte. »Ich hoffe, du meintest mich mit der *jungen Frau.*«

»Aber natürlich, wen denn sonst?« Brians tiefes Lachen klang glucksend.

»Ich habe Liliana gerade von der *Black Hound* und Kapitän Hollands erzählt. Du warst doch dabei, inwieweit war ihr Vater in die Machenschaften verstrickt?«

»Puh, heißes Eisen.« Brian setzte sich zu ihnen, blies den süßlich riechenden Rauch in die Luft und schien über seine Worte nachzudenken. »Jack war Hollands' Trumpf für viele Jahre«, erklärte er. »Ihr Vater besitzt eine bemerkenswerte Spürnase, ohne die sein damaliger Kapitän lange nicht so viel Erfolg gehabt hätte.« Er zeigte mit dem Mundstück der Pfeife auf Liliana. »Daher wird er auch Pelt ausfindig machen, Miss Preston, keine Sorge. Es gibt keinen Flecken auf dem gesamten Erdball, der vor ihm sicher ist.« Er klopfte die ausgebrannte Asche neben sich auf die Bretter. »Jack ist nicht nur ein talentierter Seemann, sondern auch ein Meister im Spurenfinden und kann wahnsinnig gut Leute beeinflussen. Kapitän Hollands selbst begann damals schon, ihn seinen *Spürhund* und dann *Blackhound* zu nennen. Doch im Gegensatz zu Hollands hatte Jack einen größeren Gerechtigkeitssinn. Da musste es krachen.« Der Bootsmann machte eine Pause, säuberte die Tonpfeife und steckte sie dann in seinen Gürtel. Liliana wartete geduldig. Sagte Mr Clark nicht irgendetwas von Meuterei? Sie würde so gerne die ganze Geschichte erfahren.

»Hat mein Vater gegen diesen Mr Hollands rebelliert?«, fragte sie. Das Wort *Meuterei* zu benutzen, wagte sie nicht.

»Die ganze Geschichte muss er Ihnen selbst erzählen. Oder Ove, der hat da mehr mitbekommen damals.« Brian straffte die Schultern. »Kapitän Hollands verstieß gegen Gesetze, und Jack gefiel auch nicht, wie er mit seiner Mannschaft – also uns – umsprang. Ist 'ne Zeit, an die ich nicht allzu gerne zurückdenke.« Liliana zog unbewusst den Kopf ein bei dem finsteren Blick. Sie konnte sich kaum vorstellen, wie man freiwillig derart kräftige Männer verärgern konnte. »Zumindest schaffte es Ihr Vater, dass keiner von uns am Galgen landete«, endete Brian. »Das rechnen wir ihm hoch an.«

Er grinste breit. »Kapitän Clark diente übrigens auch auf der *Black Hound* unter Jack, wussten Sie das?«

Liliana spitzte die Ohren. Langsam kamen immer mehr Puzzleteile zusammen.

»Doch sie waren keine besonders guten Freunde. Finlay hielt zu Hollands damals.«

»Warum?« Bisher schien der junge Kapitän eher sanfter zu wirken als ihr Vater. Dass er hinter einem Tyrannen stehen würde, konnte Liliana nicht glauben.

Brian zuckte die Schultern. »Im Gegensatz zu Ihrem Vater, dem seine Prinzipien über alle Folgen gehen, ist Mr Clark bekannt dafür, gern die Gewinnerseite zu wählen. Allerdings hatte er sich damals verrechnet dabei.«

Jack

Die Black Hound

Freitag, den 13. August 1773

Ein Schrei und laute Rufe von einer Seite der Reling ließen Jack aufhorchen. Er nahm zwei Stufen auf einmal und sprang an Deck. Die Mannschaft stand zusammen und zog lärmend an einem Tau, das ins Wasser ragte.

»Was zur Hölle geht hier vor?«, rief er befehlend. Beim Näherkommen wurde ihm die schreckliche Tatsache gewahr. Die Männer ließen einen Matrosen kielholen. Die härteste Folter an Bord eines Schiffes, und das sollte etwas heißen.

»Ist das Sean?«, brüllte er außer sich vor Zorn. »Zieht ihn sofort wieder an Deck!«

»Er soll noch dreimal. Befehl des Kapitäns, Sir«, druckste Taylor und wippte nervös von einem Fuß auf den anderen.

»Holt ihn hoch, habe ich gesagt!«, schrie er scharf. Er wusste, dass er sein noch geringes Alter mit autoritärem Auftreten überspielen musste.

Die Männer zögerten jedoch keine Sekunde, als hätten sie nur auf solch einen Befehl gewartet. Mit vereinten Kräften zogen sie den Matrosen rasch wieder nach oben.

Sean brach an Deck zusammen und schnappte hustend nach Luft. Sein Brustkorb hob und senkte sich wie Wellen im Sturm und er zitterte am ganzen Körper vom eiskalten Salzwasser. Jack erkannte, dass der linke Arm des Matrosen tiefe Hautabschürfungen aufwies, weißlich schimmerte der Knochen des Ellenbogens aus der Wunde hervor, die stark blutete. Auch die Matrosen glotzten stumm und sichtlich betreten auf die Verletzung.

»Holt den Doc! Schnell!«, scheuchte er die Männer aus ihrer Erstarrung. Er hatte den Ernst der Lage erkannt.

Gous rannte los und kam kurz darauf mit dem Schiffsarzt wieder, der gleich zu Sean stürzte. Jack betrachtete die Wunden besorgt mit gerunzelter Stirn. Er kannte die Folgen solcher Verletzungen durch den Bewuchs am Schiffsrumpf leider zu gut. Seepocken und Entenmuscheln rissen die Haut kaputt wie Sägemesser und die Feuchtigkeit auf einem Schiff ließ solche Wunden nur schwer heilen und faulen, was nicht selten mit dem Tod endete.

»Was ist los? Warum ist der schon wieder oben? Schmeißt die Ratte noch mal rein!«, brüllte eine lallende Stimme hinter ihnen.

Jack drehte sich um und sah in das vor Zorn und Rum gerötete Gesicht des Kapitäns, dessen blutunterlaufene Augen hasserfüllt funkelten. Wie immer in Schwarz gekleidet, trug er seine weiße Perücke unter dem Dreispitz. Er war relativ klein, aber kräftig, und wirkte mit seinem starren Blick, dem grauen Bart und dem humpelnden Gang unberechenbar.

Jack ließ sich jedoch nicht beeindrucken und stellte sich breitbeinig vor Sean. »Das werde ich nicht zulassen, Kapitän!«, sagte er scharf. Eine altbekannte Wut über eine solch unfaire Behandlung stieg in ihm auf. Er erinnerte sich noch zu gut an seine Zeit als Matrose und wie er selbst von den Offizieren gegängelt wurde, die nicht selten unfähige, verwöhnte Söhne Adliger waren und alles in den Schoß gelegt bekamen. Er funkelte den Kapitän zornig an. »Als Erster Offizier bin ich für die Mannschaft verantwortlich. Der Matrose wäre fast ertrunken, und es ist ungewiss, ob er die Verletzung überlebt.«

Hollands' Mimik verzog sich gefährlich. »Er hat meine Befehle nicht befolgt. Wollen Sie auch erfahren, was geschieht, wenn man meine Befehle missachtet? Treten Sie beiseite!«

Trotz der drohenden Gefahr wich Jack nicht aus. Er blieb stehen und unterstrich seine Entscheidung, indem er provokativ die Arme vor der Brust überkreuzte. Auch dieser Kapitän hatte mehr Läuse unter der Perücke als ein Maß an Fähigkeiten und seinen Rang gewiss nur erkauft.

Die Männer standen nur stumm und sichtlich eingeschüchtert dabei.

Der Kapitän eines Schiffes kam zumindest für die Matrosen rechtlich gleich nach Gott, und gerade Hollands kostete diesen Status nur zu gerne und ausgiebig aus. Jack war sich bewusst, dass er dem Mann in allem außer seinem Rang überlegen war. Zudem befand sich das Recht auf seiner Seite.

Das Gesicht des Kapitäns lief fleckig rot an. »Aus dem Weg mit Ihnen, damit ich den Kerl persönlich wieder ins Wasser werfen kann!«

Jack verharrte in der Position. »Nein, Sir, das werde ich nicht tun. Eine derartige Bestrafung ist nach Marinerecht nicht zuläss...«

Der Kapitän zog mit einer erstaunlich schnellen Bewegung sein Entermesser aus dem Gürtel und hielt es seinem jungen Offizier an den Hals. Jack erstarrte und beendete den Satz nicht. War er zu weit gegangen?

»Wage es nicht, mich zu maßregeln, du aufgeblasener Grünschnabel!«, presste Hollands zwischen zusammengebissenen Zähnen hervor. »Du kannst von Glück sagen, wenn ich dich nicht vor ein Militärgericht stelle!«

Er stützte sich auf seinen Stock, hielt das Messer aber weiter an Jacks Kehle und schwankte dabei gefährlich mit dem Seegang. Seine Augen funkelten, Jack hingegen verzog keine Miene.

»Sie wollen also gerne eine Bestrafung nach Marinerecht, Mr Farson?«, fragte Hollands nun laut mit verschlagenem Grinsen. Er wandte sich an den Zweiten Offizier, der unsicher hinzugetreten war. »Mr Parker, holen Sie mir die neunschwänzige Katze!«

Der grauhaarige Mann nickte, schritt davon und kam kurz darauf mit dem Stoffbeutel, der die Peitsche beinhaltete, wieder. Er sah dabei sichtlich unsicher auf Jack, doch der beachtete ihn nicht, sondern blickte wieder in die Augen des Kapitäns.

Aus der Mannschaft erklang ein ungläubiges Raunen. Auch wenn diese Disziplinierung bei Matrosen üblich war, schloss das Gesetz Offiziere aus. Es galt als unehrenhafte Bestrafung.

Hollands schien erzürnt und auch ein wenig verunsichert über Jacks ausdrucksloses Starren. »Das war Befehlsverweigerung!«, rief er wie zur Verteidigung und steckte sein Entermesser ein. »Wie können Sie es wagen, mir vor versammelter Mannschaft zu widersprechen? Das kann und werde ich nicht dulden!« Er gab Parker seinen Stock und zog die Peitsche mit den geknoteten Lederriemen aus dem Beutel. »Runter mit dem Hemd!«, befahl er scharf.

Jacks Augen verengten sich, er hielt dem Blick weiter stand.

Die Matrosen standen stumm um sie herum, sodass man hätte meinen können, die Zeit stünde still, wäre das Schlagen der Wellen gegen den Bug und das Heulen des Windes in der Takelage nicht gewesen.

»Los!« Hollands hob die Oberlippe und zeigte seine Zähne. »Oder soll ich der Mannschaft befehlen, es Ihnen vom Leib zu reißen?«

Jack fügte sich und zog sein Hemd aus. Sah aber dem Kapitän danach weiter stumm in die Augen.

»Umdrehen!«, zischte dieser sichtlich erzürnt über den Blick.

Jack übergab dem Rudergänger Ove schweigend sein Hemd, drehte sich zu der Seilabsperrung an der Reling um und umklammerte mit beiden Fäusten fest die Stricke. Er drückte seine Stirn gegen das Netz und schloss die Augen. Hollands holte aus. Ein beißender Schmerz breitete sich aus. Die brennenden Schläge ließen ihn zusammenzucken. Er biss in das Tau vor ihm und unterdrückte jeden Laut. Den Geschmack von Salz, Schweiß und Algen im Mund, bemühte Jack sich, seinen Geist von dem geschundenen Körper zu trennen.

Parker zählte laut mit, doch selbst über die Peitschenschläge und Schmerzen hinweg konnte Jack die Unsicherheit in der Stimme des Zweiten Offiziers hören.

Er spürte, wie die knotigen Riemen seine Haut aufrissen und das Blut seinen Rücken herunterlief. Jack unterdrückte ein Stöhnen und biss so stark in das Tau, dass seine Kiefer schmerzten. Seine Fäuste klammerten sich an die Seile, bis die Finger taub wurden.

Nach zwölf Streichen hörte Hollands auf. »Sperrt ihn in die Zelle unter Deck!«, tönte er. »Ich denke, euch ist nun klar, wer hier der Kapitän ist! Das sollte euch allen eine Lehre sein!« Jack hörte, wie er sich mit gewohnt humpelndem Gang entfernte.

Weitere hastige Schritte über die Bretter folgten und durchbrachen die wortlose Stille um ihn herum. Jack wusste, dass auch Parker flüchtete. Dieser Feigling blieb niemals allein bei der Mannschaft.

Langsam ließ er die Seile los und spuckte mit Blut vermengte Hanffasern auf den Boden, seine Atmung ging schwer, jeder Luftzug fühlte sich an, als würde er die Wunden am Rücken weiter aufreißen lassen. Seine Haut brannte wie Feuer. Um ihn herum standen die

Matrosen, die noch immer so aussahen, als wagten sie kaum zu atmen.

Der Rudergänger näherte sich ihm zögernd. »Sir?«, fragte er vorsichtig, mit deutlichem Respekt, den Jack mit Wohlwollen registrierte.

Schwindel überkam ihn, als er losgehen wollte, und seine ersten Schritte schwankten leicht. Ove wollte ihn stützen, doch Jack winkte ab. Keine Schwäche zeigen! Mit leicht zitternden Händen nahm er das Hemd entgegen und ging wortlos an der Mannschaft vorbei unter Deck.

Der Rudergänger folgte schweigend.

Jack betrat die Zelle und setzte sich stumm auf die Pritsche, den Blick auf das Hemd in seinen geballten Fäusten gerichtet. Seine Fingerknöchel traten weiß hervor. Die brodelnde Lava des Zorns in seinen Adern überdeckte den brennenden Rücken.

Ove blieb vor ihm stehen. »Vielen Dank, Sir!«, sagte er leise, bevor er die Zelle verschloss.

Sobald der Mann fort war, blickte Jack auf.

Trotz der Schmerzen konnte er sich ein triumphierendes Lächeln nicht verkneifen. Dass er bei Hollands in Ungnade gefallen war, kümmerte ihn nicht. Der Kapitän brauchte ihn, das war nicht nur Jack selbst, sondern auch Hollands klar. Die anderen Offiziere waren Versager und Hampelmänner. Hollands war auf dieser Fahrt auf ihn und sein Können angewiesen. Er würde ihn bald wieder herauslassen und so tun, als wäre nichts geschehen.

Nach diesem Vorfall hatte Jack jedoch die Gunst der Mannschaft gewonnen, was weit mehr wert war als alles andere, wollte sein Plan gelingen. Die Männer sahen ihn nicht nur als einen der Ihren, sondern begegneten ihm zudem mit Respekt. Anders als bei den anderen Offizieren befolgten sie seine Anordnungen ohne Murren und ohne mit der Wimper zu zucken. Nach diesem Vorfall gewiss mehr denn je.

Hollands hatte sich verkalkuliert, wenn er dachte, diese unehrenhafte Bestrafung würde Jacks Ansehen mindern. Im Gegenteil. Dieser Tag war ein Sieg, keine Niederlage.

Nach kurzer Zeit kam der Schiffschirurg McGreene zu ihm unter Deck. Seine Gesichtsfarbe war deutlich blass und die Stirn mit Schweißtropfen übersät.

Jack betrachtete stumm, wie der Mann die Tür aufschloss und in die Zelle trat, ohne ihm in die Augen zu blicken.

»Wie geht es Mr O'Malley?«, fragte er den Chirurgen freiheraus.

»Sein Arm sieht übel aus«, antwortete McGreene sichtlich betreten. Mit zitternden Händen holte er ein sauberes Baumwolltuch und eine Flasche aus seiner Arzttasche. »Ich habe die Wunde verbunden und ihm Laudanum verabreicht. Mehr kann ich zurzeit nicht tun.« Er atmete tief durch. »Ich fürchte jedoch, ich werde ihn amputieren müssen.«

Jack schnaubte zornig. Eine weitere gute Arbeitskraft und zudem die Zukunft eines jungen Mannes verschwendet. Für nichts!

»Ich werde mich nun Ihren Verletzungen widmen, Mr Farson«, sagte McGreene leise. Die Unsicherheit über den Vorfall stand ihm ins Gesicht geschrieben. »Die Wunden müssen versorgt werden.« Er blickte auf. »Wollen Sie ebenfalls Laudanum?«

Jack schüttelte den Kopf. »Danke, nein.« Er verabscheute das Zeug. »Ich würde Rum bevorzugen.«

McGreene nickte. »Das lässt sich gewiss einrichten.« Er tupfte ihm mit dem in Salzwasser getränkten Lappen über den Rücken. Jack sog zischend die Luft zwischen den Zähnen ein. Es brannte wie Feuer.

»Ich bin mir sicher, dass Sie morgen bereits wieder hinaufkönnen, Mr Farson«, erzählte der Chirurg weiter. »Wir nähern uns dem Kap.«
Jack musste sich überwinden, nicht spöttisch aufzulachen. Wie er es erwartet hatte, waren diese Hampelmänner von Offizieren verloren ohne ihn …

Liliana

Teneriffa, Spanien

April 1785

Als Liliana einige Zeit später Finlay Clark die Treppe hinauf an Deck kommen sah, fasste sie sich ein Herz und ging zu ihm. Sie wollte gerne etwas Zeit mit dem Kapitän der *Alecto* verbringen und musste einfach mehr über ihn erfahren. Diesem Umstand kam zugute, dass ihr Vater ihn nicht zu begleiten schien.

»Guten Abend, Miss Preston«, begrüßte er sie freundlich.

»Guten Abend, Mr Clark.« Es klang zu seltsam mittlerweile. »Haben Sie einen Moment Zeit für mich?«

»Gerne. Lassen Sie uns doch eine Runde übers Deck drehen.«

Sie gingen nebeneinander die Reling entlang und Liliana sah ihn verstohlen an. Jetzt, wo dieser Mann ein guter Bekannter und kein fremder Kapitän mehr war, fiel ihr noch mehr auf, wie gut er aussah mit seinen feinen Gesichtszügen unter dem vollen, blonden Haar und den sanft blickenden dunklen Augen. Das warme Licht der untergehenden Sonne trug seinen Teil dazu bei. Sie senkte rasch den Blick, sie durfte sich hier in keine kindlichen Schwärmereien hineinsteigern, das wäre nur peinlich.

»Ist das wirklich Ihr erstes Mal auf See?«, fragte er.

Liliana nickte. »Meine allererste Fahrt auf einem Schiff war auf Pelts *Bloody Sue*«, fügte sie leise hinzu.

Seine Kiefermuskeln verspannten sich. »Ich hoffe, diese Erfahrung hat Ihnen die Schifffahrt nicht völlig verdorben.«

»Nein, die Fahrt auf der *Alecto* hat vieles wieder ausgeglichen.« Sie lächelte.

»Das freut mich zu hören.« Clark blickte sie von der Seite aus an, wich ihrem Blick aber schnell aus.

Lilianas Herz klopfte ihr bis zum Hals.

Was war das nur? Dieses seltsame Kribbeln im Bauch, wenn er zu ihr sah. Sie würde gerne wissen, wie alt er war. Ende zwanzig? Es war schwer zu bestimmen bei dem sonnengebräunten Gesicht, trotz der feinen Züge. In seinen beigen Kniehosen, mit den silbernen Schnallen an den Schuhen, dem blauen Kapitänsrock, unter dessen Manschetten die Rüschen der Hemdsärmel hervorschauten, wirkte er sehr elegant. Liliana fiel auf, dass er keinerlei Schmuck trug. Keine goldenen Ringe oder Ketten, keine auffälligen Manschettenknöpfe oder seidenen Taschentücher. Auch hatte er weder Taschenuhr noch Tabaksdose. Dieser schlicht gekleidete Kapitän wirkte allein aufgrund seiner Haltung und Mimik elegant und vornehm.

Leger faltete er die Hände hinter dem Rücken, doch seine Finger spielten nervös ineinander. Ob ihm das bewusst war? Liliana hoffte im Stillen, sie wäre Auslöser dieser Nervosität.

»Sie sind bei Ihrer Tante aufgewachsen, habe ich recht? Kannten Sie Ihre Mutter? Haben Sie gewusst, wer Ihr Vater ist?«, fragte er neugierig, besann sich aber dann. »Tut mir leid, Miss Preston, ich möchte mit all den Fragen auf keinen Fall impertinent erscheinen.«

Liliana schmunzelte. Sein Interesse an ihr schien ihre Hoffnung zu bestätigen.

»Das tun Sie keineswegs.« Sie lächelte höflich, während ihr Herz vor Aufregung pochte. »Meine Mutter konnte mich nicht behalten, ich hätte ihrem Ansehen und dem ihres jetzigen Gatten geschadet.« Hitze stieg ihr in die Wangen, und sie bereute ihre Worte, sobald sie heraus waren. Was dachte dieser Mann nun von ihr, einem Bastardkind? »Ich bin sehr froh darüber, dass ich bei meiner Tante auf dem Land habe aufwachsen dürfen«, fügte sie rasch hinzu. »Ich wusste auch von meinem Vater. Ich hatte regelmäßig Kontakt zu ihm, bevor Mutter mich bei Effie vor ihm versteckte.«

»Wie alt waren Sie da?«

»Ich weiß es nicht mehr genau, vielleicht acht oder neun. Ich konnte mich noch recht gut an ihn erinnern und auch daran, wie traurig ich war, als er nicht mehr kam. Ich habe ihn sehr vermisst.«

Ungläubig schüttelte er den Kopf. »Ich kann mir Jack so gar nicht als Vater vorstellen. Zumindest nicht, dass er je einen Säugling oder ein Kleinkind im Arm gehalten hätte.«

»Er verbrachte mein ganzes erstes Lebensjahr mit Mutter und mir«, berichtete sie. »Zumindest sagt Effie das. Er hatte sich eine Stelle im Hafen genommen und wollte Mutter heiraten, doch sie hielt ihn hin, bis sie einen reicheren Mann gefunden hatte.«

»Reicher?« Er lachte auf. »Das bezweifle ich!«

»Damals wohl.« Liliana zuckte die Schultern.

Die beiden schlenderten weiter über das Deck und Liliana bemerkte, wie der junge Kapitän sie immer wieder aus den Augenwinkeln musterte. Das Kribbeln in ihrem Magen wurde stärker.

»Die *Nemesis* ist wirklich ein prächtiges Schiff«, sagte er nach einer Weile.

»Die *Alecto* ist ebenfalls sehr schön.«

Der junge Mann lachte. »Ich wäre ein schlechter Kapitän, widerspräche ich Ihnen diesbezüglich. Sie ist zwar nicht sehr groß, aber dafür handlich und ein wahrhaftes Prachtstück. Ich hatte sie damals baufällig erworben, doch mit viel Schweiß und Spucke wieder seetüchtig gemacht.«

»Ist so ein Schiff nicht unheimlich teuer? Selbst als ein Wrack?«

»Ein günstiger Zufall.« Er lächelte verschmitzt.

»Ihr Reeder kam aus den Niederlanden und hatte sich etwas übernommen, sowohl finanziell als auch gesellschaftlich. Ich hatte ihn in der Hand, und ich bin nun einmal ein Geschäftsmann.« In seiner Stimme schwang ein gewisses Maß an Stolz mit, den Liliana nach diesem Satz jedoch nicht gänzlich nachzuvollziehen vermochte. Wie konnte man sich damit brüsten, die Notlage eines Menschen zum eigenen Vorteil ausgenutzt zu haben? *Geschäftsmann* klang zudem nicht sonderlich maritim.

»Wie sind Sie eigentlich zur Seefahrt gekommen?« Liliana konnte sich diesen Mann aufgrund seiner Art zu sprechen, der Gestik und Haltung auch sehr gut als Buchhalter hinter einem Schreibtisch vorstellen. Wie ein echter, rauer Seemann mit entsprechendem Mundwerk wirkte er trotz des Kapitänsrocks nicht.

Er sog zischend Luft durch die Vorderzähne ein, als würden keine guten Erinnerungen geweckt. »Ich bin hoch geboren und ins tiefe Meer gefallen«, erzählte er. »Mein Vater, Henry Clark, war ein reicher Kaufmann, und wir lebten sehr gut in der Stadt, besser als einige Adlige. Mir wurde die teuerste Ausbildung zuteil. Doch als ich so etwa dreizehn Jahre zählte, wurde Vater in eine düstere Sache verwickelt. Ich weiß nicht, wen er verärgert hatte und weswegen. Im Nachhinein vermute ich, es war damals schon seine Spielsucht. Er verlor sein Vermögen und wir mussten praktisch über Nacht von Haus und Hof fliehen, um unser Leben zu retten. Wir konnten einiges mitnehmen und hätten nicht allzu schlecht leben können, doch Vater erholte sich mental nie von dem sozialen Abstieg.« Er schwieg kurz und schien seinen Gedanken nachzuhängen. Liliana war derart gebannt von der Erzählung, dass sie ihn nicht unterbrach und kaum zu atmen wagte. Schließlich fuhr er fort: »Als meine Mutter ein knappes Jahr später starb, gab er sich gänzlich auf. Er begann zu spielen und zu trinken, und wir verloren auch noch den Rest. Während der Erntezeit zogen wir durchs Land und schufteten als Tagelöhner auf den Feldern. Doch als im Spätherbst keine Arbeit mehr zu bekommen war und sein Schnaps rar wurde, verspielte mein Vater mich im Hafen als Schiffsjungen.«

Liliana schnappte erschreckt nach Luft. »Was?«, entfuhr es ihr. »Er hat seinen eigenen Sohn *verspielt?*«

»Er war besoffen und ließ sich über den Tisch ziehen.« Clark zuckte mit den Schultern. »Das ist leider gar nicht so ungewöhnlich, wie Sie vielleicht denken. Nicht selten werden Männer entführt oder auch einfach betrunken gemacht und wachen irgendwann auf einem fahrenden Schiff auf. Noch öfter sogar Kinder, denn die kann man leichter gängeln. Bei der königlichen Marine ist dies sogar rechtens. Freiwillige zu finden, die sich für einen Hungerlohn totschuften oder in den Krieg ziehen, ist schwierig, und auf hoher See kann keiner fliehen oder lange aufmucken. Da ist der Ausweg nur ein letzter Sprung ins Wasser.«

»Das klingt entsetzlich.« Liliana fuhr es kalt den Rücken hinunter, noch mehr bei dem gelassenen Tonfall dieses Kapitäns. Er erzählte von diesen Grausamkeiten und davon, dass sie sogar Männer in den Tod trieben, als wäre es das Normalste der Welt. Als habe er selbst schon darüber nachgedacht ... Erneut kam ihr in den Sinn, wie behütet sie auf dem Land aufgewachsen war. Fernab jeder Brutalität dieser Welt.

»Meine Mutter hat mich zwar auch fortgegeben«, sinnierte sie, »um ihren sozialen Status zu wahren, doch sie gab mich zu meiner Tante, bei der ich sehr glücklich war, und zudem sorgte sie finanziell gut für mich.«

»Dennoch kann ich nicht nachvollziehen, wie jemand aus purem Eigennutz seine Kinder weggeben kann.« Er presste die Lippen zusammen. Der nun doch aufkommende Ärger in seinem Tonfall war nicht zu überhören. »Aber ich denke, mit Miss Effie haben Sie trotz allem ein gutes Los gezogen.«

»Und was ist mit Ihnen geschehen? Das muss doch schrecklich gewesen sein, so verlassen und betrogen vom eigenen Vater.« Liliana war noch immer fassungslos. Allein die Vorstellung zerriss ihr das Herz, und hier stand jemand, der dies am eigenen Leib hatte erfahren müssen. »Wie haben Sie darauf reagiert?«

Clark zuckte die Schultern. »Viel Wahl hat man da nicht, ich musste mitspielen.«

»War das damals der Kapitän dieser *Black Hound* gewesen?« Sie dachte an Brians Worte.

»Nein, ein Walfänger.« Seine Kiefermuskeln verspannten sich abermals bei der Erinnerung. »Knochenarbeit für trockenes Brot und einen Schinder als Kapitän! Dazu war ich noch völlig grün, was die Seefahrt betraf, und somit der Prügelknabe der Besatzung. Doch es dauerte nicht lange, bis uns die *Black Hound* kaperte. Von da an diente ich unter Kapitän Hollands, und es erging mir nicht schlecht. Ich arbeitete mich schnell nach oben und empfand auch immer eine gewisse Dankbarkeit dafür, dass er mir diese Chance gegeben hatte.«

»Waren Sie wütend, als mein Vater sich gegen ihn stellte?«, fragte sie leise. »Ging es darum vorhin bei dem Gespräch? Hatte er gemeutert?«

Clark schnaubte. »Ich zog ja mit.« Er rieb sich den Nacken. Die Erwähnung dieses Wortes schien selbst die erfahrensten Seemänner zu beunruhigen. »Ich war noch sehr jung und wollte mich eigentlich aus der

Geschichte heraushalten. Was mich dabei heute noch wurmt, ist, dass ich es damals aus den falschen Beweggründen getan habe. Ich erkannte Hollands Charakter nicht, ich war zu unerfahren, und im Vergleich zu meinem ersten Kapitän schien er großzügig und gnädig.« Er lachte freudlos auf. »Es ist nicht einfach, wenn man gewohnt war, reich zu sein, und hat dann plötzlich unverdient gar nichts mehr. Ich hatte immer das Gefühl, dass Vermögen einen vor allem Unheil bewahrt.« Er sah sie mit seinen dunklen Augen beinahe entschuldigend an.

Liliana versuchte, diesen Blick, der ihre Knie weich werden ließ, nicht zu sehr an sich heranzulassen. »Es scheint eher, dass die Gier danach Ihren Vater erst in die Spielsucht und schließlich ins Unglück gestürzt hat«, erwiderte sie leise.

Clark hob überrascht die Stirn. Er rieb sich das Kinn, als dächte er über diese Worte nach, und nickte. »Es kommt wohl immer auf den Menschen an.« Er drehte sich zu ihr, öffnete den Mund, wie um etwas zu sagen, schloss ihn dann aber wieder.

»Was ist?«, fragte Liliana erstaunt. Sein nun eher musternder Blick verunsicherte sie.

»Die Wahrheit?« Er schmunzelte.

»Natürlich. Ich verabscheue Lügen, auch wenn die Wahrheit schmerzt. Denn in Wirklichkeit ist diese Höflichkeit nur Feigheit.«

Er lächelte verschmitzt. »Ich bin ernsthaft fasziniert davon, wie ungezwungen man mit Ihnen reden kann. Ohne es zu merken, vertraue ich Ihnen gerade Dinge an, die kaum jemand über mich weiß. Ich habe selten erlebt, dass eine Unterhaltung mit einer Frau so angenehm verlief.«

Liliana stutzte.

Sie hatte mit einer überheblichen Andeutung zu ihren Interpretationen und der Fragerei gerechnet, nicht im Entferntesten aber mit einem Kompliment. Sie hoffte, dass die Hitze in ihren Wangen nicht zu offensichtlich war. »Danke. Aber ich denke, Sie haben dann wohl bisher nur die falschen Frauen kennengelernt ...« Sie erinnerte sich an das, was Mr Braden erzählt hatte, und runzelte die Stirn. »Wenn Sie jemals eine Frau wirklich *kennenlernen* wollten und sie nicht nur als Ware sahen ...«, fügte sie tapfer hinzu und sah ihn dabei betont streng an.

Der Kapitän grinste daraufhin jedoch nur frech und wirkte auf einmal wie ein kleiner Junge. »Wartet jemand auf Sie zu Hause?«, fragte er sie freiheraus.

Liliana lächelte. »Da gibt es zwei, die mich sicherlich sehr vermissen.« Sie seufzte. »Rover und Milton, aber das sind keine Menschen.«

Er tippte an seine Unterlippe. »Lassen Sie mich raten ... von den Namen her würde ich sagen, ein Hund und ein Pferd?«

»Nicht schlecht für einen Seefahrer«, scherzte sie. »Aber es sind zwei Hunde.«

»Ich hatte mal ein Pferd, an dem ich sehr hing«, sagte er wie in Gedanken. »Quintus. Doch wir mussten ihn ebenfalls verkaufen.«

»Das tut mir sehr leid.« Liliana bekämpfte den Drang, seine Hand zu nehmen. »Haben Sie später noch mal versucht, Ihren Vater ausfindig zu machen?«

»Nein«, sagte er knapp und winkte ab. »Mit dem habe ich abgeschlossen.« Er sah Liliana mit ausdrucksloser Miene an. »Das letzte Bild, das ich von ihm habe, zeigt einen erbärmlichen Mann an einem Kneipentisch, den Blick krampfhaft nach unten gerichtet und die Hilfeschreie seines eigenen Sohnes ignorierend, während der von drei kräftigen Seeleuten überwältigt und weggezerrt wird.« Er schloss kurz die Augen und schüttelte den Kopf, wie um die Szenen dieser Erinnerung wegzuwischen. »Nein, es ist mir wirklich gleich, ob dieser

Mensch noch lebt oder sich mittlerweile totgesoffen hat. Ich bin ihm sicher nichts schuldig, und alte Wunden sollte man nicht wieder öffnen.«

Liliana nickte. »Wenn, dann dürfen Sie es ohnehin nur für sich tun und nicht für ihn.«

Clark schwieg dazu. Sie lehnten nebeneinander an der Reling und sahen eine Zeit lang schweigend auf das Meer hinaus, in dem die rote Abendsonne bereits über die Hälfte versunken war. Liliana betrachtete aus den Augenwinkeln sein attraktives Profil. Die blonden Haare unter dem Dreispitz, die im Abendlicht zu leuchten schienen, wehten ihm von der Brise um die Stirn. Sie musste sich zusammenreißen, um nicht näher zu ihm zu rücken.

»Haben Sie sonst noch Verwandte?«, fragte sie leise.

»Nein, nicht dass ich wüsste.« Er sah sie von der Seite an. »Meine Mannschaft ist meine Familie.«

»Ich hoffe, die wissen, wie privilegiert sie sind, von ihrem Kapitän als Familie angesehen zu werden.«

Er lächelte. »Ich bin der Privilegierte diesbezüglich. Meine Leute hielten stets zu mir, ganz gleich, welche Stürme wir durchsegelten und wie riskant meine Entscheidungen manchmal schienen, obgleich etliche älter sind als ich. Eine solche Mannschaft ist unersetzbar.«

»Sie sind gerne Kapitän, habe ich recht?«

»Ja«, sagte er mit voller Überzeugung. »Ich würde nichts anderes sein wollen.«

»Dann hatte die Gräueltat Ihres Vaters doch etwas Gutes, Mr Clark. Wer weiß, wo Sie sonst gelandet wären, mittellos an Land.«

Er nickte. »Sie haben recht. Was geschehen ist, ist geschehen. Man sollte versuchen, das Gute darin zu entdecken.« Er sah ihr einen Moment direkt in die Augen und blickte dann schnell wieder zum Meer hinaus.

Liliana klopfte das Herz bis zum Hals. »Ich muss gehen«, sagte sie. Es war höchste Zeit ... eigentlich bereits darüber hinaus. »Es wird spät.«

Der junge Kapitän drehte sich zu ihr um und nahm seinen Dreispitz ab. »Dann ... Leben Sie wohl. Wir stechen morgen zeitig in See.«

Liliana sah ihn mit großen Augen an. »Werden wir uns denn wiedersehen?«

»Wenn das Schicksal es will.« Sein Blick traf den ihren.

Das Kribbeln in ihrem Bauch war kaum auszuhalten.

»Ich verbringe wohl den ganzen Sommer auf der *Nemesis*.«

»Dann werde ich mich bemühen, diesen Sommer etwas mehr Kontakt zu einem gewissen Kapitän zu pflegen.« Er schmunzelte erneut.

Lilianas Herz überschlug sich. »Ich würde mich freuen. Gute Nacht, Mr Clark, und noch mal vielen Dank!«

»Ich habe zu danken, gute Nacht, Miss Preston.«

Liliana lächelte ihm noch einmal zu und ging rasch unter Deck.

Finlay

Er sah ihr nach. Wie in Gedanken setzte er die Kopfbedeckung wieder auf. Er wunderte sich noch immer über das Gespräch.

Hatte er dieser jungen Frau wirklich gerade seine Lebensgeschichte erzählt? Wie vertraut man mit Liliana reden konnte. Noch dazu war sie wunderschön. Einige braune Strähnen waren aus den hochgesteckten Haaren keck auf ihre schmalen Schultern gefallen, ihre Gesichtszüge befanden sich im Übergang vom Kindlich-naiven zum Weiblich-sinnlichen, was durch die langen Wimpern über den strahlend blauen Augen und den vollen Lippen noch verstärkt wurde. Ihr schlichtes Kleid betonte die schmale Taille über der weiblichen Hüfte …

»Mir gefällt nicht so ganz, wie du meiner Tochter nachstierst, alter Freund!«, riss Jacks Stimme ihn aus seinen Gedanken.

Finlay zuckte ertappt zusammen. Der scharfe Tonfall ließ keinen Interpretationsspielraum. Er drehte sich um und hob abwehrend die Arme. »Sie ist nun einmal eine sehr attraktive junge Frau. Gerade du alter Herzensbrecher müsstest das doch verstehen.« Es zu leugnen würde nur erbärmlich wirken.

»Vielleicht als Mann, doch als Vater kann ich dich nur warnen.« Jack drohte ihm mit dem Zeigefinger. »Wir wollen unseren Frieden doch nicht gleich wieder verderben.«

Finlay hob die Brauen. »Fändest du mich denn so schlimm als Schwiegersohn?«, fragte er provokant und war auf einen Schlag gefasst.

Jack bleckte nur die Zähne. »Nicht, wenn du gleich nach der Vermählung zufällig in ein Messer rennst und Liliana dein Schiff überlässt! Doch reden wir Klartext.« Er presste die Finger der rechten Hand auf seinen Brustkorb. Finlay hielt dem Druck stand und wich nicht zurück.

»Du bist zu alt und zu verdorben für sie! Wenn irgendwas anderes von dir als deine Blicke jemals meine Tochter berührt, gehst du kielholen, haben wir uns da verstanden?«

Finlay blickte mit gerunzelter Stirn auf die Hand, deren Finger gegen sein Brustbein drückten. Auch wenn es seine volle Absicht gewesen war, Jack mit der Frechheit zu provozieren, spürte er doch eine gewisse Frustration bei der Warnung. »Schon gut, fletsch nicht gleich deine Fänge, *Blackhound*. Du machst dich lächerlich. Ich habe schon bewiesen, dass ich mich zurückhalten kann.« Die Anspielung darauf, dass sich Jacks Tochter bereits ungeschützt von ihrem Vater bei ihm auf der *Alecto* aufgehalten hatte, genoss er im Stillen.

Jack senkte die Hand, doch der Druck auf Finlays Brust schien nicht nachzulassen, als habe der Kapitän der *Nemesis* dort ein Brandmal gesetzt. Er öffnete den Mund, um etwas zu sagen, als Effie zu den beiden Männern hinzustieß.

Finlay nutzte die Gelegenheit, der unangenehm werdenden Unterhaltung zu entfliehen. »Ich verabschiede mich. Wir legen bei Morgendämmerung ab. Danke für die Gastfreundschaft, Jack! Miss Preston!« Er zog den Hut vor ihr und deutete eine Verbeugung an.

»Wir müssen Ihnen danken, Kapitän Clark«, sagte Effie lächelnd.

»Derart weit würde ich in diesem Fall nicht gehen«, erwiderte Jack kühl.

»Jack, er hat uns Liliana heil wiedergebracht. Das ist alles, was zählt!«

Finlay lächelte schwach und drückte den Dreispitz gegen seine Brust, wie um das Mal zu verdecken. »Jack hat recht, Miss Preston.« Er warf einen Seitenblick zu seinem Kontrahenten. »Ich muss zugeben, die Sache lief nicht von Anfang an mit den besten Absichten. Um Ihre Nichte zu zitieren: Ich verdiene hierbei keinen Heldenstatus.«

Die Frau winkte energisch ab. »Dennoch, ohne Sie wäre meine Nichte sehr wahrscheinlich gefoltert oder gar getötet worden. Es ist mir ganz gleich, mit welchen Absichten die Übernahme geschah, was zählt, ist, dass Lily wieder heil unter uns weilt. Und selbst wenn es nur an Ihrer Profitgier lag, wie Jack denkt, so danke ich dieser von Herzen. Gute Fahrt, Kapitän Clark, ich hoffe, wir sehen uns in Freundschaft wieder!«

Finlay lächelte. »Das hoffe ich auch, danke.«

Effie nickte ihnen noch freundlich zu und ging.

Etwas unsicher sah er zu Jack hinüber, der ausdruckslos dabeistand. »Da hast du dir ja zwei Frauen mit Feuer an Bord geholt.«

»Dass so etwas für dich zu viel wäre, ist mir schon klar.« Jacks Tonfall klang gewohnt abfällig.

Finlay presste die Lippen zusammen. Er platzte innerlich wegen dieser Überheblichkeit und schaffte es nicht mehr, sich zu bändigen. »Komm mal runter von deinem hohen Ross!«, zischte er und hob die Oberlippe. »Diesmal warst nicht du es, sondern deine Tochter! Bilde dir nicht ein, ich hätte aus Angst vor dir nachgegeben, dann hätte ich die ganze Sache gar nicht erst begonnen!« Es ärgerte ihn, dass dieser arrogante Kerl ihm immer das Gefühl gab, unterlegen zu sein.

Jack wirkte völlig unbeeindruckt von Finlays Ausbruch und hob das Kinn. »Von mir bekommst du keine Absolution, Kleiner, dass dir das klar ist«, erklärte er. »Du hast sie als Beute gesehen und Pelt abgekauft! So hat das Schwein mit seiner Tat sogar noch einen Gewinn ergaunert. Dass du auf den deinigen verzichtet hast, um dich mit mir gut zu stellen, macht diese Sache nicht besser und wäscht deine Hände lange nicht rein. Du bist ein verzogener, profitgieriger Leichenfledderer, der Piraten für sich die Drecksarbeit machen lässt! Zu fein, sich die reich geborenen Finger schmutzig zu machen, und zu feige, mir die Meinung direkt ins Gesicht zu sagen. Aber mich hinterrücks mit meiner Tochter erpressen wollen!«

Finlays Kiefermuskeln arbeiteten. Er musste sich sichtlich zusammenreißen, um ruhig zu bleiben, doch er kannte Jacks Temperament und wollte die *Nemesis* ungern ohne Zähne verlassen. Die Piraterie segelte ihrem Ende zu, er konnte es sich nicht leisten, zu viele Feinde zu haben. »Hättest du es lieber gesehen, ich hätte sie bei Pelt gelassen?«

Jacks Augen funkelten, er hob drohend den Zeigefinger. »Wäre das der Fall gewesen, würdest du nicht mehr hier stehen und dich frei mit mir unterhalten können! Nein, du hast nicht den Schneid, ein echter Pirat zu sein. Du bist lediglich ein erbärmlicher Erpresser!«

Finlay zuckte zusammen. Diese abfälligen Worte brannten in seinem Ehrgefühl wie Salzwasser in einer Wunde. »Ich bin ein Geschäftsmann! Ich handle gewiss zu meinem Vorteil, aber ich versuche nie, andere zu vernichten. Im Gegensatz zu dir, der du ohne Zögern über Leichen gehst!«

»Richtig, du hältst dein Fähnchen in den Wind und lässt dich dahin treiben, wo der geringste Seegang ist. Andere zu verärgern wäre ja *gefährlich*.« Die Häme des letzten Satzes war nicht zu überhören.

»Mit dir halten die meisten nur aus Angst Frieden. Als ob das besser wäre«, spie Finlay aus.

Jack richtete sich vor ihm auf, seine hellen Augen blitzten. »Angst oder Respekt. Zumindest weiß jeder, woran er ist. Auch du! Wenn man mit hohem Risiko spielt, dann muss man es auch beherrschen. Du selbst hast das Spiel mit mir eröffnet, doch ich bin keiner deiner idiotischen Handelspartner!« Jack schüttelte den Kopf. »Ist das nun Dummheit oder bewundernswert? Ganz gleich, wie oft man dir eine aufs Maul haut, du stehst immer wieder auf und machst weiter.«

»Dann hör endlich damit auf, mir aufs Maul zu hauen, verflucht noch mal!«, rief Finlay wütend aus, unfähig, sich zurückzuhalten. Er hasste es, dass dieser Mann es ständig schaffte, ihn aus der Fassung zu bringen. Bei keinem anderen verlor er derart die Kontrolle. »Dies ist nicht mehr die *Black Hound*, Jack! Lass mich endlich in Ruhe mit deinen Belehrungen! Immerhin überfalle ich keine anderen Schiffe, und ich muss eine Mannschaft unterhalten. Du bist weder mein Vorgesetzter noch mein Vater. Was kümmern dich meine Geschäfte? Bis auf die Sache mit Liliana hast du nichts damit zu tun! Sieh lieber zu, dass du Pelt erwischst.«

»Das tue ich gerade.« Jack zeigte die Zähne. »Deine Informationen vorhin über Pelts Pläne waren der alleinige Grund, warum wir hier stehen! Oder glaubst du, ich würde sonst meine wertvolle Zeit mit dir vergeuden und dich dazu auch noch heil von meinem Schiff gehen lassen?«

Finlay verengte die Augen. Sicher war es auch der Frauen wegen, doch er realisierte durchaus die Gefahr, wenn er nun weiter provozierte. »Dann werde ich Letzteres nun tun.«

»Na dann ... Mast- und Schotbruch, wünsche ich«, Jack hob das Kinn.

Finlay verzog den Mund. »Gleichfalls.«

»Und fall nicht ins Meer!«

Finlay ignorierte das und schritt rasch von Bord.

Welch eine Achterbahn der Gefühle in nur wenigen Stunden! Er war mehr als erleichtert, hier heil herausgekommen zu sein.

Noch bis zum Beiboot konnte er Jacks Blick in seinem Rücken spüren ...

Jack

Die Black Hound

Mittwoch, den 29. Dezember 1773

Jack betrachtete das Treiben an Deck von der Brücke aus, mit ausdruckslosem Blick und aufrechter Haltung, die Hände hinter dem Rücken gefaltet. Er musterte den Walfänger skeptisch, der noch an den Enterhaken hing. Der Überfall dieses Kahns mit seiner geringen Besatzung von gerade einmal zwei Dutzend Mann war für die stolze Fregatte ein Kinderspiel gewesen.

Entsprechend sah der Schoner aus: das Deck völlig zertrümmert, zwei Einschläge am Rumpf, nur wenig über der Wasseroberfläche, und nur noch einen halben Hauptmast.

Hollands trat auf den Stock gestützt neben ihn. Gerade auf dem regennassen Deck wirkte der Kapitän stets, als verlöre er jeden Moment den Halt, doch auf wundersame Weise geschah dies nie.

»Diese Mannschaft anzuheuern lohnt sich nicht«, brummte er nur missmutig und verlagerte sein Gewicht auf das gesunde Bein. »Alle in schlechtem Zustand. Wir sind ohnehin knapp mit Wasser. Plündert den Kahn, und versenkt sie mit ihm!«

Jack runzelte die Stirn. Das glich einer Hinrichtung. »Wir haben den gesuchten Kapitän, Sir, auf die Männer steht kein Kopfgeld.«

Hollands' Augenlider zuckten, als er seinen Ersten Offizier fixierte. »Sind Sie schwer von Begriff? Genau deswegen brauchen wir diese Kerle nicht. Schauen Sie sich doch diesen Unrat an: alle unterernährt und in Lumpen. Männer aus der Unterschicht, die gibt es wie Sand am Meer. Wahrscheinlich sogar gepresst worden. Wir tun denen sicher noch einen Gefallen, sie früher von ihrem Leiden zu erlösen.«

In Jack stieg eine Hitze auf, die er nur mit Mühe verbergen konnte. Auch er hatte am eigenen Leib erfahren, wie hart es war, sich entgegen dem Klassendenken vieler Engländer hochzuarbeiten, als er seine eigene Abstammung nicht erwähnen durfte.

Nun, in die Offiziersuniform gekleidet und mit einem Admiral als Vater, wirkte Jack wie einer derer, denen Geld und Beziehungen stets den Weg ebneten. Im Herzen war er es jedoch nicht und würde es niemals sein.

Er versuchte eine andere Strategie. »Wenn wir ihnen genug Wasser und Brot dalassen, können sie selbst entscheiden, ob sie zur Küste segeln oder sich ins Meer stürzen. Dann müssen wir uns die Finger nicht schmutzig machen und uns zudem nicht rechtfertigen, falls bei der Auslieferung in England Fragen gestellt werden.«

Der Kapitän betrachtete ihn mit verengten Augen. Jack hätte zu gerne gewusst, was in seinem Kopf vor sich ging, doch er behielt eine aufrechte Haltung und die ausdruckslose Mimik.

Hollands nickte schließlich brummend. »Nun gut, ich überlasse diese Entscheidung Ihnen, Mr Farson.« Er humpelte davon und Jack atmete innerlich auf.

»Mr Farson, Sir?«, unterbrach eine Stimme mit deutschem Akzent seine Gedanken.

Er drehte sich um und sah Kai, den Lehrling des Zimmermanns, neben ihm stehen, der seine Mütze in den Händen drehte. »Was gibt es, Mr Schmidt?«

»Verzeihen Sie die Störung, Sir, aber Mr Gjertsen würde Sie gerne sprechen, es geht um einen Vorfall.«

Jack staunte nicht schlecht, als er zu dem Rudergänger trat. Ove hielt einen blonden Jungen von vielleicht vierzehn oder fünfzehn Jahren am Kragen fest. Er war schmal, deutlich misshandelt und unterernährt, doch sein Blick wirkte trotzig, beinahe stolz. Im Gegensatz zu den ausdruckslosen, resignierten Gesichtern der anderen Männer des Schoners schaute dieser Junge Ove mit einer beinahe dreisten Empörung direkt in die Augen. Ein Verhalten, dem Jack durchaus Respekt zollen musste. Der Rudergänger strahlte mit seinen Muskeln und der beachtlichen Körpergröße nicht gerade Sanftheit aus. Trotz des starken Windes und grauen Nieselregens, der einem jeden in solch löchriger Kleidung durch Mark und Bein dringen musste, stand der Junge aufrecht, ohne auch nur die Schultern hochzuziehen. Dass sein Hemd von einer breiten Faust umklammert wurde, schien er gar nicht zu registrieren.

»Nanu, wen haben Sie denn da, Mr Gjertsen?«

»Der wollte sich an Bord schleichen, Sir.«

Jack hob die Brauen. Normalerweise war es auf diesem Schiff andersherum. Viele versuchten, auszubüxen, sobald es eine Gelegenheit dazu gab.

Die braunen Augen den Jungen wanderten zu ihm. Sein Blick verlor bei der Offiziersuniform deutlich an Selbstsicherheit, aber auch hier hielt er dem Jacks stand.

»Wie lautet dein voller Name, wie alt bist du, und woher stammst du?«, fragte Jack streng.

Ove ließ ihn los, und der Junge straffte seine Schultern. »Mein Name ist Finlay Sebastian Clark, Sir«, antwortete er fest in dialektfreiem Englisch, nicht ohne einen gewissen Grad an Hochmut in Ton und Mimik, wie Jack auffiel. »Ich wurde am 6. September im Jahre unseres Herrn 1758 in Northampton, England, geboren und wuchs dort auch auf.«

»Northampton? Nicht gerade eine Hafenstadt.« Jack musterte ihn scharf. »Was wolltest du hier an Bord?«

»Ich ...« Nun druckste er doch etwas und verlagerte das Gewicht von einem Fuß auf den anderen. »Ich hoffte, übertreten zu dürfen, wären wir einmal auf Fahrt ... Sir.«

»Du hast nicht freiwillig als Schiffsjunge auf dem Schoner angeheuert, liege ich mit dieser Vermutung richtig?« Dieser Junge war gewiss kein einfacher Matrose.

Finlay nickte schweigend, sah den Offizier jedoch weiter mit seinen dunklen Augen und ungewöhnlich wachem Blick an.

»Du machst einen gebildeten Eindruck, ich muss wissen, ob du ein Risiko für uns bist. Vermisst dich jemand an Land?«

Finlay schüttelte den Kopf. »Nein, Sir, ich werde nicht gesucht oder vermisst.«

»Wurdest du entführt oder verkauft?«

»Verspielt, Sir«, meinte Finlay trocken und presste die Lippen zusammen, dass sie weiß wurden.

»Wann und von wem?« Jack machte keinen Hehl daraus, dass dies ein Verhör war. Die Überheblichkeit des Jungen weckte seinen Kampfgeist, und mit harter Direktheit hatte er sich schon immer Respekt verschafft.

»Vor etwa zehn Wochen von meinem Vater«, druckste er leiser hervor.

»Hast du sonst noch Familie?«

»Nein, Sir.«

Jack nickte. »Gut«, meinte er kühl. »Ich werde mit dem Kapitän sprechen, denke aber, es wird keine Probleme geben.« Zumindest hoffte er das, jung und gesund genug wirkte der Kerl, da würde er Hollands gewiss überzeugen können. Er musterte ihn weiter. »Diese Fahrt dauert noch sechzehn Monate. Solange wirst du hier als Schiffsjunge arbeiten, allerdings mit fairem

Lohn. Danach steht es dir frei, bei uns zu bleiben oder neu auf einem anderen Schiff anzuheuern.«

»Wenn es möglich ist, würde ich mich gerne als Matrose versuchen, Sir«, meinte Finlay mit fester Stimme. »Es ist das einzige Handwerk, das ich je erlernt habe.«

»Hast du eine Schule besucht, bevor du verspielt wurdest?«, fragte Jack.

»Nein, Sir, ich wurde von Privatlehrern unterrichtet.«

Nun trat der Schiffsarzt McGreene hinzu. »Verzeih mir meine Neugier, Junge«, sagte er. »Aber weshalb zahlt ein Vater eine solch teure Ausbildung für seinen Sohn, wenn er ihn dann an einen heruntergekommenen Walfänger verwettet?«

Finlay schluckte. »Er hat Geld und Besitz verloren, Sir.«

»Und wie es scheint, seine Menschlichkeit gleich mit dazu«, brummte McGreene und wandte sich dann an Jack. »Ich entschuldige mich für die Unterbrechung, aber ich würde Sie gerne unter vier Augen sprechen, Mr Farson.«

Jack nickte und richtete sich an Ove. »Bring den Jungen zu den anderen, und sorge dafür, dass er etwas auf die Rippen bekommt, da sieht man ja schon die Sonne durchscheinen. Aber achte auch darauf, dass er sich in Zukunft sein Essen verdient hier an Bord!«

Ove nickte. »Aye, Sir.«

Jack winkte dem Chirurgen zu, ihm zu folgen, und die beiden Männer traten etwas abseits an die Reling.

»Was gibt es, Mr McGreene?«, fragte er, als sie sicher außer Hörweite waren. Der laut pfeifende Wind erfüllte seinen Beitrag dazu. »Geht es um Hollands?«

Der Arzt nickte. »Ja, sein Suff wird täglich schlimmer, wir sollten etwas unternehmen.«

»Wir können ihm das Trinken nicht verbieten«, sagte Jack in leiserem Ton. »Und seine Launen, wenn er auf dem Trockenen sitzt, will ich der Mannschaft nicht zumuten. Die Stimmung ist ohnehin kritisch, nach der Sache mit Mr O'Malley. Noch so eine Aktion machen die nicht mehr mit, und ich ebenfalls nicht!« Die letzten Worte sagte er mit Nachdruck.

»Ich weiß.« Der Arzt blickte betreten zu Boden. »Mir ist auch bewusst, dass Sie mit Ihrem Eingreifen eine Meuterei verhindert haben, Mr Farson. Aber wenn der Kapitän so weitersäuft, saufen wir alle ab, um es einmal salopp auszudrücken.«

»Sehen wir es, wie es ist«, sagte Jack ernst. »Betrunken ist er zu handhaben, hat er mal keinen Rum, foltert er gute Matrosen. Was haben Sie lieber?«

McGreene wurde zusehends nervöser, schob seinen Dreispitz zurück und kratzte sich am Kopf. »Wir segeln trotz Kaperbrief noch immer unter englischer Flagge! Er ist unser Kapitän, und wir sind ihm unterstellt«, sagte er hektisch. »Ich fühle mich nicht wohl bei Gesprächen wie diesen. Wir sind erst in über einem Jahr wieder in England, und was soll ich in meinen offiziellen Bericht für die Marine schreiben?«

»Wollen Sie lieber Totenscheine der Matrosen ausstellen?«, konterte Jack scharf. »Ich verspreche Ihnen, Mr McGreene, ich werde ihn weiterhin zügeln, doch dafür müssen wir ihm seinen verflixten Rum lassen. Ansonsten kann ich für nichts mehr garantieren.«

McGreene nickte, er holte ein Taschentuch aus seinem Rock und wischte sich den Schweiß von der Stirn. Jack blieb äußerlich gelassen. Er wusste, dass die Mannschaft sie beide heimlich beobachtete, und es gab nichts Gefährlicheres, als auf hoher See Unsicherheit zu zeigen. Er sah leicht angewidert auf den nervösen Chirurgen, der nicht einmal ein echter akademischer Arzt war, denn ein solcher würde zu viel Heuer verlangen. Der ausrangierte Mr Parker und die anderen Leutnants waren schon unfähig und erbärmlich genug, dieses Schiff durfte sich kein weiteres schwaches Glied in der Offizierskette leisten.

Jack ließ den Mann stehen und ging unter Deck. Ihn interessierten die anderen Befehlshaber ohnehin wenig. Die *Black Hound* war ein gutes Schiff, und er wollte mit allen Mitteln verhindern, dass sie von einem versoffenen Kapitän und rückgratlosen Offizieren zugrunde gerichtet wurde.

Die Mannschaft wiederum war fähig und loyal ihm gegenüber, es würde schwer sein, eine ähnlich gut eingespielte Truppe zu finden. Sicher hatte auch Hollands' unberechenbares Verhalten dazu beigetragen, die Männer zusammenzuschweißen. Er entschied, dass die Matrosen der *Black Hound* wertvoller waren als ihre Offiziere. Er würde versuchen, sie auf seine Seite zu bekommen.

Jack beobachtete Finlay die nächsten Wochen aus der Distanz. Mit ausreichend Nahrung und Schlaf wirkte der Junge schon wesentlich kräftiger, und er lernte schnell. Auch integrierte er sich ungewöhnlich gut in die Mannschaft. Ihm fiel auf, dass diese ihm eine weitaus weniger harte Anfangszeit bereitete, als es normalerweise bei Neuankömmlingen der Fall war. Was jedoch mehr an Finlays kindlichem Charme zu liegen schien als an seinen Arbeitsbemühungen. Dennoch war dies bei einer derart rauen Mannschaft eine beachtenswerte Leistung. Jack fand es durchaus faszinierend zu beobachten, mit welcher Raffinesse der Junge mit den anderen spielte und sich auf diese Art sogar vor Arbeiten drückte, ohne dass es jemandem aufzufallen schien.

Was ihm allerdings missfiel, war das seltsame Interesse, das Kapitän Hollands an dem Jungen zeigte, nachdem er von dessen besserer Herkunft erfahren hatte. Er gab an, ihn unter seine Fittiche nehmen zu wollen, unterwies ihn persönlich und ernannte ihn bereits nach wenigen Wochen zum Leichtmatrosen.

Ein Kapitän, der seine Zeit mit einem Schiffsjungen vergeudete? Diese Tatsache hinterließ einen faden Beigeschmack bei Jack. War es wirklich die Bildung und Herkunft, die Hollands zu schätzen wusste und unterstützen wollte? Oder ahnte er etwas und wollte Finlay zu einem Spitzel gegen Jack heranziehen?

Liliana

Auf der Nemesis

April 1785

Liliana stand an der Reling und beobachtete fasziniert, wie die Matrosen den Anker einzogen und die Segel hissten. Es lief ähnlich und doch auch wieder anders ab als auf der *Alecto*.

Mehrere Dutzend Männer bewegten sich auf Deck und in den Seilen so gekonnt und beinahe elegant wie Akrobaten bei der Vorstellung. Jeder Handgriff saß in perfekter Routine. Brian pfiff durch seine Bootsmannspfeife und rief den Männern an der Takelage Kommandos zu, während Ove mit den Rudergängern den Kurs besprach. Es roch wieder nach Salz und Abenteuer und ihr Herz machte Freudensprünge vor Glück. Endlich unterwegs auf der prächtigen Fregatte ihres Vaters.

Sie stellte sich an eine ruhige Seite, hielt sich am hölzernen Geländer der Reling fest und betrachtete das Treiben. Die riesigen weißen Segel blähten sich und brachten das majestätische Schiff in Bewegung. Wie das langsame Aufbäumen eines gigantischen Pferdes warf sich die *Nemesis* gegen die Wellen. Sie schwankte nicht ganz so unruhig wie die *Alecto*, auch gab es weniger Schräglage. Liliana überlegte, ob dies an der Größe des Schiffes lag, seiner längeren, windschnittigeren Bauweise oder gar daran, dass sie selbst sich mittlerweile an den Seegang gewöhnt hatte.

Als sich das Schiff mit gehissten Segeln in voller Fahrt befand, hangelte sie sich die Reling entlang unter Deck.

Sie ging zum Arbeitszimmer ihres Vaters und klopfte an die Tür.

»Ja?«, erklang es von innen.

Sie öffnete und sah, dass Jack am Schreibtisch saß und die Landkarten studierte. »Störe ich?«

Er sah auf. »Nein, komm rein.«

»Wohin fahren wir?« Sie trat zu ihm und betrachtete neugierig die Zeichnungen. Die Weltkarte daneben faszinierte sie noch mehr. Wie viele Kontinente es doch gab auf diesem Planeten. Und noch so viele unerforschte Gebiete! Erneut erfüllte ein Duft von Freiheit und Abenteuer den Raum.

Jack legte den Zirkel zur Seite, tunkte die Feder in das im Tisch eingelassene Tintenfass und schrieb für Liliana unverständliche Zahlen und Formeln auf ein Pergament. »Zur Iberischen Halbinsel«, antwortete er, ohne aufzublicken. »Finlay nannte mir einige Quellen, was Pelt angeht.«

Liliana schwieg, sie empfand wenig Lust, diesem Kerl wiederzubegegnen. Es schien ihr, als habe sie noch immer seinen widerlichen Körpergeruch in der Nase.

Jack sah auf, als sie nichts sagte, und bemerkte ihren Blick. Er stellte die Feder zurück in den bronzenen Halter, stand auf und berührte mit seiner Hand ihre Schulter. »Keine Sorge«, sagte er sanft. »Der wird noch bereuen, was er dir angetan hat.«

»Ich will ihn gar nicht wiedersehen«, presste Liliana hervor.

»Das musst du auch nicht. Nie wieder. Das verspreche ich dir!«

Liliana schluckte. Sie wollte nicht über diese Worte nachdenken. »Wie kamst du auf diese *Black Hound?*«

Dieses Schiff schien ein Schlüsselpunkt im Leben ihres Vaters gewesen zu sein.

Er lachte trocken auf. »Durch meinen Bruder, von dem ich dir erzählte, auch wenn er es selbst nicht begrüßte. Komm, setzen wir uns.« Er deutete auf das Sofa. Liliana setzte sich und ihr Vater schenkte zwei Gläser Wein ein, bevor er sich neben ihr niederließ.

»Joseph war ein aufgeschlossener, humorvoller junger Mann, der schnell Anschluss fand. Vater schimpfte ihn einen Herumtreiber«, fuhr er mit einem bitteren Lächeln auf den Lippen fort, »doch ich bin mir heute sicher, dass diese Flucht von zu Hause meinem Bruder seinen Humor und seine Fröhlichkeit bewahrte. Ein kluger, sensibler Geist, der sehr unter der Vorherrschaft des Admirals litt.« Er atmete tief durch. »Wie dem auch sei, einer von Josephs Kumpanen gab mir den Tipp und ließ ein paar Kontakte für mich spielen. Ich heuerte auf der *Black Hound* an, die einen Offizier suchte. Auf einem Schiff mit königlichem Kaperbrief.«

»Was ist ein Kaperbrief?«

»Er bedeutet, dass wir feindliche Schiffe einnehmen durften, mit Erlaubnis des Königs. Wir mussten nur einen Teil der Beute an die Krone abliefern. Ich wurde dank meiner Ausbildung und Abstammung trotz meiner Jugend als Erster Offizier angestellt.«

Liliana runzelte die Stirn. Irgendetwas passte bei den vorhandenen Puzzleteilen nicht. »Aber wenn dein Vater ein Admiral war, warum warst du dann mittellos?«

Jack lächelte verschmitzt. »Ich war niemals mittellos, mein Vater hat mir einiges hinterlassen.«

»Aber Mutter sagte ...«

»Ich verschwieg es ihr«, fiel Jack ihr ruhig ins Wort. »Bevor du fragst: Ich kann dir heute nicht mehr sagen, warum ich dies tat. Als ich Eliza kennenlernte, war es eine wilde Romanze, und sie gab mir das Gefühl, dass sie gerade meine Aufmachung als einfacher Matrose so verführerisch fand. Ich verkörperte jemanden, der in ihrer Gesellschaft verschrien war, sie hatte eine *verruchte Affäre*.« Er schüttelte den Kopf. »Später, als du unterwegs warst und es ernster wurde, wollte ich es ihr sagen. Aber ich fand nie den richtigen Moment.«

»Vielleicht hätte sie dich dann doch geheiratet.« Lilianas Stimme klang etwas vorwurfsvoller als beabsichtigt.

»Ich denke nicht.« Jack trank einen Schluck aus dem Glas. »Du ahnst nicht, wie lange ich darüber sinniert habe. Aber irgendwann an einer Gabelung des Lebenswegs verloren wir uns aus den Augen, ohne es zu bemerken. Mit der Zeit wuchs ihre Abneigung gegen Seemänner derart massiv, dass kein Gold der Welt mir ihre Liebe hätte zurückkaufen können. Als sie erfuhr, welch einen Auftrag die *Black Hound* hatte, versuchte sie, mich davon abzubringen. Ich ahnte damals nicht, dass sie mir meine Weigerung niemals verzeihen würde.«

»Vielleicht wärt ihr heute noch zusammen und verheiratet, hättest du eine andere Anstellung gewählt.« Liliana bemühte sich, ihren Ton nicht nach einem unterschwelligen Vorwurf klingen zu lassen, doch es gelang ihr nicht. Tief in ihrem Inneren konnte sie ihre Mutter tatsächlich verstehen. Allein im Hafen mit einem Kind, während der Mann freiwillig in Kämpfe verstrickt war. Das ewige Warten und die ständige Angst, ihn nicht lebend wiederzusehen.

Jack sah sie an und sein Blick wurde ungewohnt sanft. »Ich bereue nur, all die Jahre nicht an deiner Seite gewesen zu sein «, sagte er. »Ich hätte mehr ein Vater für dich sein sollen.«

Sie stellte den Wein auf dem Tischchen ab und umschlang seinen Arm. »Du hast mich besucht, wann immer du konntest«, sagte sie, um ihn aufzumuntern. »Ich behielt diese Visiten stets als wunderschön in Erinnerung.«

»Was erzählte Eliza dir denn über mich?«

»Nicht viel.« Liliana presste die Lippen zusammen. »Nur, dass du ein Pirat wärst.« Sie sah auf. »Ich glaubte dies aber nie«, warf sie schnell hinterher.

Jacks Miene blieb ausdruckslos. »Nichts weiter?«

»Nein, mir wurde verboten, nach dir zu fragen. Sie selbst sprach das Thema nie an.« Liliana blickte ihn von unten hinauf an. »Nach dem, was deine Mannschaft so erzählt, kann ich vielleicht froh sein. Du wärst womöglich ein strenger Vater gewesen.«

Jack lachte auf. »Selbstverständlich! Strengste militärische Disziplin! Bei mir hätte es keine Träumereien und freches Benehmen gegeben wie bei Effie.« Er legte seinen Arm um Liliana. »Keine Sorge«, sagte er sanft. »Eine Familie ist kein Schiff, und Kinder sind keine Matrosen, ich bin durchaus fähig, hier zu unterscheiden. Das hast du mir schon in deinen ersten Lebensmonaten mit deinem Dickkopf beigebracht.«

»Woher ich den wohl habe?« Liliana lächelte und lehnte sich an ihn. »Ich bin froh, dass du heute bei mir bist.«

»Das werde ich von nun an immer sein, das verspreche ich dir.« Er küsste sie sanft auf den Kopf. »Hat deine Mutter mit Richard eigentlich eigene Kinder?«

»Nein. Aber ich denke, dass ihr dies nur rechtens ist. Er ist so viel älter als sie.«

»Also alt und zeugungsunfähig.« Jack grinste teuflisch.

In Liliana erregte dieser gehässige Blick ein schlechtes Gewissen. Sie wollte auf keinen Fall wie ein gemeines Klatschweib wirken oder gar ihren Stiefvater schlechtreden. »Ich will wirklich nicht ungerecht erscheinen«, sagte sie schnell. »Richard ist äußerst nett und bemüht. Ich mag ihn sehr gerne. Er lässt sich nur sehr von seinem Umfeld beeinflussen – wie Mutter eben auch.«

Jack stellte das Glas ebenfalls ab. »Soso. Alt, impotent und ohne Rückgrat. Na, wenn das mal keine Verbesserung für deine Mutter ist.«

Ohne Rückgrat ... Liliana löste ihren Arm von seinem und sah ihren Vater mit schmalen Augen an. Ihre Gedanken wanderten zu Kapitän Clark zurück. Auch bei ihm nahm ihr Vater diesen abfälligen Ausdruck an. Was genau war zwischen den beiden Kapitänen geschehen damals? Endlich wollte sie die Frage stellen, die sie schon die ganze Zeit beschäftigte. »Du hast eine Meuterei auf diesem Schiff angezettelt, nicht wahr?«

Jack schüttelte schmunzelnd den Kopf. »Ich glaube, ich muss mal etwas gegen diese Schwatzhaftigkeit der Mannschaft unternehmen.« Er drehte sich zu ihr und ergriff ihre Hände. Sein Blick wurde ernst. »Ich habe dir gesagt, ich war jung und ehrgeizig. Ich sah, wie Hollands fähige Matrosen zermürbte, misshandelte und sogar in den Tod trieb und zu allem Überfluss noch deren Prise unterschlug. Ich gebe auch zu, ich wollte das Schiff mit seiner Mannschaft, bevor jemand anderes es sich schnappte. Meine Vorgehensweise war sicherlich mehr als grenzwertig, was die Legalität betrifft, doch ich wollte die *Black Hound* so schnell wie möglich übernehmen. Um deine Frage zu beantworten: Ja, streng genommen habe ich gegen meinen Kapitän gemeutert, auch wenn ich mir stets einrede, diese Situation wäre eine andere gewesen. Auf derlei Dinge ist man nicht sonderlich stolz.« Er straffte die Schultern. »So oder so war es ein Schritt, den ich noch heute als richtig und notwendig erachte.«

Liliana nickte stumm. Sowohl Worte als auch Tonfall ihres Vaters sorgten dafür, dass ihr Magen sich zu einem festen Klumpen zusammenzog. Dennoch wollte sie seine Redseligkeit nutzen und das Gespräch in eine gewisse Richtung lenken. Sie sah ihn neugierig an. »Wie hast du das alles geschafft?«

»Ich plante recht lange vor und brachte jene Männer auf meine Seite, die den größten Einfluss auf die Crew besaßen. Meine Absicht war es, eine Rebellion von innen heraus aus Überzeugung zu erreichen, ohne dass sich die Mannschaft von einem der Offiziere dazu gedrängt fühlte. Ove war damals schon an meiner Seite, er blieb es auch, wie Brian, Kai und Taylor.«

»Nur Finlay Clark nicht, vermute ich, oder?« Sie musste erfahren, wie ihr Vater ihn überredet hatte. Dieses Gespräch schien den Grundstein deren ungewöhnlicher Beziehung darzustellen.

»Jaja, Finlay!« Jack lachte trocken auf. »Der Bengel hatte es sich in den Kopf gesetzt, gegen mich zu bocken. Er war verzogen und gewohnt, dass er andere manipulieren konnte, doch da hatte er sich bei mir geschnitten.«

»Das klingt, als hätte er seinen Meister im Manipulieren gefunden«, bemerkte Liliana zynisch und hoffte, ihr Vater verstünde den Hinweis.

Falls ja, ging er nicht darauf ein. »Finlays Hochnäsigkeit und Habgier siegten über seine Prinzipien. Er wechselt die Seiten zu seinem Vorteil, was nicht gerade von Charakterstärke zeugt.«

Bei dieser Beleidigung stieg in Liliana eine ungewohnte Wut auf. Sie erinnerte sich an das letzte Gespräch mit dem jungen Kapitän an Deck der *Nemesis*. Wie vertraut sie miteinander hatten reden können und wie aufrichtig und verwundbar Finlay gewirkt hatte, als er ihr seine Geschichte erzählte. Ihn in seiner Abwesenheit derart zu verurteilen, empfand sie als ungerecht von ihrem Vater. Doch dessen strenger Blick hielt sie davon ab, weiter auf dieses Thema einzugehen.

»Danke, nun weiß ich mehr«, sagte sie leise. »Ich werde zu Grace gehen, sie hat mich gebeten, ihr in der Kombüse zu helfen.«

Jack nickte. »Tu das.« Er drehte sich zu dem großen Fenster am Heck des Schiffes und schaute auf das weite Meer, die Hände hinter dem Rücken gefaltet.

Liliana betrachtete ihn eine Weile und ging dann leise aus der Kabine. Ihr Vater schien in Gedanken versunken zu sein, die sie nicht zu unterbrechen wagte.

Jack

Die Black Hound

Mittwoch, den 16. Februar 1774

Nach dem Vier-Glasen-Schlag der Morgenwache sah Jack, wie der Rudergänger flotten Schrittes von der Brücke in Richtung Treppe ging. Er runzelte die Stirn. Um diese Zeit gab es keine Wachablösung, und einen Auftrag hatte er Ove auch nicht erteilt. Als Erster Offizier war Jack es, der die Mannschaft direkt befehligte und für sie verantwortlich war. Er stellte sich dem Norweger in den Weg. »Wo wollen Sie um diese Zeit so rasch hin, Mr Gjertsen?«

Ove stoppte und wich dem strengen Blick des Offiziers wie ertappt aus. »Den jungen Mr Clark holen, Sir. Befehl des Kapitäns, er will ihn im Kartenraum sehen.«

Jack spürte eine Hitze durch seine Venen pumpen. »Was will er von ihm?«, fragte er mit zusammengezogenen Brauen. »Lassen Sie Finlay besser nicht zu ihm, wenn Hollands zu viel getrunken hat. Wir wissen, wie er dann ist!«

»Keine Sorge, Sir, der Kapitän ist nüchtern«, sagte der muskulöse Hüne in einem beschwichtigenden Ton, als stünde ein knurrender Wolf vor ihm. »Ich glaube auch nicht, dass er ihn für ... seine Launen möchte. Ich denke, er will ihn wirklich fördern, er scheint den Jungen zu mögen.«

Jack biss die Zähne zusammen. Das wollte er ebenfalls nicht hören.

Ove runzelte sichtlich irritiert die Stirn, als wüsste er nicht, wie er den Blick seines Vorgesetzten deuten sollte. »Finlay ist ein kluger Bursche, Sir«, nahm er den Neuling in Schutz. »Er kann es sicher mal weit bringen.«

»Ganz gewiss nicht unter Hollands«, brummte Jack. »Der verdirbt ihn nur.«

Ove verzog das Gesicht, als drückte etwas in seine Eingeweide. Jack konnte sich denken, wie dem Rudergänger zumute war. Er wurde in eine Lage versetzt, gegen den eigenen Kapitän zu wettern.

Jack beschloss, den Moment zu nutzen, um den Mann weiter in die Ecke zu drängen und ihm nicht viel Zeit zum Nachdenken zu lassen. Durch direkte Provokation kam oft das wahre Gesicht eines Menschen zutage. »Wem sind Sie treu, Mr Gjertsen?«

Ove zuckte zusammen, als hätte er eine Ohrfeige erhalten. »Wie meinen Sie das, Sir?«

»Wenn es einmal hart auf hart kommen sollte«, Jacks Stimme war beinahe ein Flüstern, »überlegen Sie sich, auf welcher Seite Sie kämpfen werden, und entscheiden Sie klug!«

Der Rudergänger schluckte. »Aber, Sir, was Sie da andeuten, das ist ...«

»Das ist nur eine kleine Denkaufgabe für den Abend«, beendete Jack den Satz. Mit diesen Worten ließ er ihn stehen.

Ein ungutes Gefühl überkam ihn. Der Gedanke, dass der Kapitän mit Finlay etwas aushecken wollte, vielleicht gar gegen seine Person, ließ ihm keine Ruhe. Schon seit einiger Zeit hegte Jack den Verdacht, dass Hollands etwas im Schilde führte. Er bewegte sich steifer, trank weniger und wich Fragen aus.

Flotten Schrittes ging er die Treppe im Heck hinunter. Noch war der Kartenraum leer, er hatte Hollands an der Reling stehen sehen. Jack überlegte nicht lange, schlich in den Raum und öffnete das Fenster zum Gang ein winziges Stück. Er steckte ein Holzscheit hinein, sodass man den Spalt kaum bemerkte. Das Fenster befand sich neben dem Schrank und war vom Schreibtisch in der Mitte nicht wirklich einsehbar. Doch zum Lauschen sollte es genügen. Schnell verließ er den Raum wieder. Gerade zur rechten Zeit, denn schon vernahm er, wie die humpelnden Schritte Hollands die Treppe hinunterkamen.

Unauffällig wich er in den dunklen Gang zurück.

Der Kapitän ging direkt in den Raum. Nur wenige Sekunden später ertönten weitere Schritte von zwei Personen und ein Klopfen an der Tür.

Jack hörte, wie diese geöffnet wurde.

»Ah, der junge Mr Clark, herein mit ihm!«, hörte er Hollands tiefe Stimme, die er mit jeder Faser seines Ichs verachtete. »Mr Gjertsen. Sie warten hier und passen auf, dass uns keiner stört, verstanden?«

»Aye, Kapitän.«

Gut, dann würde ihn auch keiner beim Lauschen erwischen. Jack schlich den dunklen Gang weiter zum Fenster und legte sein Ohr an den Spalt am Fenster. Er musste die Augen schließen und sich konzentrieren, um alles zu hören.

»Ich möchte, dass du für mich ein Auge auf die Mannschaft hältst. Misch dich unter die Matrosen, höre zu, aber rede nicht. Wenn irgendjemand etwas Verdächtiges sagt oder tut, melde es mir! Verstanden?«

Schweigen.

»Bei jeder Plünderung bekommst du dafür eine Goldmünze extra. Damit deine Augen und Ohren schön scharf bleiben.«

»Aber ...«, Jack konnte beinahe hören, wie sich Finlays verschwitzte Hände in seinen Hosenstoff krallten, wie immer, wenn er nervös war, »wird so etwas nicht auffallen in den Büchern?«

»Nein, keine Sorge, das wird es nicht.«

»Sie ... Sie besitzen Gold, das nicht aufgelistet wird?«, kam es kaum hörbar von Finlay.

Jack biss die Zähne zusammen. Das bestätigte seinen Verdacht, dass der Kapitän Prise unterschlug, um seinen Rum bezahlen zu können. Allerdings würde das seine Pläne durchaus vereinfachen.

Hollands lachte bellend auf, was in einem Husten mündete. »Du bist ein kluger Junge, das habe ich immer gesagt. Aber ganz besonders kluge Menschen sollten auf ihre Zunge achten. Ansonsten könnte diese verloren gehen.« Seine Stimme wurde scharf. »Wenn du an meiner Seite bleibst, wirst du es nicht bereuen. Du wirst so viele Goldstücke sehen, dass deine Augen davon geblendet werden! Zurück in England kannst du dir dann ein hübsches Mädel angeln und dich niederlassen. Aber geschieht mir etwas oder löst sich dein vorlautes Mundwerk über das hier Gesprochene, endet diese Fahrt für dich früher, als du dir wünschen kannst. Dein Name steht nicht auf der Liste, denk daran! Niemand zu Hause weiß, dass du hier an Bord bist.«

Erneutes Schweigen folgte.

»Gut, dann haben wir uns verstanden«, hörte er Hollands sagen. Offenbar hatte der Junge genickt. »Halte dich an die Abmachung, und melde alles Verdächtige sofort. Dann wird dir nichts geschehen.«

»Aye, Kapitän.«

»Verschwinde jetzt!«

Die Tür ging auf, Schritte ertönten und entfernten sich. Jack wartete, bis Ove sich ebenfalls entfernte, und ging dann an Deck, als wäre nichts gewesen.

Unterschlagung! Wenn er ihn dabei erwischte, würde der Kapitän die Loyalität der Mannschaft gänzlich verlieren, das war gewiss. Bei einem derartigen Verstoß des Kapitäns gegen die Krone böte sich Jack endlich die Gelegenheit, die er sich die ganze Zeit erhofft hatte.

Bereits am nächsten Tag trat der Rudergänger zu Jack.

»Mr Farson, Sir?«, druckste er mit deutlicher Zurückhaltung.

Jack blickte ihn mit erhobenen Brauen an.

»Sie haben mir doch gestern eine Frage gestellt, über die ich nachdenken sollte.« Der hochgewachsene Mann rieb sich nervös über den Nacken.

Jack hob das Kinn und faltete die Hände hinter seinem Rücken. »Haben Sie sie beantwortet?«

Ove nickte. »Ich bin nicht sicher, Sir.« Er schluckte hart und straffte seinen muskulösen Oberkörper, den das halb offene Leinenhemd nur knapp verdeckte. »Die Männer und ich«, begann er. »Wir sind Ihnen absolut treu, Sir, das kann ich versichern. Durch dick und dünn.« Er legte den Kopf leicht schief und sah den Offizier mit schmalen Augen an. »Wir würden nur gerne wissen, ob Sie es auch uns gegenüber wären.«

»Was wollen Sie damit andeuten?«, fragte Jack scharf.

Ove versicherte sich mit einem Blick nach hinten, dass niemand in Hörweite war, und fuhr dann leise fort: »Würden Sie uns noch einmal beistehen, wenn wir Sie darum bitten würden, Sir? So, wie Sie es bei Sean getan haben?«

Er sah ihn ausdruckslos an. »Kommt darauf an, bei was.«

Ove schwieg.

Jack bemerkte, dass der Rudergänger ohne ein Entgegenkommen kein Wort mehr sagen würde. Er stand bereits mit dem Rücken zur Wand und riskierte Kopf und Kragen mit diesem Gespräch. »Ein Schiff ist immer nur so viel wert wie seine Mannschaft«, erklärte er. »Und eine Mannschaft ist nichts ohne einen guten Kapitän.«

»Den wir nicht haben«, flüsterte Ove kaum hörbar. Schweiß bildete sich auf seiner Stirn. Ihm war anzusehen, dass er sich auf gefährliches Terrain begab.

Jack wusste, wie viel Mut solch ein Satz erforderte, und zollte dem Mann durchaus Respekt dafür. Er nickte. »Eine Tatsache, die sehr schade ist. Die Mannschaft der *Black Hound* ist es wert, dass man sich für sie einsetzt und sie auch vor einer ungerechtfertigten Verurteilung schützt.«

»Ich denke, wir hätten mit Ihnen einen guten Kapitän, Sir«, flüsterte Ove.

»Wir werden in den nächsten Wochen die Handelsroute erreichen und gewiss auf einige französische Schiffe treffen«, erzählte Jack unbeeindruckt und zog sich wie beiläufig den Hemdkragen zurecht. »Wenn mein Plan aufgeht, werdet ihr bald von dem Tyrannen befreit sein, doch ich benötige Hilfe.« Mit strengem und beinahe drohendem Blick sah er direkt in die blaugrünen Augen des Norwegers. »Ich muss mich auf jeden Einzelnen verlassen können, Mr Gjertsen. *Absolut* verlassen. Ohne auch nur den Hauch eines Zweifels. Haben Sie das verinnerlicht?«

Ove nickte. »Glauben Sie mir, die Gefahr ist uns mehr als bewusst.«

Jack nickte. »Unser nächster Sieg gegen ein Schiff wird die offizielle Niederlage der *Black Hound* sein ... ein Kampf, in dem unser Kapitän bedauerlicherweise, jedoch heldenhaft, fallen wird.«

Der Rudergänger schluckte hart. Nickte aber entschlossen.

»Keine Sorge, ich habe unseren Weg in die Freiheit genauestens durchdacht.«

Ove holte tief Luft. »Mit Ihrer Hilfe werden wir es schaffen.«

»Wir riskieren hierbei alle Kopf und Kragen«, erklärte Jack. »Aber wir leben noch gefährlicher, wenn wir

nichts unternehmen. Was ist mit den Männern? Stehen
sie geschlossen?«

Ove presste die Lippen zusammen. »Der Smutje und
ich haben die meisten auf unserer Seite, Verräter gibt
es gewiss keine. Nur bei dem Jungen bin ich mir nicht
sicher, er hat das mit Sean nicht miterlebt, und Hollands zieht ihn immer mehr auf seine Seite, als wüsste
er, was ihm blüht. Wir haben kaum noch Einfluss ...«

»Haltet die Sache vor ihm geheim, verstanden? Ich
werde darauf achten, dass er uns nicht im Wege steht.«

»Aye, Sir.« Die Spannung in der Luft war regelrecht
greifbar.

Liliana

Porto, Portugal

Mai 1785

Sie legten im Hafen von Porto an.

Liliana stand an der Reling und bestaunte die ungewohnt bunt gestrichenen Gebäude. Die Sonne strahlte vom tiefblauen Himmel und bot ihnen einen fantastischen Blick auf die wunderschöne Architektur der Ribeira. Das Licht, der absolut wolkenlose Himmel und die Farbenpracht wirkten surreal wie in einem Traum. Selbst das Blau des Firmaments schien hier anders als in England. Sie konnte es kaum erwarten, von Bord zu gehen und die Stadt zu erkunden.

Der Bootsmann Brian Harper trat neben sie an das hölzerne Geländer. »Hübscher Anblick, was?« Er lehnte sich an die Reling und holte seine Pfeife hervor. »Ich mag Portugal, nicht nur wegen des Weins. Meine Frau stammt von hier.«

Liliana hob staunend die Brauen. »Wirklich?«

»Oh ja.« Er nickte. »Joana. Ein Prachtweib, ich vermisse sie fürchterlich. Deswegen macht Enrique auch immer diese Scherze, obgleich die Spanierinnen ähnlich temperamentvoll sind. Aber Spanier und Portugiesen müssen sich wohl foppen, das liegt denen im Blut.« Er stopfte seine Pfeife und sein Blick wurde trüb. »Hätten wir schon in England gewusst, dass wir hier landen würden, wäre sie sicher mitgekommen.«

»In Porto anzulegen war nicht geplant?«

»Nein, der Kapitän wollte ursprünglich in das neue, unabhängige Amerika, einige Verträge abschließen. Das Chaos nutzen, bevor andere es tun.« Er zwinkerte. »Aber das verzögert sich wohl etwas wegen Ihnen.«

Liliana stutzte. »Wegen mir?«

Brian nahm die Pfeife aus dem Mund und fuhr sich mit der Hand über den Lockenkopf. »So meinte ich das nicht, Miss Preston, es war kein Vorwurf, entschuldigen Sie.«

Sie wedelte beschwichtigend mit der Hand. »Nein, nein, Mr Harper, ich habe das auch nicht als Vorwurf aufgefasst. Ich wunderte mich nur über Ihre Worte. Dass der Ausflug auf die Insel nicht geplant war, leuchtet mir ein. Aber weswegen Porto?«

Der Bootsmann schüttelte verständnislos den Kopf. »Na, weil Pelt hier Kontakte hat. Wer weiß, vielleicht steckt das fette Schwein sogar in der Nähe.« Er verengte die Augen und ließ seinen Blick über die anderen Schiffe im Hafen schweifen. »Obwohl seine gottverfluchte Pinas nirgendwo zu sehen ist. Aber der würde sich hüten, gerade jetzt irgendwo offen anzulegen.«

Liliana seufzte innerlich. Also ein Rachefeldzug? Egal, das sollte sie nicht daran hindern, diese fremde und verlockende Stadt zu erkunden.

Nach dem Frühstück ging sie mit Effie und Grace einkaufen. Jack stimmte nur zu, sie von Bord zu lassen, wenn Kai und zwei weitere Matrosen die beiden begleiteten.

Liliana konnte es kaum erwarten, wieder festen Boden unter den Füßen zu haben. Auch das Laufen tat ihr gut. Selbst auf einem großen Schiff wie der *Nemesis* war Ausgang begrenzt.

Je weiter sie sich vom Hafen entfernten und den doch recht steilen Weg in die Stadt hinaufgingen, desto mehr änderten sich die Gerüche. Bäume und Sträucher standen in voller Blüte. Vor den Häusern wuchsen farbenfrohe Blumen in bemalten Töpfen. Der Duft der Pflanzen erschlug sie nach den Tagen auf See beinahe. Dazu der Geruch von Erde und Gras … selbst der von den Hinterlassenschaften der Pferde auf den Wegen … wie sehr hatte sie das alles bereits vermisst.

Portugal war für seine Korkproduktion bekannt, und Liliana bestaunte fasziniert, was man alles aus diesem Material herstellen konnte. Nicht nur Flaschenverschlüsse, auch Taschen, Koffer und sogar Schuhe und Kleidung aus Kork gab es in den Geschäften. Auch die *Azulejos* gefielen ihr: Bilder aus bemalten Kacheln, die einige Gebäude zierten.

Die hügelige Innenstadt war gefüllt mit Menschen und Marktständen. Ab und zu sprachen sie auch Betteljungen an, die von den Matrosen jedoch rasch verscheucht wurden.

Kai schüttelte den Kopf, als Effie anfangs ihre Geldbörse zücken wollte. »Das hat keinen Sinn, Miss Preston, dann werden wir sie entweder nie mehr los, oder sie überfallen uns hinter der nächsten Häuserecke. Die Kinder bekommen ohnehin nichts von dem Geld ab.«

Ihre Tante presste die Lippen zusammen und steckte die Börse wieder weg. »Wie kann man den Kindern dann helfen?«, fragte sie betrübt.

»Nicht mit Geld.« Kai zuckte die Achseln. »Vielleicht nur, indem man sie aus ihrem Sumpf holt, sie aufnimmt und für sie sorgt, doch wer kann das schon bei der Masse? Armut zu reduzieren ist kaum möglich, solange sich die Herrscher nicht darum scheren.«

Leider sprach Liliana kein Portugiesisch. Sie hätte sich zu gerne mit den Einwohnern unterhalten. Kai übersetzte in den Geschäften und an den Marktständen, auch wenn er teilweise Hände und Füße dazu gebrauchte.

»Ich kann nur Deutsch, Englisch und Französisch fließend«, erklärte er ihr. »Bei Spanisch und Portugiesisch rate ich mehr, als ich verstehe.«

»Das nennen Sie *nur?*« Liliana riss staunend die Augen auf. »Ich habe zuvor noch nie jemanden getroffen, der mehr als zwei Sprachen beherrscht, abgesehen von Altgriechisch oder dem unnützen Latein«, sie erinnerte sich nur ungern an diese Stunden, »... und Sie können ganze drei Sprachen fließend und noch weitere bruchstückhaft.«

Kais Wangen röteten sich etwas angesichts Lilianas Bewunderung und er legte verschämt den Kopf schief. »Man kommt eben viel rum mit einem Schiff, und schon meine Heimatstadt besuchten oft Menschen aus aller Herren Länder. Sprachen haben mich bereits als Kind begeistert, und sie zu lernen fiel mir leichter als Mathematik. Auch wenn ich als Bäckersohn in Hamburg nie in den Genuss kam, das von Ihnen so unnütz genannte Latein lernen zu dürfen, hätte es mich doch sehr interessiert.« Er zuckte die Achseln. »Ich glaube, ich habe einfach ein Talent für Sprachen und Mundarten.«

»Auch für das Musizieren, wie Sie bereits bewiesen haben.«

»Ist eine Melodie nicht auch eine Art Sprache?« Er zwinkerte.

Liliana kaufte sich in einem der vielen Geschäfte eine kleine Tasche aus Kork und ein neues Kleid. Effie suchte lieber Stoffe zum Kleidernähen zusammen und erstand Tischdecken mit Aufdrucken von Sardinen, worüber Liliana nur die Augen verdrehte.

»Etwas Außergewöhnliches als Souvenir«, erklärte ihre Tante pikiert.

***

»Wir bleiben ein paar Tage länger«, sagte Ove zu ihnen, als sie am Abend mit den Einkäufen zurück zum Schiff kamen. »Pelt ist wohl tatsächlich hier. Laut unserem Informanten liegt die *Bloody Sue* unter falscher Flagge in Figueira vor Anker, aber er selbst hat sich wohl in Viseu verkrochen. Das sind knapp 70 Meilen, es ist also mit der Kutsche gut erreichbar.«

Liliana spürte, wie sich ihr Herzschlag beschleunigte. »Was meinen Sie damit? Will Vater ihn holen?«

Der Steuermann zuckte die Schultern. »Er ist bereits unterwegs zu ihm. Hat Enrique mitgenommen, der kann Portugiesisch, sowie Kweku und Brian.«

Liliana runzelte die Stirn. Die beiden kräftigsten Seeleute nach Ove. »Was hat er vor?« Es störte sie ungemein, dass ihr Vater Effie und sie nie in seine Pläne einweihte. Immerhin betraf diese Geschichte hier Liliana ebenfalls.

Ove lachte auf. »Wenn man da nur mal reinschauen könnte, in den Kopf Ihres Vaters!«

***

Am Mittag des übernächsten Tages erreichte eine geschlossene Kutsche den Pier. Liliana rannte zur Reling und beobachtete, wie ihr Vater, Brian und Kweku aus dem Gefährt stiegen.

Hatten sie Pelt doch nicht erwischt?

Der Afrikaner kletterte auf das Dach und band die darauf befestigte Holzkiste los. Sie war groß genug, um einen menschlichen Körper zu beherbergen. Zusammen mit Brian hievten sie die offensichtlich sehr schwere Kiste herunter. Liliana biss sich auf die Lippe, ihr Magen wurde zu einem harten Klumpen. Lag der Kapitän der *Bloody Sue* in diesem Behältnis? Hatte Vater ihn getötet? Aber warum und wozu schleppten sie dann seine Leiche an Bord?

155

Jack bezahlte den Kutscher, und Brian trug mit Kweku zusammen die Kiste den Steg hinauf.

Liliana lief unter Deck zum Eingang. Sie blieb einige Meter davor abrupt stehen, als sie sah, dass die Seemänner die Kiste gerade öffneten. Sie schluckte hart. Einen toten Menschen sehen wollte sie auf gar keinen Fall!

Als der Deckel entfernt wurde, vernahm sie erstickte Laute. Der Schock ließ ihr Blut in den Adern gefrieren: Pelt lebte! Er lag gefesselt und geknebelt in der Kiste und wand sich wild hin und her. Eine Wolke von Schweiß, Urin und Fäkalien erreichte ihre Nase. Ihr wurde übel. Wie lange hatte der Mann bei der Hitze draußen in dieser Kiste verbringen müssen? Stunden? Tage? Sie schluckte hart.

Brian und Kweku hatten trotz ihrer Muskelkraft Probleme, den gefesselten, übergewichtigen Kapitän der *Bloody Sue* aus der Kiste zu holen. Erst als Ove hinzutrat und mit anpackte, schafften sie es.

Der Anblick, der sich ihr darbot, erregte beinahe so viel Übelkeit wie der Gestank. Pelt war komplett verdreckt, sein Bart voller Erbrochenem, er wirkte geschwächt und unkoordiniert, kämpfte aber dennoch um sein Leben. Es schien, als habe er Panik, auch nur einen Fuß auf den Holzboden der *Nemesis* zu setzen. Sobald seine Sohlen die Planken berührten, riss er die Augen auf, als sähe er einen Geist oder den Teufel persönlich vor sich.

Jack stellte sich breitbeinig vor ihn, doch Pelt wand sich weiter in den Griffen der beiden Männer und ignorierte den Kapitän. Es schien, als wolle er ihn nicht wahrhaben.

»Bringt das nach unten in die Zelle«, befahl Jack mit angewiderter Miene, ohne den Gefangenen eines weiteren Blickes zu würdigen.

Die Männer zerrten den kämpfenden und fluchenden Pelt die Treppe hinunter.

Liliana trat zu ihrem Vater, um endlich ihre vielen Fragen zu stellen, als sie erstarrte. Jack wickelte seine Handknöchel mit einem Stoff ein, obgleich sie keinerlei Verletzungen aufwiesen. Es erinnerte sie an die Boxer bei den Wettkämpfen auf Jahrmärkten.

Sie keuchte erschreckt. »Was hast du vor?«

Jacks Blick schoss zu ihr herüber. Seine Augen verengten sich. Er war ihr vollkommen fremd in diesem Moment.

»Du gehst in deine Kajüte!«, befahl er barsch.

»Aber, ich würde gerne …«

»Nein!« Ihr Vater sah sie mit eisblauen Augen so finster an, dass Liliana vor Schreck zurückzuckte. »Das ist nichts für dich, du gehst in deine Kammer!« Er zeigte zum Heck.

Liliana schluckte hart. Sie traute sich nicht mehr, etwas zu erwidern. Nicht in diesem Moment.

So gehorchte sie stumm und sah noch, wie Jack seine Hemdsärmel hochkrempelte, sich einen Holzknüppel nahm und den Männern folgte. Das war eine Seite ihres Vaters, die sie lieber nicht kennenlernen wollte.

***

»Was hast du mit Pelt vor?«, fragte sie ihn am Abend beim Essen im Speiseraum des Kapitäns.

Grace hatte frisches Gemüse und Schweinefleisch im Hafen eingekauft, doch Liliana war der Appetit vergangen. Im Gegenteil. Zu sehr versuchte sie, ihrer Fantasie nicht allzu freien Lauf zu lassen über das, was unter Deck geschehen war. Die trotz der Bänder geröteten Fingerknöchel ihres Vaters und der Gedanke, wozu diese sonst so einfühlsamen Hände fähig waren, ängstigten sie.

»Nicht mehr allzu viel«, sagte Jack kühl. Er schien durchaus hungrig zu sein und das Fleisch zu genießen. »Nur noch kielholen, bis er absäuft.«

»Aber ... genügte das vorhin denn nicht?«

»Ich kann ihn nicht am Leben lassen, Lily.« Jack legte unbeteiligt sein Besteck zur Seite und griff nach dem Weinglas. »Eine Tracht Prügel schreckt den nicht. Er würde sich bei der nächsten Gelegenheit rächen, und zwar an dir!«

Liliana starrte auf ihren Teller. Auch wenn das Kotelett und das gedünstete Gemüse sehr verlockend rochen, sie bekam keinen Bissen herunter.

»Aber einen Menschen töten?«

»Einen solchen Unrat aus der Welt zu räumen, rettet viele Leben, glaube mir. Das ist ein Mörder, Vergewaltiger und Menschenhändler. Hätte ich ihn damals schon erwischt, wäre vielen und auch dir eine Tortur erspart geblieben.«

Aber dann hätte ich Kapitän Clark womöglich nie getroffen, dachte sie bei sich. Liliana nahm trotz des Magendrückens all ihren Mut zusammen und sah auf. »Immerhin war ich das Opfer, müsste ich da nicht mitreden dürfen? Ich möchte nicht, dass wegen mir ein Mensch gefoltert und getötet wird.« Tränen stiegen ihr in die Augen. Sie wollte keine Schuld an dem Leid anderer tragen. Auch nicht an dem eines Verbrechers.

»Gut, dann werde ich es für mich tun.« Ihr Vater stellte das Weinglas wieder hin, etwas energischer als nötig. Die dunkelrote Flüssigkeit schwappte hinter dem Kristall. »Der alleinige Grund für seine Tat war, mich zu treffen, demnach bin auch ich sein Opfer.« Er nahm das Besteck zur Hand und schnitt das letzte Stück des Koteletts.

Liliana sah Hilfe suchend zu Effie hinüber, doch diese schüttelte traurig den Kopf. »Ich denke, Jack hat recht. Auch wenn ich die Methode nicht gutheiße«, sie blickte streng zu ihm herüber, »so glaube ich doch, dass einige Menschen nicht frei herumlaufen sollten. Und der Tod ist oft besser als ein Leben im Verlies.«

»Nun, auf eines der Verliese hier würde ich mich noch einlassen.« Jack erwiderte Effies Blick kühl und steckte sich den Bissen in den Mund. »Hunger, Kälte, Krankheit ... bis zum Tod. Ja, das klingt verlockend. Aber er könnte abhauen und wir bräuchten eine Gerichtsverhandlung. Dann wäre ihm als Pirat die Todesstrafe ohnehin sicher.«

»Ich bin nur kein Freund von Folter, Jack«, sagte Effie tadelnd.

»Der Tod allein fordert keine Reue.« Er warf das Besteck auf den leeren Teller, tupfte sich mit der Stoffserviette den Mund ab und blickte Effie herausfordernd an.

Liliana sah betreten auf ihren noch vollen Teller. Wem nutzt seine Reue, wenn er nicht mehr am Leben ist?

Sie traute sich nicht, es laut zu sagen.

Auf hoher See

Mai 1785

Die folgenden Wochen verliefen ruhig. Sie hatten ihre Vorräte in Portugal aufgefüllt und machten noch einmal kurz Station auf den Kapverdischen Inseln, bevor die Fahrt schließlich über den Atlantik ging. In Richtung der Neuen Welt. Liliana war mehr als gespannt darauf. Auch wenn die langen Tage auf dem schier endlosen Meer ohne eine Küste in Sicht gewiss eintönig werden würden.

Sie nutzte die Zeit und bemühte sich, so viel wie möglich über die Schifffahrt zu lernen, ohne die Mannschaft durch ihre ungeplante Anwesenheit unnötig zu nerven oder lästig zu werden.

Dank ihrer Aufgaben auf der *Alecto* besaß sie bereits ein kleines Grundwissen, das ihr nun half. Aber auch an die härteren Arbeiten wie das Flicken der Segel, das nur mit einem Lederhandschuh ohne Verletzungen zu schaffen war, traute sie sich nach und nach heran. Auch wenn sie bei derartigen Tätigkeiten das Fluchen erlernte.

Sie wagte sich sogar einmal in den Ausguck. Allerdings nur einmal. Danach bekam sie den Rest des Tages keinen Bissen mehr hinunter, derart flau fühlte sich ihr Magen an. Nicht nur die Höhe, auch das Schwanken des Wellengangs und das Knarzen des Holzes machten es ihr schwer, dort oben Ruhe zu wahren. Senkte sich das Schiff auf einer Welle, verschwand es außer Sicht, und unter ihr breitete sich das offene Meer aus. Nein, das war eindeutig zu viel für ihren Magen.

Am meisten genoss Liliana die Zeit mit ihrem Vater in seinem Kartenraum. Die Genauigkeit seiner Arbeiten, wie das Berechnen der Routen und zurückgelegten Strecke, Navigieren und die Einträge in das Logbuch, faszinierte sie. Zusammen mit dem Quartiermeister Enrique zählte sie Waren und Vorräte.

Effie hingegen interessierte sich offenbar wenig für das Vorgehen an Bord eines Schiffes. Sie überließ es den Fachleuten und verbrachte beinahe jede freie Minute mit Grace in der Küche. Ihre Tante kochte für ihr Leben gern, und mit den exotischen Gerichten und Zutaten fühlte sie sich gewiss wie im siebten Himmel. In Grace hatte Effie sowohl eine Gleichgesinnte als auch eine gute Freundin gefunden. Auf Liliana wirkte die alte Frau immer mehr wie eine liebevolle, sorgsame und geduldige Großmutter. Woher das Gerücht kam, sie sei eine Hexe, konnte sie sich beim besten Willen nicht erklären.

Effie ging die Reling entlang und ließ den Wind ihr Gesicht kühlen. Seit sich Liliana wieder heil bei ihr befand und die Sorge um sie verflogen war, drängten sich andere Gedanken in ihren Kopf. Eine tiefe Traurigkeit hatte die letzten Tage von ihr Besitz ergriffen und breitete sich aus wie Unkraut in einem Blumenbeet. Selbst die gute Grace vermochte sie nicht mehr abzulenken.

Immer wenn sie Jack an Bord sah, fühlte sie ein Reißen in ihrem Herzen. Obgleich jeder Teil ihres Körpers nach diesem Mann verlangte, wich sie ihm aus, so gut es ging. Auch er schien auf nichts zu drängen, viel zu beschäftigt war er damit, als Kapitän das Schiff zu befehligen und zudem Liliana ein Vater zu sein.

Sosehr sie anfangs gehofft hatte, mehr Zeit mit ihm verbringen zu dürfen, so sehr fürchtete sie nun jede Näherung. Effie war überzeugt, dass Jack sie an jenem Abend nur in seine Kammer eingeladen hatte, weil auch er geglaubt hatte, sie danach so bald nicht wiederzusehen. Eine ungezwungene, gemeinsame Nacht zweier fest im Leben stehender Erwachsener. Aus der Lust und Laune des Abends heraus. Unverfänglich. Frei.

Jetzt jedoch lebte sie mit diesem Mann auf engstem Raum zusammen und begegnete ihm jeden Tag. Einem beinahe Fremden. Ihr Verstand kämpfte gegen ihre Gefühle. Sie konnte sich nicht aufgrund einer Schwärmerei ihrer Jugend auf eine Beziehung mit einem Mann einlassen, dessen wahres Ich sie kaum kannte. Die Art und Weise, wie Jack mit diesem Piratenkapitän umgegangen war, hatte ihr diese Tatsache wieder schmerzlich in Erinnerung gerufen. Wer wusste schon, welch ein Mensch wirklich hinter der Fassade des eleganten Kapitäns steckte? Womöglich lag ihre Schwester richtig mit ihrer Behauptung, er sei ein kaltherziger Verbrecher, der sie seiner Karriere wegen mit einem Kind im Stich gelassen hatte. Was wusste sie schon, was damals wirklich geschehen war?

»Effie?«

Sie zuckte vor Schreck zusammen und drehte sich um. Der Anblick Jacks blauer Augen ließ ihre Knie weich werden, doch sie bemühte sich, Haltung zu wahren.

»Hallo Jack.« Ihre Stimme versagte, und sie musste sich räuspern. »Wie schön, dich zu treffen.«

Jack hob eine Augenbraue. »Ja, welch zufällige Begegnung auf einem Schiff. Wer konnte so etwas vorhersehen?«

Effie wich seinem Blick aus. »Bitte verhöhne mich nicht.«

Er trat auf sie zu. »Das lag nicht in meiner Absicht. Ich habe allerdings das Gefühl, du gehst mir aus dem Weg.«

Sie seufzte innerlich. Wie immer kam Jack ohne höfliche Umschweife auf den Punkt. Bevor er ihre Hände nehmen konnte, drehte sie sich zur Reling. Er durfte nicht sehen, wie sich ihre Augen mit Tränen füllten.

Jack trat neben sie. Zusammen blickten sie hinaus aufs Meer. »Was ist es?«, fragte er freiheraus. Es klang beinahe befehlend. Effie fühlte eine gewisse Empörung bei dem Tonfall. Sie war schließlich keine seiner Untergebenen und konnte selbst entscheiden, ob sie ihre Handlungen begründete oder für sich behielt. Dennoch besaß er ein Recht, es zu erfahren, das musste sie sich eingestehen.

Sie atmete tief durch. »Diese eine Nacht neulich ...
ich ...« Sie verstummte. Die Formulierung verpuffte in
ihrem Kopf wie eine Seifenblase.

»Du bereust es?«

Effie schüttelte heftig den Kopf. »Nein, ich ...« Sie warf
einen kurzen Blick nach hinten, um sich zu vergewis-
sern, dass niemand sonst in Hörweite war, und sah ihm
dann in die meerblauen Augen. »Es war wundervoll.«
Das war die Wahrheit. Effie spürte, wie ihr Herz bei der
bloßen Erinnerung schneller schlug. »Aber an diesem
Abend glaubte ich, unsere Wege würden sich wieder
für lange Zeit trennen. Ich handelte unüberlegt, dachte
nicht an eine eventuelle Zukunft. Du gewiss auch nicht,
liege ich richtig?«

Jack schwieg. Er beantwortete die Frage nicht, wich
ihrem Blick jedoch ebenso wenig aus.

Effie atmete tief durch, sie fühlte sich wie auf der An-
klagebank vor einem Richter. Als müsse sie sich für etwas rechtfertigen, von dem sie gar nicht wusste, was ...
oder wie. »Ich ... ich sehe keine Zukunft, verstehst du?«
Er auf See, sie auf dem Landgut ... wie sollte das gehen?
»Ich möchte dich zudem nicht unter Druck setzen.« Sie
flüsterte diesen Satz beinahe lautlos und hoffte, er
würde die Andeutung verstehen. Sie wollte seine Sicht
der Dinge hören.

Jack betrachtete sie ausdruckslos, was Effies Nerven
beinahe zum Zerreißen brachte. Was ging in diesem
Mann vor? Was dachte er über sie?

»Du benötigst Zeit?«, fragte er schließlich leise.

Effie keuchte. Was bedeutete dies? War er wider Erwarten doch interessiert an ihr oder wollte er sie lediglich zu einer Antwort drängen? Diese Ungewissheit
fraß sie innerlich auf. Aber diesen Mann direkt zu fragen, wagte sie nicht. Was, wenn sie sich zu ihm bekannte und er ablehnte? Sie würde sich lächerlich machen und der Rest der Reise würde zur Qual werden. Sie

wünschte sich, dass er aktiv wurde. Ihr seine Liebe gestand ... oder ihr zumindest sagte, es wäre nur ein Abenteuer gewesen. Sollten Männer dies nicht tun? Den Frauen ihre Liebe gestehen und die Entscheidung dann ihnen überlassen? Warum sagte er nicht, was er von ihr hielt oder erwartete? Ein solches Verhalten irritierte sie. Es ging gegen alles, was ihr anerzogen worden war.

Sie schluckte. »Ja. Wirst du mir diese Zeit geben?« Eine solche Entscheidung sollte besser verzögert werden. Immerhin musste sie noch hier an Bord bei ihm bleiben und wollte auch Liliana die Fahrt nicht verderben.

Jack lächelte, doch es erreichte seine Augen nicht. »Natürlich.« Er nickte ihr zu und ging. Einfach so.

Tat er nicht genau das, um das sie ihn gebeten hatte? Warum fühlte es sich an, als hatte er gerade mit seinem Schwert in ihr Herz gestoßen?

Effie blieb an der Reling und sah ihm nach. Sie fühlte eine Leere in sich, die beinahe schwerer auf ihrem Herzen lastete als die Traurigkeit zuvor.

Wenn sie doch nur in den Kopf dieses Mannes blicken könnte ...

Jack

Die Black Hound

Sonntag, der 13. März 1774

Jack zog sein Schwert aus der Brust seines Gegners, der leblos zu Boden sackte. Die Rufe verhallten, die Schlacht neigte sich dem Ende zu. Ein erneuter Sieg.

Er kämpfte sich durch den Qualm und sah sich an Deck um. Seine Männer hielten die Überlebenden in Schach, die nun ihre Schwerter und Pistolen kapitulierend auf den Boden warfen. Die französische Fregatte *Redoutable* hatte einiges abbekommen, überall lagen Trümmer und zersplittertes Holz. Dennoch war es ein ebenbürtiges Schiff, das sich tapfer zur Wehr gesetzt hatte, eine Tatsache, die seinen Plänen zugutekam.

Er holte ein Tuch hervor und wischte sich Blut und Schweiß vom Gesicht. Dann straffte er die Schultern und trat mit gezogenem Schwert auf den Franzosen in der blau-roten Kapitänskleidung zu.

Der grauhaarige Mann betrachtete die englische Offiziersuniform abfällig. »*Les Anglais!*« Er spuckte vor Jack aus. »Ein Freibeuter im Namen Ihrer Krone, *je soupçonne?* Das werden Sie bereuen! *Maudit bâtard!* Mögen Sie in der Hölle schmoren!«

»Ich habe ein Angebot, welches Sie nicht zu schnell ausschlagen sollten, *Capitaine.* Sie können nur gewinnen dabei.«

Der französische Kapitän hob interessiert die Brauen.

Wenig später wies Jack einige seiner Männer an, die Franzosen in Schach zu halten, und kletterte über die Strickleiter mit dem Rest zurück auf die *Black Hound*. Wie erwartet kam nun auch Kapitän Hollands an Deck, um den Triumph zu feiern.

Jack trat ihm entgegen und zog sein Schwert. Hollands stutzte. »Passen Sie auf, wem Sie dieses Ding entgegenhalten, Mr Farson!«, brummte er. »Der Feind befindet sich auf dem anderen Kahn.«

»Diesbezüglich unterscheiden sich unsere Ansichten, Kapitän.« Er hob die Waffe. »Ziehen Sie Ihr Schwert!«

Hollands riss die Augen auf. Sein sonst so gerötetes Gesicht verlor jegliche Farbe. »Das ... ist nicht Ihr Ernst!«

Jack blickte nur fest zurück, ohne mit der Wimper zu zucken.

»Hat Sie der Wahnsinn befallen oder sind Sie Ihr junges Leben bereits leid?«, brüllte Hollands. »Selbst wenn Sie es schaffen, mich zu besiegen, werden Sie hängen dafür! Runter mit dem Schwert! Sofort! Und ich werde gnädig sein und Sie dafür lediglich unter Arrest setzen.« Er sah sich hektisch an Bord um, als hoffte er auf Unterstützung. Doch die Offiziere ließen sich nicht blicken und der Rest der Mannschaft stand stumm und untätig daneben.

Die Augen des Kapitäns funkelten zornig. »So sei es!« Er zog sein Schwert und hieb ohne Zögern auf Jack ein. Offenbar hegte er die Hoffnung, der junge und vom Kampf gegen die Franzosen bereits deutlich angeschlagene Offizier würde eine weitere Auseinandersetzung nicht durchstehen.

In Jack war jedoch der Kampfgeist geweckt. Sein Blut kochte. Trotz den leichten Schnittverletzungen spürte er keinerlei Erschöpfung, im Gegenteil. Dieser Moment war gänzlich seiner! Beim klirrenden Laut der gegeneinanderschlagenden Klingen überkam ihn ein Gefühl der Befriedigung, als hätte er sein gesamtes Leben nur auf diesen Augenblick hingearbeitet. Hier und jetzt würde sich alles entscheiden. Es gab nur zwei Ausgänge: seinen Tod oder die Geburt in ein neues, selbstbestimmtes Leben!

Der Kampf dauerte kürzer, als Jack erwartet hatte. Hollands schien außer Übung und zu geschwächt von der ständigen Trunkenheit, um ein handfester Gegner zu sein. Jack schlug dem Kapitän die Waffe aus der Hand und drückte seine Schwertspitze auf dessen Brust. Hollands Gesicht war rotverschwitzt. Sein Brustkorb hob und senkte sich sichtbar. Er warf seinem Ersten Offizier schnaufend zusammenhanglose, zornige Flüche an den Kopf.

Auch Jack war außer Atem. Bevor er etwas sagen konnte, ertönte eine bebende Stimme von der Seite: »Senken Sie Ihr Schwert ... *Sir!*«

Jack drehte den Kopf und erkannte Finlay, der eine Pistole auf ihn richtete. Seine Hände zitterten merklich, doch sein Blick war fest und entschlossen. Hollands schaute auf. Ein hämisches Grinsen erschien auf seinen wulstigen Lippen.

Jack erinnerte sich an das belauschte Gespräch und verengte die Augen. »Misch dich nicht ein, Kleiner! Du kannst nur verlieren dabei.«

Finlay wurde blass. »Er ist der Kapitän, Sir. Was Sie hier tun, ist gegen das Gesetz.« Seine Stimme überschlug sich. »Ich möchte nicht sterben.«

Von wegen Gesetz, dem Kerl ging es gewiss nur ums Gold. Jacks Blick wanderte langsam zu Ove. Der Rudergänger nickte kaum merklich und stellte sich neben ihn. Gegenüber dem Kapitän und Finlay. Nach und nach traten auch die anderen zu ihnen. Bis die gesamte restliche Mannschaft geschlossen hinter ihrem Ersten Offizier stand.

Jack hob triumphierend das Kinn und sah zu Finlay. »Beabsichtigst du, uns alle mit einer einzigen Kugel zu erschießen?« Er schüttelte abfällig den Kopf. »Wenn du nicht sterben möchtest, solltest du dir ganz schnell sehr gut überlegen, auf welcher Seite du stehst!«

Der Junge zögerte.

»Sei nicht dumm, Junge!«, raunte Ove. »Willst du auf dem nächsten Schiff ein rechtloser Gefangener sein? Schau dir die anderen Hampelmänner von Offizieren auf diesem Schiff doch an! Selbst wenn ihr zurück nach England kommt, wirst du am Boden sein. Denkst du, die unterstützen dich für deine Heldentat hier? Einen mittellosen Schiffsjungen ohne Geld oder Beziehungen? Du wirst auf der Straße landen, und diese Kerle werden sich verpissen und dir zum Dank beim Vorbeireiten noch den Staub ins Gesicht treten.«

Finlay schluckte hart. Sein gesamter Körper bebte. Er sah zu dem Kapitän, der ausdruckslos dastand. Er machte sich nicht einmal die Mühe, Finlay diesbezüglich zu belügen oder bestechen zu wollen. Hollands hatte die Niederlage erkannt.

Finlays Blick wanderte zurück zu Ove. Der hielt ihm auffordernd die Hand hin. Die Männer schienen den Jungen trotz allem noch zu mögen und bei sich behalten zu wollen, was Jack doch etwas missfiel. Dennoch vertraute er seinem Rudergänger, der kannte den Kerl um einiges besser als er selbst.

Finlay presste die Lippen zusammen und legte die Pistole in Oves hingehaltene Hand. Mit eingezogenem Kopf stellte er sich zu den Matrosen, und Kai klopfte ihm aufmunternd mit der Hand auf die Schulter.

Jack beachtete ihn nicht weiter und richtete sich an seinen Bootsmann: »Holen Sie die Offiziere aus ihrem Versteck, Mr Gous. Ich werde sie über die Situation informieren.« Es waren ohnehin nur noch vier weitere Männer im Führungsstab übrig, die hinter dem Kapitän blieben, den Chirurgen mit eingeschlossen. Die Unteroffiziere, wie Steuermann, Quartiermeister und der

Bootsmann Pieter Gous, waren längst ein treuer Teil der restlichen Besatzung geworden.

Der Bootsmann nickte und kam kurz darauf mit Parker, Allison, dem jungen Mr Harris und McGreene zurück an Deck. Diese zeigten deutliche Irritation ob der sich ihnen bietenden Szene. Der Schiffsarzt warf Jack einen fragenden, beinahe verzweifelten Blick zu.

Jack musterte die Gruppe. »Ich habe Kapitän Hollands dabei erwischt, wie er Prise unterschlug und somit einen eklatanten Betrug gegenüber der Krone beging«, erklärte er mit fester Stimme.

Der Kapitän schnappte nach Luft, blieb aber stumm. Eine Tatsache, die Jacks Vermutung bestätigte. Hollands hatte einfach verdächtig zu viel Gold für eigenen Rum zur Verfügung, sobald sie einen Hafen anfuhren.

Der junge Offizier Mr Allison öffnete erstaunt Augen und Mund, während Mr Parker blass wurde.

McGreene trat vor. »Haben Sie handfeste Beweise für Ihre Anschuldigung?« Es klang beinahe wie auf eine positive Antwort hoffend.

Jack nickte. Nun musste die Notlüge herhalten, ansonsten würden Fragen gestellt werden, weshalb er erst jetzt den Verdacht äußerte. »Ich habe ihn auf frischer Tat ertappt und denke, dies war nicht das erste Mal. Der französische Kapitän war zugegen und kann es bezeugen. Für diese Information versprach ich ihm eine unbehelligte Weiterreise«, fügte er hinzu und sah zu dem Bootsmann. »Ich schlage vor, Mr Gous und Sie, Mr McGreene, durchsuchen gemeinsam die Quartiere des Kapitäns. Werden wir auch da fündig, sehe ich mich verpflichtet, die Leitung des Schiffes zu übernehmen, nach England zu reisen und Anzeige zu erstatten. Stimmen Sie mir hierbei zu, meine Herren?«

Die Offiziere nickten geschlossen. Mr Parker leicht verzögert, danach zu hektisch. Hatte der Kerl davon gewusst? Steckte er mit Hollands unter einer Decke?

Wenn es so war, ließ er den Kapitän nun fallen, um seinen Hals zu retten.

Jack nahm den Rudergänger zur Seite. »Bitte geben Sie mir ein Zeichen, ob die Offiziere etwas finden. Falls nicht, müsste ich zeitnah die Gelegenheit bekommen, mit Hollands ein persönliches Gespräch ohne jegliche Zeugen zu führen.«

Ove runzelte fragend die Stirn.

»Ich fürchte, er wird sich danach reumütig ins Meer stürzen«, erklärte Jack kühl.

Ove nickte. Ein verstehendes Lächeln umspielte seine Lippen. »Aye, Si… Kapitän!«

Zu Jacks Erleichterung wurden die Männer tatsächlich fündig. Hollands hatte sich Beute abgezweigt und diese nicht in den Büchern aufgelistet. Ein klarer Betrug an der Krone. Die Offiziere waren nun verpflichtet, ihn auszuliefern.

Als der Kapitän in der Brig saß und die *Black Hound* den Kurs nach England aufnahm, trat Jack zu Finlay, der bei der Verteilung der Beute nicht zugegen gewesen war. Ihm war es noch immer nicht recht, diesen Kerl an Bord zu haben. Einer Mannschaft musste man vertrauen können. Dennoch würde sein Verschwinden den Männern missfallen, und Jack hatte nicht vor, sie zu verärgern, nicht, nachdem sie alle ihr Leben für ihn riskiert hatten. Zudem verdiente jeder eine zweite Chance. Leicht würde Finlay es hier an Bord unter seiner Befehlsgewalt ganz gewiss nicht mehr haben.

Er holte eine Goldmünze aus der Tasche und warf sie ihm vor die Füße. »Dein Anteil.«

Finlay sah kurz auf die Münze am Boden, dann ihm in die Augen. Er schwieg, doch sein Blick blieb fest. Jack schwankte stets zwischen Anerkennung und dem

inneren Drang, den Jungen für seine arrogante Auf-
müpfigkeit mit dem Kopf ins Bilgenwasser zu tunken.

»Nimm sie auf«, höhnte Jack. »Das ist es doch, was
dein Herz mehr erfüllt als Loyalität und Gerechtigkeit,
nicht wahr? Diese Münze wird dich stets daran erinnern.«

Finlay schwieg weiter. Er kauerte sich langsam zu Boden, nahm die Münze und drehte das schwere Metall
in seinen Fingern, ohne sich wieder aufzurichten.

»Ich gebe dir die Möglichkeit, deinen Fehltritt wieder-
gutzumachen«, erklärte Jack von oben herab. »Du
kannst als Matrose auf dem Schiff bleiben und dich
ehrlich hocharbeiten, mit fairem Lohn. Wenn du dich
jedoch noch ein einziges Mal gegen mich stellst, folgst
du Hollands in die Hölle, ist das klar?«

Finlay erhob sich und blickte ihm in die Augen. »Aye,
Sir.« Seine Stimme hatte deutlich an Selbstsicherheit
verloren, was Jack nur begrüßte.

Liliana

Auf der Nemesis

Juni 1785

»Schiffe in Sicht!«, brüllte der Matrose vom Ausguck hinunter. »Steuerbord achtern.«

Liliana schaute hinaus aufs Meer, sah aber nichts.

»Steuerbord achtern ist rechts hinten«, raunte ihr Vater neben ihr. »Aber aus der Entfernung sieht man mit bloßem Auge noch nicht viel.« Er holte ein Fernrohr hervor, zog es aus und richtete es auf den kleinen Fleck am Horizont. Als er es wieder senkte, war seine Miene ernst. »Das ist die *Bloody Sue,* mit wehendem Jolly Roger«, zischte er. »Und ein weiteres Schiff mit roter Piratenflagge. Ich vermute, die *Red Shark* von Kapitän Bernard. Beide in voller Fahrt auf uns zu.«

Liliana rann es eiskalt den Rücken herunter. »Die *Bloody Sue?* Aber ich dachte, Pelt wäre …«

»Sein Nachfolger Ferro sinnt nach Rache, wie es scheint. Die Ratten halten zusammen.«

Liliana zog es die Kehle zu. »Was machen wir jetzt?«

Jacks Kaumuskeln arbeiteten. »Segel setzen!«, brüllte er Brian zu. »Hisst jedes verdammte Laken!« Der Bootsmann holte seine Pfeife hervor und blies ein Signal, sofort stürmten die Matrosen an Deck und es wurde hektisch an Bord. Jack drehte sich zum Steuermann. »Ove: Kurs Südsüdwest, wir müssen die Passatwinde nutzen.«

»Aye, Kapitän.« Der Norweger lief sofort zum Ruderführer, um ihm Anweisungen zu geben.

»Was hast du vor?«, fragte Liliana. »Können wir ihnen entkommen?«

Jack blies Luft durch die Nase. »Wir könnten, aber ich habe keineswegs vor zu fliehen. Dennoch, gegen zwei bewaffnete Schiffe brauchen wir einen taktischen Vorteil«, erklärte er. »Die *Nemesis* ist als Fregatte schneller und wendiger als Pelts Pinasschiff. Wenn wir uns Wind und Strömung zunutze machen, können wir die Angreifer noch sicher umrunden, haben ebenfalls mehr Zeit, uns auf einen Angriff vorzubereiten und beizeiten die Luvstellung einzunehmen.« Er sah sie an, sein Gesicht wirkte wächsern. »Es tut mir leid, nun wird dein Sommer auf dem Meer ein weiteres Mal unschön werden. Die holen uns frühestens in ein paar Stunden ein. Du gehst dann bitte mit Effie und Grace unter Deck.« Mit diesen Worten drehte er sich zu der Mannschaft und legte die Hände an den Mund. »Jede freie Hand an die Kanonen!«, brüllte er. »Bereit machen zum Gefecht!«

Liliana zögerte, seiner Aufforderung nachzukommen. In der Kombüse zu sitzen und nicht mitzubekommen, was geschah, war das Letzte, worauf sie Lust hatte. Dabei würde sie sich erneut wehrlos und abhängig fühlen.

»Darf ich auch hinunter zu Kweku?«, fragte sie vorsichtig. Sie mochte den immer gut gelaunten Schwarzafrikaner. »Ich könnte vielleicht helfen.«

Jacks Miene verhärtete sich. »Da unten wird es brandgefährlich. Wenn die Handgriffe nicht sitzen, kann eine Kanone für den, der sie feuert, ähnlich tödlich sein wie für den Beschossenen. Der Teer am Rumpf fängt ebenfalls leicht Feuer.«

»Ich überlasse das Schießen selbstverständlich den Fachleuten. Ich will nur helfen, alles vorzubereiten, solange die Angreifer noch entfernt sind, und habe nicht vor, das Schiff in Brand zu setzen. Ich könnte ihnen das Pulver holen und es portionieren. Lass mich etwas tun, bitte! Weg vom Schiff kann ich ohnehin nicht und du hast immerhin ein paar Jungs unter deinen Matrosen, die weit jünger sind als ich.«

Jack sah sie kurz an, atmete tief durch und nickte. »Gut, wir können gewiss jede Hand gebrauchen. Aber befolge Kwekus Anweisungen und bleibe nur so lange, wie du nicht im Weg bist.«

Liliana nickte erfreut und rannte ein Deck tiefer zu den Kanonen.

Noch immer flößte ihr der Anblick der riesigen, aus Metall gegossenen Geschosse auf den hölzernen Radlafetten Respekt ein. Ein Tau breiter als ihr Oberarm lief hinter den Kanonen entlang und verhinderte wohl, dass sie beim Rückstoß – oder starkem Seegang – zu sehr nach hinten rollten.

Kweku und einige andere Matrosen begannen bereits, die Kanonen mit Vollkugeln zu laden.

»Ich soll Ihnen helfen«, erklärte Liliana, als sie den fragenden Blick sah. »Teilen Sie mich ein, wo es passt. Als Pulverjunge oder was auch immer.«

Kweku lachte, doch auch ihm war der Ernst der Lage anzusehen. »Schön, Miss, Sie waren zwar bei den Übungen nicht dabei, aber Pulverholen wäre eine leichte Aufgabe für den Anfang. Danke.« Er winkte einen Leichtmatrosen zu sich. »Hey, Hank! Zeig der Dame, was sie zu tun hat.«

Der junge Mann nickte und zog seine Mütze vor ihr. »Kommen Sie, Miss.« Er führte sie zum Pulverraum. »Wichtig ist, dass die Pulverboxen hinter den Kanonen stets gefüllt sind und immer mindestens zwei feuerfertige Kartuschenbeutel bereitliegen. Ich erkläre Ihnen, wie das geht, ist kein Hexenwerk, und Zeit genug haben wir zum Glück noch. Im Gefecht zählt dann jede Sekunde, da müssen wir rennen.« Er zeigte Liliana, wie die Leinenbeutel gefüllt und verschlossen wurden. »Hier muss alles trocken bleiben, sonst zündet es nicht.

Daher ist der Pulverraum so weit weg. Ebenso wichtig ist aber auch, verschüttetes Pulver im Batteriedeck sofort mit Wasser zu übergießen«, fügte er hinzu. »Ein einziger Funken kann alles in Brand setzen. Feuer an Bord ist unser größter Feind bei einem Gefecht ... neben zu viel Wasser im Rumpf.« Er zwinkerte.

Liliana nickte und versuchte, nicht an ein Sinken zu denken und sich stattdessen auf die Arbeit zu konzentrieren. Der scharfe Geruch des Pulvers brannte in ihrer Nase. Ihr Herz klopfte wild in ihrem Brustkorb, gleichzeitig spürte sie auch den Reiz dieser Aufregung in sich, einmal selbst ein echtes Feuergefecht zu erleben, von denen sie so viel in Büchern gelesen hatte. Dieser Gedanke besiegte ein wenig ihre Angst.

Die Stunden vergingen schneller als erhofft. Zusammen mit einigen Matrosen füllte sie die Pulverboxen auf und packte die Kartuschen.

Ein Pfiff ertönte, und Hektik kam auf unter den Seeleuten.

»Bereit machen zum Feuern!«, brüllte Kweku, und die Matrosen rannten zu ihren Stationen. Alles wirkte so gut eingespielt, als machte die Besatzung dies täglich.

Ein Donnern ertönte. Weit entfernt. Ein Gewitter? Oder schossen die befeindeten Schiffe bereits auf sie? Was, wenn eine Kugel traf? Welche Entfernung konnten diese zurücklegen?

Kweku pfiff erneut, und die Kanonen der Backbordseite wurden nach vorn gerollt.

»Feuer!«

Die Männer entzündeten die Lunten.

Liliana schluckte und steckte sich die Finger in die Ohren. Mehrere ohrenbetäubende Explosionen ertönten, die Kanonen knallten mit einer ungeahnten Wucht zurück gegen die Radlafetten und das Seil. Der Holzboden vibrierte. Das Schiff schwankte jedoch weit weniger als befürchtet, was gewiss an der Möglichkeit des Zurückrollens der Kanonen lag. Es roch nach Schwefel, und überall stieg Qualm auf, der in den Augen brannte. Liliana stand starr vor Schreck mit offenem Mund da und wagte kaum zu atmen. Mit einer derartigen Kraft hatte sie nicht gerechnet. Als sie schließlich tief Luft holte, überkam sie ein Hustenreiz.

Neben ihr stürzten einige Jungs los, neues Pulver zu holen, und Liliana riss sich aus ihrer Erstarrung.

Nun hieß es, zu reagieren und nicht weiter Schwäche zu zeigen!

Sie versuchte, ihre Aufgabe so gut und schnell wie möglich zu machen. Es lenkte sie von der nun doch aufflammenden Angst ab.

Weitere Schüsse folgten. Zwischendurch versuchte Liliana, durch die Öffnungen zu schauen. Wenn sie nur durch diesen ganzen Qualm erkennen konnte, was da draußen vor sich ging. Doch sie stand zu weit weg, näher an die Kanonen traute sie sich nicht heran.

Kweku bemerkte das. »Kai, du gehst mit Liliana auf das Achterdeck zu den Karronaden und zeigst ihr, wie man diese handhabt«, befahl er. »Die sind weniger laut und kommen auch erst zum Einsatz, wenn wir näher am Feind sind.« Er nickte Liliana zu. »Da bekommen Sie auch mehr mit, Miss Preston.«

Sie lächelte dankbar.

Kai nickte. »Aye.«

»Wieso stehen die oben?«, fragte Liliana, als sie dem Zimmermann folgte.

»Karronaden sind leichter«, erklärte er. Seine sonst so gelassene Mimik wirkte angespannt und konzentriert. »Selbst die 68-Pfünder wiegen weniger als die Monster hier. Daher machen die beim Schuss nichts kaputt da oben. Durch ihr kürzeres Mündungsrohr sind ihre Geschosse aber weniger genau und auch langsamer. Haben aber eine größere Wirkung bei Treffern. Sie zerschmettern das Holz regelrecht und die Gegner werden schneller handlungsunfähig.«

Auf Deck sah sie ihren Vater mitten im Geschehen. Schiff und Mannschaft schienen wie ausgewechselt. Jeder parierte und kannte seine Handgriffe selbst in der Hektik eines Gefechts. Als wären die Matrosen durch trainierte Soldaten ausgewechselt worden.

Liliana überlegte, wie oft sie wohl für eine solche Situation probten. Sicher häufiger, als sie mitbekommen hatte. Sie klammerte sich an dem Holzpfahl fest. Der Wind blies ihr den brennenden Qualm in die Augen.

»Verdammt, die *Bloody Sue* versucht, uns zu umrunden«, hörte sie Kai neben sich fluchen. Er hielt sich an dem Geländer fest und betrachtete die feindlichen Schiffe. Für Liliana war alles im Nebel versunken. Die einzelnen Schüsse flammten wie Feuerbälle durch den Qualm. Die Schiffe wurden zusätzlich von hohen Wellen getroffen, sodass sich alles noch mehr bewegte als zuvor. Liliana musste sich an der Reling festhalten, um nicht zu stürzen.

»Könnte das nicht zu unserem Vorteil sein, wenn die auf jeder Seite auftauchen?« Sie hoffte, nicht allzu naiv zu klingen. »So könnten wir beide gleichzeitig beschießen. Immerhin hat die *Nemesis* genug Männer und auf beiden Seiten Kanonen.«

»Aber so auch zwei Breitseiten zum Treffen«, brummte Kai. »In deren Mitte sind wir auf dem Präsentierteller. Außerdem übernimmt die so Luvstellung, die bisher zu unserem Vorteil war. Ove bemüht sich schon durch Aufkreuzen, eins der Schiffe zumindest am Heck zu halten.« Er riss seinen Blick von der Schlacht los und winkte ihr zu. »Kommen Sie mit zum Achterdeck.«

Jack

»Da ist ein drittes Schiff«, brüllte Brian durch den donnernden Lärm der Kanonenschüsse. »Backbord.«

»Verdammt«, zischte Jack. »Noch einer wird eng. Ich wusste gar nicht, dass Pelt so viele Freunde hatte.«

»Das Gesindel hat sich gegen uns verbündet, wie es scheint«, brummte Ove und holte sein Fernrohr hervor. »Ich glaub's nicht!«, platzte er heraus.

»Was ist?«

»Das ist die *Alecto*.«

»Was?« Jack riss ihm das Fernrohr aus der Hand und schaute hindurch. Tatsächlich. Sein Blut kochte. Hatte der Mistkerl sich mal wieder kaufen lassen? Er wollte gerade seinem Kanonier befehlen, auf die Bark zu feuern, als er stutzte. Blitzende Lichtzeichen erschienen am Bug der *Alecto*, auf die *Nemesis* gerichtet.

Jack senkte das Fernrohr. »Finlay unterstützt uns.« Er glaubte selbst kaum seinen eigenen Worten. »Gebt ihm Feuerschutz!«

Auch die *Alecto* drehte sich mit der Breitseite zu den Angreifern und feuerte ihre Kanonen.

Jack ging zum Achterdeck. Er erkannte Liliana, die er längst in der Kajüte gewähnt hatte, und wollte sie verärgert unter Deck schicken, doch sie half Kai und den anderen derart routiniert, die Karronaden zu bestücken, dass er sich einen Kommentar verkniff. Zumindest hatte er sie im Blick. »Wie läuft es hier?«

Kai salutierte. »Die *Red Shark* ist manövrierunfähig geschossen, von ihr geht keine Gefahr mehr aus. Ruder futsch und ein mächtiges Leck. Deren Mannschaft ist gerade dabei, die Beiboote klarzumachen. Aber die *Alecto* mit ihren wenigen Kanonen hat es ebenfalls schwer erwischt«, erklärte er. »Kweku konzentriert sich auf die *Bloody Sue*, um Finlay zu entlasten.«

»Gut, Ove weiß Bescheid, und die Männer sind bereit zum Entern.«

Kweku kam schnellen Schrittes zu ihnen aufs Achterdeck. »Die *Bloody Sue* feuert ihre 32-Pfünder nicht.«

Jack schaute durch sein Fernrohr und grinste breit. »Ha! Alles dicht bei Kapitän Ferro, wie es scheint. Da hat seine Gier ihn mal wieder reingerissen. Wir drehen ihnen das Heck zu, dann gebt ihr denen alles mit den Karronaden, wir sind nahe genug! Versucht, den Mast zu erwischen.«

Liliana richtete sich an den Kanonier: »Was meint er damit?«

»Die *Bloody Sue* ist zu schwer beladen und liegt durch den geringeren Salzgehalt der Karibik tiefer im Wasser«, erklärte Kweku, während er durch Handzeichen den Matrosen Anweisungen gab, die Kanonen vorzurollen. »Er kann die Stückpforten im Unterdeck nicht öffnen, ohne zu riskieren abzusaufen.« Der Kanonier grinste breit und entblößte seine weißen Zähne. »Die *Nemesis* braucht keine Stückpforten, wir haben nur im höheren Freibord Kanonen. Das gibt uns einen gewaltigen Vorteil.«

Jack hob den Zeigefinger. »Sobald wir in Position sind, habt ihr zwei Schuss, dann drehen wir uns zurück zum Entern, verstanden?«

Kweku nickte. Er ließ einen lauten Pfiff für seine Männer ertönen. »Bereit. Ohren zuhalten!«

Liliana lehnte sich an den Mast und tat, wie ihr geheißen. Es krachte und die schweren Geschütze rollten durch den Rückstoß zurück.

Sofort hievten Kai und die anderen neue Kugeln in den noch heiß dampfenden Lauf für den zweiten Schuss.

Jack wartete etwas, bis der Qualm um sie herum vom Seewind fortgeweht wurde, und sah dann durch sein Fernrohr. »Treffer. Sehr gut, die Splitter haben sicher einige lahmgelegt an Bord. Noch einen auf den Fockmast und er fällt.«

Liliana half mit dem Pulver, und die Kanonen gingen erneut nach vorn. Die nächste Explosion folgte.

»Er wird nun alles daransetzen müssen, die *Nemesis* zu übernehmen«, rief Jack. »Aber beim Entern kann uns Finlay zumindest besser unterstützen, seine Bark ist zu schwerfällig und braucht zu lange zum Nachladen der Kanonen.« Das altbekannte Feuer peitschte durch seine Adern. »Brian: Haltet die Enterdreggen bereit! Kweku: Bewaffne jeden der Männer bis auf die Zähne! Meinetwegen auch die Katze! Liliana: Du gehst nun wirklich zu Effie und Grace in eure Kajüte! Jetzt wird es ernst.«

Liliana war sichtlich blass um die Nase geworden. Sie nickte und befolgte die Anweisung.

Effie atmete auf, als Liliana in die Kammer kam. »Kind, ich war krank vor Sorge!«

Liliana runzelte die Stirn, als wäre sie irritiert über diese Worte. »Ich habe nur bei den Kanonen geholfen.«

»*Nur?*«

»Nun wird es wirklich gefährlich. Ich habe Vater selten so ernst blicken gesehen. Sie wollen entern.«

Effie spürte, wie das Blut aus ihrem Gesicht wich. Sie hatte sich vor Antritt der Reise eingeredet, auf alles vorbereitet zu sein, was bereits die Entführung Lilianas Lügen strafte.

Doch dieses Gefecht setzte allem die Krone auf. Jeder Donnerhall der Kanonen ging ihr durch Mark und Bein.

»Keine Sorge«, beruhigte Grace sie. »Gefährlicher war tatsächlich die Kanonenschlacht. Im Schwertkampf ist die Mannschaft der *Nemesis* beinahe jedem überlegen.« Ihr Lächeln wirkte angespannt.

Ein Ruck erfasste das Schiff, sodass Effie beinahe das Gleichgewicht verlor. Sie sah aus dem kleinen Fenster, doch das zeigte leider zur falschen Seite. Nichts war zu erkennen.

»Sie ziehen das Piratenschiff mit den Enterdreggen heran«, erklärte Grace tonlos. »Wir hängen nun an der *Bloody Sue.*«

Alle drei Frauen saßen eng zusammengekauert auf dem Bett. Um sie herum lärmte das Kampfgeschrei und Säbelklirren. Bei jedem Pistolenschuss, der fiel, zuckte

Effie zusammen. Wie viele Kugeln trafen ihr Ziel? Wie viele Menschen würden heute sterben oder waren bereits tot?

Selbst Grace wirkte unter ihrer dunklen Hautfarbe blass. Effie konnte sich vorstellen, dass ihr als Afrikanerin nichts Gutes blühte, sollten die Piraten gewinnen.

Die Kabinentür wurde eingetreten, und fünf kräftige Seeleute in heller Leinenkleidung und mit Kopftuch stürzten herein. Effie schrie erschreckt auf. Alle waren ihr unbekannt, und auch Liliana, die Finlays Mannschaft kannte, riss panisch die Augen auf. Matrosen der feindlichen Schiffe also!

Effie kam nicht dazu, zu reagieren, die Männer packten Liliana, Grace und sie und zerrten die Frauen aus dem Raum. Ihr stockte das Blut in den Adern, zu tief saß ihr die Erinnerung an den letzten Angriff in den Knochen. Wie musste sich erst ihre Nichte fühlen?

Sie versuchte verzweifelt, sich aus dem festen Griff zu kämpfen, bis die Schläge gegen ihren Kopf sie resignieren ließen.

Die Männer brachten sie an Deck, auf dem noch ein wildes Schwertgefecht im Gang war. Einige Seemänner der *Nemesis* erkannten sie und griffen ihre Entführer ohne zu zögern an. Es kam zu einem Gerangel, in dem Effie hin und her geschubst wurde und nicht mehr erkennen konnte, wer zu wem gehörte. Das Klingen von Schwertern, vereinzelte Schüsse, Schreie und Rufe, der Geruch nach Schweiß, Pulver und Blut in der Luft ... Sie hob die Arme schützend vor ihr Gesicht und drängte sich nach vorn, wollte nur raus aus dem Tumult. Duckend lief sie sich von den Menschen und Stößen frei und hielt verzweifelt Ausschau nach Liliana. Wo war ihre Nichte?

Jemand packte ihren Oberarm und riss sie mit einem Ruck zu sich. Effie schrie vor Schreck auf, als der kalte Lauf einer Pistole an ihre Schläfe gepresst wurde.

»Zurück oder ich erschieße das Weibsbild!«, brüllte der Kerl in ihr Ohr. Effie erkannte einen leichten Akzent. Spanisch oder Portugiesisch? Sie konnte jedoch sein Gesicht nicht erkennen.

Jack trat vor ihr aus der Menge, sein Schwert in der Hand. »Lass sie los, du feiger Hund«, rief er, »und stelle dich mir zum Duell, Ferro!«

»Ich denke nicht daran!« Der Griff um ihren Oberkörper wurde fester. »Ihr alle werdet auf die *Bloody Sue* gehen und uns die *Nemesis* überlassen. Wenn wir weit genug entfernt sind, setze ich das Weib in einem Beiboot aus. Haben wir uns verstanden?« Der leicht kehlige Akzent mit den zischenden S-Lauten kam durch die Wut noch mehr zur Geltung.

Effie schluckte, doch sie traute sich nicht, auch nur einen Finger zu bewegen. Zu sehr schwankten die Wellen. Was, wenn der Kerl seine Waffe versehentlich abfeuerte?

Jack ging mit gezogenem Schwert langsam auf sie zu.

»Bleib stehen, Blackhound, du verfluchter Bastard!«, donnerte Ferro.

Der Kapitän der *Nemesis* beachtete ihn nicht und lief weiter. Langsam. Schritt für Schritt. Ohne einen Ton zu sagen. Die anderen Matrosen standen reglos um die Szene herum.

Ferro wurde zunehmend nervös. Effie spürte seine beschleunigte Atmung in ihrem Nacken und die leicht zitternden Hände. So unter Stress und in die Enge getrieben war dieser Mann sicher zu allem fähig. Er zerrte sie zu der Stelle der Reling, an der das Geländer durch Kanoneneinschlag zertrümmert war. Hitze stieg ihr in die Wangen. Was hatte er vor?

Jack blieb nicht stehen.

»Stopp, hab ich gesagt!«, brüllte Ferro sichtlich nervös, beinahe hysterisch. »Oder ich schleudere sie über Bord!«

Effies Körper bebte. Hier befand sich kein rettendes Geländer mehr. Sie konnte auf den bedrohlich wirkenden Meeresspiegel tief unter ihnen schauen. Der Mann machte Anstalten, die Waffe auf den sich weiter nähernden Kapitän zu richten. Sie schluckte. Nein, nicht das! Ferro würde abdrücken, davon war Effie überzeugt, und Jack, der sture Bock, würde sicher nicht ausweichen. Sie musste etwas tun, koste es, was es wolle.

Sobald sie wahrnahm, dass die Pistole nicht mehr auf ihre Schläfe, sondern in Richtung Jack zeigte, ergriff sie ihre Chance. Sie holte mit dem freien Arm aus und schlug ihrem Peiniger den Ellenbogen mit aller Kraft in den Unterleib. Er stöhnte auf, und sein Griff lockerte sich vor Überraschung, die Waffe fiel polternd auf den Holzboden, inmitten der zertrümmerten Planken. Effie wand sich drehend aus dem Arm und stieß ihn vor die Brust, dass er in Richtung des beschädigten Geländers schwankte.

In diesem Moment traf eine Welle die beiden Schiffe, der Rumpf der *Bloody Sue* stieß mit Schwung gegen die Breitseite der *Nemesis*, dass es krachte.

Effies Angreifer verlor die Balance, er wedelte mit den Armen in der Luft, als das Schiff sich backbord neigte. Ferro taumelte und griff haltsuchend nach dem Band ihres Kleides. Sie spürte ein Reißen um den Bauch, wurde herumgerissen, ihr Rücken schlug gegen gesplittertes Holz, das krachend nachgab. Das Gewicht des Mannes zog sie nach hinten. Effie schrie vor Schreck auf, der Himmel über ihr drehte sich, und sie verlor den Boden unter den Füßen. Wind umhüllte ihren gesamten Körper. Die sichere Reling verschwand vor ihren Augen. Sie fiel.

»Ma... Frau über Bord!«, hörte sie es noch brüllen, als sie auf das eiskalte Salzwasser auftraf.

Wellen barsten über ihr, alles wirbelte herum, und sie verlor die Orientierung. Eisige Kälte verschlang sie wie ein hungriger Hai. Alle Kampfgeräusche versiegten, und eine unheimliche Stille trat ein. Ihre Lungen schrien verzweifelt nach Luft. Effie wusste nicht mehr, wo oben oder unten war. Sie versuchte panisch, Arme und Beine im Wasser zu bewegen, doch das schwere Kleid behinderte sie, und der wirbelnde Seegang am Schiffsrumpf riss sie weiter in die Finsternis. Alles wurde schwarz, der Druck auf ihren Lungen war unerträglich. Sie wusste, wenn sie versuchte, Luft zu holen, würde sie ertrinken ... doch der Instinkt drohte, sie zu übermannen. Fand sie nun ihr Ende in den Tiefen des Meeres?

Lilianas Bild erschien vor ihren brennenden Augen ... ihr kleines Mädchen! Mittlerweile so erwachsen. Würde sie es ohne sie schaffen? Ja, Jack passte nun auf seine Tochter auf, sie konnte unbeschwert loslassen, dem Druck nachgeben, den Schmerz beenden. Die Kälte ließ ihren Körper taub werden ... Schwärze umgab sie, bis sie nichts mehr spürte.

Etwas riss an ihr. Panik vertrieb die Gleichgültigkeit. Ein Hai? Nein, lass mich schmerzlos sterben, bitte. Erneutes Ziehen, ein Arm griff unter ihre Achsel, ein Mensch! Es wurde heller. Effie mobilisierte ihre letzten Kraftreserven und half mit Arm- und Beinbewegungen, in Richtung des Lichts zu gelangen. Sie erkannte ein Schimmern, im nächsten Moment durchbrach ihr Kopf die Wasseroberfläche. Mit aller Kraft sog sie den rettenden Sauerstoff in die Lungen, der zusammen mit dem Salz in ihren Bronchien brannte. Sie rang keuchend und hustend nach Luft, bis schwarze Flecken vor ihren Augen tanzten.

Erst jetzt nahm sie wahr, wer es war, der sie schwer atmend im Arm und über Wasser hielt. Kapitän Clark!

Er hielt sie mit gekonntem Griff unter dem Kinn über den Wellen, während der andere Arm und die Beine sie mit ausladenden Schwimmbewegungen zum Rumpf der *Nemesis* zogen. Effie kannte keinen anderen Menschen, der sich derart geschickt über der Wasseroberfläche halten konnte. Effie bemühte sich, den Kopf nicht wieder in den Wellen versinken zu lassen, die unnachgiebig gegen ihr Gesicht schlugen, ihr das algige Salzwasser in den noch nach Luft ringenden, geöffneten Mund stießen und in den Augen brannten wie Feuer. Ihr Herz pumpte verzweifelt, dennoch vermochte es nicht, das Taubheitsgefühl der Kälte zu vertreiben. Sie hörte Finlays schwere Atmung und schämte sich, mit dem vollgesogenen, voluminösen Kleid eine solche Last für ihren Retter zu sein.

Jack erwartete sie halb im Wasser am unteren Teil der Treppe am Schiffsrumpf. Er hatte sich ein Seil um seinen Bauch gebunden, dessen anderes Ende die Männer an Bord hielten. Offenbar konnte er ebenso wenig schwimmen wie sie.

Sobald sie den Rumpf erreichten, ließ Finlay sie los und übergab sie in Jacks Arme. Effie klammerte sich zitternd an seinen Körper. Sie spürte Jacks warme Haut an ihren eiskalten Wangen, brachte außer einem Keuchen aber keinen Ton heraus.

Jack umgriff mit der einen Hand ihre Taille, mit der anderen das Tau. Effie setzte ihre Füße auf die Stufe, doch die Männer mussten sie beide mehr an dem Seil hochziehen, als dass sie kletterte. Selbst konnte sie sich gar nicht mehr festhalten, sie spürte ihre Finger nicht, genoss jedoch den starken, muskulösen Arm, der sie fest und sicher umschlang, während der schwarzweiße Rumpf des Schiffes an ihren Augen vorbeizog.

An Bord wurden sie sofort mit wärmenden Decken empfangen. Liliana stürzte schluchzend zu ihr, doch Effie war noch immer zu schwach, um sprechen zu können.

Auch Kapitän Clark wurde mit Decken empfangen. Sie warf ihm einen dankbaren Blick zu, unfähig zu sprechen. Finlay lächelte und nickte ihr verstehend zu.

Keiner kämpfte mehr, die letzten Angreifer schienen überwältigt und gefangen genommen.

Kapitän Ferro war wohl nicht wieder aufgetaucht und in den Tiefen des Meeres versunken. Dort, wo sie gerade herkam.

Wenig später lag Effie im neuen, trockenen Gewand und in Decken gehüllt in Jacks Kajüte im Bett. Er hielt sie dicht an sich gedrückt an seinem warmen Körper.

Effie schmiegte sich an ihn. Noch immer bekam sie keinen Laut über die Lippen.

»Danke«, sagte Jack.

Sie stutzte. »Wofür?« Immerhin war sie es, die dumm ins Meer gestürzt war.

»Dafür, dass du mir wahrscheinlich vorhin das Leben gerettet hast.« Er drückte sie an sich und küsste sie sanft auf den Kopf. »Deine Attacke gegen den Kerl war einzigartig!«

Effie verzog den Mund. »Ich Trottel bin dabei über Bord gefallen.«

»Weil der Dreckskerl dich genau im Wellengang mitgerissen hat, das hätte jedem von uns passieren können, auch dem erfahrensten Seebären.« Er schmiegte sein Gesicht in ihre vor Meerwasser triefenden Haare. »Ich hatte verdammte Angst um dich vorhin.«

Effie wurde warm ums Herz. Hieß das, sie war mehr für ihn als nur eine kurze Affäre? Konnte er es bloß nicht deutlicher ausdrücken?

»Mr Clark ist mir hinterhergesprungen?« Ihr kam es vor, als realisierte sie das erst jetzt.

»Ja, in der Tat, ohne zu zögern. Ein Hechtsprung von Deck, der aufgeblasener nicht hätte sein können. Das muss man dem Kerl lassen, wie man sich mit Frauen gut stellt, weiß er.« Erneut dieser Zynismus.

»Jack! Er hat mir das Leben gerettet!«

Jack atmete hörbar aus. »Natürlich. Verzeih mir … aber er konnte nur derart schnell handeln, weil er das seltene Privileg besaß, schwimmen gelernt zu haben in seiner Jugend. Ich konnte dir erst mit Seil folgen, wäre jedoch bereit gewesen, zu tauchen, wenn Finlay mir nicht zuvorgekommen wäre. Ein paar Schwimmzüge beherrsche ich, bin dabei aber nicht derart geschickt wie dieser Aufschneider.«

Effie stutzte innerlich. Hörte sie da eine leichte Eifersucht heraus? Sie hoffte es. »Ich danke dir sehr dafür. Ohne Seil wäre es Unvernunft gewesen.« Sie schmiegte sich an ihn. »Ich … ich empfinde sehr viel für dich. Mehr, als ich mir einzugestehen traue.« Nun war es heraus. Ihre Augen brannten nicht nur vom Meerwasser.

Jack drückte sie eng an sich. »Mir geht es ebenso«, flüsterte er ihr ins Ohr. »Und ja, selbstverständlich bin ich Finlay für diese Tat äußerst dankbar.« Er atmete tief durch und wirkte auf einmal deutlich erschöpft, als hätte dieses Zugeständnis seine letzten Kräfte gekostet. »Ich muss wieder an Deck. Nach den Verwundeten und auch Gefangenen sehen. Brauchst du noch irgendwas?«

»Nein, nur Wärme und Atemluft … und beizeiten Schwimmunterricht.« Sie lächelte schwach.

Er zwinkerte. »Das machen wir dann gemeinsam. Du brauchst dich nicht zu schämen. Mir ist in England keine einzige Frau bekannt, die sich ohne Hilfe über Wasser halten kann. Auch die meisten Seeleute lernen es nie.«

»Ein Glück für mich, dass Mr Clark zugegen war. Geh nun! Du bist der Kapitän und hängst noch an einem feindlichen Schiff. Ich fühle mich schuldig, wenn ich dich noch länger von deinen Pflichten abhalte.«

Jack nickte. »Ich schicke Liliana zu dir. Sie wartet sicher schon ungeduldig vor der Tür.«

Effie winkte ihm nach und fühlte sich unglaublich erleichtert. Als hätte das Meerwasser die Trübnis aus ihrem Herzen gespült.

Liliana

Nachdem ihre Tante eingeschlafen war, ging Liliana zurück auf Deck. Sie war viel zu überdreht von den Geschehnissen des Tages, um Ruhe zu finden.

Die Abenddämmerung trat bereits ein. Jack und Finlay hatten beide allerhand zu tun, die Lage zu überblicken. Das Aufnehmen der Schäden und Organisieren sowie Priorisieren der Reparaturen ließen keinen Raum zum Durchatmen.

Die *Red Shark* war nur noch ein Wrack, halb im Meer versunken. Ihre Besatzung driftete in Beibooten um die Szenerie, wohl in der stillen Hoffnung, von nachgiebigen Siegern an Bord geholt zu werden.

Die *Bloody Sue* hingegen hing an festen Tauen zwischen der *Nemesis* und der *Alecto*. Da beide Schiffe kleiner waren als die Fregatte, aber dennoch über ihrem Eingang lagen, wurden Strickleitern am seitlichen Rumpf hinuntergelassen.

Auf beiden Seiten hatte es mehrere Tote gegeben. Alan Miller, der Quartiermeister der *Alecto*, den Liliana persönlich kennenlernen durfte, befand sich unter den Gefallenen. Finlay schien das sehr hart zu treffen, auch wenn er sichtlich bemüht war, es zu überspielen.

Die Stimmung an Bord wirkte düster, die Mannschaft gereizt und angeschlagen. Sie alle hatten Kameraden und Freunde verloren.

Liliana, die nie zuvor in ihrem Leben eine menschliche Leiche zu Gesicht bekommen hatte, spürte ihren Magen rebellieren bei dem Anblick. Sie waren alle im Batteriedeck aufgereiht, Feinde wie Freunde. Hinter den Kanonen, wie ein Spalier der stummen Mahnung. Teilweise wiesen die Körper Schuss-, Schlag- oder Stichverletzungen auf, etliche hatten noch Holzsplitter vom Angriff in den Gliedmaßen stecken. Eingedeckt mit geronnenem Blut, dessen metallischer Geruch ihr in die Nase drang und sich mit dem säuerlichen Gestank beginnender Verwesung in der feuchten, stickigen Hitze des Decks vereinte. Es war ein Kabinett des Horrors.

Dennoch half sie tapfer, die Verstorbenen in Leinentücher einzuschlagen und diese zu vernähen. Mit Nadel und Garn konnte sie immerhin umgehen.

Tai, Grace und Dr. Benedict Hurley, der Schiffsarzt der *Alecto,* waren mit den Verwundeten im Lazarett beschäftigt, und die verbliebenen Seeleute hatten mit den nötigsten Reparaturen der Planken und Segel genug zu tun.

Liliana arbeitete pflichtbewusst die Reihe ab. Ihr traten jedes Mal die Tränen in die Augen, wenn sie in bekannte Gesichter sehen und deren Körper in den Leinensack hieven musste. Wie leblos das Starren der großen Pupillen war und wie blass bläulich die Hautfarbe. Einige wiesen bereits Totenflecke auf. Dabei hatte sie die Stimmen vieler von ihnen gekannt, ihr Lachen, ihre Marotten.

Sie zwang sich, nicht in die Gesichter zu schauen, sondern so zu tun, als wären es Puppen, und nähte stoisch weiter. Nicht nachdenken, es war unabänderlich.

Der Gedanke, dass ihre Tante Effie beinahe eine der Toten gewesen wäre, ließ sie frösteln.

»Sie machen das gut«, sagte Tai neben ihr. Sie hatte den ruhigen Vietnamesen gar nicht herantreten hören.

Liliana schluckte. »Danke.« Sie sah auf. Auch der Arzt wirkte erschöpft und überarbeitet, sein Gesicht eingefallen und die mandelförmigen Augen gerötet.

»Werden es noch mehr?«, fragte sie vorsichtig.

Tai schenkte ihr ein verkrampftes Lächeln, das wohl beruhigend wirken sollte. »Nein, wie es aussieht nicht. Der Rest wird sich hoffentlich bald wieder erholen.« Er sah sie ernst an und wies mit dem Kinn auf die leblosen Körper. »Den letzten Stich macht man für gewöhnlich durch die Nase.«

Liliana riss die Augen auf, ihr lief es bei der bloßen Vorstellung kalt den Rücken hinunter. »Was? Wieso denn das?«

»Um wirklich sicherzugehen, dass sie auch tot sind. Wird der Schmerz noch empfunden, setzt die Atmung ein.« Seine Stimme wurde leiser. »Aber das ist lediglich eine alte Tradition und nicht nötig. Ich habe jeden genau untersucht und erkläre sie erst für tot, wenn sie es auch wirklich sind. Diesbezüglich können Sie meiner Expertise vertrauen.«

Liliana zog die Schultern hoch und betrachtete den verschlossenen Leinensack vor sich. »Ich weiß auch nicht, ob ich so etwas könnte.«

»Wie gesagt, es ist nicht nötig. Leider.« Er atmete tief durch. »So viele haben wir lange nicht verloren. Ich hasse das.«

Sie sah den Arzt an. »Wissen Sie, wie es nun weitergeht, Dr. Nguyen?« Sie wollte ihren Vater in dem Stress nicht stören.

»Wir sind nicht allzu weit von den Kleinen Antillen entfernt«, erklärte der Schiffsarzt. »Dort legen wir vermutlich bei Guadeloupe an und reparieren die Schäden.«

»Und die feindlichen Schiffe?«

»Die werden wie gewohnt geplündert. Das kann uns womöglich sogar die Reparaturen begleichen.«

Wie gewohnt? Liliana legte die Stirn in Falten. »Was passiert mit den Gefangenen?«

Tai hob abwehrend die Arme. »Dazu befragen Sie am besten Ihren Vater, Miss. Darauf habe ich keinen Einfluss.«

Liliana verschloss den letzten Leichensack und stand auf. »Was geschieht nun mit ihnen?«

Der Blick des Arztes wurde trüb. »Sie werden im Meer bestattet.«

»Ohne den Segen eines Geistlichen?« Das klang fast unmöglich in ihren Ohren.

Tai schmunzelte. »Ich denke nicht, dass ein Pfaffe, der diese Männer und ihre Glaubensrichtungen kaum kannte, besser segnen könnte als ihre Kapitäne, unter denen sie seit Jahren dienten.«

Liliana runzelte die Stirn. Diese Art zu denken war neu für sie, aber es klang nicht allzu abwegig.

»Kann ich noch helfen?«, fragte sie und ließ die Art der Bestattung auf sich beruhen. Sie konnte sich tatsächlich ihren Vater nicht zusammen mit einem Geistlichen vorstellen.

»Heute nicht mehr, danke. Aber ich würde regelmäßig etwas Hilfe beim Wechseln der Verbände und Auftragen der Tinkturen benötigen, wenn es keine Umstände macht.«

»Natürlich, ich helfe gerne. Sagen Sie mir nur Bescheid.«

Tai nickte.

Jack

Jack richtete sich an den Quartiermeister. »Wie ist der Stand?«

Enriques sonst so glatte Stirn zeigte deutliche Sorgenfalten. »Wir haben im Großen und Ganzen verdammtes Glück gehabt. Die Rahen am vorderen Mast sind gebrochen und neben der kaputten Reling mussten wir einige Treffer am hinteren Rumpf einstecken. Kai und seine Jungs sind schon mit der Reparatur beschäftigt. Immerhin gab es weder ein größeres Leck noch einen Brand.«

»Und die *Alecto*?«

»Sieht weniger gut aus.« Der Spanier sog die Luft zwischen den Zähnen ein. »Ihr Besanmast ist hinüber und die Segel sind entweder in Fetzen oder abgebrannt. Sie wird wohl eine Weile treiben müssen, bis die Männer etwas Neues genäht haben. Ihre Reling und das erhöhte Achterdeck haben ebenfalls einiges abbekommen, aber ansonsten ist sie seetüchtig.«

»Na prima, eine weitere Verzögerung.« Jack schnaubte. »Gut, wir bleiben hier in ihrer Nähe, bis die *Alecto* sich wieder einigermaßen bewegen kann. Schick denen Vlad und ein paar Männer, die entbehrlich sind, um zu helfen. Sie sollen sich alles von den Piratenschiffen holen, was sie brauchen, auch deren Segeltücher. Je schneller die wieder was hissen können, desto besser.«

»Aye, Kapitän. Was machen wir mit den Gefangenen?«

»Die können sich erst einmal nützlich machen und unter Aufsicht mit anpacken. Da sieht man oft schon, wer was taugt und wer nicht. Den Rest schau ich mir später in Ruhe an.«

Er ging hinüber zu seinem Steuermann. »Wir warten, bis die *Alecto* wieder manövrierfähig ist, und nehmen dann Kurs auf Guadeloupe«, befahl er.

Ove murrte. »Du willst wirklich noch länger hier herumtreiben? Die Sturmzeit hat bereits begonnen.«

»Was bleibt uns anderes übrig? Wir können Finlay nicht allein ohne Segel und dazu beschädigt zurücklassen, und bis New York schaffen wir es in dem Zustand ohnehin nicht. Helfen wir ihnen, damit wir so schnell wie möglich auf Kurs kommen!«

»Aye, Kapitän.«

»Was meint er mit Sturmzeit?«, fragte Liliana sichtlich beunruhigt.

»Ab Juni und über den Sommer hinweg gibt es oft Stürme in dieser Gegend, sogenannte Hurrikane. Daher nehmen einige Schiffe um diese Zeit auch die nördliche Route oder segeln gar nicht über den Atlantik. Doch genau das verschafft mir in dem jetzt unabhängigen Amerika Handelsvorteile.«

»Was, wenn ein solcher Hurrikan kommt?«

»Dann kommt er, beeinflussen können wir das kaum.« Er legte ihr beruhigend die Hand auf die Schulter. »Kein Sorge. Die *Nemesis* hat schon vielen Stürmen standgehalten, das schaffen wir auch noch.«

»Und die *Alecto?* Was, wenn die abgetrieben werden?«

»Das ist dann Sache ihres Kapitäns.«

»Warum haben wir nicht diese Nordroute genommen?«, murmelte Liliana betreten. »Vielleicht hätte die *Bloody Sue* uns da nicht gefunden und es wäre auch zu keinem Kampf gekommen.«

»Dann wären wir aufgrund der Westwinde und des Golfstroms wahrscheinlich doppelt so lange unterwegs gewesen«, erklärte Jack barsch. »Oder vor lauter Aufkreuzen gar nicht vorangekommen.«

Liliana schaute betreten zu Boden.

Jack sah ihr blasses Gesicht und atmete tief durch. »Entschuldige, wenn ich mich im Ton vergriffen habe, du trägst natürlich keine Schuld an der Verzögerung. Ferro ist bestimmt nicht auf Verdacht losgefahren, die haben gewiss beobachtet, in welche Richtung wir segeln. Sie hätten uns daher so oder so gefunden. Auf einer anderen Route sicher noch schneller, da wir die Passatwinde nicht hätten nutzen können.« Er wies mit dem Kinn zum Heck. »Gehe nun in deine Kabine, und ruhe dich aus. Wir haben einiges an Arbeit vor uns in den nächsten Tagen, du musst morgen früh raus und uns helfen.«

Liliana nickte und lächelte wieder. »Jawohl, Kapitän.«

Liliana

Ein schellender Laut riss Liliana aus dem Schlaf. Was war das? Die Kabine war stockfinster. Der Lärm riss nicht ab. Die Schiffsglocke! Wurde die nicht nur bei einem drohenden Zusammenstoß derart geläutet?

Das Poltern Hunderter von Schritten erklang durch die Tür, und Stimmen wurden laut. Lilianas Herz raste. Sie richtete sich auf.

Gegenüber entzündete ihre Tante die kleine Öllampe. Das Licht warf einen unheimlichen Schatten auf ihr Gesicht und ließ es geisterhaft bleich erscheinen.

»Ein neuer Angriff?«, fragte Liliana erschreckt.

»Im Finsteren? Da fürchte ich eher, ein Sturm.«

Nun erkannte Liliana es ebenfalls, das Schiff schwankte gefährlich, stärker als üblich. Wind heulte durch jede Ritze. Sie riss die Augen auf. »Meinst du, es kommt einer dieser Hurrikane?«

Ein Klopfen an der Tür ließ sie herumfahren.

Effie sprang auf und öffnete, wenngleich sie nur ihr Nachthemd trug.

Kai stand im Flur. »Wir steuern auf einen üblen Sturm zu«, erklärte er den überraschten Frauen mit zu ernster Miene. »Ziehen Sie sich etwas Wetterfestes an, aber bleiben Sie in der Kabine, da sind Sie vorerst am sichersten. Falls wir das Schiff verlassen müssen, holen wir Sie.«

Mit diesen Worten schloss er die Tür wieder.

Liliana schnürte es die Kehle zu. So beschädigt, wie die beiden Schiffe waren, würden sie einem Sturm standhalten können? Was war mit der *Alecto?* Was, wenn sie außer Sicht geriet und manövrierunfähig aufs weite, schier endlose Meer hinausgeschwemmt werden würde? Bedeutete das ihr Ende und den Tod der Mannschaft?

Sie kauerte sich aufs Bett, zog die Beine an und versuchte, die Tränen zu unterdrücken.

Jack

Jack stürzte an Deck, er trug lediglich ein Hemd und die Kniehose, Jacke und Schuhe hinderten seiner Erfahrung nach bei Stürmen nur.

»Holt die Segel ein!«, brüllte er. »Spannt die Auffangnetze, und seht zu, dass alles gesichert ist.« Die Laternen erhellten das Deck nur notdürftig, doch die weißen Segeltücher, die bereits bedrohlich flappten, leuchteten hell genug.

Die Matrosen kletterten trotz des heftigen Windes gekonnt auf die Takelage und rafften die Segel.

Brian trat neben ihn, bei dem Seegang mussten sich beide am Geländer festhalten. »Ove hat das Ruder übernommen, wenn er es nicht schafft, dann keiner. Kweku steht daneben, falls es brenzlig wird und wir zu kentern drohen.«

»Sehr gut.« Jack sah stirnrunzelnd zum noch dunklen Himmel. Mit dem hellen Mond im Rücken war die bedrohliche graue Wand am Horizont bereits deutlich zu erkennen. »Ist da noch wer im Ausguck? Der soll machen, dass er runterkommt.«

Brian sah hinauf zum Krähennest und schnaubte. »Das ist Jonas. Der dumme Junge will sich immer etwas beweisen.« Er setzte die Pfeife an und blies durch. »Jonas!«, brüllte er. »Komm endlich da runter, du Idiot! Wir sehen den Mist jetzt auch von hier.«

Das Schiff schwankte bereits bedrohlich. Jack klammerte sich an der Reling fest und blickte hinüber zur *Alecto,* auf der ein ähnlicher Betrieb herrschte. Der

Wind blies stark in die noch gehissten Segel der *Neme-sis* und trieb diese voran.

Er drehte sich nach hinten. »Vergrößere den Abstand zur *Alecto*«, befahl er seinem Steuermann Ove, der nun selbst am Ruder stand, und dieser nickte.

Brian neben ihm runzelte die Stirn. »Bist du sicher? Wenn sie in dem Zustand abgetrieben wird, ist sie auf sich allein gestellt.«

Jack brummte. »Wir können in einem Sturm nicht in ihrer Nähe bleiben, dann drohen die uns zu rammen, und es kentern beide Schiffe. Das weiß Finlay genauso gut wie ich. Vergrößern wir den Abstand, solange wir noch etwas Segel zur Verfügung haben. Haltet, soweit noch möglich, mit Lichtsignalen Kontakt, auch über die Ausweichmanöver.« Er atmete tief durch. »Die schaffen es schon allein, wieder was zu nähen. Außerdem haben die noch Vlad bei sich sitzen.«

»Zumindest müssen die ihre Segel nicht mehr einholen«, scherzte Brian. »Das hat Ferro schon erledigt.«

Die Wellen schlugen bereits mannshoch, und starker Regen setzte ein. Die Fregatte wurde hin und her gestoßen.

»Wer nicht gebraucht wird, unter Deck!«, brüllte der Kapitän. Beide Männer waren innerhalb von Sekunden völlig durchnässt. »Luken dicht machen, Spritzwasser auffangen und die Ladung bewachen, dass da unten nichts herumrollt und uns umreißt. Du auch, Brian! Wirf ein Auge auf die Mannschaft. Halte sie beschäftigt, dass keiner der Jüngeren durchdreht.«

»Aye.« Brian nickte. »Du solltest besser ebenfalls runter, der Sturm hat uns fast erreicht.« Sie mussten sich bereits anschreien, um bei dem starken Wind gehört zu werden. Regen prasselte ihnen in Gesicht und Augen.

Jack schüttelte den Kopf. »Und Ove und Kweku den ganzen Spaß überlassen? Ich denke nicht.«

Brian nickte respektvoll und ging unter Deck.

Jack warf einen weiteren Blick aufs tobende Meer. Die leichtere *Alecto* schwankte ebenfalls bedrohlich in der Ferne, hielt sich aber tapfer.

Durch ihre Größe und den geringen Tiefgang war die *Nemesis* stärker gefährdet zu kentern. Nun würde es sich erneut zeigen, was sein Schiff aushalten konnte. Mit dieser Fregatte hatte er sich einen Lebenstraum erfüllt, auch wenn die Übernahme und Renovierung der ausrangierten *Black Hound* ihn damals finanziell beinahe ruiniert hatte. Doch das schneidige Mädchen holte das Geld schneller wieder rein, als er zu hoffen gewagt hatte. Sie ließ ihn niemals im Stich, und er würde es ebenfalls nicht tun.

Er klopfte mit der Hand auf die Reling. »Jetzt musst du dich trotz deiner Verletzungen beweisen, werte Dame, halte durch!«

Der Wind nahm zu, peitschte den Regen durch Haare und Kleidung, dass man kaum noch die Augen offen halten konnte. Meerwasser klatschte über die Reling. Je weiter die Dämmerung voranschritt, desto bedrohlicher wirkte die graue Wolkenmasse vor ihnen. Mittlerweile war der Mond verschwunden und der Himmel schwarz marmoriert. Mehr als den Wirbelsturm selbst fürchtete Jack die kleineren Tornados, die sich von solchen Hurrikanen oft abspalteten und durch ihre hohe Geschwindigkeit und geringere Größe weit heftigere Schäden anrichteten als der langsame Sturm.

Die Fregatte bäumte sich auf. Jack wurde vom Spritzwasser mitten ins Gesicht getroffen und verlor auf den rutschigen Planken den Halt. Im letzten Moment hielt er sich am Netz fest und zog sich an der Reling entlang zum überdachten Steuerrad.

Er trat zu seinen Männern. Ove hielt mit solcher Kraft dagegen, dass die Venen an seinem Hals hervorquollen. Kweku versuchte, durch das Fenster mit der kaum noch sichtbaren *Alecto* zu kommunizieren, die aber bald in der Finsternis verschwand.

Jack legte eine Hand auf seine Schulter. »Zwecklos bei dem Gewitter«, sagte er. »Die sind auf sich gestellt. Lösch die Lampe, und lass uns Ove helfen.« Er wrang so weit wie möglich das Wasser aus seinem Hemd und stellte sich mit dem Kanonier ans Ruder. Oves Muskeln waren bis aufs Äußerste gespannt. Verbissen klebten seine Fäuste an den Holzgriffen.

Eine neue Welle riss das Ruder herum. Ove brüllte auf. Jack packte mit an und stemmte seine Füße gegen den Boden. Froh, keine Schuhe zu tragen und so besseren Halt zu haben auf den Brettern. Kweku half ebenfalls. Zu dritt schafften sie es, dass sich die *Nemesis* in den Seegang drehte und nicht kenterte.

Nach langen, kräftezehrenden Minuten wurde es ruhig, und der Wind flachte ab.

»Das Auge des Sturms«, bemerkte Jack keuchend. Er konnte nicht sagen, ob er vom Schwitzen oder Regen so durchnässt war. Höchstwahrscheinlich beides. Er zog das Hemd aus, das unangenehm an seinem Körper klebte, seine Muskeln brannten wie Feuer. »Zeit zum Durchatmen.«

Ove nickte nur mit zusammengebissenen Zähnen, er schien ebenfalls am Rande seiner Kräfte.

Dann ging es erneut los. Jack ergriff das Ruder zusammen mit Kweku und dem Norweger. »Signalisiere mir nur, ob nach Steuer- oder Backbord. Das packen wir jetzt auch noch, wäre doch gelacht.«

»Aye«, keuchte Ove.

Liliana

Liliana und Effie saßen eng umschlungen auf dem Boden zwischen Schreibtisch und Bett, so verloren sie bei dem extremen Aufbäumen des Schiffes nicht den Halt. Nach einer Hoffnung verheißenden, aber zu kurzen Ruhe ging das Getöse erneut los. Liliana zitterte vor Angst und drückte ihr Gesicht tief in die Arme ihrer Tante. Der Wind pfiff durch jede Ritze, Donnern und das Quietschen des Holzes tönte in ihren Ohren. Hin und wieder ein Klirren und Krachen, als zerbarsten ganze Möbelstücke.

Kein menschlicher Laut war zu vernehmen.

Die *Nemesis* kam ihr wie ein lebloses, schwankendes Geisterschiff vor, mit unheimlichen, Furcht einflößenden Klängen. Geführt vom Klabautermann.

Liliana schluckte mit trockener Kehle. Was, wenn alle bereits über Bord geworfen wurden und sie beide die einzigen noch lebenden Menschen auf dem Schiff waren? Vielleicht zusammen mit Auma, die Katze verkroch sich bei Gefahr immer irgendwo.

Was, wenn eine Welle sie verschlang oder sie auf ein Riff aufschlugen? Vielleicht drang bereits derart viel Regen- und Meerwasser in den Rumpf, dass sie sanken?

Nein, nicht nachdenken! Einfach abschalten. Irgendwann würde auch dieser Sturm vorüber sein, und dann wären sie entweder auf dem Weg zu den Antillen … oder auf dem Grund des Meeres.

Nach einer gefühlten Ewigkeit kehrte eine plötzliche Ruhe ein, die ihr beinahe gespenstiger vorkam als der

Lärm zuvor. Lange Minuten saßen sie noch nebeneinander auf dem Boden, schweigend und eng aneinandergedrückt. Bis endlich die Sonnenstrahlen durch das Fenster schienen und die ersten Rufe an Deck zu hören waren. Menschliche Stimmen! Ein Stein fiel ihr vom Herzen.

Sie blickte auf und in Effies Gesicht. Ihre Tante nickte lächelnd.

Sie hatten es überstanden.

Liliana erhob sich mit zitternden Knien. Der Boden war fingerdick mit Wasser bedeckt, und es floss noch immer ein schmutziges Rinnsal unter der Tür hindurch, das kleine Wirbel bildete. Beim Öffnen erkannte sie, dass keine Gefahr bestand. Das Schiff war zum Glück nicht geflutet, und die kleinen Bächlein flossen bereits zu den unteren Decks ab.

Als beide aus der Kabine traten, kam ihnen ihr Vater entgegen. Er trug lediglich eine Hose, kein Hemd, war barfuß und triefte vor Nässe. Er wirkte erschöpft.

Effie sprang ihm entgegen. »Jack!« Sie flog in seine Arme. »Wie geht es dir?«

Jack drückte ihre Tante so dicht an seinen muskulösen, bloßen Oberkörper, dass Liliana beschämt zur Seite blickte.

»Alles gut«, sagte er. Es klang rau. »Wir haben es überstanden. Der Sturm ist weitergezogen.«

»Wurde das Schiff stark beschädigt?«

»Nein, wir haben nur etwas viel Wasser geschluckt, aber die Männer sind bereits an den Bilgepumpen zugange.«

»Was ist mit der *Alecto*?«, fragte Liliana zaghaft. Ihre Finger rangen miteinander.

Jack sah sie müde an. »Wir haben sie noch nicht ausmachen können am Horizont.«

Ein Frösteln durchfuhr sie wie ein eiskalter Schauer-
regen. »Was? Aber ...?«

»Ich bin mir sicher, Finlay hat das gemeistert, mach
dir keine Sorgen. Den Kerl wird man nicht so leicht los,
da braucht es weit mehr als einen Sturm. Die tauchen
gewiss bald wieder auf.« Er atmete tief durch. »Ich muss
mich nun ausruhen, Brian übernimmt an Deck.«

»Du siehst in der Tat zu Tode erschöpft aus.« Effie
hakte sich bei ihm ein. »Komm mit, ich kümmere mich
um dich.«

Die beiden gingen in Jacks Kajüte, und Liliana stand
allein in dem Gang und starrte auf die Bretterwand.

Die *Alecto* war nicht mehr zu sehen? Nach diesem
schrecklichen Sturm?

Wie konnte ihr Vater da so ruhig bleiben? Was, wenn
die Bark gekentert war, so beschädigt wie das Schiff
nach dem Angriff wirkte? Oder hinaus auf den weiten
Atlantik getrieben, ohne Segel? Vielleicht mit noch größeren Schäden als zuvor? Wie lange würden Wasser
und Nahrung ausreichen?

Würde sie Finlay womöglich niemals wiedersehen?

Basse-Terre, Guadeloupe

Juni 1785

Liliana stand wie jeden Tag seit dem Sturm an der Re-
ling und suchte den Horizont ab. Sie hatte die letzten
Tage kaum etwas essen können und noch weniger
Schlaf gefunden. Ihre Augen brannten bereits von der
Sonne, die sich auf dem Meer spiegelte. Wahrschein-
lich verlor sie so auf Dauer ihr Augenlicht, aber das war
ihr gleich. Vorher würde sie wohl noch ihre Lippen und
Fingernägel abgekaut haben.

Erneut stiegen Tränen in ihre Augen. Was, wenn die
Alecto für immer vermisst bleiben würde? Mit nur zwei

Masten und kaum Segeln? Wie ging es der Mannschaft, hatten sie den Sturm überlebt?

Ezekiel, Duncan, Mr Brown ... Vlad! Würde sie diese Männer nie wiedersehen? Trieben sie einsam im Atlantik, vielleicht ohne ausreichend Wasser an Bord? Würden sie in der tropischen Sommerhitze elendig verdursten? Besonders Duncan war noch viel zu jung zum Sterben ... und zu klug. Ihr Magen wurde zu einem harten Klumpen bei diesen Gedanken.

Wie erging es wohl Finlay? Auch wenn sie sich um alle sorgte, bekam Liliana besonders das Bild des jungen Kapitäns nicht mehr aus ihrem Gedächtnis gestrichen. Wie sie zusammen an der Reling gelehnt und er aus den Augenwinkeln zu ihr geschaut hatte. Sein beinahe freches, jungenhaftes Grinsen, als er sie fragte, ob jemand zu Hause auf sie wartete. Die dunklen Augen unter den blonden Haarsträhnen, seine feinen Gesichtszüge und doch so muskulösen Arme ... Liliana zog es den Brustkorb zusammen. Würde sie ihn je wiedersehen?

»Land in Sicht!«, rief der Ausguck herunter.

Lilianas Herz machte einen Sprung, sank aber gleich darauf erneut in die Tiefe, als sie realisierte, dass der Matrose *Land* und nicht *Schiff* gerufen hatte.

Sie ging zum Bug und erkannte den dunklen Streifen der Antillen am Horizont. Nun kam doch eine Erleichterung in ihr auf, sie war noch nie so froh gewesen, Land zu sehen.

Wenn doch nur ...

»Schiff in Sicht! Achtern!«, rief Jonas erneut von oben.

Sie horchte auf. War das ...? Nein, sicher eins der etlichen Handelsschiffe, die auf die Karibik zusteuerten. Aber hatte ihr Vater nicht gesagt, dass um diese Jahreszeit nicht mehr so viele Schiffe hierher unterwegs waren?

Sie rannte, soweit es die Schräglage zuließ, die Reling entlang nach hinten zum Heck. Ihr Puls raste, und sie wäre beinahe gestürzt bei dem Seegang.

Am hinteren Geländer kniff sie die Augen zusammen, doch sie konnte nichts erkennen.

»Wenn du dich noch weiter vorlehnst, fällst du bei der nächsten Welle über Bord«, hörte sie ihren Vater neben sich sagen. »Ich springe sicher nicht für dich ins Wasser.«

Sie fuhr herum und vermochte nur, ihn mit klopfendem Herzen anzustarren.

Jack reichte ihr ein Fernrohr. »Hier, nimm das. Aber niemals direkt in die Sonne sehen, sonst erblindest du!«

Liliana nickte. Sie hatte bisher noch nie durch solch ein Gerät geschaut und war fasziniert, wie nah alles wirkte. Es dauerte eine Weile, bis sie den Horizont fand. Da, Segel! Zwei sichtbare Masten ... blau gestrichener Rumpf ... die englische Flagge ...

Sie sah ihren Vater fragend an.

»Lass mich mal.« Er nahm das Fernrohr entgegen und schaute hindurch. Kurz darauf senkte er es, blickte sie an und nickte. »Die *Alecto*.« Seine Stimme klang erleichtert.

Liliana stieß einen Freudenschrei aus und fiel ihrem Vater um den Hals. Der lachte auf. »Ich freue mich mit dir, endlich meinen Segelmacher wieder an Bord haben zu können. Wie man erkennen kann, hat Vlad beste Arbeit geleistet.«

Liliana sagte besser nichts dazu.

Die beiden Schiffe steuerten gemeinsam das französische Guadeloupe an.

Dank der hölzernen Stege, die weit in das Meer ragten, konnten die Schiffe direkt am Hafen von Basse-Terre anlegen, sodass sie kein Beiboot brauchten. Selbst die Matrosen schienen es kaum erwarten zu können, endlich von Bord zu kommen. Die beiden Kapitäne organisierten mit ihren Bootsmännern die nötigen Reparaturen, während Enrique sich mit Kai um den Verkauf der Enterwaren kümmerte. Französisch sprachen glücklicherweise beinahe alle der führenden Besatzungsmitglieder, und auch Liliana hatte Gelegenheit, die Sprache, die ihr von den Lehrern eingetrichtert worden war, endlich einmal anzuwenden. Der starke Akzent bereitete ihr jedoch Probleme, und sie war ausnahmsweise einmal froh, dass sie als Frau ohnehin nicht viel zu sagen hatte.

Liliana bestaunte die Festung und das Fort, das auf dieser Südseeinsel errichtet worden war. Auch wenn sie von den Kämpfen zwischen England und Frankreich um die Antillen gehört hatte, wirkten diese europäischen Bauten in dem karibischen Paradies fehl am Platze. Ihr war es unangenehm, dass sich ihre Landsleute überall auf der Welt derart ausbreiteten und den Einheimischen ihre Kultur und Architektur aufzwangen. Warum ließen sie der Inselgruppe nicht ihr eigenes Flair? Musste es unbedingt überall europäisch aussehen?

Trotz allem genoss sie den Boden unter ihren Füßen sowie die fremden Menschen und Gebäude nach der langen Zeit, die sie nur von Wasser umgeben gewesen waren.

Am Abend trafen sich einige Mitglieder beider Mannschaften in einer Hafenbar.

Liliana war froh, dass es in dem hohen, großen Raum des Steinhauses trotz der vielen Menschen vergleichsweise angenehm kühl temperiert war. Die schwüle Hitze der Insel gab ihr das Gefühl, ununterbrochen mit Schweiß bedeckt zu sein, und selbst die Dauernutzung eines Fächers änderte dies kaum. Auch wurden sie in dem Raum von weniger Moskitos überfallen als draußen. Langsam sehnte sie sich nach dem sonnenarmen England zurück und schwor sich, nie wieder über trockene Luft oder Kälte zu jammern.

Sie saß mit ihrer Tante am Tisch der Kapitäne.

Besonders Mr Clark wirkte noch immer erschöpft und ausgezehrt von den Anstrengungen der letzten Tage. Die dunklen Ringe unter seinen Augen zeugten von etlichen schlaflosen Nächten. Trotz allem war Liliana unendlich erleichtert, den Kapitän am Leben und auch in ihrer Nähe zu wissen.

»Wie kam ich eigentlich zu der Ehre deiner Rettungsaktion?«, fragte ihr Vater ihn schließlich.

Finlay hob die Schultern. »Ich habe Ferro, Pelts Nachfolger, reden hören, dass sie dich nach alter Manier jagen und versenken wollten«, erklärte er, »und da bin ich hinterher.«

Jack runzelte die Stirn. »Warum?«

»Ich hatte gerade nichts Besseres zu tun.« Mr Clark wirkte sichtlich gereizt. »Meine Güte, frag doch nicht so dumm. Die wollten euch hinterhältig zu zweit versenken, sollte ich mit diesem Wissen meiner Wege ziehen?«

Jack lehnte sich zurück und hob die Arme. »Schon gut. Ich danke dir. Ohne deine Hilfe hätten wir uns eine noch blutigere Nase geholt. Damit hast du einige deiner Flecken wieder rauswaschen können bei mir.« Er hob den Zeigefinger. »Aber nicht alle, bilde dir da nicht zu viel ein.«

Clark schnaubte. »Lass und nicht streiten, in Ordnung? Lass uns einfach den Abend genießen und unseren Männern Ruhe und Erholung gönnen. Die haben es allesamt verdient. Geh mir einfach aus dem Weg, wenn du dich diesbezüglich nicht zurückhalten kannst.« Mit diesen Worten stand er auf, nahm seinen Becher und ging zu einem anderen Tisch.

Liliana funkelte ihren Vater zornig an, doch dessen Augen hingen noch an Finlay, während er sich nachdenklich über das Kinn rieb. Erst einige Augenblicke später trafen sich ihre Blicke. »Was?«, fragte er barsch.

»War das ein *Danke?* Er hat die lange Strecke auf sich genommen, sein Schiff und Leben riskiert für uns und einen guten Freund verloren. Außerdem hat er Tante Effie das Leben gerettet! Zählt das denn gar nichts für dich?« Sie war so unendlich wütend, dass diese abfälligen Worte ihres Vaters den attraktiven Kapitän von ihrem Tisch verscheucht hatten.

Jack hob zornig die Oberlippe. »Ich zahle ihm die Reparaturen an der *Alecto*, da kann er sich kaum beschweren. Ich habe ihn nicht um Hilfe gebeten, er tat es von sich aus. Dafür küsse ich ihm gewiss nicht die Stiefel.« Er schnaubte und blickte auf den Becher vor sich. »Leben zurückzugeben steht leider nicht in meiner Macht.«

Liliana bemerkte, dass auch ihn die Verluste nicht kaltließen. Sie rückte näher zu ihm. »Es tut mir leid. Du hast alles getan, um sie zu schützen. Du bist ein großartiger Kapitän.« Sie lehnte ihren Kopf an seine Schulter.

Jack legte den Arm um sie und drückte sie stumm an sich.

»Du bist nur solch ein fürchterlich sturer Bock manchmal«, fügte sie flüsternd hinzu.

Finlay

Basse-Terre, Guadeloupe

Juli 1785

Finlay begutachtete die Lage an der Werft. Die Reparaturen liefen dank der großen Kapazität an Arbeitern auf der Insel schneller ab als erwartet. Die *Alecto* strahlte nach nicht einmal zwei Wochen schon beinahe wieder im alten Glanz. Er wollte die Insel zügig verlassen, es gab wohl einige Unruhen auf den Plantagen. Die Versorgung mit günstigem Getreide aus dem neuen Amerika versiegte bereits während des Unabhängigkeitskrieges und führte zu einer erheblichen Nahrungsknappheit in der gesamten Karibik. Auch wenn ihre Bezahlung den Arbeitern hier etwas half, wollte er der Insel nicht mehr zur Last fallen als nötig. Auch fürchtete er neue Konflikte zwischen England und Frankreich.

Zufrieden über die Ergebnisse der Reparaturen machte er sich auf dem Weg in die Schänke. Ja, es war die richtige Entscheidung gewesen, trotz allem. Wer wusste schon, ob die *Nemesis* da allein lebendig herausgekommen wäre. Und wenn, hätte es gewiss Elfredas Leben gekostet und womöglich Lilianas ebenfalls. Es ärgerte ihn nur, dass Jack in seiner unsäglichen Arroganz die Ansicht vertrat, er wäre ihnen nur nachgefahren, um sich mit ihm gut zu stellen oder bei ihm anzubiedern. Wie damals ...

Finlay schüttelte den Gedanken ab. Als ob er das heute noch nötig hätte!

Er presste die Lippen zusammen. Nein, er half schlichtweg, weil er helfen wollte. Für Liliana. Weil er eben doch ein guter Kerl war, auch wenn Jack es nicht wahrhaben wollte.

Vor der Schänke warteten einige sehr attraktive, kreolisch aussehende Mädchen auf die Seemänner.

Eine Schönheit in einem leuchtend orangefarbenen Rüschenkleid trat mit einem Lächeln, das strahlend weiße Zähne unter der braunen Haut zeigte, auf ihn zu. Mit einem betörenden Augenaufschlag umschlang sie seinen Arm.

Finlay löste ihre Hand höflich, aber bestimmt von seinem Ärmel und schüttelte den Kopf. »Kein Interesse«, sagte er auf Französisch. »Suche dir einen anderen, in Ordnung?«

Die junge Frau runzelte verwundert die Stirn und zog einen Schmollmund. Dass ein Seemann nach langer Fahrt eine solche Gelegenheit in den Wind stieß, kam gewiss nicht häufig vor. Das Mädchen hatte jedoch kurz darauf bereits das nächste Opfer erspäht, dem sie die Heuer aus der Tasche ziehen konnte, und wanderte von dannen.

Finlay seufzte in sich hinein. Die Damen waren durchaus attraktiv, aber solange Liliana in seinem Kopf herumspukte, stand ihm nicht der Sinn nach einem kurzen Abenteuer. Keine dieser Schönheiten könnte ihr je das Wasser reichen.

Als er die Gaststätte betrat, war er froh, keines dieser Mädchen im Arm zu haben. Jacks Tochter saß mit der Köchin Grace und dem Spanier Enrique an einem der Tische. Er überlegte kurz, sich zu ihnen zu setzen, entschied sich aber doch dagegen. Es würde vor der Mannschaft der *Nemesis* nur zu Gerede führen, das er weiß Gott nicht auch noch gebrauchen konnte. Schweren

Herzens nahm er an einem der hinteren Tische Platz. Bald gesellten sich Ezekiel und Benedict zu ihm.

»Wie geht es den Verletzten?«, fragte Finlay seinen noch recht jungen Schiffsarzt. Er hatte Benedict Hurley in einem Pub kennengelernt, in dem der frischgebackene Arzt mit seinen Studienkollegen den Abschluss feierte. Noch an diesem Abend beschloss Ben, seinen ersten Dienst auf der *Alecto* zu beginnen.

Er hatte sich schnell eingelebt an Bord, wenngleich die Männer stets scherzten, dass die Unmengen an Büchern und Geräten in der Kammer des Arztes das Schiff noch mal zum Sinken bringen würden. Lediglich Alan war diesbezüglich ähnlich gestrickt gewesen. Finlay presste die Lippen zusammen bei der Erinnerung an ihn. Nicht nur er, auch Ben hatte mit dem Quartiermeister einen guten Freund verloren.

Dr. Hurley nickte auf die Frage des Kapitäns und strich sich die hellbraunen Strähnen aus der Stirn. »Die sind alle wieder auf dem Damm, aber das war nicht allein mein Verdienst.«

Finlay hob fragend die Brauen.

»Dieser Tai«, erklärte er. »Der asiatische Kollege auf der *Nemesis*, der ist wirklich ein Meister seines Fachs. Ich habe eine Menge dazugelernt in den letzten Tagen.« Die Mimik seines schmalen Gesichts zeigte deutliche Bewunderung.

Ezekiel runzelte die Stirn. »Sagen Sie jetzt nicht, dass die Schlitzaugen mehr über Medizin wüssten als wir Engländer, Dr. Hurley!«

Der Arzt schnalzte abfällig. »Wir Engländer sind höchstens in Sachen Arroganz und Überheblichkeit führend. In der Medizin ist man in anderen Ländern längst weiter.« Wütend verengte er seine graublauen Augen. »Denken Sie doch nur daran, wie lange die königliche Marine schon die Zitrusfrüchte und das Sauerkraut gegen Skorbut blockiert, weil dies angeblich zu teuer sei. Obwohl die Wirkung dieser säurehaltigen Speisen bereits seit der Studie des schottischen Arztes James Lind vor beinahe vier Jahrzehnten bekannt ist. Derselbe fand im Übrigen auch heraus, dass man durch Verdampfen aus Meerwasser Trinkwasser herstellen kann. Und wurde dies bisher umgesetzt auf den Schiffen? Nein. Geld und Eroberungen zählen unter der Krone mehr als Menschenleben, wie es scheint.«

Ezekiel schüttelte brummend den Kopf. »Auch Lind war ein Brite.«

Ben hob den Zeigefinger. »Ein Niederländer erfand das Mikroskop, Mr Braden, und Chinesen haben das Schießpulver vor uns entdeckt, ich wäre da vorsichtig mit Ihren Behauptungen. Forschung sollte keine Ländergrenzen kennen. Wie dem auch sei«, er wendete sich wieder Finlay zu, »nicht nur die enorme Sammlung von Pflanzen und Tinkturen des Kollegen Nguyen faszinieren mich, sondern auch, was die Methoden seiner Praxis betrifft.« Der Blick des jungen Arztes wurde schwärmend. »Er erklärte mir, wie man Wunden säubern muss und die Wichtigkeit vom Händewaschen, bevor man zu dem nächsten Patienten geht. Es gibt auch in Europa einige Akademiker, die diese Ansicht vertreten, aber der alte Mythos, das Waschen mit Wasser und Seife würde Cholera begünstigen, hält sich leider stoisch, selbst bei Akademikern. Auch dass Waschen nicht nötig sei und Erkrankungen in Gottes Hand lägen. Doch seit ich selbst durch ein Mikroskop gesehen habe, weiß ich, dass es Dinge gibt, die das menschliche Auge nicht erfassen kann. Der Erfolg gibt dem Mann recht. Und ich werde nicht den Fehler einiger meiner Mentoren begehen und alles, was ich noch nicht verstehe, ohne Versuch von der Hand weisen.«

Finlay schmunzelte über den Enthusiasmus. »Solange du nicht anfängst, mit uns zu experimentieren, begrüße ich diese Einstellung, Ben.« Es freute ihn zu sehen, wie der Mann wieder aufblühte und Alans Tod endlich zu verarbeiten schien.

Die Rettung aller Verletzten durch Dr. Nguyen und ihn trug gewiss dazu bei. Überhaupt hob die Stimmung der Mannschaft sich sichtlich über die letzten Tage. Die karibische Sonne mit ihren schönen Frauen ließ Stress und Trauer verblassen.

Apropos schöne Frauen ... Finlay konnte es nicht lassen, Liliana am Nebentisch aus den Augenwinkeln zu beobachten. Auch sie wirkte ausgelassen und fröhlich. Lange nicht mehr so blass und erschöpft wie bei ihrer Ankunft nach dem Sturm.

Als Liliana sich später am Abend zum Gehen erhob, sah er seine Chance. Er stand auf, als wollte auch er gerade den Abend beenden.

»Sie sollten nicht allein zum Hafen spazieren«, hörte er Grace zu ihr sagen. »Es ist schon dunkel draußen und die Gegend nicht die sicherste.«

»Ich kann sie begleiten«, sagte Finlay schnell. »Ich wollte ohnehin zurück zum Schiff.«

Grace musterte ihn einen Moment streng. Ihre schwarzen Augen mit dem leichten Grauschleier auf den Pupillen schienen in seinen Geist dringen und seine Gedanken lesen zu wollen. Auch die Narbe in ihrem Gesicht flößte unterschwellig Respekt ein. Er blickte offen zurück und hoffte, dass sie lediglich ein aufrichtiges Ehrgefühl aus seiner Mimik las.

Noch bevor die alte Frau etwas erwidern konnte, kam Liliana ihr zuvor. »Das wäre wundervoll, danke, Mr Clark«, sagte sie lächelnd. Die Köchin nickte schließlich.

Finlay genoss es mehr, als er gedacht hatte, mit Liliana zusammen durch die Gassen der Stadt zum Hafen zu spazieren. Er wünschte sich im Stillen, noch ein wenig Zeit mit ihr verbringen zu können, bevor die *Nemesis* weitersegelte und sich ihre Wege erneut trennten. Wer wusste schon, für wie lange?

Auch wenn sie nichts sprachen, empfand er es als sehr angenehm, neben dieser Frau durch die noch schwüle Abendluft zu wandern. Der Wind wehte in leichten Brisen rauschend durch die Palmen und vertrieb die lästigen Mücken. Grillen zirpten in den Sträuchern, und trotz der späten Stunde hing noch immer der süßliche Pollenduft der vielen Blumen in der Luft.

Er sog den Moment in sich ein wie eine wertvolle Erinnerung, die ihn lebenslang begleiten sollte.

»Warum ständig diese Streiterei?«, durchbrach Lilianas klare Stimme die Stille, als sie sich die Hafenstraße entlang der *Nemesis* näherten.

Finlay stutzte leicht und wusste im ersten Moment nicht, worauf sie ansprach.

»Sie und Vater. Warum? Menschen mit ähnlichen Ansichten sollten doch zusammenhalten«, fuhr sie fort.

Er atmete tief durch. Der Gedanke an Jack war der Romantik der Nacht etwa so zuträglich wie ein verdorbener Fisch.

Allerdings ... wenn dieser jungen Frau ein Frieden zwischen ihm und ihrem Vater derart wichtig war, konnte dies nur für ihn sprechen. Er wunderte sich über sich selbst. Solch ernste Gedanken hatte er sich zuvor nie bei einer Frau gemacht.

»Das ist eine sehr gute Frage. Jack und ich, wir konnten noch nie lange zusammen sein, ohne dass etwas Feuer fing.« Er blickte zu ihr herüber. »Im Grunde war er stets so etwas wie ein Vorbild für mich. Vielleicht läuft es daher immer heiß, weil man es diesem Kerl verdammt noch mal nie recht machen kann, ganz gleich, wie man sich bemüht, und ich jede seiner Kritiken so persönlich nehme. Wenn du verstehst, was ich auszudrücken versuche.«

Liliana schwieg eine Zeit und betrachtete die Wellen, die neben ihnen gegen die Holzbalken des Stegs schlugen.

Erst in diesem Moment fiel Finlay auf, dass er Liliana aus Versehen ohne die Höflichkeitsform angeredet hatte. Hitze stieg ihm in den Kopf. Die Vertrautheit, die er bei ihr spürte, hatte ihn diesen Fauxpas begehen lassen. Er wollte gerade den Mund öffnen und sich entschuldigen, als sie ihm zuvorkam.

»Hättest du Pelt umgebracht?«, fragte sie leise, die vertraute Form ebenfalls nutzend. Er spürte ein Brennen in der Brust. Sie blickte weiter aufs Wasser, schien es nicht zu wagen, ihn anzusehen.

Finlay dachte kurz über ihre Frage nach. Hätte er es? Er kam zu keinem Ergebnis. »Ich kann dir dies ganz ehrlich nicht beantworten«, gab er zu. »Ich kannte Pelt im Grunde zu gut dafür. Unter den Umständen jedoch ... ich denke, ich hätte ihn ebenfalls zum Duell gefordert.« Er atmete tief durch. Hatte er nicht noch vor Kurzem regelmäßig Geschäfte mit den Piraten gemacht? Heute kam es ihm vor, als wäre die Gefangene von damals eine andere Person als die junge Frau, mit der er gerade unter dem schwachen Schein der Öllampen spazierte.

»Vater wollte ihn lebendig ergreifen. Er hat ihn nicht in einem Duell gestellt und getötet, sondern gefangen genommen und ...« Sie brach ab und blieb stehen.

Finlay drehte sich zu ihr. »Er wollte dich rächen«, sagte er leise. Er verspürte den seltsamen Drang, Jack vor seiner Tochter entschuldigen zu müssen. »Das ist so seine Art. Bei bestimmten Taten reicht ihm ein schneller Tod nicht als Strafe aus.«

»Manchmal ist er mir unheimlich«, flüsterte Liliana und sah weiter zum Meer.

Wie sehr konnte er ihre Worte nachvollziehen.

»Er ist kein schlechter Mensch«, versuchte er trotz allem, ihren Vater zu rechtfertigen. »Und ein besserer Kapitän als viele andere. Er hat nur einen großen Gerechtigkeitssinn und vertraut keinem Gericht, ob irdisch oder göttlich. Er nimmt die Dinge lieber selbst in die Hand und trägt damit auch eine große persönliche Verantwortung.« Er seufzte. »Das ist wohl auch das Einzige, was ihn zu einem Gesetzeslosen macht: ein ausgeprägtes Gefühl für Fairness.«

Liliana atmete tief durch. »Für mich ist ein solches Verhalten mehr Vergeltung als Fairness«, sagte sie so leise, dass er ihre Worte im Rauschen der Wellen kaum verstehen konnte. »Strafe sollte der Prävention dienen, nicht die eigenen Rachegelüste befriedigen.« Ihr Blick wanderte wieder hinaus aufs Meer.

Finlay runzelte die Stirn und dachte über ihre Worte nach. Er selbst befand die Todesstrafe ebenfalls stets als unsinnig. Überhaupt sah er selten einen Nutzen in Vergeltung. War ein Spiel verloren, zog er seiner Wege und beließ es dabei. Diese Gleichgültigkeit hatte ihm durchaus oft den Hals gerettet. Jack nannte dies Feigheit. Aus Lilianas Mund klang es jedoch freundlicher. Ein wenig wie Vergebung.

Er schaute ebenfalls auf die Wellen. Die salzige Seeluft, die vom Meer herbeigeweht wurde, mischte sich mit dem Algengeruch des Hafens.

»Es ist seltsam«, sagte sie und drehte sich nun doch zu ihm um. Finlay erwiderte ihren Blick und spürte ein flaues Gefühl im Magen dabei. Ihre großen, blauen Augen ließen sein Herz schneller schlagen. »Einmal glaube ich ihn zu kennen, und dann ist er mir plötzlich wieder völlig fremd.«

Er lächelte schwach. »Ich weiß sehr genau, was du meinst.« Ohne darüber nachzudenken legte er den Arm über ihre Schulter.

Liliana lehnte sich an ihn. Finlay spürte die Wärme ihres Körpers an seiner Seite, den Kopf an der Wange und roch den Duft ihrer Haare. Er schloss die Augen und sog diesen Moment in sich ein, in der Hoffnung, ihn ewig festhalten zu können. Eine Gewissheit durchfuhr ihn wie ein Stromschlag, als er realisierte, was gerade geschah. Er hatte sich in Liliana verliebt. Wirklich verliebt! Das durfte nicht sein! Er wollte Jack auf keinen Fall hintergehen. Abgesehen davon würde dieser ihm die Haut in Striemen abziehen, wenn da mehr passierte, das war so sicher wie das Amen in der Kirche.

Finlay presste die Lippen zusammen, ein imaginäres Band schnürte sich um seine Kehle.

Sie verdiente etwas Besseres, es durfte einfach nicht geschehen! Das Band zerrte sich zu, und er rang nach Luft. Schnell zog er den Arm wieder zurück, als hätte er in Säure gegriffen.

»Ich ... ich muss zurück zu meinen Männern«, sagte er schnell, beinahe hektisch. »Wenn du etwas brauchst, bis ihr ablegt, sag Bescheid.«

Liliana lächelte schwach. »Danke fürs Zuhören«, flüsterte sie.

Finlay nickte. Er begleitete sie zum Steg der *Nemesis* und wollte sich gerade umdrehen, als Liliana ihn am Hemdsärmel zurückhielt. »Das eben ...«, begann sie flüsternd mit einem deutlichen Beben in der Stimme. »Mein Verhalten war unangebracht. Ich wollte dich nicht belästigen oder bedrängen.« Sie schluckte und senkte den Blick.

Finlay bemerkte erneut den Zug um seine Kehle. Er bekämpfte das schier unbändige Verlangen, sie in die Arme zu nehmen und an sich zu pressen wie ein lange vermisstes Körperteil, das wieder anwachsen sollte. Stattdessen ergriff er ihre Hände und sah ihr tief in die Augen. »Du hast mich nicht belästigt«, sagte er leise.

»Das Gegenteil ist der Fall ... und genau das ist das Problem!« Er atmete tief durch.

»Es ist keine bloße Schwärmerei ...« Tränen bildeten sich in ihren Augen, die im Schein der Lampen wie kleine Diamanten funkelten.

Finlay zerriss es innerlich. Sein Herz schrie vor Schmerz auf, doch beinahe ähnlich stark erinnerte er sich an den festen Druck von Jacks Fingern auf seiner Brust, mit dem dieser seine Drohung unterlegt hatte. Er riss sich mit aller Macht zusammen und strich ihr über die Haare. »Mir geht es ähnlich«, sagte er. »Aber gerade deshalb ... ach, gottverdammt, sosehr ich es mir gerade wünschen würde, ich bin nicht der Richtige für dich, Lily! Du bist noch so jung und hast so wenig Erfahrung ...« Er rang nach Worten für seine Gefühle wie ein Ertrinkender nach Luft, doch er fand keine. Alles wirbelte nur wild durcheinander in seinem Kopf. »Du musst vorsichtig sein mit uns Männern«, warnte er. »Viele würden deine Freundlichkeit und dein Vertrauen ausnutzen. Du bist zu gut für dieses Leben hier, Liliana! Mich hat es verdorben, dessen bin ich mir bewusst, doch ich will nicht, dass es dir ebenso ergeht.« Er sah ihr in die blauen Augen, beugte sich vor und küsste sie. Der Geschmack ihrer roten Lippen brachte ihn beinahe um den Verstand. Liliana erwiderte den Druck mit deutlichem Beben. Er zog sein Gesicht zurück, bevor diese Ambrosia ihm die letzte Vernunft rauben würde. »Geh jetzt, bitte!«, flüsterte er beinahe flehend, der Druck auf seiner Brust wurde schier unerträglich.

Sie nickte, drehte sich um und rannte den Steg hinauf.

Als er sich zurück in Richtung Gaststätte drehte, lief er fast in Effie, die neben dem Pier stand. In der Nacht hatte er die dunkel gekleidete Gestalt nicht erkennen können.

Finlay schluckte. »Werden Sie Jack hiervon berichten, Miss Preston?«, fragte er leise.

Effie hob die Brauen. »Was sollte ich ihm berichten? Dass Sie ein besserer Kerl sind, als er Ihnen zugesteht?«

Finlay lächelte schwach. Er nickte ihr stumm zu und ging rasch weiter.

Vielleicht auch nicht, dachte er mit zusammengebissenen Zähnen, als er rasch im Takt seines klopfenden Herzens über die Bretter des Piers lief. Vielleicht bin ich wirklich nur ein Feigling.

Er überlegte, ob er genauso ehrenvoll reagiert hätte, wenn Jacks deutliche Drohung zuvor nicht gewesen wäre, doch er konnte es nicht sagen.

Warum musste auch die erste Frau, die er nicht nur begehrte, sondern auch respektierte und bewunderte, ausgerechnet die zu junge Tochter seines früheren Kapitäns und jetzigen Konkurrenten sein? Grausamer hätte Jack sich wirklich nicht an ihm rächen können.

Liliana

Liliana verbrachte den nächsten Tag in ihrer Kajüte und wollte erst wieder an Deck, wenn die *Nemesis* sich auf Fahrt befand.

Die Erlebnisse des nächtlichen Treffens mit Finlay verfolgten sie. Ihr erster Kuss! Der sanfte Druck seiner warmen Lippen auf den ihren zu spüren. Sein betörender Körpergeruch, die rehbraunen Augen unter den blonden Strähnen, sein Lächeln ... dies alles erfüllte ihren Körper mit einer ungeahnten Erregung. Wie gerne wäre sie für ewig in seinen Armen versunken.

Aber ja, es musste eine mädchenhafte Schwärmerei von ihr sein. Sie kannte diesen Mann schließlich kaum. Sie sollte sich nicht allzu sehr in derartige Dinge hineinsteigern.

Auch wenn seine Abweisung in diesem Moment geschmerzt hatte, akzeptierte sie diese. Was hatte sie sich nur eingebildet? Wer war sie schon, zu glauben, ein solcher Mann würde einem acht Jahre jüngeren Mädchen verfallen und zu Füßen liegen?

Es war wohl besser, vorerst platonische Freundschaft zu pflegen.

Dennoch, von diesem wundervollen Abend würde sie noch lange träumen! Dazu gesellte sich das herrlich kribbelnde Gefühl, etwas Verbotenes getan zu haben. Sie hatte den Kontrahenten ihres Vaters geküsst. Wäre der bloße Gedanke vor wenigen Monaten noch unvorstellbar gewesen, verspürte sie heute einen gewissen Stolz dabei.

Trotz allem traute sie sich nicht, ihrem Vater oder auch Tante Effie davon zu berichten. Zu sehr fürchtete sie deren Verärgerung ... zudem würde sie den jungen, attraktiven Kapitän ohnehin nicht so bald wiedersehen. Wenn sie daran dachte, füllte ihr Herz sich mit Trauer.

***

Die Fahrt an der Ostküste Amerikas entlang verlief ereignislos. Sie segelten relativ dicht am Ufer, sofern vom Tiefgang möglich. Eine Tatsache, die Liliana sehr beruhigte, auch wenn das ununterbrochene Rufen der Fadenmessungen sie daran erinnerte, wie schnell und unerwartet ein Riff auftauchen und sie Leck schlagen könnten. Auch die Möwen mit ihrem Kreischen und ihren Absonderungen konnten durchaus lästig sein. Dennoch, Sicherheit ging vor.

Sobald das Wetter es zuließ, verbrachte Liliana die Tage an Deck und bewunderte die Küste. Oft mithilfe des Fernrohrs ihres Vaters, wenn sie aufgrund des Wasserstandes zu großen Abstand halten mussten. Der Kontinent wandelte sich von diesem Blickwinkel aus jeden Tag: von grünem Dschungel über Sandstrände zu hohen Klippen, unter denen die Brandung tobte. Häuser oder Siedlungen sah man kaum, alles schien von hier aus noch so jungfräulich und unberührt. Je nördlicher sie jedoch kamen, desto bewohnter wirkte die Neue Welt.

Auch einigen anderen Schiffen begegneten sie.

Liliana bedauerte nur sehr, dass sich die *Alecto* bereits wieder auf dem Weg zurück nach Europa befand.

Ihre Tante verbrachte immer mehr Zeit mit der Köchin Grace. Die beiden waren offensichtlich gute Freundinnen geworden. Liliana konnte sich nicht erinnern, Effie je derart unbekümmert und fröhlich gesehen zu haben, was gewiss auch an der Verbindung zu ihrem Vater lag, die sich in den letzten Tagen zu festigen schien. Es erfüllte ihr Herz mit Freude, auch wenn sie im Geheimen davon träumte, Finlay in ähnlicher Weise an ihrer Seite zu sehen.

New York, Nordamerika

Juli 1785

Sie liefen wie geplant in New York ein, das in den frühen Morgenstunden noch in dichtem Nebel versteckt lag. Liliana staunte, als sie durch zwei breite Landmassen in den Kanal segelten. Diese Stadt wirkte für ihr geringes Alter gigantisch und durch die Inseln ungewöhnlich zerklüftet.

Sie beobachtete den riesigen Hafen. Hier gab es noch mehr Schiffe als in Plymouth, und Menschen aus aller Welt liefen den Pier entlang. Trotz des europäischen Einflusses wirkte es fremdartig. Nach der Einsamkeit der letzten Wochen überfiel sie der Trubel beinahe wie ein donnerndes Orchester, das einen aus dem Schlummer riss.

Jack schickte einen Kurier zu seinem Geschäftspartner, um einen Termin für das versprochene Treffen auszumachen.

»Ich muss euch leider bitten, diese Zeit an Bord zu bleiben«, sagte er zu Effie und ihr. »Die Amerikaner sind Briten gegenüber nicht wirklich wohlgesinnt seit dem Krieg. Wir haben die Besetzung der Stadt erst vor drei Jahren aufgegeben und ihre Unabhängigkeit anerkannt, das sitzt noch tief. Einige Patrioten der ›Sons of Liberty‹ machen Engländer sogar für den Großbrand im letzten Jahr verantwortlich.« Er atmete tief durch. »Kein schönes Land mehr für Bürger der Krone, wie ihr seht. Wir haben leider versäumt, euch vor der Reise Ausweise zu besorgen, dieser Umstand könnte von den Behörden gegen uns ausgelegt werden. Nicht, dass ihr noch als unerwünschte Einwanderer im hiesigen Gefängnis landet.«

Liliana knotete ihre Finger ineinander. Diese Worte jagten ihr Angst ein.

»Ich selbst besitze ein persönliches Schreiben von Alexander Hamilton, der im Kontinentalkongress unter Leitung George Washingtons saß«, erklärte ihr Vater beruhigend. »Er gilt als Patriot, somit distanziert Mr Hamiltons Einladung mich von Absichten der Krone und schützt meine Person vor Anfeindungen. Dennoch, auch ich muss hier achtgeben. New York ist ein Auffanglager für Flüchtlinge aus aller Herren Länder mit einem hohen Anteil an Armut, Sklaven, Seuchen und Kriminalität. Nicht gerade das, was ich als geeigneten Ort für Besucher bezeichnen würde.«

Liliana nickte stumm. Die so hochgelobte Neue Welt wirkte von dieser Perspektive aus weit weniger verlockend auf sie.

Jack legte besänftigend die Hand auf ihre Schulter. »Irgendwann, wenn die ganzen Unruhen vorüber sind, reisen wir noch mal hierher und schauen uns das ansonsten wundervolle Land an. Versprochen.«

»Wie kommst du an solch hohe Geschäftspartner?«, wunderte Effie sich. »Du bist doch weder adlig, noch hast du eine sehr einflussreiche Familie.«

Jack schmunzelte. »Glücklicherweise denkt man hier anders als in England. In diesem Land achtet niemand auf adlige Herkunft oder Abstammung. Hier kann es jedermann zu etwas bringen, sofern er sich als engagiert und geschäftstüchtig erweist. Ich habe mich umgehört und die Leute, die mir fähig genug vorkamen, einfach angeschrieben. Dreistigkeit siegt. Mal sehen, was bei dem Gespräch herauskommt. Vielleicht nichts, doch ich bin recht guter Dinge. Die Geschäftsleute hierzulande benötigen trotz allem noch gute Kontakte zu Europa.« Er breitete die Arme aus. »Ein neugeborenes

Land ohne adlige Altlasten mit großem Potenzial und ungeahnten Möglichkeiten des Wachstums und Handels. Ich beabsichtige sozusagen, ebenfalls eine Angel mit in den noch unbenutzten Bestand zu halten, und hoffe, dass einiges anbeißen wird.«

***

Am Abend nach dem Treffen mit Mr Hamilton kam Jack mit einem Ehepaar mittleren Alters zurück an Bord.

Er rief Liliana und Effie zu sich in den Speisesaal. Sie betrachtete beim Eintreten die beiden Personen neben ihrem Vater neugierig.

Ein breitschulteriger Mann in den Vierzigern mit hellbraunen Haaren und einer etwas schiefen Nase, die aussah, als wäre sie mal gebrochen. Er war etwas kleiner als ihr Vater, trug einen dunkelbraunen Rock mit goldverzierter Weste, helle Manschetten und eine beige Kniehose. Er stützte sich leicht nach rechts auf einen Spazierstock. Sein Gesicht wies sowohl Lach- als auch tiefe Sorgenfalten auf und erzählte von vielen Jahren Lebenserfahrung. Neben ihn stand eine Frau ähnlichen Alters mit dunkelbraunen, welligen Locken und hellbraunen Augen. Sie trug ein weinrotes Gewand mit Federhut. Ihr Gesicht selbst hätte man als unscheinbar betrachten können, es war weder besonders schön noch voller Makel, doch ihr stolzer und selbstbewusster Gesichtsausdruck zog Liliana sofort in den Bann. Die ganze Haltung dieser Person strahlte eine Erhabenheit aus, als läge ihr die ganze Welt zu Füßen. So stellte sie sich eine Königin vor.

»Wir haben zwei Gäste zum Abendessen«, verkündete Jack. »Darf ich vorstellen: James Crane, ein vielversprechender Handelspartner, und seine Gemahlin Rebecca.« Liliana hörte eine gewisse Feierlichkeit aus seiner Stimme, als wäre er hocherfreut, die beiden hierzu-

226

haben. Sie wunderte sich etwas darüber, wo ihr Vater doch sonst so introvertiert wirkte. »Mr und Mrs Crane: Das sind meine Tochter Liliana und ihre Tante Effie Preston.« Bei diesen Worten legte er den Arm um Effie.

Liliana stutzte, es war das erste Mal, dass ihr Vater sie öffentlich als an seiner Seite demonstrierte. Aus den Augenwinkeln sah sie zu Effie, die leicht errötete, und jubilierte innerlich mit ihr.

Der Gast zog seinen Dreispitz, und Liliana grüßte ebenfalls höflich. Seine blauen Augen schauten besonnen, während der Blick der Frau ihr durch Mark und Bein drang.

»Es freut mich, Sie beide kennenzulernen«, sagte Mr Crane. Seine Stimme war im Gegensatz zu der kräftigen Statur zart. Er wirkte gebildet und schien es gewohnt zu sein, vor vielen Menschen zu sprechen und zu verhandeln. »Wir haben selbst drei Kinder.« Nun nahmen die Lachfalten in seinem Gesicht überhand. »Zwei Töchter und einen Sohn. Sie sind alle noch bedeutend jünger als Sie, Miss Preston, die Älteste ist zwölf Jahre alt.«

»Leben Sie hier in den Staaten mit Ihrer Familie?«

»Nein, mein Schiff ist unser Zuhause. Es liegt ebenfalls hier vor Anker.«

Liliana stutzte. »Mit Ihren Kindern?«

Die Frau lachte. »Selbstverständlich.«

Liliana horchte auf. Dann wäre es gar nicht so abwegig, eine Familie auf See zu haben. Ohne es zu wollen drängte sich ein Bild vor ihr geistiges Auge: Sie gemeinsam mit Finlay auf der *Alecto*... ein Kind auf dem Arm ...

Sie schüttelte innerlich den Kopf. Unfug!

Mr Cranes Blick nahm einen beinahe schwärmerischen Ausdruck an. »Ich habe meinen Beruf für ein Leben mit ihr auf See aufgegeben.«

»Welche Profession hatten Sie inne, Mr Crane?«, fragte Effie neugierig.

»Ich bin Pfarrvikar und besitze zudem eine medizinische Ausbildung.«

Effie runzelte leicht die Stirn, und auch Liliana stutzte innerlich. Ihr Vater ließ einen Geistlichen an Bord und behandelte ihn auch noch wie einen guten Freund?

»Dieser kurze Ausflug in die Neue Welt war geschäftlicher Natur«, holte Mr Cranes Stimme sie zurück in den Messraum. »Wir trafen Mr Hamilton in einer eigenen Sache, die – wie es der Zufall will – uns auch mit Mr Farson verbindet.«

Jack breitete den Arm aus. »Lassen Sie uns dies beim Essen besprechen.« Er deutete den Gästen, am Tisch Platz zu nehmen. »Du auch, Liliana«, fügte er hinzu, als sie den Raum verlassen und die Geschäftsleute allein lassen wollten. »Meine Tochter und Effie zählen zu den wichtigsten Menschen in meinem Leben. Daher möchte ich die beiden an diesen Dingen teilhaben lassen und gewisse Entscheidungen nicht ohne ihre Anwesenheit treffen.«

Liliana runzelte die Stirn. So schön der letzte Satz auch klang, bemerkte sie doch, dass ihr Vater nur von ihrer Anwesenheit, jedoch nicht von ihrer Einwilligung sprach. Eine dieser für ihn typischen Spitzfindigkeiten, die viele seiner Gesprächspartner nicht zu bemerken schienen. Immerhin blieb er stets ehrlich. Man musste nur genau auf seine Formulierungen achten.

Mr Crane nickte. »Selbstverständlich.«

Ein Matrose trat ein, füllte die Gläser mit Wein und brachte einen Korb mit Brot.

Als er wieder gegangen war, hob Jack das Glas. »Erzählen Sie etwas über sich, Mr Crane. Ich möchte mir ein Bild von Ihnen machen.«

»Meine Geschichte ist keine gewöhnliche ...«, wich dieser aus.

»Ich kenne bereits Gerüchte darüber und würde gerne Ihre Version hören. Keine Unwahrheiten bitte.«

Crane hob erstaunt die Brauen. »Lügen wären eine Sünde vor Gott. Gut.« Er nickte. »Es gab zwei einschlagende Erlebnisse in meinem Leben, die dazu führten, dass ich der wurde, der ich heute bin. Diese würde ich Ihnen zum besseren Verständnis gerne offenlegen.« Er räusperte sich und fuhr fort: »In meinen jungen Jahren diente ich als Schiffschirurg auf einem Marineschiff. Im November 1767 trafen wir inmitten des Indischen Ozeans auf einen Sklaventransporter. Was ich dort sehen und erleben musste, ging gegen alles, was eine zivilisierte Gesellschaft ausmachen sollte: Menschen, angekettet in ihrem eigenen Blut und Exkrementen liegend. Bestrafungen und Folter wegen Nichtigkeiten, die von den Gefangenen oft nicht überlebt wurden. Kranke wurden vor ihrem Tod über Bord geworfen, nur um die Versicherungsprämie zu erhalten. Ich glaubte, in meinem Leben nie eine größere Grausamkeit gesehen zu haben ...« Er machte eine Pause und atmete tief durch. »Ich schämte mich zutiefst, ein Angehöriger dieser Ethnie zu sein. Ein solches Verhalten hatte nichts Menschliches oder Gottgerechtes mehr an sich.«

»Dazu sollte man betonen, dass jemand, der auf Marineschiffen dient, gewiss nicht mehr zimperlich ist«, warf ihr Vater ein.

Crane nickte. »Ich glaubte bis dato, dass es kaum unmenschlicher zugehen könnte auf See. Aber selbst die Behandlung gepresster Matrosen durch brutale Offiziere wurde durch diese Taten in den Schatten gestellt.«

Lilianas Magen krampfte sich bei der bloßen Vorstellung zusammen. Grace und ihre Entstellungen kamen ihr in den Sinn.

Mr Crane nahm einen Schluck Wein und faltete dann die Hände über dem Tisch, als gäbe ihm diese Geste

Kraft für seine Erzählung. »Wie dem auch sei, ich fuhr mit einem unguten Gefühl weiter und verbrachte etliche Nächte mit Grübeleien ... alles schien seinen normalen Gang zu gehen, bis wir von Piraten überfallen wurden. Ich glaubte mich bereits auf dem Weg zu meinem Schöpfer, doch die Piraten benötigten dringend einen Mediziner in ihrer Besatzung.« Er blickte beinahe jungenhaft verschmitzt zu seiner Frau.

Rebecca legte ihre Finger sanft auf die gefalteten Hände ihres Mannes und drückte sie. »So lernten wir uns kennen.« Das Ehepaar sah sich lächelnd an.

Liliana erkannte die Liebe und Bewunderung der beiden füreinander. Ihr ging das Herz auf bei diesem Anblick. Wie wundervoll musste das sein, nach so vielen Ehejahren noch solche starken Gefühle füreinander zu empfinden. Bis sie realisierte, was gerade gesprochen wurde. »Sie ... Sie waren auf einem Piratenschiff? Als Frau?« Sie blickte zu ihrem Vater, der sich mit der Hand über das Kinn rieb und die beiden streng musterte.

»Dann stimmen die Gerüchte.«

»Was immer Sie gehört haben, ich kann nur sagen, dass nicht alle Piraten so sind, wie es die Marine allen glauben machen will. Ich habe selten so viel Menschlichkeit und Kameradschaft erlebt wie auf diesem Schiff. Befreite Sklaven, die leidenschaftlich und loyal ein Teil der Mannschaft waren, Männer, die für ihre Arbeit fair und gut entlohnt wurden. Ja, es gab nicht viel Gnade nach einem Gefecht, doch wer sich freiwillig anschloss, der wollte nirgendwo anders mehr sein.«

Jack nickte. »Ich kenne solche, jedoch auch andere.« Er schielte zu Liliana, die beschämt den Blick senkte.

Rebecca Crane hob das Kinn. »Auf meinen Vater und seine Männer lasse ich nichts kommen.«

Liliana blinzelte verwirrt. Dies war eine Welt, die sie sich im Traum nicht hatte vorstellen können.

»Ihr jetziges Schiff betreibt nur Handel?«, hakte Jack nach.

Die Frau nickte. »Ja, wir wollen unsere Kinder nicht in Gefahr bringen.«

»Aber Sie können aufgrund Ihrer Vergangenheit keine Geschäfte in England abschließen?«

»Weder in England noch in Spanien noch in Frankreich.«

»Ich verstehe.«

»Wir bezahlen unsere Mittelsmänner fair«, warf Mr Crane ein. »Und handeln nur mit Gütern, die nicht mit der Sklaverei in Zusammenhang stehen. Kleinere, lokale Farmer, die ehrliche Arbeit verrichten, aber keine Chancen auf dem Markt bekommen.«

Seine Frau nickte. »Wir haben sehr gute Verbindungen nach Asien, Afrika, Italien und Amerika und könnten selbst die gefährlichsten Strecken überwinden.«

»Wir segelten zudem um Kap Hoorn. Mehrfach.«

»Uns ist bewusst, welch ein Risiko wir eingehen, wieder mit Europa zu handeln.« Die Frau hob die Brauen. »Aber sollen wir deswegen abwettern und auf Gewinne verzichten? Dann wären wir schlechte Händler.«

Jack verfolgte die abwechselnden Anpreisungen der beiden schweigend. Liliana blieb ebenfalls stumm.

»Was meinen Sie, Mr Farson?«, fragte Mr Crane schließlich.

Jack nahm sein Weinglas und lehnte sich im Stuhl zurück. »Ich denke, wir könnten tatsächlich ins Geschäft kommen.«

Mr Crane lächelte breit und hob sein Glas. »Das freut mich zu hören. Unser Treffen war eine göttliche Fügung.«

»Das wiederum halte ich für unwahrscheinlich.«

Crane runzelte die Stirn. »Warum? Glauben Sie etwa nicht an Gott?«

»Ist das wichtig für Sie?«

»Nein. Natürlich nicht.« Eine deutliche Irritation klang in seiner Stimme mit, doch er fasste sich rasch wieder und richtete sich auf. »Auch mein Vater war ein Geistlicher und legte mir die Überzeugungskraft in die Wiege. Ob Geschäfte oder Glauben.«

Jack schüttelte den Kopf. »Machen Sie sich beim Glauben keine Hoffnung, Mr Crane«, sagte er mit einem beinahe mitleidigen Blick. »Meine Meinung darüber werde ich sicherlich nicht ändern. Auf keinem Scheiterhaufen dieser Welt.«

Crane lachte verunsichert. »Begehen Sie bitte nicht den Fehler und verwechseln die Kirche von England mit Gott, Mr Farson. An die Institution mit ihrer Machtgier glaube auch ich schon lange nicht mehr.«

»Dann machen Sie bitte nicht den Fehler und verwechseln ein Gespräch beim Abendessen mit Missionieren. Ansonsten bin ich draußen, Gewinn hin oder her.«

Am Tisch wurde es still. Cranes geduldiges Lächeln erstarb. Er blickte einige Zeit in das reglose Gesicht des Kapitäns und lachte dann schallend. »Jetzt weiß ich, was Mr Hamilton mit der Andeutung über Ihre Direktheit meinte. Gewöhnungsbedürftig. Erfrischend ehrlich, aber durchaus gewöhnungsbedürftig.« Er hielt ihm die Hand hin. »In Ordnung, keine weiteren Versuche, nur noch unser gemeinsames Ziel.«

»Gut«, sagte Jack knapp und schlug ein.

Crane runzelte die Stirn. »Sie wissen, dass unsere Kunden oft sehr gläubig sind?«

Jack nickte. »Ich werde mich bemühen, es zu erdulden und diplomatisch zu bleiben. Als Seemann hat man für gewöhnlich einen robusten Magen.«

Crane hob eine Braue. Lediglich das Eintreten des Matrosen, der das Essen servierte, verhinderte wohl, dass er diese Aussage zu sehr auf sich wirken ließ.

Liliana fühlte sich nicht in der Stimmung zu reden, sie hing ihren eigenen Gedanken nach. Die Andeutung über den Sklaventransporter ging ihr noch immer nahe. Zuvor hatte sie sich nie allzu große Gedanken darüber gemacht. Sie wusste, dass es Sklaven gab, aber mit einem derartig räumlichen und emotionalen Abstand zu Lilianas persönlichen Leben und Umfeld, dass es ihr erschien wie eine Geschichte aus einem Buch.

In ihrem Kopf waren die Bilder von schwarzhäutigen Arbeitern in Ketten immer surreal, nicht wirklich existent. Für sie war es kaum zu ertragen, wenn jemand ein wehrloses Tier prügelte, wie konnte dies dann bei Menschen erlaubt sein?

Sie hatte Grace und Kweku kennengelernt und achtete beide für ihr enormes Wissen und ihre Freundlichkeit. Solche Menschen wie Tiere besitzen und alles mit ihnen anstellen zu dürfen, ohne dass es bestraft wurde? Das konnte nicht rechtens sein!

Aber ging es armen Menschen nicht überall auf der Welt so? Galten nicht sogar Frauen der niederen Arbeiterklasse in England als »unechte Frauen«, mit denen man anstellen durfte, was man wollte? Ebenso besaßen einfache Matrosen weit weniger Rechte als die leitenden. Sie musste an Finn denken. Auch er wurde von seinem Vater einfach so verkauft. Wie ein Stück Vieh. Sein Vorteil bestand lediglich darin, dass er aufgrund der Hautfarbe mit etwas Geld wieder frei gewesen wäre.

Was war schlimmer, die Verkäufer oder die Käufer?

Es schüttelte sie innerlich, und sie kämpfte gegen die Tränen an. Langsam verstand sie, was ihr Vater damit meinte, dass zwischen Recht und Gerechtigkeit teilweise eine große Kluft lag.

Finlay ... erneut drängten sich seine sanft blickenden braunen Augen und sein jungenhaftes Schmunzeln in ihren Geist. Wie es ihm wohl ging? Ob die *Alecto* bereits wieder in Europa vor Anker lag?

»Sie werden also für uns nach London reisen?« Mr Cranes hoffnungsvolle Frage an ihren Vater unterbrach ihre Gedanken, und sie spitzte die Ohren, während sie ihr Bratenstück schnitt.

Ihr Vater hob abwehrend die Hand. »Ich sagte bereits, ich kann keinen Erfolg versprechen, werde mich jedoch bemühen.«

***

An diesem Morgen setzten sie früh Segel, verließen den Hafen und mit ihm den Kohlegeruch der Schornsteine. Liliana freute sich auf die Fahrt, auch wenn es lange und recht eintönige Wochen auf See waren.

Trotz des Sommers war die Rückfahrt über den Atlantik um einiges kühler als die südliche Hinfahrt. Starker Wind und tagelange Regenschauer zwangen sie oft, unter Deck zu bleiben.

Liliana nutzte jeden Sonnenstrahl, um an der Reling zu stehen und hinaus auf den Horizont zu blicken. Wo Finlay wohl gerade segelte? Schaute er womöglich genau wie sie aufs weite Meer hinaus und dachte an ihren letzten Abend zusammen? Oder war sie nur eine Frau von vielen für ihn und er hatte all dies bereits wieder vergessen?

Was Mutter wohl zu ihm sagen würde? Dieser Gedanke ließ ihre Stimmung sinken wie einen Anker ins Meer. Was eine Beziehung zu Finlay betraf, hatte sie wohl beide Eltern gegen sich.

Als sie eines Abends wieder alle zusammen im Messraum saßen und Kai eine eher melancholische Melodie auf seiner Flöte spielte, sah Liliana Grace allein mit Auma auf dem Schoß an einem der Fenster. Sie ging zu ihr.

»Darf ich mich zu dir setzen, Grace?«

»Natürlich, das weißt du doch.« Die alte Frau legte den Kopf schief. »Du hast doch etwas auf dem Herzen, nicht wahr? Sprich es ruhig aus.«

Liliana zog die Schultern hoch und drückte die Handflächen aneinander. »Ich ... ich möchte dir nicht zu nahe treten.«

»Noch näher und du sitzt auf meinem Schoß, aber da würde sich Auma beschweren.« Sie nickte. »Du kannst mich alles fragen.«

»Du kennst Vater gut, nicht wahr?« Liliana spürte, wie ihr das Blut in den Kopf schoss. »Darf ich dich auch etwas im Vertrauen fragen? Was er niemals erfahren dürfte?«

Grace schmunzelte. »Natürlich, ich kann schweigen wie ein Grab. Ganz gleich, was mir angedroht wird.«

Etwas in ihrem Tonfall verursachte Liliana eine Gänsehaut. Die Narbe auf der Stirn der Köchin und der fehlende Finger an ihrer faltigen Hand fielen ihr nun besonders auf.

Hatte sie einst jemand zum Reden bringen wollen?

Grace schien ihren Blick zu bemerken. »Ich wurde auf einer Zuckerplantage geboren«, sagte sie erklärend. »Später, als ich nicht mehr kräftig genug für die Feldarbeit war, nach England verkauft. Auf dem Weg dorthin überfiel dein Vater das Schiff und befreite mich zusammen mit fünfzehn anderen.«

Lilianas Augen weiteten sich. »Du bist in die Sklaverei geboren worden? Warst nie frei, nicht einmal als Kind?« Sie hatte geglaubt, Grace wäre erst im Alter gefangen genommen und kurz darauf befreit worden. Doch stattdessen musste sie fast ihr gesamtes langes Leben als Eigentum eines anderen verbringen.

Die alte Frau lächelte sanft. »Heute bin ich frei.« Sie strich Auma über das samtene Fell. »Und sehr glücklich hier auf dem Schiff. Es ist meine Welt, und das genügt mir. All das verdanke ich deinem Vater.«

»Aber ... Wie ergeht es den Kindern auf solch einer Plantage?«

Grace sah sie ernst an und schüttelte den Kopf. »Solche Geschichten sind nichts für dich, mein Kind«, sagte sie leise. »Es sind Geschichten für solche, die ihre Augen vor Unrecht verschließen, es akzeptieren und sich dennoch gut schimpfen. Aber nicht für Menschen wie dich.« Sie richtete sich auf. »Also, was willst du mich fragen? Keine Sorge, ich verdanke deinem Vater viel, aber ich halte immer meine Versprechen.«

Liliana atmete tief durch. Es fiel ihr schwer, ihr Anliegen in Worte zu fassen, doch sie konnte kaum noch schlafen vor Grübeln, und die langen Tage unter Deck und auf dem offenen Meer halfen nicht dabei.

»Ich würde dich gerne etwas über Vater fragen«, begann sie leise. »Was würde er tun, wenn ich gegen seinen Willen handeln würde?«

»Das kommt darauf an, um was es geht.«

»Ich habe gesehen, zu was er fähig ist.« Sie schluckte.

Die alte Frau lächelte sanft. »Mach dir diesbezüglich keine Gedanken, mein Kind. Du bist gewiss die Letzte, die ihn fürchten müsste. Jack mag jähzornig gegenüber seinen Feinden sein, aber eins kann ich dir versichern: Er liebt dich aus vollem Herzen. Was er auch von dir verlangen würde, es wäre nur, um dich zu schützen. Er würde dir niemals ein Leid zufügen, da bin ich mir ganz sicher.«

»Das beruhigt mich, er macht mir tatsächlich manchmal Angst.« Liliana sah auf ihre Finger. »Du musst wissen, als ich ein kleines Mädchen war, erschien mir dieser geheimnisvolle Mann, der nur selten zu Besuch kam, stets wie ein strahlender Held. Er behandelte mich wie eine Prinzessin, während Mutter mich lediglich als eine Last betrachtete. Nun kommt es mir vor, als wolle auch er über mein Leben bestimmen.«

»Deine Mutter hatte es gewiss nicht leicht.«

Liliana stutzte bei diesen Worten.

Grace hob ihre Hand und strich ihr sanft über die Wange. »Erzähle mir von ihr.«

Liliana runzelte die Stirn. Hatte sie richtig gehört? »Von meiner Mutter?«

»Ja, ich würde sie gerne verstehen.«

»Nun ... sie war etwa in meinem Alter, als sie mich bekam.«

»Dies alles war sicher nicht einfach für solch ein junges Mädchen.«

Liliana presste die Lippen zusammen.

»Dich trifft keine Schuld.« Grace ergriff ihre Hände. Die Berührung der schwieligen Finger auf ihrer Haut ließ Lilianas Lippen beben. Sie mochte die Richtung nicht, in die diese Unterhaltung ging. Es öffnete eine Tür zu Gefühlen, die sie tief in ihrem Inneren verschlossen hatte.

»Ich denke mir, dass du verletzt bist«, fuhr Grace fort. »Aber versuche, diese Geschichte aus den Augen dieser jungen Frau zu sehen. Sie verliebte sich in einen Mann, der sie schwängerte und danach oft allein ließ. Es muss schon viel Liebe da sein, um das länger auszuhalten.«

»Vater hatte wohl um ihre Hand angehalten, damit sie zumindest nicht als ehrlos galt. Doch sie verweigerte die Heirat.« Sie dachte an das Ehepaar Crane. Sie blieben zusammen, auch als sie Kinder bekamen, und scheuten keine Gefahren. Aber für ihren Vater war es damals unmöglich gewesen, Eliza mit auf Fahrt zu nehmen, und als Hafenarbeiter wäre er sicher unglücklich geworden.

»Was glaubst du, warum?«

»Ich weiß es nicht, ich denke, er war ihr nicht gut genug.«

»Nicht gut genug für sie oder für dich?«

Liliana blickte zu Boden. Sie hatte sich so sehr in die Abneigung gegen ihre Mutter hineingesteigert. Die Wut, die diese Wunde so lange verschlossen hielt, schien nun zu bröckeln. Es schmerzte erneut.

»Warum behandelt sie mich dann stets so abfällig?«, brach es aus ihr hervor. »Als sei ich an ihrem Leid schuld, als sei ich dumm, naiv und undankbar, wenn ich nicht das tue, was sie verlangt.«

»Vielleicht hat sie mit den Jahren verlernt, zu lieben.«

Liliana ließ ihren Tränen freien Lauf. Grace beugte sich vor und zog sie in ihre Arme. Sie drückte sie fest an ihren knochigen Oberkörper.

Auma beschwerte sich maunzend, verließ den gemütlichen Schoß aber nicht.

Wiltshire, England

August 1785

Jack begleitete Effie und sie zurück zu dem Landsitz. Liliana blickte die Fahrt über aus dem Kutschfenster und sog die altvertraute Sommerlandschaft der englischen Grafschaft in sich auf. Den Duft der Wälder und Heuwiesen, das Hufgeklapper der Pferde auf dem staubigen Weg. Ein Gefühl, nach jahrelanger Reise endlich heimzukehren, überkam sie.

Sie konnte es kaum erwarten, nach der langen Zeit wieder ihre Tiere begrüßen zu dürfen. Die feuchten Nasen der Hunde in ihrem Gesicht und die weichen Nüstern der Pferde. Ob der alte Rover noch am Leben war? Sie hoffte es sehr. Wie der Garten wohl aussah? Die Ernte der neuen Beerensträucher hatte sie verpasst.

»Gib acht, dass du nicht aus der Kutsche fällst«, scherzte ihr Vater.

»Ich verstehe sie gut«, warf Effie ein. »Ich kann es kaum erwarten, meinen Hof und die Tiere wiederzusehen.«

»War meine Gegenwart derart eintönig?«

Liliana drehte erstaunt den Kopf zu den beiden.

»Eintönig ist gewiss ein Wort, dessen Bedeutung nicht weiter von der Wahrheit entfernt sein könnte«, sagte ihre Tante leicht verschämt. »Ich ertappe mich beinahe dabei, diesen Piraten noch dankbar zu sein, uns überfallen zu haben. Diese Fahrt war ein einziger aufregender Traum.«

Der Blick, den ihr Vater und Effie einander zuwarfen, ließ Lilianas Herz aufgehen. Schnell schaute sie wieder aus dem Fenster, damit die beiden ihr Lächeln nicht sahen. Sie war sehr glücklich, ihre Tante derart verliebt zu sehen.

»Ich denke, eine weitere Fahrt zusammen ließe sich einrichten.« Diese Worte aus dem Mund ihres Vaters zu hören, überraschte Liliana. Sie drehte den Kopf so ruckartig zu ihm, dass es in ihrem Nacken knackste.

»Wirklich?«

Ihr Vater nickte. »Bevor ihr beide erneut zu solch drastischen Mitteln greift, nur um mit an Bord zu kommen, nehme ich euch lieber freiwillig mit.« Seine Miene wurde ernst, und er sah Liliana fest in die Augen. »Es ist auch dein Verhalten, das mich zum Umdenken brachte. Du hast deine Seetüchtigkeit unter Beweis gestellt.«

Ihr Herz brannte vor Stolz. »Danke, Vater! Ich bin froh, dich nicht enttäuscht zu haben.«

Kaum hatten sie ihr Gepäck ins Landhaus gebracht, zog es Liliana hinaus zu den Pferden.

Effie blieb mit Jack im Kaminzimmer. Sie saßen mit einem Tee einander gegenüber in den Sesseln, und Effie konnte sich kaum sattsehen an diesem Mann. Wie anders und so viel vertrauter wirkte er doch nach der abenteuerlichen Reise im Vergleich zu dem beinahe Fremden, der im April in dieses Haus gekommen war. Und noch immer so attraktiv und elegant mit dem schwarzen Kapitänsrock. Sie ertappte sich dabei zu hoffen, dass er jeden Tag in einem ihrer Sessel sitzen würde.

Sie fühlte sich, als träte sie mit Jack gemeinsam über die Türschwelle aus einem anderen Leben zurück in das ihre.

»Ich hoffe wirklich, wir haben dir nicht allzu viel Sorgen bereitet«, sagte sie, noch immer innerlich aufgewühlt.

»Ich meinte das, was ich auf der Fahrt sagte, ehrlich. Wider Erwarten stellte sich euer beider Anwesenheit auf meinem Schiff als angenehm heraus.« Er lächelte. »*Äußerst* angenehm.«

Effie spürte, wie ihre Wangen brannten, und schaute zur Seite. »Auch ich empfand dies so.« Sie atmete tief durch und sah ihn direkt an. »Wie geht es nun weiter?« Eine Frage, die ihr lange Zeit schon auf dem Herzen lag.

Jack erhob sich. Mit jedem Schritt, den er auf sie zutrat, schlug ihr Herz schneller. Schließlich stand er vor ihrem Sessel und hielt ihr die Hände hin. Effie ergriff sie und ließ sich hochziehen. Sie standen so nahe beieinander, dass Effie die Wärme seines Körpers stärker spürte als die des Kaminfeuers neben ihr. Er duftete so betörend.

»Bitte denke nicht, dass du nur ein kurzes Abenteuer für mich warst.« Jack strich mit dem Daumen über ihre Handknöchel und führte sie langsam an seine Lippen. Der Blick seiner blauen Augen ließ ihren gesamten Körper beben. »Ich würde es sehr begrüßen, wenn wir uns weiter sehen und nahe sein könnten.«

Effie konnte nicht antworten, das Verlangen nach diesem Mann nahm überhand. Sie beugte sich nach vorn und drückte ihre Lippen auf seine. Jack erwiderte den Kuss leidenschaftlich.

***

Nach dem gemeinsamen Abendessen ging Effie nach draußen in den Hof. Wie so oft, wenn sie emotional aufgewühlt war, suchte sie die Ruhe und den Frieden bei ihren Pferden. Das leise Schnauben der Nüstern und das Schweifschlagen gegen die Mücken klangen wie eine beruhigende Melodie in ihren Ohren.

Sie dachte an die Zeit auf dem Schiff. Dieses andere Leben, das ihr bisheriges völlig durcheinanderwirbelte wie ein unerwarteter Sturm. Nicht nur ihres. Auch an den Glanz in Lilianas Augen, als sie Ben und Mary von ihren Abenteuern berichtet hatte, dachte sie. Aber wäre dies ein Leben für ein junges Mädchen? Gewiss nicht. Liliana sollte sich zuerst hier in England eine Zukunft aufbauen.

Sie selbst hingegen besaß keinen sozialen Anker an Land. Sollte sie ihr hart erarbeitetes Gut aufgeben und mit Jack zur See fahren? Würde sich diese Entscheidung nicht vielleicht als ein großer Fehler herausstellen? Zudem war er ihr noch immer suspekt und seine

Vergangenheit ein Rätsel. Doch gerade dieses Geheimnisvolle empfand sie als unheimlich anziehend.

Ein Zweig knackte hinter ihr.

Erschreckt drehte sie sich um. Jack. Er hatte den Kapitänsrock abgelegt und trug nur die schwarze Hose und das weiße Hemd. Der kühle Abendwind wehte ihm die schwarzen Haarsträhnen aus der Stirn. Sein Anblick brachte sie zurück zu ihrer Begegnung an Deck. Der Abend, an dem er sie zum ersten Mal geküsst hatte. Genau so wie damals sah er nun aus. In Effies Augen wirkte er noch attraktiver als zuvor. Zu schöne und erregende Erinnerungen verband sie mittlerweile mit diesem Körper.

Sie zwang sich zu einem Lächeln. »Kommst du ebenfalls nicht zur Ruhe?«

Jack nickte. »Ich fürchte, mir fehlt der Wellengang.« Er trat neben sie.

Sie sah ihn mit gerunzelter Stirn an. »Auch wenn ich mich wiederhole, doch ich muss diese Frage erneut stellen. Heute mehr denn je.« Er hob fragend die Brauen, und Effie atmete tief durch. »Was treibst du wirklich, Jack?«

»Dies habe ich dir bereits beantwortet.« Jacks Mimik verhärtete sich, und Effie bereute es, diese Fragen gestellt zu haben.

Gewiss war er in Erwartung eines romantischen Abends hier zu ihr nach draußen gekommen. Dennoch, bevor sie einen Entschluss fassen konnte, musste sie Antworten haben. Sie wollte nicht naiv einem gut aussehenden Mann folgen und in kriminelle Aktionen verstrickt werden.

»Das war vor dem Treffen mit den Cranes.«

»Ich denke, wir kommen vom Kurs ab bei diesem Gespräch. Meinen Hauptverdienst bestreite ich mit Handel. Belassen wir es dabei.« Jacks Miene versteinerte, als ärgerte er sich, zu viel gesagt zu haben.

Handel? Einiges wohl *steuerfrei*, wie sie vermutete, auch Schmuggel genannt? Effie wich seinem Blick aus, unsicher, ob sie diese Worte korrekt interpretierte.

Sie holte tief Luft. »Deine Tochter mag gutgläubig sein, was deine Geschäfte betrifft, zudem bewundert sie dich und hält dich gewiss für unsterblich. Aber ich stelle mir Fragen, auf die ich keine Antwort finde und die mir Sorgen bereiten.« Sie verengte die Augen. »Warum hast du uns zu dem Gespräch mit den Cranes geholt, wenn du nicht darüber sprechen willst?«

»Ich beginne in der Tat, es zu bereuen.«

»Jack! Schmuggelei ist gegen das Gesetz! Dafür kannst du ins Gefängnis kommen, vielleicht sogar an den Galgen!«

»Ich werde alles daransetzen, das zu verhindern. Mach dir keine Sorgen.« Jack trat ein Stück näher vor sie. »Warum fragst du all dies erst jetzt?«

Effie wich dem Blick seiner blauen Augen aus. »Seit meiner Ankunft in England ist es, als erwache ich aus einem Traum. Einem wundervollen Traum. Aber hier, zurück in der Wirklichkeit, muss ich eine Entscheidung treffen.«

»Mich oder das Gut?« Er strich ihr sanft mit der Hand über die Wange. »Du musst nichts überstürzen, Effie, ich würde nie von dir verlangen, dies hier aufzugeben. Genießen wir einfach die gemeinsame Zeit. Ich laufe nicht weg.«

Effie spürte, wie sich das enge Band um ihren Brustkorb löste. »Du wärst nicht gekränkt, wenn ich den Winter über hierbliebe und mir eine Auszeit von all dem nähme?«

»Natürlich nicht. Es ist sehr viel geschehen in den letzten Monaten. Nimm dir so viel Zeit, wie du benötigst. Wir haben beide unser eigenes Leben, aber das sollte uns nicht daran hindern, die gemeinsamen Momente zu genießen. Im Gegenteil.«

Effie atmete erleichtert durch und lehnte sich an ihn.
Es tat gut, die starken Arme um sich zu spüren.

Liliana

Liliana erwartete die Ankunft ihrer Mutter im Hof. Als Eliza aus der Kutsche stieg und erst einmal die vielen Unterröcke ihres hellgrünen, aufgeplusterten Kleides mit den vielen Rüschen sortieren musste, kam es dem Mädchen erneut in den Sinn, in welch verschiedenen Welten sie beide lebten. Dennoch hatte sie sich nach dem Gespräch mit Grace vorgenommen, mehr Verständnis für ihre Mutter aufzubringen.

Eliza drehte sich zu ihr, und ihre hellbraunen Augen weiteten sich vor Entsetzen. »Du bist ja gebräunt wie eine Bauerndirne«, bemerkte sie abwertend mit verzogenem Mund. Ihr Blick ging zu Effie, Tränen bildeten sich in ihren Augen. »Wie konntest du es wagen, mir so in den Rücken zu fallen?«

Eine Welle von Zorn stieg in Liliana auf, und ihr guter Vorsatz war vergessen. Sie fiel zurück in das alte Muster. »Schönen guten Tag, Mutter, hattest du eine angenehme Reise?«, fragte sie provokativ.

Eliza rümpfte die Nase. »Unterstehe dich, mich auch noch bloßstellen zu wollen mit deinen gekünstelten Höflichkeiten. Welche schrecklichen Sorgen ich mir deinetwegen machen musste, ist dir wohl gleich. Ach, dieses einfältige Kind!« Sie wedelte sich mit der behandschuhten Hand Luft zu.

Liliana kochte innerlich. Eliza behandelte sie stets wie einen dümmlichen Untertanen, der zu tun hatte, was sie verlangte.

»Lass und erst einmal ins Haus gehen«, schlug Effie vor.

Eliza nickte. Sie bezahlte den Kutscher, der daraufhin die Koffer aus den Gurten löste und vor den Eingang stellte. Er würde mit Ben im Gesindehaus nächtigen.

Eliza setzte sich auf das Sofa im Kaminzimmer, während Liliana mit Effie den Tee servierte.

Eliza richtete sich an ihre Tochter. »Du wirst mit mir nach Bath kommen. Richard kennt da einen jungen Mann, der hervorragend …«

»Ich werde nicht mit dir in die Stadt fahren, Mutter«, fiel Liliana ihr patzig ins Wort, »ich werde im Frühjahr vielleicht wieder mit Vater auf Fahrt sein.«

Eliza schnappte nach Luft bei diesem ungewohnten Tonfall. »Ich sehe, diese Reise hat dich bereits verdorben.« Sie schüttelte fassungslos den Kopf, doch ihre Stimme wurde ruhiger. »Kind, du hast nicht die geringste Vorstellung davon, was das für dich bedeuten kann! Ich werde das zu verhindern wissen«, ihre Stimme überschlug sich. Dieses Thema schien sie wirklich in Rage zu versetzen. »Ich werde nicht dulden, dass du noch einmal das Schiff dieses Seeräubers betrittst. Nach allem, was ich hörte, kannst du von Glück sagen, dass du noch lebst.«

Liliana verengte die Augen. »Vater ist kein Seeräuber.« Ihre Mutter hatte allerdings mit einem recht: Liliana hatte sich verändert. Das spürte sie selbst. Aber zum Positiven, davon war sie überzeugt. Die Erfahrungen auf See hatten ihr Selbstbewusstsein gestärkt und ihr Mut gegeben, sich zu behaupten.

»Nenne diese Person nicht deinen Vater«, schimpfte ihre Mutter.

»Er ist aber mein Vater. Mehr, als du meine Mutter bist, und ein besserer, als es Richard je sein könnte.«

»Hör auf, so frech daherzureden, sonst rutscht mir noch die Hand aus!«, drohte Eliza. »Das ist alles Effies Schuld! Du kommst mit in die Stadt, da bist du sicher. Dieser Verbrecher kann von Glück sagen, wenn Richard nicht die Armee hinter ihm herschickt.«

»Ich bin erwachsen, Mutter.«

»Eben, das ist ja das Traurige. Du bist eine junge Frau ohne Mann und ohne Einkommen. Bildest du dir ein, du könntest allein leben? Richard zahlt seit deinem achtzehnten Geburtstag keinen Unterhalt mehr, und Effie kann dich auch nicht ewig aushalten. Kind, ich will doch nur, dass du dich nicht ins Unglück stürzt. Begreifst du das denn nicht?«

»Ich werde zurechtkommen. Ich bin alt genug, meine eigenen Entscheidungen zu treffen.«

Ihre Mutter seufzte und atmete tief durch. »Verstehe doch, Schätzchen«, sagte sie nun ruhiger und umfasste ihre Hand. Liliana verzog den Mund und unterdrückte den Drang, sich aus dem eisernen Griff zu befreien. »Ich will nur dein Bestes. Richard hat Kontakte zu vielen erfolgreichen jungen Männern, die dich gerne kennenlernen würden. Nutze dies! Mit deiner guten Erziehung und deiner natürlichen Schönheit«, sie fuhr ihr lächelnd mit der Hand über das Gesicht, »wirst du freie Wahl haben, da bin ich mir sicher. Wirf dein Leben nicht fort für ein verrücktes Abenteuer, das dir nur Sorgen und Probleme einbringen wird. Du wirst nicht ewig jung genug sein. Glaube mir, ich weiß, wovon ich rede.« Sie warf einen vielsagenden Blick zu Effie. »Leider zu gut.«

Effies Blick wurde verständnisvoll. Liliana hingegen sah dies als Andeutung, dass sie selbst das Ergebnis eines Abenteuers war, das nur Sorgen und Probleme bereitete. Sie spürte, wie sich eine alte Wunde öffnete, und aus Selbstschutz wurde Zorn auf ihre Mutter und deren ständiges Gängeln und Herumkommandieren. Sie verengte die Augen.

»Es ist mein Leben, Mutter, nicht das deinige«, sagte sie voller Trotz.

***

Eliza meldete sich nach wenigen Wochen erneut zu einem Besuch auf dem Landsitz an. Diesmal mit Begleitung.

Wie befürchtet stieg hinter ihr nicht nur Richard, sondern auch ein junger Mann aus der Kutsche.

Nach einer ungewöhnlich höflichen Begrüßung wies Eliza auf den Gentleman neben sich. »Darf ich vorstellen, Mr Sigmund Stableton. Ein Neffe Richards aus London. Er ist zurzeit bei uns in Bath zu Besuch und äußerte Interesse an einer Fahrt aufs Land über das Wochenende.«

Der junge Mann verbeugte sich erkennbar nervös. »Es ist mir eine Ehre, Miss Preston.« Er drehte sich zu Effie. »Ms Preston.«

Liliana musste ein Schmunzeln über seine Unsicherheit unterdrücken.

Der junge Mann wirkte nicht unsympathisch. Er war chic gekleidet in weiße Kniehosen, ein weißes Rüschenhemd mit goldbestickter Seitenweste und einen grünen Rock, dazu Dreispitz und Spazierstock. Um seinen Hals hatte er ein grünes Seidentuch geknotet, das Liliana immer öfter als Modeaccessoire bei jungen Männern auffiel. Sein Gesicht war schmal mit einer etwas zu gebogenen Nase, aber nicht unattraktiv. Zumindest schien er nicht das Doppelkinn und die Tränensäcke seines Onkels geerbt zu haben.

»Guten Tag, Mr Stableton«, sagte Effie freundlich, wenngleich ihr anzusehen war, was sie wirklich von diesem unangekündigten Besuch und dessen Absicht

248

hielt. »Lassen Sie uns doch auf einen Tee ins Haus gehen.«

Liliana hatte jedoch wenig Lust, albernen Small Talk mit fremden Männern zu machen. »Ich werde solange nach den Pferden sehen.«

»Darf ich Sie begleiten?«, fragte Sigmund. »Ich reite für mein Leben gerne.«

Liliana hob die Brauen. »Ich hatte vor, den Stall auszumisten, aber Sie können mir gerne dabei helfen, wenn Sie wollen, Mr Stableton.«

Die Augen des jungen Mannes weiteten sich vor Erstaunen. »Äh ... ich ...«

»Dachte ich mir«, beendete Liliana sein Leiden. Sie winkte ihm freundlich zu, ignorierte den empörten Blick ihrer Mutter und ging zum Stall. Offensichtlich hatte sie bei dem jungen Mann nun stark an Attraktivität verloren, doch das konnte ihr nur recht sein.

Sie brauchte die Ablenkung dringend, der Rest des Wochenendes würde schon noch anstrengend genug werden.

***

Bis in den November hinein brachte Eliza noch drei weitere Männer mit.

Liliana nahm diese Verkupplungsversuche recht gelassen, nach einer Weile empfand sie es sogar als angenehm, umschwärmt zu werden, auch wenn sie wenig Interesse daran hatte, als brave Ehefrau lediglich ein gesellschaftliches Accessoire eines dieser aufgeblasenen Typen zu sein. Sie hoffte, dass ihre Mutter nicht mit einem dieser männlichen Mitbringsel käme, wenn Jack zu Besuch war. Eine solche Begegnung würde der arme Hoffnungsträger wohl nicht überleben ...

Mehr als alles andere erinnerten diese Herrenbesuche sie daran, dass es nur einen Mann in ihrem Leben gab, der die Schmetterlinge in ihrem Bauch tanzen ließ.

Würde sie Finlay je wiedersehen?

Wie ging es ihm?

Noch als der letzte Besucher die Kutsche bestieg, setzte sich Liliana an das Schreibpult, tunkte die Feder ein und begann, einen Brief zu verfassen:

Lieber Finlay,
ich hoffe, dieser Brief findet den Weg in Deine Hände.
Vater erwähnte, dass Du im Herbst oft in Hastings vor Anker liegst, daher werde ich dieses Schreiben dorthin schicken.
Wie geht es Dir und der Mannschaft? Bitte richte allen einen lieben Gruß von mir aus.
Während ich diese Zeilen schreibe, sitze ich im Gutshaus meiner Tante und schaue hinaus auf die Felder.
Grüne Wiesen statt Meeresblau.
Der Keller ist erfüllt mit dem Duft von Äpfeln anstelle von getrocknetem Fisch.
Wir haben in den vergangenen Wochen die Obsternte eingebracht, und die Köchin kommt kaum noch aus der Küche heraus vor lauter Einkochen für den Winter. Erinnerst Du Dich an Rover und Milton? Die beiden waren überglücklich, mich wiederzusehen. In unserer Abwesenheit gebar Effies Stute ein Hengstfohlen, dem unsere Angestellten noch keinen Namen gegeben hatten. Ich taufte ihn Quintus und setzte mich gegen Effies Argument durch, dass es doch das zweite Fohlen der Stute sei, nicht das fünfte. Quintus ist dunkelbraun mit schwarzer Mähne und Schweif. Er entwickelt sich prächtig und wird sicher einmal ein schnelles Reitpferd werden.
Galoppsprünge von Pferden statt Wellengang.

Das Krächzen der Krähen anstelle des Kreischens von Möwen.
Der Geruch von Heu statt Teer.
Es ist so seltsam hier, wie ein zweites Leben. Eine andere Welt.
Wenn ich dieses auch sehr genieße, sehne mich oft nach dem Meer und meiner Zeit auf der Alecto.
Ich wünsche mir so sehr, Dich wiederzusehen.
Vielleicht kannst Du es einrichten, uns zu besuchen? So gerne würde ich Dir den Landsitz und Quintus zeigen.
Einen lieben Gruß und hoffentlich auf ein Wiedersehen.
Deine Liliana

Sie legte die Feder beiseite und atmete tief durch. Ohne den Brief noch einmal durchzulesen, trocknete sie die Tinte mit Löschsand, steckte das gefaltete Papier in einen Umschlag und versiegelte ihn. Sie fürchtete, bei erneutem Lesen oder zu langem Zögern den Mut zu verlieren, den Brief abzuschicken. Noch heute würde sie ins Dorf reiten und einen Kurier beauftragen.

Wiltshire, England

Dezember 1785

Zum Glück kam es nicht dazu, dass Jack bei seinen Besuchen auf einen von Elizas erhofften Schwiegersöhnen traf, doch wenige Tage vor Weihnachten erreichte Effie eine Nachricht.

»Deine Mutter und Richard besuchen uns über die Festtage«, berichtete ihre Tante mit einem lauten Seufzer.

Liliana fuhr erschreckt zusammen. »Was? Aber Vater kommt doch auch.« Ein Treffen der beiden glich einer geladenen Pistole. Es wäre nur eine Frage der Zeit, bis sich das Pulver entzündete und ein Schuss fiel.

»Ich weiß, und wir können ihn nicht mehr rechtzeitig erreichen.« Effie presste die Lippen zusammen.

»Ich will ihn auch nicht benachrichtigen, ich möchte, dass er kommt. Mutter und Richard sollen fortbleiben, sie waren doch sonst auch immer gesellschaftlich gebunden um diese Zeit.«

»Du kennst deine Mutter, sie wird kommen.«

Liliana verschränkte die Arme und schob die Unterlippe vor wie ein trotziges Kind. Sie hatte sich so auf ein besinnliches Weihnachten mit ihrem Vater gefreut, und nun würde es gewiss in einem Familiendrama enden.

***

Jack reiste einen Tag vor Heiligabend an. Er kam zu Pferd und war wie gewohnt in Schwarz gekleidet, abgesehen von dem weißen Hemd, von dem lediglich die Manschetten an den Armen und der Kragen am Hals zu sehen war. Er trug einen Kapitänsrock mit goldenen Knöpfen und Verzierungen und Schuhe mit goldenen Schnallen sowie einen Dreispitz. Selbst die Strümpfe unter den Kniehosen waren schwarz anstelle von weiß.

Als Liliana ihm vom Besuch ihrer Mutter berichtete, nahm er die Neuigkeit relativ gelassen.

»Mach dir keine Gedanken«, sagte er, als er ihr besorgtes Gesicht sah. »Ich möchte ein paar schöne Tage mit Effie und dir verbringen, das wird Eliza nicht schaffen, zu verhindern. Ich werde ruhig bleiben, versprochen, ich habe schon weitaus schlimmeren Stürmen standgehalten. Dem letzten mit euch«, fügte er schmunzelnd hinzu.

***

Als die Kutsche am 24. Dezember vorfuhr und der General mit ihrer Mutter ausstieg, trat Jack ebenfalls auf den Hof, um sie zu begrüßen.

Eliza blieb hinter Richard, da sie nach dem Aussteigen erst ihre übergroße Kopfbedeckung richten musste, die sicherlich der neuesten Mode entsprach.

Ein abscheulicher Hut, mit Federn und Schleifen überladen, wie Liliana fand, aber immerhin besser als die grässlichen Perücken von früher. Das recht anzüglich ausgeschnittene gelbe Kleid war nach hinten gerafft, ähnlich einem dieser Cul de Paris, die Liliana immer an ein Pferdehinterteil erinnerten. Zum Glück war das in England bereits wieder aus der Mode gekommen. Niemals würde sie so herumlaufen wie auf einem dieser aufgeblasenen französischen Hofbälle, das schwor sie sich.

Als ihre Mutter endlich aufsah und Jack erkannte, schnappte sie nach Luft wie ein Fisch auf dem Trockenen. Ihr Mund verharrte in der offenen Position, doch es kam kein Ton heraus. Ihre Mimik verzog sich zu einer schmerzverzerrten Grimasse.

Richard, in seinen roten Generalsrock samt Säbel und grau gepuderter Perücke gekleidet, stand vor ihr und bekam davon nichts mit. Er trat ihnen entgegen und zog den Hut. »Guten Tag, Sir, wir kennen uns noch nicht«, begrüßte er den Mann in teurer Kleidung neben Effie lächelnd, der ebenfalls die Kopfbedeckung abnahm. »Ich bin General Richard Derringham, und dies ist meine Gemahlin Eliza Derringham.«

»Es ist mir eine Ehre, General. Ich kenne Ihre Frau bereits zur Genüge«, antwortete Jack in einem derart höflichen Tonfall, dass die Dreistigkeit seiner Worte seinem Gegenüber nicht aufzufallen schien. Liliana musste sich zusammenreißen, nicht zu grinsen. »Ich bin Kapitän Jacob Farson aus Bristol.«

Sie stutzte leicht. Jack war nur sein Spitzname?

»Du weißt nicht, wer da vor dir steht«, rief Eliza aus und plusterte ihre Wangen auf. »Das ist ...«

»Kapitän Farson?« Richard strich sich über den rotbraunen Schnurbart. »Sie sind nicht zufällig mit Admiral Anthony Farson aus Bristol verwandt?«

Jack nickte. »Das bin ich in der Tat, Mr Derringham. Er war mein Vater.«

Richards Gesicht strahlte, er breitete die Arme aus. »Admiral Farson war ein hervorragender Offizier, ich habe viel von ihm gehört. Auch von der Tragik, die Ihre Familie heimsuchte. Es ist mir eine Ehre, Anthonys Sohn kennenzulernen.«

Eliza entspannte sich nach diesen Worten etwas, und ihre Wangen nahmen wieder Farbe an.

»Wie haben Sie als Seefahrer Miss Elfreda hier auf dem entfernten Landsitz kennengelernt, Kapitän?«, fragte Richard neugierig, als sie ins Haus gingen. Er schien mehr als erfreut darüber, nicht der einzige Mann an diesem Abend zu sein.

»Das ist wohl eher eine Geschichte zum Dessert als zum Aperitif.« Jack lächelte galant. »Ich werde Ihnen nach dem Essen gerne zu allen Fragen Rede und Antwort stehen.«

»Selbstverständlich.« Der General nickte. »Auch ich bin kein Freund davon, Dinge zu übereilen. Wichtige Gespräche, ob privater oder geschäftlicher Natur, sollten stets in Ruhe und wenn möglich bei einem Glas Wein stattfinden.«

»Da haben Sie recht, Mr Derringham.«

»Ich werde mich nun etwas frisch machen nach der langen Anreise.« Er warf einen Blick zu Eliza. »Kommst du mit auf das Gästezimmer, Liebes?«

Eliza wirkte noch immer blass, winkte aber ab. »Ich wollte Effie noch etwas fragen. Gehe bitte vor, ich komme sogleich nach.«

Richard nickte und folgte den Dienstboten die Treppe nach oben.

Eliza trat vor Jack und öffnete den Mund, doch der winkte ab. »Lass uns für ein Gespräch besser in den Hof gehen«, raunte er. »Das Fenster des Gästezimmers zeigt hierher zum Eingang.«

Eliza raffte den Petticoat ihres voluminösen Kleides und schritt energisch an ihm vorbei durch den langen Flur in den Innenhof. Jack folgte ihr.

Liliana erkannte trotz allem die deutliche Unsicherheit in den Bewegungen ihrer Mutter. Fürchtete sie sich etwa vor Jack? Sie beschloss, ihnen heimlich nachzuschleichen. Auch wenn es unhöflich war, die Neugier zerfraß sie innerlich.

Hinter der Tür blieb sie zurück und beobachtete die beiden heimlich durch das kleine, offene Fenster daneben.

Im Innenhof drehte sich Eliza zu ihm um. Jack verschränkte die Arme und sah sie auffordernd an.

»Was zum Teufel machst du hier?«, rief Eliza aus, Tränen stiegen ihr in die Augen. »Hör auf, uns zu verfolgen und zu belästigen! Lass mich endlich in Ruhe! Lass Liliana in Ruhe! Soll sie so enden wie ich?«

Jack blieb stumm, den Blick weiter streng auf sie gerichtet.

»Du hast mich angelogen!«, fuhr Eliza vorwurfsvoll fort, sie fingerte an ihrer Goldkette herum. »Du hast gesagt, du seist ein armer Matrose!« Ihre braunen Augen funkelten ihn wütend an.

Jack schwieg weiter, was sie sichtlich nervös machte.

»Was hätte ich anderes tun sollen?«, wechselte sie nun von der Anschuldigung zur Rechtfertigung. »Ich konnte sie nicht behalten und noch weniger dir ihren Aufenthaltsort verraten. Du hättest sie zu dir geholt, und sie hätte ihren nächsten Geburtstag nicht überlebt auf diesem Piratenschiff, Jack, sieh das doch ein!« Tränen liefen ihr über das Gesicht.

Liliana überlegte, ob diese wirklich echt waren, und wenn ja, weshalb weinte sie? Aus Wut oder aus Verzweiflung? Erneut kam ihr das Gespräch mit Grace in den Sinn.

Ihr Vater verharrte weiter wie eine streng blickende Galionsfigur.

»Jetzt sag schon etwas!«, schluchzte Eliza. »Steh nicht nur stumm da, sprich mit mir!«

»Wozu?«, sagte er schließlich in einem gefährlich ruhigen Ton. »Du redest genug für uns beide und hörst doch ohnehin nur das, was du hören willst.«

Eliza schluckte hart. »Was hast du jetzt vor? Was willst du von mir?«

»Ich will gar nichts mehr von dir.« Sein Tonfall wurde abfällig. »Ich bin hier, um Liliana und Effie zu sehen.«

»Jetzt hat Effie ja, was sie immer wollte«, sagte Eliza deutlich patzig.

Oha, dachte Liliana, hörte sie da etwa Eifersucht heraus? Immerhin konnte Richard ihrem Vater ihrer Ansicht nach weder, was das Aussehen, noch, was den Scharfsinn betraf, das Wasser reichen.

»Bitte erzähle Richard nicht, dass du Lilianas Vater bist«, fügte sie flehend hinzu.

»So?« Jack hob die Brauen. »Weshalb diese plötzliche Sorge, wo du eben doch fast damit herausgeplatzt wärst?« Sein Ton wurde spöttisch. »Hast du ihm etwa erzählt, du seist von einem verwahrlosten Piraten überfallen und vergewaltigt worden? Dabei war es eine jahrelange Affäre mit einem nautischen Offizier, der mittlerweile ein wohlhabender Kapitän ist. Na, wenn das nicht sein Bild von dir zerstören würde.«

Elizas Lippen bebten, und sie blickte schuldbewusst zur Seite. »Koste sie nur aus, deine Überlegenheit«, zischte sie zwischen zusammengebissenen Zähnen hervor.

Jacks Augen verengten sich. Auch wenn er äußerlich ruhig blieb, erkannt Liliana an diesem Ausdruck mittlerweile, dass in seinem Inneren ein Vulkan brodelte, der kurz vor dem Ausbruch war. »Was soll ich hier auskosten? Du wunderst dich, dass ich wütend bin? Du hast mir meine Tochter weggenommen und dich nicht einmal selbst um sie gekümmert. Du hast verhindert, dass ich Liliana aufwachsen sehe und die zweite Hälfte ihrer Kindheit miterlebe. Das ist unverzeihlich!«

»Jetzt spiele nicht urplötzlich den sorgsamen Vater«, keifte Eliza. »Du hast uns alleingelassen! Außerdem ist es nicht die Aufgabe der Männer, sich um Kinder zu kümmern.«

Liliana erkannte erschreckt, wie Jacks rechte Hand bei diesen Worten zuckte, doch er hielt sich zurück und ballte sie stattdessen zur Faust. »Wenn das deine Meinung ist, warum hast du dich dann ebenfalls nicht gekümmert?«

»Du hättest sie mit auf dieses grauenhafte Schiff genommen, bei Effie war sie sicher.«

»Du glaubst das tatsächlich, nicht wahr? Wie ich sehe, kennst du mich in keinster Weise.« Jack schnaubte. »Ich hätte sie niemals gegen deinen Willen zu mir geholt, schon gar nicht auf die *Black Hound*. Ich wäre nur gerne an der Entscheidung beteiligt gewesen. Eine gemeinsame Lösung findet sich immer. Ich hätte womöglich auch Effie gebeten, dass sie uns unterstützt, und finanziell für Liliana gesorgt. Aber sie mir heimlich zu entziehen und dann wegen gesellschaftlicher Zwänge abzugeben, mich dazu noch anzulügen ...« Er biss die Zähne zusammen.

»Was hätte ich denn anderes tun können? Ich wusste ja nicht, dass du aus einer wohlhabenden Familie stammst. Hast du auch nur den leisesten Schimmer, was es bedeutet, als Frau allein mit einem Kind zu leben? Ohne Eigentum oder Bedienstete? Weißt du, wie man da behandelt wird? Diese abfälligen Blicke ... dieses ... dieses *Gerede*, wenn sie denken, du seist außer Hörweite.« Sie schluchzte theatralisch. »Ich war dieser Schmach hilflos ausgeliefert, während du dich weit fort auf See befandest!«

Liliana merkte, wie sich ihr Magen zusammenzog. Zum ersten Mal verspürte sie echtes Mitleid mit ihrer Mutter. Sie hörte diese Geschichte in diesem Moment mit dem Geist einer Frau, nicht mehr mit dem eines kleinen Kindes. Sie konnte sich heute vorstellen, wie schwer es für Eliza mit ihr gewesen sein musste. Dennoch verstand sie nicht, dass Eliza Jack belogen und sie vor ihm versteckt gehalten hatte.

Ihr Vater verzog den Mund. »Dein Geheule bringt bei mir schon lange nicht mehr den erhofften Erfolg, Eliza, erspare uns beiden die Schauspielerei. Deine Entscheidung hast du damals ganz allein getroffen, also lebe damit! Ich werde es Richard nicht sagen, wenn du dich in Zukunft nicht mehr in Lilianas Leben einmischst.«

»Aber ...?«

»Ja oder nein?« Sein Blick zeigte deutlich, dass es hier keinen Spielraum für Verhandlungen gab.

Sie nickte. »In Ordnung.«

»Dann lass uns jetzt um unserer Tochter willen ein friedvolles Weihnachten feiern, und ich denke mir bis zum Abend eine nette kleine Geschichte aus, wie Effie und ich uns kennengelernt haben könnten.«

»Danke, Jack.« Eliza beehrte ihn mit einem schüchternen Augenaufschlag.

»Für Sie noch immer Kapitän Farson, Mrs Richard Derringham, noch sind wir nicht verwandt oder verschwägert.«

Liliana hielt sich schnell die Hand vor den Mund, um keinen Laut von sich zu geben, als sie das empörte Gesicht ihrer Mutter nach diesen scharfen Worten sah.

Eliza fasste sich wieder und zog die Nase kraus. »Ich habe ganz vergessen, was für ein kaltherziger Zyniker Sie sind, Kapitän Farson«, zischte sie, tupfte sich schnell die Augen trocken und schritt dann stolz davon.

Liliana versteckte sich schnell hinter der Tür, als ihre Mutter selbige aufstieß und durch den Gang stob.

Liliana hielt ihre Hand vor den Mund gepresst und wagte kaum zu atmen. Sie wartete darauf, dass ihr Vater ebenfalls im Gang verschwand, doch er schien sich nicht zu regen. Oder war er wieder draußen? Es drang kein Geräusch zu ihr. Sie sah zu Boden und erkannte seinen Schatten, den die Sonne nach innen über den Flur warf ... daneben ihr eigener, verräterisch vom Fenster in ihrem Rücken erzeugt ... Oje!

Langsam wurde die schützende Tür vor ihr fortgeschoben, und sie blickte mit großen Augen in das strenge Gesicht ihres Vaters.

»Was haben wir denn da?«, fragte er und hob eine Augenbraue. »Einen blinden Passagier?«

Liliana blickte ihn entschuldigend an.

Ihr Vater stemmte die Hände in die Hüften. »Wer hat dir eigentlich beigebracht, Gespräche zu belauschen?«

»Äh? ... Mutter?«

Jack schüttelte lachend den Kopf. »Komm, lass uns zu Effie gehen, vielleicht braucht sie Hilfe.«

Liliana nickte erleichtert.

Der Abend verlief unverhofft angenehm, und es war deutlich, dass Richard sehr angetan von dem galanten Kapitän war. Liliana beobachtete staunend, wie gut ihr Vater die biedere gesellschaftliche Oberklasse verkörpern konnte, war er auf seinem Schiff doch eher direkt und energisch, selbst zu Gästen wie den Cranes damals. Sie fand es höchst amüsant, wie der arme General hier von allen im Dunklen gelassen wurde, und musste sich sehr zusammenreißen, um Jack vor Richard nicht Vater zu nennen. Doch aufgrund seiner Beziehung zu ihrer Ziehmutter Effie wäre ein solcher Ausrutscher wohl sogar zu entschuldigen gewesen.

Als Eliza und Richard sich zur Ruhe begeben hatten, trat Jack zu Liliana.

»Ich wollte dir noch etwas geben«, sagte er leise und holte ein hölzernes Kästchen hervor. »Ich denke, morgen vor dem General sähe es etwas ungewöhnlich aus. Frohe Weihnachten!«

Liliana riss erstaunt die Augen auf und nahm das Geschenk entgegen. Es war breit und flach mit kupfernen Scharnieren. »Was ist das?« Sie schob die kleinen Häkchen zur Seite und öffnete es. Darin lag auf grünem Samt eine Halskette aus schwarzen Perlen und mit Diamanten verziert.

»Sie gehörte deiner Großmutter«, sagte Jack. »Sie würde wollen, dass du sie trägst.«

»Sie ist wunderschön«, sagte Liliana staunend. Beinahe ehrfürchtig glitten ihre Finger über das Schmuckstück.

Ihr Vater nahm die Kette heraus und legte sie ihr um den Hals. Liliana ergriff den silbernen Handspiegel und betrachtete sie. »Ich habe noch nie so etwas Wertvolles getragen.« Das Schmuckstück gefiel ihr sehr. Die kleinen Diamanten, die im warmen Licht des Kaminfeuers wie Sterne funkelten, wirkten zwischen den dunklen Perlen nicht zu aufdringlich, sondern dezent elegant.

»Sie steht dir gut«, stellte Jack fest und strich ihre Haare zurück. »Du siehst meiner Mutter sehr ähnlich, auch wenn ich lediglich ein Gemälde von ihr besitze.«

Liliana drehte sich um und umarmte ihren Vater. »Danke!« Sie ließ ihn los und presste die Lippen zusammen. »Ich habe gar kein Geschenk für dich.«

Jack strich ihr über die Schultern. »Du bist das beste Geschenk, das ich mir je wünschen könnte.«

»Du musst mir alles über meine Großmutter erzählen, was du weißt. Wo befindet sich das Bild von ihr?«, fragte Liliana. »Ich habe es nie gesehen auf dem Schiff.«

Ihr Vater schmunzelte. »Ich fahre nicht meinen gesamten Hausrat spazieren. Ich besitze noch das Anwesen meiner Eltern in Bristol. Ein Freund von mir lebt mit seiner Familie in dem Haus und kümmert sich im Gegenzug um alles. Ich wohne fast immer dort, wenn ich in England bin, und kann euch das nächste Mal gerne mitnehmen. Platz ist dort mehr als genug vorhanden.«

Effie trat zu ihnen. »Lasst uns schlafen gehen«, sagte sie lächelnd und zwinkerte Jack kokett zu. »Noch einen Tag, und wir haben das Haus wieder für uns.«

Wiltshire, England

Februar 1786

Die nächsten Wochen zogen sich in die Länge wie Hefeteig. Liliana sehnte den Frühling herbei, wenn sie wieder mit ihrem Vater auf Fahrt gehen würde.
Sie nutzte die langen Abende des Winters dazu, aus Büchern so viel wie möglich über die Seefahrt zu lernen, um bei der nächsten Fahrt kein solch fürchterlicher Anfänger mehr zu sein.

Besonders die Navigation weckte ihr Interesse. Ihr war bewusst, dass sie als Frau niemals ein Seefahrer werden durfte, doch die Schifffahrt hatte Liliana in ihren Bann gezogen. Sie konnte es kaum erwarten, wieder Planken unter den Füßen zu spüren. Das Geschrei der Möwen und das Rauschen des Windes in den Segeln zu hören. Unter dem Geruch von Salz, Algen und Teer zu den Ufern ferner Länder aufzubrechen.

***

Als sie gerade auf dem Hof bei den Pferden war, kam ein Kurier durch den tiefen Schnee zum Landsitz geritten. Sie winkte ihm zu. Der junge Mann grüßte zurück. »Miss Preston?« Sein Atem qualmte in der eisigen Luft zusammen mit dem des Pferdes. Dieses Jahr war der Winter in England besonders hart. Ihr Schwur auf den Antillen, nicht mehr darüber zu klagen, geriet immer mehr in Vergessenheit, und sie sehnte sich nach Sonne, Strand und Palmen.

Sie sah ihn neugierig an. »Ja, die bin ich.«

Er zog einen Umschlag aus seiner Umhängetasche und reichte ihn ihr, seine Hände steckten in dicken Wollhandschuhen. »Das ist für Sie.« Liliana holte einen Schilling hervor und gab ihn dem Jungen. Der grüßte dankbar, lenkte sein Pferd und trabte davon.

Der Brief war sicher für Effie, wahrscheinlich von Jack. Die beiden schrieben sich ständig, wenn sie nicht zusammen waren. Ob Vater um ihre Hand anhalten würde? Liliana schmunzelte in sich hinein. Sie wollte gerade nach Effie rufen, als ihr Blick auf den Namen fiel. Sie runzelte die Stirn. Er war nicht an ihre Tante adressiert, sondern an sie: Miss Liliana Preston. Einen Absender sah sie nicht.

War es ein Brief von Mutter? Nein, sie besaß eine andere Handschrift. Einer ihrer albernen Verehrer aus der Stadt vielleicht? Sie rollte innerlich die Augen. Wie viel deutlicher sollte sie noch werden?

Sie drehte den Umschlag, um zu sehen, ob sich vielleicht doch Richards Siegel darauf befand, und ihr Herz setzte einen Schlag aus. Es zeigte ein Segelschiff. Die Initialen F und S standen oben in den Segeln, ein C schmückte den Rumpf. Konnte das sein?

Ihre Hände zitterten unter den dicken Wollhandschuhen. Sie unterdrückte den Drang, das Siegel sofort aufzubrechen, und sah sich nervös um, ob sie auch keiner beobachtete. Dann rannte sie zurück in den Stall und stieg die Leiter hinauf zum Heuboden. Hier befand sich – schon seit sie ein kleines Mädchen war – ihr Geheimversteck.

Sie machte sich ein gemütliches Nest inmitten des duftenden Heus und betrachtete das Pergament erneut. Ihr ganzer Körper kribbelte, doch nicht vor Kälte, die war vergessen. Sie zog die Handschuhe mit den Zähnen aus, warf sie ins Heu und brach das Siegel aus rotem Wachs. Mit zitternden Fingern faltete sie das Papier auseinander. Eine elegant geschwungene Schrift kam zum Vorschein.

Im Schein der Sonne, der staubig durch die Bretter drang, flogen ihre Augen über die Zeilen.

Meine liebste Liliana,
unsäglich lange Zeit rang ich mit mir, diese Zeilen an Dich auf Papier zu bringen. Dein Brief, der mich noch vor dem Christfest in Hastings erreichte, ließ mein Herz jubilieren. Damit machtest Du mir womöglich unbewusst das beste Weihnachtsgeschenk, das ich je in meinem Leben erhielt.
Auch der Gedanke, dass mein guter Quintus in eurem Hengst weiterleben darf, zauberte mir ein Lächeln auf die Lippen. Danke dafür, und noch mehr ehrt es mich, dass Dir selbst so nebenbei gefallene Worte von mir in Erinnerung geblieben sind.
Ich trage das Pergament seit all den Wochen bei mir, nahe am Herzen. Dort, wo auch für Deine Person immer ein Platz sein wird, solange ich lebe.
Ich hoffe, diese Zeilen allein sagen Dir bereits, wie sehr auch ich unsere gemeinsame Zeit vermisse. Ich denke häufig und voller Sehnsucht an Dich. Du würdest nicht glauben, wie oft ich kurz davor war, ein Pferd zu mieten und in wildem Galopp zu Dir zu eilen, dabei weder mir noch dem Tier eine Rast zu gönnen.

*Ich wünschte mir aus vollem Herzen, die Umstände
wären andere.*
*So aber bleibt mir nur die Traumwelt der Erinnerung
und die unermüdliche Hoffnung, Dich eines Tages wiedersehen zu dürfen.*
*In tiefer Dankbarkeit für die Stunden, die Du mich mit
deiner Anwesenheit beehrt hast, verbleibe ich in
Freundschaft*
Finlay

Liliana las den Brief wieder und wieder, bis der Trä-
nenfilm auf ihren Augen die Wörter zerfließen ließen.
Sie spürte den sanften Druck seiner Lippen auf den ihren. Bei der letzten Begegnung in der feuchtwarmen
Abendluft der Antillen, vor dem Steg. Tief seufzend
drückte sie das Papier an ihre Brust. Diesen Moment
würde sie ewig in ihrem Herzen tragen.

Am Abend hielt sie es nicht mehr länger aus und ging
zu Effie, die allein in der Küche über den Winter ge-
trocknete Kräuter sortierte. Es duftete wundervoll
nach Minze.

»Effie?«

Ihre Tante sah auf. »Ja?«

Liliana atmete tief durch. »Wenn ich dir sage, dass ich
mich tatsächlich in einen Mann verliebt habe, würdest
du zu mir stehen? Ganz gleich, wer es ist?«

Effie musterte sie mit ausdruckslosem Gesicht. »Ich
bin mir gerade nicht sicher, ob ich mich bei deinen
Worten freuen soll oder nicht.«

»Es gibt einen Mann, bei dem mir flau im Magen wird,
wenn ich nur an ihn denke. Sein Blick verwandelt
meine Beine in Pudding, seine Ausstrahlung und sein
Aussehen lassen mich glauben, dass es der einzige reale
Mann ist, der auf dieser Welt existiert. Alle anderen

verblassen wie im dichten Nebel. Bei keiner anderen Person habe ich je ein solches Kribbeln verspürt.«

Effie lächelte. »Das klingt so wundervoll. Wer ist es? Charles?« Sie seufzte. »Bitte sag nicht, dass es dieser hochnäsige Kenneth ist.«

Liliana verzog das Gesicht. »Was? Nein, igitt! Wie kommst du denn darauf?«

Effie lachte bei ihrem Blick auf, sie klang erleichtert. »Also Charles? Er wirkte durchaus nett.«

»Nein, auch der ist es nicht.« Liliana musste direkt überlegen, wer dieser Charles gewesen war. Der stille dunkelhaarige Neffe von Richard, den ihre Mutter zuerst angeschleppt hatte? Nein, der hieß doch Siegfried oder so ähnlich.

Ihre Tante runzelte die Stirn. »Jemand aus dem Ort? Von dem ich nichts weiß? Mach es doch nicht so spannend!«

»Du kennst ihn«, druckste Liliana und biss sich auf ihren Daumennagel. »Auch Vater kennt ihn ... und genau das ist das Problem hierbei.« Sie seufzte.

Effie riss die Augen auf. »Du meinst ...?«

Liliana presste die Lippen aufeinander und nickte. »Ja. Ich habe mich in Finlay Clark verliebt. So richtig verliebt, fürchte ich.« Sie atmete tief durch. »Ich habe lange versucht mir einzureden, es sei nur eine kindliche Schwärmerei, die mit genügend Abstand nach einiger Zeit verblassen würde. Aber das Gegenteil ist der Fall. Je öfter ich andere Männer treffe, desto mehr sehne ich mich nach ihm.«

Effie seufzte laut. Sie nahm Lilianas Hände und führte sie zur Sitzecke, wo beide Platz nahmen. »Schatz, ich weiß nicht, was ich dazu sagen soll. Finlay ist ...« Sie stockte, und der Griff um Lilianas Hände verstärkte sich, als wollte sie ihre Nichte vor einem gefährlichen Sturz bewahren. Ein wenig fühlte sich Liliana auch, als balancierte sie auf einem hohen Seil.

»Er ist ein Mann, der sicherlich einigen Frauen das Herz gebrochen hat«, warnte ihre Tante sie.

Liliana schüttelte den Kopf. »Das stimmt nicht, das weiß ich.«

»Bist du dir da so sicher?« Effie legte die Stirn in Falten. »Was, wenn du für ihn nur ein Abenteuer bist?«

Liliana straffte ihre Schultern. »So etwas könnte mir mit jedem Mann passieren. In der Liebe gibt es nie eine Garantie, das sagtest du selbst.«

Effie senkte den Blick.

»Wenn er so denken würde, wie du befürchtest, hätte er mir gegenüber doch sofort die Chance ergriffen, oder?« Sie atmete tief durch. »Ich liebe Finlay.« Jetzt war es ausgesprochen. »Und er liebt mich auch, das versichert mir mein Herz. Wenn Vater nicht wäre ...«

Ihre Tante sah wieder auf. Die braunen Augen strahlten Sanftheit und Verständnis aus. »Es ist dein Leben. Jack hat nicht das Recht, zwischen euch zu stehen, solltet ihr euch wirklich lieben.«

»Er tut es aber.« Liliana verzog den Mund. »Er hat Finlay gedroht, davon bin ich überzeugt.« Finlays Unsicherheit in jener letzten Nacht sprach Bände, im Nachhinein glaubte sie sogar, Angst in seinem Blick gelesen zu haben. Ja, Vater hatte mit Sicherheit seine Finger im Spiel. Mittlerweile kannte sie ihn gut genug, und ihre kindliche Naivität und Bewunderung für ihren Vater war deutlich weniger geworden.

Effie schmunzelte. »Dann ist das doch eine Möglichkeit, seine Gefühle für dich zu testen. Gestehe Finlay deine Liebe. Wenn die seinige größer ist als die Angst vor deinem Vater, dann weißt du zumindest, dass sie echt ist.«

Liliana atmete tief durch, bei der Vorstellung schwoll ein Kloß in ihrer Kehle an. »Du meinst, ich soll es wirklich tun? Ihn treffen und es ihm sagen? Ich als Frau?«

Effie drückte ihre Hände. »Wenn man etwas wirklich will, muss man auch bereit sein, dafür zu kämpfen. Warte nicht wie ein wohlerzogenes Mädchen, bis dir alles von anderen serviert wird, sondern hole es dir selbst. Sonst wirst du nicht glücklich werden, glaube mir.«

Liliana lächelte. »Danke!«

Plymouth, England

März 1786

Der Tag der Abreise kam schneller als befürchtet. Endlich war es wieder so weit, und Liliana fuhr zusammen mit ihrer Tante nach Plymouth. An Bord der *Nemesis* wurde sie herzlich begrüßt.

Bevor die Fahrt nach Afrika gehen sollte, legte das Schiff noch einmal in Hastings an, um Güter aufzuladen. Auch wenn sie diesen Hafen wegen des Tiefgangs nur bei Flut befahren konnten, begrüßte Liliana die kurze Strecke. Es gab ihr Gelegenheit, sich wieder an das Leben auf einem Schiff zu gewöhnen.

Für Hastings plante Jack nur einen Tag ein. Liliana folgte Enrique, der die Waren in Empfang nahm und streng Buch führte. Die Arbeit eines Quartiermeisters fand sie mittlerweile spannender als Navigation. Die Organisation des gesamten Schiffes schien in seinen Aufgabenbereich zu fallen. Das Erstellen von Listen über die Vorräte, Umrechnungen der verschiedenen Währungen eines Landes und auch Bezahlung der Mannschaft. Es wurde nie langweilig, und er trug auch eine große Verantwortung. Wie jeder leitende Seemann an Bord.

Die Matrosen waren gerade dabei, die Seile einzuholen und die Segel zu hissen, als jemand schnellen Schrittes auf die *Nemesis* zurannte. Er winkte wild.

Liliana erkannte den bärtigen Mann mit den buschigen Haaren und rief ihren Vater herbei.

»Das ist Ezekiel Braden, Finlays Bootsmann.« Ihr Herz raste. War die *Alecto* etwa in der Nähe? Würde sie Finlay treffen können?

Jack befahl den Matrosen, den Steg auszufahren, und ging unter Deck zum Eingang. Er winkte den Mann an Bord. Ezekiel wirkte erschöpft und außer Atem.

Liliana konnte sich nicht erinnern, sein sonst so ausdrucksloses Gesicht je derart schmerzverzerrt gesehen zu haben.

»Was ist los?« Jack betrachtete ihn abschätzend mit gerunzelter Stirn. »Ist etwas passiert?«

Ezekiel zog seine Mütze vor dem Kapitän, die buschigen Haare standen in die Höhe. »Entschuldigen Sie mein Auftauchen, Sir«, keuchte er. »Aber ich weiß nicht, an wen ich mich sonst wenden kann. Wir wurden verraten. Die *Alecto* haben sie beschlagnahmt, die Mannschaft darf das Schiff nicht verlassen, und Kapitän Clark wurde festgenommen.«

»Was?« Liliana fühlte einen Stich im Herzen. »Weswegen?«

»Schmuggel und Piraterie.« Ezekiel presste die Lippen zusammen.

Jack schnaubte. »Was kommen Sie damit zu mir? Der Trottel hat sich da offensichtlich selbst reingeritten.«

»Vater!«, rief Liliana empört. »Er hat Effies Leben gerettet und dich auch im Kampf gegen die *Bloody Sue* unterstützt und sogar Männer verloren dabei.« Die Vorstellung, Finlay in einem Verlies zu sehen, brach ihr das

Herz. Würde er sogar am Galgen landen? Das durfte nicht geschehen!

»Unsere letzten Geschäfte sind absolut sauber gewesen«, erklärte Ezekiel mit rauer Stimme. Er knetete die Mütze in seinen Händen. »Da will uns jemand reinreiten, Sir. Ich fürchte, es hat mit der Sache mit Pelt zu tun. Vorher hat sich unser Kapitän nie Feinde gemacht.«

»Siehst du?«, fauchte Liliana und gestikulierte aufgebracht mit den Armen. »Er wird bestraft, weil er das Richtige getan hat. Das darfst du nicht zulassen, Vater!«

Jack warf ihr einen giftigen Blick zu, und Liliana verstummte betreten. »Weil er einmal nicht das Falsche getan hat wie sonst immer«, zischte er. »Was stellst du dir denn vor, das ich tun soll? Bei unserem geisteskranken König George anklopfen und ihn bitten, den Kerl zu begnadigen, weil das alles nur ein trauriger Irrtum ist? Oder einfach mal so ins Gefängnis einbrechen und ihn befreien? Beides wäre Selbstmord.«

Liliana drückte ihre Hände aneinander und zog die Schultern hoch. »Ich ... äh ... dachte da eher daran ... mit deinen Beziehungen nach London und so ... ihm vielleicht einfach einen guten Advokaten zur Seite zu stellen.«

Jacks stutzte und rieb sich über das Kinn. »Gut, das wäre in der Tat eine Möglichkeit, die mir gegeben ist. Aber wir bräuchten handfeste Argumente und Beweise.«

»Das Logbuch sollte genügen«, sagte Ezekiel deutlich hoffnungsvoll. Die Mütze wurde nicht mehr drangsaliert. »Unser Kapitän ist extrem penibel, was die Buchhaltung angeht. Leider wird die *Alecto* streng bewacht und ich befürchte, dass die Marine es sich bereits geholt hat. Ich war zufällig unterwegs und glücklicherweise nicht an Bord, als es geschah. Die Männer stecken alle unter Deck fest. Sie warnten mich mit Lichtsignalen durch die Luken. Wenn ich gefunden werde, bin ich dran, mein Name steht immerhin ganz oben auf der Heuerliste des Schiffes.«

»Meinen Sie, wer auch immer dahintersteckt, wird versuchen, die Beweise zu vernichten?«

»Ich schließe das auf keinen Fall aus, Sir.«

»Wissen Sie, wo Ihr Kapitän seine Bücher aufbewahrt, Mr Braden?«

»Ja. Sie sind recht sicher verwahrt.«

Jack nickte. »Gut. Ich werde versuchen, herauszufinden, ob die Logbücher bereits beschlagnahmt wurden. Wenn nicht, müssen wir irgendwie auf die *Alecto* gelangen und alle nötigen Unterlagen sichern. Je nachdem, was dabei herauskommt, sehen wir weiter.«

»Danke, Sir!« Ezekiel atmete erleichtert auf.

»Sie dürfen solange hier an Bord bleiben, Mr Braden. Dann sind Sie vor einer Festnahme sicher, bis wir eine Lösung gefunden haben. Aber lassen Sie sich besser nicht so oft an Deck blicken.«

Ezekiel drehte die Mütze wieder. »Das werde ich Ihnen nicht vergessen, Sir, danke.«

Jack nickte nur und richtete sich mit eisigem Blick an Liliana: »Du kommst mit mir, junge Dame!« Er drehte sich um und ging in Richtung des Hecks.

Liliana schnürte es die Kehle zu. Sie folgte ihm mit einem deutlich schlechten Gewissen. Würde er sie nun betrafen wegen ihres unmöglichen Ausbruchs eben? Aber die Sorge um Finlay hatte ihren Verstand ausgeschaltet. »Es tut mir leid, Vater, ich ...«

Jack gebot ihr mit einer energischen Handbewegung zu schweigen, ohne sie anzusehen. Liliana schluckte betreten.

Erst in seinem Arbeitszimmer drehte er sich mit finsterem Blick zu ihr um. Er hob drohend den Zeigefinger. »Ich möchte nicht, dass so etwas noch einmal vorkommt, verstanden?«

Liliana knetete die Hände ineinander. Lediglich die dünnen Wollhandschuhe verhinderten, dass sie auf ihren Nägeln kaute. Sie fühlte sich wie ein gescholtenes Kind und schämte sich dafür. »Ich weiß selbst nicht, was über mich gekommen ist«, sagte sie leise und biss sich auf die Unterlippe. »Es war unhöflich von mir.« Sie blickte scheu auf. »Bist du sehr böse auf mich?«

Jack blickte sie an und seufzte laut. »Du musst lernen, dein Temperament zu zügeln an Bord«, sagte er streng. »Verstehe eines bitte: Es geht mir keineswegs darum, dich mit Autorität in die Knie zu zwingen. Im Gegenteil, du solltest niemals Angst haben, einem Mann deine Meinung zu sagen. Aber auf solch einem großen Schiff herrschen andere Gesetze. Eiserne Disziplin ist wichtig für unser aller Überleben auf See.« Sein Blick hielt sie gefangen. »Ich kann mir daher keinen Autoritätsverlust leisten, verstehst du? Im Gegensatz zu einigen anderen Kapitänen bereitet es mir weiß Gott keine Genugtuung, Männer zu bestrafen. Da setze ich auf Vorbeugung. Wenn die Matrosen aber sehen, dass ich mir von einer Frau ans Bein pinkeln lasse, dann versuchen sie es womöglich ebenfalls. Solche Flecken sind, ohne Gewalt anzuwenden, kaum wieder herauszuwaschen!«

Liliana musste bei der Vorstellung, ihrem Vater ans Bein zu pinkeln, ungewollt losprusten, auch wenn die Situation alles andere lustig war. Schnell hielt sie die Hand vor den Mund und sah ihn erschreckt an.

Jack lächelte verzeihend. »Ich hoffe, mein Bild hat es dir verdeutlichen können.«

»Ja, hat es. Das werde ich nun nicht mehr aus dem Kopf bekommen, fürchte ich.« Sie räusperte sich. »Ich werde mich daran halten, ich verspreche es dir. Es tut mir wirklich leid, ich war nur so erschrocken.«

»Beiß dir das nächste Mal auf die Zunge.«

»Ja, Vater.«

Jack setzte sich an den Schreibtisch und holte Feder und Papier hervor. »Wir versuchen es zuerst auf dem legalen Weg. Ich werde meinem Cousin in London schreiben, dem Richter, erinnerst du dich? Er kennt sicher einen guten Advokaten.« Er sah auf. »Mach dir keine Gedanken, wir holen den Jungen da heraus.«

Liliana lächelte glücklich.

»Tot oder lebendig.«

Ihr Lächeln erstarb. Jack zwinkerte amüsiert.

Sie verdrehte die Augen. »Du kannst so richtig fies sein, weißt du das?«

»So sagt man.«

***

Schon drei Tage später holte Effie Liliana in der Kabine ab. »Die Anfrage bei Jacks Cousin war erfolgreich«, erzählte sie fröhlich. »William Farson schickte einen befreundeten Advokaten, der auch Zugang zu den Logbüchern bekam. Sie warten im Arbeitszimmer auf uns, um alles zu besprechen. Komm mit!«

Liliana klopfte das Herz bis zum Hals. »Also lässt er uns endlich auch an seinen Plänen teilhaben?« Sie runzelte die Stirn.

Effie schmunzelte. »Ich hatte ein längeres Gespräch mit ihm darüber. Dabei sagte ich ihm deutlich, dass du sicher weniger Alleingänge machst und dich auch besser zurückhalten könntest, wenn er dich in alles einweihen würde.«

Liliana stürzte in den Arbeitsraum. Sie fuhr erschreckt zusammen, als sie den kräftigen Mann neben ihrem Vater stehen sah. Das war doch nicht etwa der Advokat, oder?

Jack wies auf ihn. »Liliana, darf ich vorstellen? Gordon Glynn, er wird Finlay vertreten.«

Liliana staunte mit offenem Mund. Dieser Mann wirkte nicht so, wie sie sich einen Anwalt ausgemalt hatte: bleich, schmal und mit Zwicker. Nein, hier stand jemand, den sie sich eher als Holzfäller im Wald vorstellen konnte. Trotz der eleganten Kleidung und der klassischen Perücke aus Echthaar mit Locken und Zopf war er groß und breitschulterig, seine Haut sonnengebräunt, und sein energisches Kinn unter dem gestutzten Vollbart strahlte Selbstsicherheit und auch eine gewisse Arroganz aus.

Er deutete eine Verbeugung an, sichtlich amüsiert über ihren Blick. »Es ist mir eine Ehre, Miss Preston.«

Liliana schluckte ihr Erstaunen hinunter und erwiderte den Gruß höflich. »Es freut mich, Sie kennenzulernen, Mr Glynn«, sagte sie lächelnd. »Vielen Dank für Ihre Unterstützung.«

»Ich werde mein Nötigstes tun.«

Jack schmunzelte. »Lass dich nicht von seiner Statur täuschen, dieser Mann ist eine Legende. Er vertrat für Granville Sharp den ehemaligen Sklaven Jonathan Strong 1768 und gewann.«

Der Advokat winkte verlegen ab. »Das waren ganze drei Jahre Kampf vor den Gerichten.«

»Dennoch ein Exempel, das den Abolitionismus vorantrieb in ganz Europa. Danke dafür, Mr Glynn.« Er blickte zu Liliana. »Wenn jemand einem schwarzen Sklaven in England die Freiheit erkämpfen kann vor Gericht, dann vielleicht auch einem angeblichen Piraten.«

»Ich hoffe es so sehr.« Sie presste die Lippen zusammen.

»Haben Sie das Logbuch bekommen können?«, fragte Jack nun freiheraus.

Glynn nickte. »Ja, hier ist es.«
Er legte ein Buch auf den Schreibtisch.

Jack blätterte zu den letzten Seiten, las, blätterte zurück, wieder vor und runzelte die Stirn.

»Was ist los?«, fragte Liliana neugierig, sein Blick gefiel ihr nicht.

Ihr Vater machte einen Schritt vom Tisch weg. »Mr Braden, schauen Sie sich das bitte mal an.«

Ezekiel trat vor und schlug die letzten beschriebenen Seiten auf. Er stutzte. »Was zum ...?« Der Bootsmann hob das Buch und schaute auf Einband und Rücken, als könnte er nicht glauben, dass es das Richtige war. Er sah auf, sein Gesicht voller Ratlosigkeit und Irritation.

Jack überkreuzte die Arme, und seine Augen wurden schmal. »Diese Zahlen und Waren stimmen nicht mit Ihrer Aussage überein, Mr Braden.«

Ezekiel blätterte wild vor und zurück. Ihm fielen beinahe die Augen aus dem Kopf dabei. »Das kann nicht sein«, rief er. »Diese Einträge sind falsch. Ich weiß, dass Finlay Buch geführt hat, ich habe ihn selbst die Eintragungen machen sehen.« Er blickte auf und seine Augen blitzten unter den buschigen Brauen. »Das ist nicht die Handschrift meines Kapitäns!«

Jack nahm das Buch auf, blätterte Seite für Seite um und beäugte es genau. Seine Stirn legte sich in Falten. »Da hat jemand die letzten beschriebenen Blätter herausgetrennt.« Er rieb sich das Kinn. »Und danach wohl seine eigenen Einträge gemacht.«

Liliana schluckte. »Bist du sicher?«

»Ja. Schau, sie wurden vor der Bindung mit einem scharfen Messer oder gar Skalpell säuberlich herausgetrennt, damit die Gegenseiten, die schon beschriftet wurden, nicht herausfallen. Um neue Blätter einzulegen und die bereits beschriebenen weiter vorn zu kopieren, fehlte wohl die Zeit.«

Ezekiel ballte die Fäuste. Er musste sich mit Gewalt zurückhalten, nicht alles kurz und klein zu schlagen, wie es schien. »Wer könnte das gewesen sein? Unser Verräter?«

Mr Glynn, der die Szene ruhig beobachtet hatte, trat nun vor. »Die Logbücher wurden unter Zeugen aus dem verschlossenen Schrank der *Alecto* entnommen und im Gerichtsgebäude aufbewahrt. Das ist alles dokumentiert. Wann immer eine Fälschung stattgefunden hätte, es müsste zuvor geschehen sein.«

»Sie meinen vor der Beschlagnahmung des Schiffes?«, fragte Jack, und der Advokat nickte.

»Also gibt es einen Verräter auf der *Alecto*.«

»Verdammt, der ganze Aufwand für nichts«, fluchte Ezekiel und warf die Arme in die Luft. »Dieses Logbuch reitet Finlay nur noch tiefer in die Misere.«

»Dann lassen wir es verschwinden«, sagte Liliana unsicher.

Der Advokat schüttelte den Kopf. »Auf keinen Fall, das käme einem Schuldeingeständnis gleich.« Er begutachtete die Seiten ebenfalls. »Es wirkt tatsächlich ein wenig anders als die Handschrift davor. Wir könnten einen Gutachter beauftragen, die Handschriften zu untersuchen und darzulegen, dass die Einträge von zwei verschiedenen Personen stammen.« Er rieb sich das Kinn. »Aber da die Schiffe ja in Bewegung sind, ist die Schrift selten einheitlich, und diese Indizien allein würden noch lange nicht Kapitän Clarks Unschuld belegen. Wir brauchen mehr Beweise.«

Ezekiel seufzte. »Alles umsonst, verflucht.«

Jack presste die Lippen zusammen. »Nicht unbedingt. Wir wissen nun sicher, dass es eine Intrige ist, und auch, dass es einen Verräter an Bord gibt. Wer sonst könnte die Logbücher aus dem Versteck holen, anschließend wieder zurückstellen und den Schrank verschließen?« Er sah zu dem Bootsmann. »Wie viele Schlüssel gibt es, und wer außer Finlay hatte einen?«

»Nur einen.« Ezekiel fuhr sich über den buschigen Bart. »Finlay bewahrte ihn in einem Versteck auf.«

»Das Versteck hat Mr Clark dem Gerichtsdiener verraten«, warf Glynn ein. »Dieser war zugegen, als das Buch geholt wurde, und seitdem ist es in seiner Verwahrung gewesen, bis ich es ausgeliehen habe. Mr Carter ist ein Ehrenmann, ich vertraue seinem Wort blind. Wenn jemand das Logbuch manipuliert hat, dann geschah dies sicherlich zuvor.«

Jack nickte. »Finlay glaubte gewiss, das Buch beweise seine Unschuld.« Er sah zu Ezekiel. »Dann formuliere ich meine Frage anders: Wer kannte alles das Versteck des Schlüssels?«

»Nur Finlay und ich, soweit ich weiß.« Ezekiels Hand wanderte zu seinem Hals, und er rieb sich daran. »Seit Alan in der Schlacht gegen Pelts Crew fiel, haben wir noch keinen neuen Quartiermeister gehabt, dem man voll vertrauen konnte.«

Effie seufzte. »Wir drehen uns im Kreis.«

»Geben wir auf?«, fragte Liliana leise.

»Aufgeben? Jetzt, wo es spannend wird?« Jack hob das Kinn. »So unbefriedigend dieser Vorfall sein mag, ist es doch ein Puzzle, das ich nur allzu gerne lösen würde.«

Sie lächelte erleichtert. »Also wurde dein Ehrgeiz geweckt?«

»So in etwa. Auch wenn es Finlay ist, der hier nach Plan vernichtet werden soll, kann ich eine derartige Hinterhältigkeit nicht zulassen.« Er atmete tief durch. »Einer von uns muss zu ihm und ihn fragen, wer noch von dem Versteck wusste.« Er sah zu Mr Glynn. »Ihnen wird er sicher nicht genug vertrauen.«

»Ich darf auch erst nach Abschluss der ganzen Bürokratie ohne Zeugen mit ihm sprechen, dann wäre die Zeit zum Handeln zu knapp.«

»Ich kann es kaum tun«, brummte Ezekiel. »Ich sollte an Bord der *Alecto* eingesperrt sein.« Er kratzte sich am Nacken.

Jack schnaubte. »Ich möchte mich da ebenfalls ungern mit ihm in Verbindung bringen.«

»Am unauffälligsten wäre eine Frau«, warf der Advokat in ruhigem Ton ein. »Der Besuch einer Ehegattin oder Liebschaft wird in der Regel problemlos genehmigt, und ein solches Gespräch benötigt auch keine Zeugen. Bei Frauen erwarten sie keine relevanten Themen.«

Liliana runzelte abfällig die Stirn bei diesen Worten. Meinte er damit, Frauen würden Kenntnisse über Geschäftliches abgesprochen und ihre Absichten nicht für voll genommen? Sprachen Frauen seiner Ansicht nach nur über Gefühle und Familie? Sie ließ das jedoch unkommentiert, es war immerhin gerade zu ihrem Vorteil. Hoffnungsvoll sah sie zu ihrem Vater.

»Darf *ich* Finlay besuchen?« Zumindest würde man sie altersmäßig eher für eine Liebschaft halten. »Bitte!« Sie wollte es so gerne.

Jacks eisiger Blick schnellte wie ein Geschoss zu ihr. »Auf gar keinen Fall.«

»Aber jemand muss es ihm mitteilen und herausfinden, wer der Verräter ist.«

»Das kann Effie genauso gut. Wir besorgen für sie einen Besucherschein.«

»Ich besitze keinen Ausweis«, warf Effie ein.

»Ich aber, ich kann für dich bürgen.« Jack rieb sich das Kinn. »Wir sollten in der Tat vor dem Ablegen noch mal nach London zum Kronrat und euch beiden Reisedokumente ausstellen lassen. Nicht nur in Amerika, auch in vielen anderen Ländern werden Briten immer stärker kontrolliert heutzutage.«

***

Nachdem Jack alles in die Wege geleitet hatte und Effie einen Besucherschein besaß, begleitete Liliana ihre Tante zum städtischen Gefängnis.

»Lass mich an deiner Stelle gehen«, flehte sie.

»Nein«, rief Effie erschreckt aus. »Ein Gefängnis ist solch ein entsetzlicher Ort. Das ist nichts für dich.«

»Ich muss Finlay noch einmal sehen. Bitte, Effie! Was, wenn sie ihn verurteilen und er am Galgen landet?« Tränen schossen ihr in die Augen.

»Gerade dann ist es vielleicht besser, wenn du ihn vorher nicht noch einmal siehst ...«

Sie packte ihre Tante am Arm. »Nein. Ich könnte nie wieder in Ruhe schlafen, ohne es ihm gesagt zu haben. Bitte, ich flehe dich an. Ich werde auch nie wieder etwas von dir verlangen, mein gesamtes Leben lang nicht, das verspreche ich dir.«

Effie betrachtete sie mit feuchten Augen. Sie hob die Hand und strich ihr sanft über das Gesicht. »Mein tapferes Mädchen.«

Die warme Haut auf ihren Wangen ließ auch bei Liliana die Tränen laufen. »Ist es immer so schmerzhaft, wenn man sich verliebt hat?«, flüsterte sie leise.

Effie nickte. »Ja«, sagte sie aus voller Überzeugung. »Zu oft.« Sie holte das Schreiben hervor und drückte es Liliana in die Hand. »Hier. Geh an meiner Stelle. Zieh dir deine Haube tiefer ins Gesicht, dann wird man den Altersunterschied vielleicht nicht so stark erkennen ... sollte jemand überhaupt auf das Geburtsdatum schauen. Alles Gute!«

»Danke, Effie!« Sie küsste ihre Tante auf die Wange. »Ich danke dir so sehr!«

»Und kein Wort zu Jack darüber!«

Liliana nickte. »Natürlich nicht. Mir ist mein Leben lieb.«

Vor dem Gefängnis zog sich ein eisiges Band um ihren Brustkorb, doch die Sehnsucht nach Finlay gab ihr Mut. Sie grüßte die beiden Soldaten in roter Uniform vor dem Tor höflich und überreichte dem vorderen von ihnen die Genehmigung. Vielleicht mit etwas zu zittrigen Fingern. Der junge Mann prüfte das Schreiben lange. Zu lange für Lilianas Geschmack. Als er sie anschließend intensiv musterte, bemühte sie sich, so unschuldig wie möglich zu wirken.

»Miss Elfreda Preston?«, fragte er mit gerunzelter Stirn. »Geboren im Jahre unseres Herrn 1742?« Er hob die Brauen.

Liliana stockte das Blut in den Adern. Warum musste sie ausgerechnet an einen Soldaten geraten, der rechnen konnte? Ein Beben ging durch ihren Körper. Hatte sie mit dieser Aktion nun alles verdorben? Er würde ihr niemals glauben, und nun durfte auch Effie sicherlich nicht mehr zu Finlay und ihn befragen. Mit ihrer dummen, egoistischen Aktion hatte sie womöglich Finlays Rettung verhindert! Sie wäre schuld, wenn er gehängt werden würde. Schwarze Flecken tanzten vor ihren Augen. Nein, bloß nicht zusammenbrechen jetzt!

Sie entschloss sich dazu, es mit der Wahrheit zu versuchen. Was blieb ihr anderes übrig?

Sie atmete tief durch. »Miss Elfreda Preston ist meine Tante. Mein Name ist Liliana Preston, geboren 1766.«

Der Soldat stutzte. »Aber dieser Schein ist ...«

»Er ist auf meine Tante ausgestellt.« Sie blickte ihn flehend an, ihre Stimme wurde flüsternd. »Mein Vater verbietet mir jeglichen Kontakt zu dem Gefangenen. Aber ich muss ihn noch einmal sehen! Vielleicht wird es das letzte Mal sein. Ich ...« Ihre Augen füllten sich mit Tränen. »Ich liebe ihn.« Sie schluckte. »Bitte!«, flüsterte sie fast lautlos. »Mein Glück hängt davon ab, mein Leben! Wenn er verurteilt wird, ohne dass ich ihm ein letztes Mal in die Augen sehen konnte, dann weiß ich nicht, was ich tue!« Sie holte tief Luft, wie um weitere Tränen zu unterdrücken, und fasste sich an ihr Dekolleté. Ein wenig Dramatik zu zeigen war sicher nicht verkehrt. Etwas Nützliches musste sie schließlich von ihrer Mutter gelernt haben.

Der junge Soldat sah sie eine Weile an. Er drehte sich kurz zu seinem Kameraden, der mit den Schultern zuckte. Frauen galten nicht als sonderlich risikobehaftet, fiel ihr ein. Schließlich nickte er und räusperte sich. »Folgen Sie mir bitte, Miss Preston.«

Liliana atmete erleichtert durch. »Danke! Vielen Dank!«

Der Soldat winkte ab. »Sie haben einen Besucherschein. Dass man sich bei Ihrem Geburtsdatum verschrieben hat, ist nicht Ihr Vergehen.«

Liliana stutzte, auf diese Ausrede war sie gar nicht gekommen. Sie fand die Raffinesse dieses jungen Soldaten sehr sympathisch.

Liliana wurde durch einen kargen, gemauerten Flur in einen kleinen Raum geführt. Es roch muffig nach feuchter Erde und gab nur ein vergittertes Fenster und zwei Holzstühle, die etwas über einen Meter auseinanderstanden. War das der Besuchsraum?

Der Soldat wies auf die hintere der beiden Sitzgelegenheiten. »Nehmen Sie bitte hier Platz, Miss Preston«, sagte er. »Sie bleiben auf diesem Stuhl sitzen. Keine weitere Annäherung oder Berührung des Gefangenen, ansonsten wird die Unterredung sofort beendet, verstanden?«

Liliana nickte schüchtern. Der Kloß in ihrer Kehle schwoll an. Sie setzte sich auf den Stuhl und hielt eine Hand an ihren Hals, die merklich zitterte.

Der Soldat bemerkte ihre Unsicherheit. »Diese Maßnahmen dienen nur Ihrem Schutz, Miss Preston«, sagte er mit sanfterer Stimme als zuvor. »Wir haben schon versuchte Geiselnahmen der Besucher erleben müssen, große Liebe hin oder her.« Sein Tonfall klang belehrend, womöglich sollte sie sich seiner Meinung nach einen redlicheren Partner suchen.

Liliana sah ihn an und versuchte sich an einem Lächeln, das sicher misslang. »Ich verstehe. Danke.«

Der junge Mann nickte und verließ den Raum.

Liliana brach es das Herz, als Finlay in Ketten und von zwei rauen Kerlen, die deutlich unhöflicher wirkten als der junge Soldat vorhin, in den Raum gezerrt wurde. Er war barfuß, unrasiert und das Gesicht blass und eingefallen. Seine Kleidung schmutzig und stinkend. Die rostigen Eisenringe hatten die Haut um seine Gelenke blutig gescheuert. Die Wunden waren nässend und mit Dreck gefüllt. Liliana hoffte, dass er sich keinen Wundstarrkrampf holte hier drinnen, dann wäre jede Rettung umsonst.

Als Finlay den Blick hob und sie sah, öffnete er den Mund in Erstaunen. Bevor er etwas sagen konnte, wurde er brutal von dem einen Kerkermeister auf den Stuhl gegenüber gedrückt und daran festgekettet.

»Sie haben fünf Minuten, Miss«, zischte der Mann und trat mit dem anderen aus dem Raum.

Finlay starrte sie noch immer mit geweiteten Augen an. Er blinzelte, als glaubte er zu träumen. »Liliana? Bist du das?« Seine Stimme klang rau.

Sie nickte und kämpfte gegen die aufsteigenden Tränen. »Oh, Finlay! Wie geht es dir?« Welch eine dämliche Frage! Sie biss sich beschämt auf die Zunge.

Finlay bemühte sich sichtlich, aufmunternd zu lächeln, doch es gelang ihm nicht. »Es ist nicht gerade eine königliche Behandlung«, ein trockener Hustenreiz unterbrach ihn, »aber ich lebe.« Er sah ihr in die Augen. »Du bist wunderschön. Noch viel schöner, als ich dich in Erinnerung behalten hatte.«

Liliana wollte so gerne zu ihm stürzen und ihn in den Arm nehmen – oder zumindest berühren dürfen, doch sie wusste, dass die Wachen sie durch das Fenster beobachteten. Sie rieb die behandschuhten Handflächen aneinander und blieb in dem einen Meter Entfernung sitzen. »Ezekiel hat meinen Vater aufgesucht. Wir haben alle Unterlagen und einen guten Advokaten, der dich vertreten wird. Aber ...«, ihr Ton wurde leiser, und sie blickte aus den Augenwinkeln zu den Wärtern, die im Gegensatz zu den Soldaten vor der Tür nicht besonders gebildet wirkten. »Sprichst du Französisch?«, flüsterte sie. Erneut eine dumme Frage, aufgrund derer sie sich am liebsten mit der flachen Hand gegen die Stirn geschlagen hätte. Immerhin hatte er sich auf den Antillen problemlos verständigen können. Die Nervosität schien ihrem Erinnerungsvermögen nicht förderlich zu sein.

Finlay runzelte die Stirn und nickte.

Liliana wechselte in die einzige Sprache, die ihr außer Englisch und dem unbrauchbaren Latein von den Lehrern eingetrichtert worden war. Da sie noch nie mit einem echten Franzosen gesprochen hatte, auch nicht in der Karibik, hoffte sie, ihre Aussprache war verständlich genug.

»Die letzten Seiten aus dem Logbuch wurden entfernt und durch Fälschungen ersetzt. Das bedeutet, es steckt einer dahinter, der an den Schlüssel kommen konnte.«

Finlay presste die Lippen zusammen, dass sie so blass wurden wie seine Hautfarbe. »Es gibt eine Kopie«, flüsterte er, ebenfalls auf Französisch. »Ich schreibe die Logbücher stets in doppelter Ausführung.«

Lilianas Herz machte einen Freudensprung. »Wo ist die Kopie?« Nebenbei gestand sie sich ein, dass Finlay beim Sprechen dieser fremden Sprache noch attraktiver auf sie wirkte. So elegant und gebildet. Trotz der schmutzigen Kleidung und des Stoppelbarts.

Er zögerte jedoch. »Es ist mein privates Logbuch. Dort stehen auch Einträge, die weniger für die Öffentlichkeit gedacht sind.«

»Das ist doch egal, es geht um dein Leben!«

Finlay atmete tief durch. »In die privaten Logbücher schreibe ich beispielsweise auch die separaten Einnahmen meiner ... inoffiziellen Geschäfte. Aber diese verwahre ich sicher in einer Bank in den Niederlanden. Das von der letzten Fahrt, in dem zum Glück nichts davon steht, liegt in einem Geheimfach unten am Schreibpult. Man muss gegen den Boden drücken, dann öffnet sich das Fach.«

Liliana nickte. Sie müssten also noch mal an Bord. Aber wem konnten sie trauen und wem nicht?

»Wer, glaubst du, ist der Verräter?«

»Es gibt außer Ezekiel nur eine Person, der ich den Ort des Schlüssels anvertraut habe. Aber für ihn würde ich meine Hand ins Feuer legen, da steckt mehr dahinter.«

»Wer ist es? Wir müssen es wissen.«

Finlay schüttelte abwehrend den Kopf. »Wie gesagt, ich möchte nicht, dass falsche Schlüsse gezogen werden. Ich bin überzeugt, er wird euch nicht an weiteren Schritten hindern. Ich werde mich selbst darum kümmern, sollte euer Plan gelingen.« Er sah auf, schaute ihr in die Augen und wechselte wieder ins Englische: »Und wenn nicht, bin ich sehr dankbar, dich vor meinem Tod noch einmal gesehen zu haben. Ich werde dieses Bild für immer festhalten.«

Sein trauriger Blick zerriss Liliana innerlich. Ihr schossen die Tränen in die Augen. »Sprich nicht so, hörst du! Wir schaffen das!«

Die Tür öffnete sich und der Wachmann erschien. Wortlos kettete er Finlay ab und zog ihn aus dem Raum. Die Verzweiflung in seinem letzten Blick verursachte Liliana eine Gänsehaut.

Sie trat aus dem Gefängnis und hielt Ausschau nach ihrer Tante. Wo war Effie? Hatte sie nicht auf sie warten wollen? Gut, die ganze Zeit hier herumzulungern war vielleicht aufgefallen, sicher hatte ein Soldat sie gebeten, weiterzugehen.

Sie fröstelte in der kühlen Luft und band ihr Tuch enger um das Dekolleté.

Immerhin wehte der kalte Wind den widerlichen Geruch aus ihrer Nase. Es zerbrach ihr das Herz, wenn sie an Finlay dachte. Obwohl er unschuldig war, musste er eine derartige Erniedrigung ertragen. Tagelang in diesem schmutzigen Loch, barfuß und in rostigen Ketten. Aufgrund der drohenden Todesstrafe gewiss behandelt wie ein Schwerverbrecher. Hunger, Kälte, Schmerzen ... Sie sah seinen letzten Blick vor sich, die dunklen, sanften Augen, erfüllt von Trauer, Sehnsucht und gewiss auch Angst. Liliana kämpfte die aufsteigenden Tränen hinunter. Sie musste nun stark sein und durfte sich keiner Sentimentalität hingeben, das würde niemandem helfen.

Sie ging um das Gebäude herum und versuchte dabei, so unauffällig wie möglich nach ihrer Tante Ausschau zu halten. Um ein Gefängnis zu schleichen, könnte durchaus falsch aufgefasst werden. Sie wollte zwar nur zu gerne jemanden dort herausbekommen, doch nicht auf diese Weise.

Eine weitere Gestalt wanderte verdächtig suchend um die Mauern. Liliana runzelte die Stirn. Einer, der tatsächlich vorhatte, einen Insassen zu befreien? Sollte sie es melden? Moment ... diese roten Haarsträhnen, die unter der Mütze hervorlugten, kamen ihr äußerst bekannt vor.

Sie trat auf die schmale Gestalt zu, die sich gerade auf die Zehenspitzen stellte, um durch eines der vergitterten Fenster zu schauen.

»Duncan?«, fragte sie verwundert.

Der Junge fuhr erschreckt herum. »Miss Lily?«

Also doch. Er wirkte ungewöhnlich blass.

Liliana stemmte die Hände in ihre Hüften. »Wie kommst du hierher? Warst du nicht mit an Bord?«

Der Junge nahm seine Mütze ab. »Waren Sie in dem Gebäude? Haben Sie meinen Kapitän sehen können?« Er schaute sie mit rot unterlaufenen Augen an, seine Lippen bebten, als wolle er noch mehr sagen, er brachte aber kein weiteres Wort heraus.

»Duncan«, sagte sie verwundert. »Was ist los mit dir?« Nahm ihn diese Geschichte so mit? Nun, er hatte seinen Job und sein Einkommen verloren, und wenn man das Logbuch überprüfte, stand auch er auf der Heuerliste des Schiffes, wie Ezekiel ebenfalls, und galt als kriminell. Seine Zukunft war verspielt.

»Miss Lily, ich ...« Seine Stimme erstickte in Tränen und er riss schnell die Hände samt Wollmütze vor das Gesicht. Diese ganze Situation schien zu viel für den Jungen.

»Komm, lass uns dort auf die Bank gehen«, sagte sie sanft. »Da sind wir weniger beobachtet.«

Duncan folgte. Liliana setzte sich neben ihn und legte ihm den Arm über die Schulter. »Ich weiß, wie schwer das alles ist, aber wir werden Finlay dort herausholen.«

Der Junge schluchzte, ein Schütteln durchfuhr seinen gesamten Körper wie ein Krampf. »Das ist es nicht, es ist viel schlimmer.«

»Was ist los? Du kannst mir alles anvertrauen.«

»Wenn ich es sage, bin ich tot.«

Liliana erschrak. »Was redest du da? Ich werde dir nichts tun und dich sicher auch nicht verraten. Was ist los?«

Der Junge krümmte sich zusammen, als hätte er Schmerzen, und weinte in seine Hände. »Ich kann nicht mehr, ich kann nicht mehr ...« Er strampelte mit den Beinen, als wolle er ein bissiges Tier abwehren, seine Stimme klang schwach und verzweifelt.

Liliana hielt ihn fest an sich gedrückt im Arm und wiegte ihn hin und her. Langsam hörte das Beben auf, das durch seinen Körper fuhr, und Duncan wurde still.

»Manchmal müssen Dinge ausgesprochen werden, auch schlimme, sonst schmerzen sie immer weiter«, flüsterte sie und strich ihm über die roten Haare.

Der Junge löste seine Hände vom Gesicht und wischte die schniefende Nase an seinem Hemdsärmel ab. »Ich habe Angst«, flüsterte er mit geschlossenen Augen, als fiele es ihm leichter, zu sprechen, wenn er sein Gegenüber nicht sah.

»Wovor?«

»Ich habe das Logbuch aus dem Versteck geholt.« Sein Körper bebte erneut. »Ich habe meinen Kapitän hintergangen, den besten Kapitän, den man je haben könnte, wegen mir wird er gehängt.«

Liliana schluckte hart. Duncan war also die zweite Person? Sie erinnerte sich an Finlays Worte und verstand. Er wollte den Jungen schützen. Ja, da steckte mehr dahinter!

»Wer verlangte das von dir?«

Duncan presste die Arme gegen seinen Bauch, als bekäme er Krämpfe. »Einer der Neuen, die letzten Monat anheuerten. Er ... er tat Dinge mit mir. Er sagte, wenn ich nicht das mache, was er verlangt, oder ihn verrate, dann tut er meinem Bruder und meiner Mutter dasselbe an und tötet sie danach ... nur Vater nicht, damit er erfuhr, dass ich alles zu verantworten hätte. Er wusste, wo sie leben, wusste alles über sie. Es tut mir so leid, ich konnte nicht ...«

Liliana hielt ihn fest im Arm. »Welcher Matrose ist es?«

»Kein Matrose, der neue Quartiermeister. Er heißt Travis Parker. Er ist wohl ein Spion der Marine, die gegen Piraterie vorgehen soll. Er bekommt eine hohe Prämie für jeden Fang, den er vorweisen kann.«

»Hast du die Seiten noch?«

»Nein, er hat sie verbrannt. Vor meinen Augen.« Duncan wurde erneut von einem Weinkrampf geschüttelt. »Ich bin schuld, wenn mein Kapitän getötet wird. Ich kann nie wieder unter die Mannschaft treten, das sagte auch Travis.«

»Hör nicht auf dieses verdammte Schwein!«, schimpfte Liliana zorniger als beabsichtigt. »Höre niemals mehr darauf, was dieser Dreckskerl sagt, verstanden?« Sie erschrak selbst über die für sie ungewöhnliche Wortwahl.

Duncan zuckte bei Lilianas harten Worten ebenfalls zusammen und nickte zitternd.

»Ich verzeihe dir, die Männer werden dir verzeihen und Finlay ganz sicher auch, das weiß ich. Wenn jemand ein Unrecht getan hat, ist es dieser abscheuliche Verbrecher.« Sie atmete tief durch. »Kannst du zurück auf die *Alecto*?«

»Nein, ich durfte sie nur verlassen.«

»Vielleicht kannst du dennoch helfen, deinen Kapitän zu retten. Was meinst du?«

Duncan sah auf und seine Augen weiteten sich. »Ich werde alles tun, Miss Lily, alles!«

Liliana stand auf und legte dem Jungen lächelnd die Hand auf die Schulter. »Komm. Trockne dir dein Gesicht ab, dann gehen wir zu Mr Braden.«

Duncan wurde bleich. »Aber ...«

»Keine Sorge, ich werde ihm nur den wahren Täter nennen.«

Der Junge nickte, setzte die Mütze wieder auf und folgte ihr.

Auf dem Weg zurück kam ihnen Effie eilend und winkend entgegen.

»Wo warst du?«, fragte Liliana.

»Ich wurde von der Wache gebeten, mich zu entfernen, also wartete ich an der Straße.« Ihr Blick wanderte zu dem Jungen. »Wer ist denn dein Begleiter?«

Duncan nahm seine Mütze erneut ab, die roten Haare waren mittlerweile völlig zerzaust. »Mein Name ist Duncan Moore, Ma'am«, sagte er höflich. »Ich diene als Schiffsjunge auf der *Alecto*.«

»Aha, daher kennst du meine Nichte?«

Duncan nickte.

Effie wandte sich an Liliana: »Hast du etwas in Erfahrung bringen können?«

»Ja. Lass uns schnell zum Schiff gehen. Wenn Vater dich fragt: Finlay hat dir erzählt, dass er ein zweites Logbuch im Schreibpult versteckt hat.«

Zurück auf der *Nemesis* ging sie rasch mit dem reichlich blassen Jungen im Schlepptau zu Ezekiel, der im Batteriedeck hin und her schritt wie ein eingesperrtes Raubtier.

»Mr Braden?«

Der Mann drehte sich um und hob die Brauen. »Ja?« Er zuckte zusammen, als sein Blick auf ihre Begleitung fiel. »Duncan? Wie hast du es geschafft, von Bord zu kommen?«

Duncan schluckte mit noch immer fahlem Gesicht.

»Er wurde von der Marine als unwichtig eingestuft«, erklärte Liliana hastig. »Mr Braden, ich habe herausgefunden, wer der Verräter ist.«

Ezekiel horchte auf. »Was? Wer?«

»Travis Parker, der neue Quartiermeister.«

»Sind Sie sicher?«

Liliana nickte. »Ganz sicher.«

Ezekiel ballte die Faust und knirschte mit den Zähnen. »Arrr, ich habe Finlay deutlich gesagt, dass er dem noch nicht trauen darf. Der Kerl hatte so etwas …

Schmierig-Hinterhältiges an sich.« Seine buschigen Brauen senkten sich. »Sind die Seiten noch in seinem Besitz?«

»Sicher nicht, aber Finlay sagte, er habe eine Kopie in seinem Schreibpult versteckt.« Sie blickte zu dem Jungen. »Ich denke, Duncan könnte uns hier gewiss von großer Hilfe sein.«

»Ich würde gerne etwas zur Rettung beitragen, Sir«, bestätigte dieser in festem Ton.

Ezekiel nickte. »Das ehrt dich, Junge. Dann lass uns Mr Farson davon berichten.«

Am Abend rief Jack Effie in seinen Arbeitsraum. Der Bootsmann der *Alecto* befand sich ebenfalls darin. Ihr war dieser bärtige Mann noch immer leicht unheimlich.

»Worum geht es?«, fragte sie verwundert.

»Ich muss mich mit einer Bitte an dich wenden«, erklärte Jack. »Natürlich steht es dir frei, zu verneinen.«

»Es geht um Finlay, nicht wahr?«

Jack nickte. »Ich habe zwei Offiziersuniformen der königlichen Marine besorgt. Mr Braden und ich werden versuchen, die Wachen auf der *Alecto* abzulenken, sodass Duncan sich an Bord schleichen kann, ohne entdeckt zu werden. Aber wir benötigen dennoch einen ... *Unruhestifter* zur stärkeren Ablenkung der Wachen. Am besten ginge das mit einer«, er räusperte sich, »gemieteten weiblichen Begleitung.« Das Schmunzeln auf seinem Gesicht ließ sie Böses ahnen.

»Du meinst, *ich* ...?« Effie plusterte empört die Wangen auf. Wofür hielt er sie?

»Wie gesagt, du musst es nicht tun. Wir würden nur gerne sichergehen, dass die Wachen nicht auf die Idee kommen, unangenehme Fragen zu stellen oder zu genau auf unsere Gesichter beziehungsweise die Luken des Schiffes zu schauen.«

»Sondern mehr in meinen Ausschnitt?« Effie hob eine Braue. Nun nickte der Kerl auch noch frech! Sie verzog den Mund. Trotzdem ... sie dachte daran, wie unglücklich eine Verurteilung Finlays Liliana machen würde, und ihre Gesichtsmuskeln entspannten sich.

Außerdem ... ein wenig mit ihren weiblichen Reizen zu spielen, könnte auch einen gewissen Spaß bereiten. Sie hatte ohnehin erst mit Jack wieder ihren lange Zeit taub geglaubten Körper spüren können und gelernt, zu welchen Empfindungen dieser fähig war. Das nun zu nutzen, sozusagen in die Haut ihrer Schwester zu steigen und die berühmte Macht der Frauen über Männer zu empfinden. Sich begehrt zu fühlen ...

Sie sah in Jacks fragende Augen, deren tiefes Blau noch immer ein Kribbeln in ihr auslöste wie bei einem jungen Mädchen, und atmete tief durch. »Gut, ich tue es.«

»Ich passe auf dich auf, keine Sorge. Du kannst mir vertrauen.«

»Dessen bin ich mir bewusst, Jack.« Ihr Blick wanderte zu dem Bootsmann. »Aber die Haare müssen runter, so läuft kein Marineoffizier herum!«

Ezekiel riss die Augen auf, doch auch Jack nickte.

»Es tut mir leid, aber der Bart muss ab, Mr Braden«, stimmte er zu. »Das hat auch den Vorteil, dass Sie niemand erkennen wird an Bord, falls die uns sehen. Auch wenn Sie Ihren Männern vertrauen, sind sicher nicht alle gute Schauspieler. Ein einziger erstaunter Blick könnte Sie verraten.«

Ezekiel nickte, wenn auch mit deutlichem Missfallen. Er schnaubte. »Ich hoffe, Finlay wird das zu schätzen wissen, was ich hier für ihn tue.«

Effie ging mit Jack zusammen in seine Kabine, und er holte das Kleid hervor, das er ihr besorgt hatte. Es war aus knallroter Wolle mit etlichen Rüschen und sah in der Tat durch den kurz geschnittenen Rock mehr als anzüglich aus.

Sie runzelte die Stirn. »Nun gut, warum nicht?«, sagte sie mehr zu sich selbst.

»Kommst du zurecht?«, fragte Jack und wandte sich zum Gehen.

»Nein«, rief Effie derart laut, dass er verdutzt stehen blieb. »Was denkst du? Ich kann solch ein Kleid nicht allein anziehen, bleib hier!«

Jack öffnete erstaunt den Mund. »Oh.« Er rieb sich das Kinn. »Gut ... in Ordnung. Was soll ich tun?«

Effie schmunzelte. »Ich sehe, es gibt auch Dinge auf dieser Welt, von denen der gefürchtete Kapitän Blackhound keinerlei Ahnung zu haben scheint.«

Jack lachte auf. »Selbst ich lerne nie aus.« Er trat hinter sie und umfasste ihre Taille. »Bisher war ich den Damen nur beim Ausziehen behilflich.« Seine Küsse auf ihrem Hals verursachten ihr eine Gänsehaut.

»Soso.« Effie hob die Brauen, als Jack begann, die Schnürung ihres Kleides zu öffnen. »*Damen.*« Sie lehnte ihren Kopf zurück und genoss Jacks Liebkosungen. Leider fehlte ihnen die Zeit für derartige Spiele.

Effie riss sich zusammen. Sie schlüpfte aus ihrem alten Kleid und legte sich Rock und Mieder des neuen an. Jack band es nach ihren Angaben hinten zusammen. Dann zog sie das Oberteil an und knöpfte es zu. Trotz der Kürze des Rockes im vorderen Bereich und der vielen Rüschen verwunderte es sie, wie angenehm sich das Gewand trug. Es fühlte sich beinahe an wie Seide, betonte ihre weiblichen Rundungen und presste den Busen nicht so unangenehm flach wie die *anständigen* Kleider. Das tiefe Dekolleté formte ihre Brüste stattdessen zu einem Herz.

Sie fühlte sich frech darin und begehrenswert wie lange nicht mehr ... oder noch niemals zuvor?

Als sie sich zu Jack drehte, stieg ihr doch die Röte ins Gesicht. Man konnte schon beinahe ihre Knie sehen. Was würden die Leute auf der Straße von ihr denken? Immerhin befanden sie sich nicht in einem fremden Staat, sondern noch immer in England, und sie konnte durchaus wiedererkannt werden. Sie war unschlüssig und blickte Jack fragend an.

Der schenkte ihr ein aufmunterndes Lächeln. »Du siehst wundervoll aus.« Er trat ihr entgegen und nahm ihre Hände. »Viel zu teuer für einen einfachen Marineoffizier.«

Effie lächelte verlegen. »Deine Komplimente sind eigentümlich.«

Er beugte sich vor und küsste sie. »Am liebsten würde ich dir das Kleid sofort wieder ausziehen«, flüsterte er ihr ins Ohr.

Effie schmiegte sich an seinen muskulösen Oberkörper. »Das musst du später ohnehin wieder, wenn wir den ganzen Mist hinter uns haben.« Ihre Mimik wurde ernst, und sie legte den Kopf auf seine Schulter. »Ich habe ein bisschen Angst.«

Jack drückte sie an sich. »Das musst du nicht, ich bleibe stets in deiner Nähe.« Er löste sich von ihr und runzelte die Stirn. »Leg noch etwas Schminke auf, auch wenn es übertrieben wirkt. Ich ziehe die Uniform an, und dann treffen wir uns an Deck.«

»Also Puder und rote Lippen?« Effie runzelte die Stirn. »Du scheint dich ja auszukennen mit Dirnen.«

Er schmunzelte nur, sagte jedoch nichts.

Effie tat, wie ihr geheißen, und ging danach die Holztreppe hinauf.

Sie erschrak beinahe über die beiden schicken Männer in den dunkelblauen Marineuniformen, die sie erwarteten. Sie musste mehrmals hinschauen, um Ezekiel zu erkennen. Der Bootsmann sah in der adretten Kleidung und mit dem Dreispitz aus wie ein völlig anderer Mensch. Einige Pockennarben bedeckten das glatt rasierte Gesicht, ansonsten wirkte er wesentlich jünger und auch freundlicher als mit dem buschigen

Bart. Allerdings strahlte seine Miene deutliches Unbehagen aus.

Das Einzige, was selbst in der Dämmerung auffiel, war die sonnengebräunte Haut um Augen, Nase und Stirn, während der untere Teil des Gesichts, der mit dem Vollbart bedeckt gewesen war, in der Dämmerung blass leuchtete.

Effie holte kurzerhand ihre Puderdose aus ihrer Rocktasche und trat damit auf den Mann zu.

»He, was soll das?« Ezekiel schreckte zurück und riss die Arme hoch, als hätte sie anstelle einer Quaste eine schnappende Schildkröte in der Hand.

»Stellen Sie sich nicht so an, die braune Haut in der oberen Hälfte Ihres Gesichts ist zu auffällig. Vornehme Blässe ist modern.« Sie puderte ihm Nase, Stirn und Augen.

Ezekiel kniff Letztere zusammen und hustete prustend.

Effie trat zurück und betrachtete ihr Werk. »Besser. Das wird in der Dunkelheit nicht auffallen.«

Jack nickte anerkennend. »Danke, Effie, das war eine gute Idee!«

Nun trat auch Duncan hinzu. Er war komplett in Schwarz gekleidet und trug auch die dunkle Wollmütze über den roten Haaren tief in die Stirn gezogen.

»Bist du bereit?«, fragte Jack.

Der Junge nickte. »Ja, Sir. Sobald die Wachen abgelenkt sind, klettere ich über die Seile auf das Schiff. Hole das Logbuch aus dem Schreibpult im Arbeitsraum, und gebe das Zeichen, wenn ich es geschafft habe.« Er deutete auf die Hanftasche um seine Schultern.

»Dann los auf Position!«, befahl Ezekiel.

Effie betrachtete den Jungen. Auch wenn er sehr sportlich und trainiert wirkte, war er dennoch noch immer ein halbes Kind. Sie wollte nicht wissen, was die

Soldaten mit ihm anstellen würden, sollten sie ihn erwischten. »Sei bitte vorsichtig«, sagte sie.

Duncan nickte und huschte im Schutze der Dämmerung davon.

Sie sah zu Jack. »Und nun?«

Der Kapitän schmunzelte und holte eine Flasche Rum hervor. »Schütte etwas davon in deinen Ausschnitt, dann sage ich dir, was du tun musst.«

Effie hob skeptisch die Brauen.

Sie stolzierte allein den Hafen entlang. Die Laternen erhellten das regennasse Kopfsteinpflaster nur leicht, doch aus den Fenstern der Schänken gegenüber leuchtete es noch hell nach draußen. Klänge von Instrumenten, Gesang und lautes Grölen drangen von dort an ihr Ohr. Glücklicherweise reichte das Licht nicht bis zu den Schiffen, was für Duncan von Vorteil sein sollte.

Das Herz schlug Effie bis zum Hals, gleichzeitig beflügelte die Aufregung ihre Schritte. Ebenso der Wind, der ungewohnt luftig zwischen ihren Beinen wehte. Sie fühlte sich wie in einem Traum, jenseits der Realität. Hatte sie letzten Sommer nicht erst eine Seeschlacht, ein Schwertgefecht und einen Sturm überlebt? Dann sollte so etwas doch eine Leichtigkeit sein! Nun musste sie mit Anfang vierzig noch einmal beweisen, dass ihre Weiblichkeit noch lange nicht verblüht war ... und sie wollte es auch.

Die beiden einfachen Soldaten, die in ihren rot-weißen Uniformen vor der *Alecto* Wache hielten, wirkten eher gelangweilt. Der Ältere saß breitbeinig und mit offenem Mantel auf einem Pfosten neben dem Steg und schnitt einen Apfel, während der Jüngere etwas pflichtbewusster ein paar Meter nach rechts und links spazierte.

»Hör auf, zu stolzieren wie ein Gockel, du machst mich nervös«, hörte Effie den Älteren brummen.

»Man hat uns aufgetragen, das Schiff zu bewachen, und nicht, ein Picknick zu veranstalten«, erwiderte der Jüngere scharf und hob seine auffällig spitze Nase. »Was, wenn diese Piraten versuchen zu fliehen?«

»Wenn es denn Piraten sind. Dieser Parker sieht plötzlich in jedem stinknormalen Seemann einen Freibeuter.«

»Und wenn doch? Im Gegensatz zu dir nehme ich meine Aufgaben zumindest ernst.«

Der Ältere schob sich ein Stück Apfel in den Mund. »Warte, bis du zwanzig Jahre Armeedienst mit Hungerlohn auf dem krummgeackerten Buckel hast, dann denkst du anders.«

»Sicher nicht.« Er hob stolz den Kopf. »Der Krone zu dienen sollte stets als Ehre angesehen werden.«

Der andere blies durch die Nase. »Pfft, der König kann mich mal«, brummte er mit vollem Mund.

Sein Kollege stoppte seinen Marsch und sah ihn an. »Das will ich nicht gehört haben!«

Effie fasste sich ein Herz und trat schwankend auf die beiden zu. Der Alkoholdunst auf ihrem Kleid stach den beiden sicher sofort in die Nase.

Der Ältere sah sie, legte den Apfel zur Seite und stand auf. »Miss?«

»Schentlemen«, lallte sie, als hätte sie einiges an Alkohol getrunken. »Sie müssen mich retten!« Sie hob theatralisch den Handrücken an ihre Stirn, stolperte dabei beabsichtigt und fiel in die Arme des Älteren, der sie sofort auffing.

»Ich denke, jemand sollte Sie nach Hause bringen, Miss.«

»Bitte!« Effie klammerte sich an sein Hemd. »Ich werde verflo... verfel... verfolgt! Helfen Sie mir!«

Nun trat auch der Jüngere hinzu. »Wer verfolgt Sie?«, fragte er mit skeptisch gerunzelter Stirn.

Der Ältere packte Effie an den Handgelenken und drückte sie sanft, aber bestimmt von sich. »Ich denke, es sind eher die Geister des Alkohols, die Sie verfolgen, Miss.« Er schmunzelte dabei wissend.

Effie zog einen Schmollmund. »Du bischt ja ein ganz schlimmer.« Sie stupste ihn auf die Nase. »Glaubstu mir nich? In deiner schicken Uniform.«

»Ich glaube, Sie sollten wirklich nach Hause.«

Effie schwankte erneut. »Können Sie mich bitte begleiten und beschützen? Ich fürchte mich!«

Der Jüngere trat hinzu. »Gehen Sie bitte weiter, Miss, oder wir lassen Sie abführen«, sagte er streng. »Dann können Sie Ihren Rausch in einer Gefängniszelle ausschlafen.«

Effie riss erschrocken die Augen auf, sie holte tief Luft und hob beide Hände auf die Brust. »So was würden Sie mir antun?«

»Sei nicht so streng zu ihr.« Der Ältere zwinkerte und legte den Arm um Effie, was ihr höchst unangenehm war. Sie lehnte sich dennoch an ihn und kicherte. »Eine Dame in Not bedroht man nicht.«

Der Jüngere stemmte die Hände in die Hüften. »Wir können uns nicht mit dahergelaufenen Dirnen abgeben. Wir haben einen Auftrag zu erledigen.«

»Ja, einen stinklangweiligen.«

»Wie nennen Sie mich?«, fragte Effie empört. »Ich bin eine Lady!«

Der Ältere zog Effie zu dem Pfosten. Er machte Anstalten, sich zu setzen und sie dabei auf seinen Schoss zu ziehen. »Verzeihen Sie meinem Kameraden, er ist noch jung und unerfahren.«

Effie tat amüsiert, versuchte aber nun doch, sich dem Griff zu entwinden. »Hey, was tun Sie mit mir?«

Der Griff um ihre Taille verstärkte sich. »Sie beschützen.« Er setzte sich und zog Effie auf seine Knie.

Der Jüngere sah ihn empört an und plusterte die Wangen auf. »Daniel, ich muss doch sehr bitten!«

»Halte du dich da raus, Kleiner. Du kannst ja in der Zeit weiter marschieren, wenn dir so viel daran liegt.« Er versuchte, Effie am Hals zu küssen, was ihr nun doch Angst machte. Sie wand sich aus seinem Griff und huschte nach vorn. »Hey!«, rief der Wachmann. Er sprang auf und hielt sie am Ärmel fest. »Hiergeblieben! Ich muss Sie doch weiter beschützen können.«

»Was ist hier los?«, fragte eine energische Stimme.

Effie erkannte erleichtert, dass Jack und Ezekiel herangetreten waren. Sie standen steif und mit geschwellter Brust in ihren dunkelblauen Offiziersuniformen vor den einfachen Soldaten im roten Rock, die sichtlich erstarrten.

»Nennen Sie das auf Ihrem Posten sein?« Jack zeigte mit seinem Kinn zu Effie, die sich nun hinter dem Angesprochenen versteckte.

»Das sind die Verfolger! Beschützen Sie mich!«, rief sie aus und zeigte mit dem Finger auf Jack und Ezekiel.

Der ältere Soldat wurde sichtlich blass und trat einen Schritt von Effie weg. »Es ist nicht, was Sie denken, Sir.« Er stand stramm. »Diese Dame kam zu uns und bat um Hilfe.«

»Dame?« Jack hob eine Augenbraue und musterte Effie abwertend. Die verzog daraufhin den Mund, was nicht einmal gespielt war.

»Sir, wir ...«

»Er sagt die Wahrheit, Sir«, mischte sich nun auch der Jüngere ein. Ezekiel stand stumm dabei und überließ Jack das Ruder. Effie fiel jedoch auf, dass er penibel darauf achtete, den beiden Wachen den Blick auf den hinteren Teil der *Alecto* zu versperren.

»Wie viel von Ihrem Sold kostete diese *Dame* denn?«, bohrte Jack weiter, winkte aber gleich darauf arrogant ab. »Nein, das tut nichts zur Sache. Mehr würden mich

Ihre Namen und der Ihres Befehlshabers interessieren.« Seine Augen verengten sich.

Nun nahm der Jüngere wohl allen Mut zusammen und trat vor. »Diese Frau bat uns um Hilfe, Sir. Sollten wir sie ihr verwehren, nur weil sie nicht entsprechend gekleidet ist?«

»Genau«, stimmte der Ältere zu.

Jack hob das Kinn. »Dafür haben Sie aber gerade sehr anzüglich den Arm um sie gehalten.«

»Er hat mich beschützt!«, rief Effie und legte ihre Hände auf die Schulter des Mannes. Sie strich ihm sanft mit dem Zeigefinger über die Wangen und sah amüsiert, wie Jacks Augen sich verengten. Dem Wachmann war dies jedoch ebenfalls auf einmal sichtlich unangenehm. Er wich vor der Berührung zurück.

Der Kampfschrei eines Katers übertönte das Plätschern der Wellen gegen den Bug. Jack wechselte einige Blicke mit Braden. Dann griff er Effie am Arm und zog sie zu sich. »Ich nehme diese Dame hier mit zum Ausnüchtern«, sagte er streng. Effie kuschelte sich nun an Jack und grinste ihn an, doch der schien das zu ignorieren. »Sie beide gehen wieder auf Ihre Posten. Ich denke, wir vergessen am besten, was eben geschehen ist.«

Die Männer standen stramm. »Ja, Sir, danke, Sir«, riefen sie im Chor.

Jack zog Effie mit sich, die noch immer wie betrunken taumelte. Erst als sie außer Sichtweite waren, traute sie sich, wieder normal zu laufen. Was ihr die ersten Schritte vor lauter weichen Knien gar nicht gelang.

»Du meine Güte«, flüsterte sie und griff sich an die Brust. »Das war nichts für mein altes Herz.«

Jack zog sie in seine Arme und küsste sie. »Du warst großartig!«

Effie lächelte. »Hat es geklappt?«

»Ja!« Neben ihnen trat eine Gestalt aus der Dunkelheit ins Licht der Laternen. Duncan grinste sie breit an und

klopfte mit der flachen Hand auf seine Tasche. »Ich
habe es.«

Liliana

Liliana saß auf der Wartebank vor dem Gerichtsgebäude und rieb nervös ihre Hände ineinander.

Effie legte den Arm um sie. »Es wird alles gut werden«, sagte sie beruhigend, doch ihre Stimme klang weniger fest als wohl beabsichtigt.

Liliana zog die Schultern an. Sie hoffte so sehr, dass ihre Tante recht behalten würde, doch die Gerichte waren gerade in Bezug auf Seeleute nicht immer wohlgesinnt. Zu sehr hatten die Richter noch die erhöhten Maßnahmen zur Bekämpfung der Piraterie im Hinterkopf.

Falls es wirklich gelingen sollte, Finlay zu befreien, würde sie ihm ihre Gefühle gestehen. Das nahm sie sich zumindest fest vor. Auch auf die Gefahr hin, abgewiesen zu werden. Dann würde sie einfach versuchen, ihm nie wieder zu begegnen. Sie seufzte still.

»Miss Lily?«

Sie drehte sich um und sah Duncan auf sie zutreten. Er wirkte noch etwas blass, aber schon deutlich entspannter und in gewisser Weise auch erwachsener. Erst jetzt fiel ihr auf, dass er seit letztem Sommer auch ein gutes Stück gewachsen war.

»Hallo Duncan«, begrüßte sie ihn lächelnd. »Wollen wir gemeinsam warten?«

Der Junge nickte. »Gerne. Hallo Miss Preston«, begrüßte er auch Effie. Er blieb jedoch mit seiner Mütze in der Hand vor den beiden stehen.

»Setz dich doch«, forderte Effie ihn auf, doch der Junge fuhr nur nervös mit der Schuhspitze über den

Boden. »Hätten Sie etwas dagegen, wenn ich kurz mit Miss Lily allein sprechen würde, Miss Preston? Nichts Privates. Es geht um eine Sache auf der *Alecto*.«

Effie hob die Stirn, sah abwechselnd zu Liliana und zu dem Jungen. »Nein, natürlich habe ich nichts dagegen. Ich wollte mir ohnehin gerade die Beine vertreten.« Sie nickte ihm lächelnd zu und stand auf. »Wenn ihr mich sucht, ich spaziere um die Bäume da vorn und genieße den Sonnenschein.«

Als sie außer Hörweite war, setzte sich Duncan neben Liliana. »Ich wollte Ihnen noch etwas geben.«

Sie hob fragend die Brauen, als Duncan einen Umschlag aus der Tasche zog. »Was ist das?«

»Dieser Brief ist aus dem Logbuch gefallen, als ich es aus dem Versteck holte. Ich dachte, es wäre sicher nicht günstig, wenn Ihr Vater ihn sehen würde.«

Liliana erkannte ihre eigene Schrift, und das Blut stieg ihr heiß in den Kopf. Ihr Brief an Finlay! Schnell nahm sie ihn entgegen, überzeugte sich, dass Effie nicht zu ihnen sah, und versteckte ihn in ihrer Tasche unter dem Rock. »Danke.« Sie warf Duncan einen strengen Blick zu, der für ihren Geschmack etwas zu frech grinste, und etwas dämmerte ihr. Sie runzelte die Stirn. »Du kannst mittlerweile lesen?«

Das Grinsen wurde breiter, beinahe stolz. »Ja, Ma'am. Dr. Hurley, unser Schiffsarzt, hat es mich auf Anweisung des Kapitäns gelehrt.« Er rieb sich verlegen am Hinterkopf. »Er ist zum Glück ein geduldiger Lehrer.«

Liliana legte den Kopf schief. »Hast du auch den Inhalt des Schreibens gelesen oder nur Adressat und Absender?« Wie sonst würde er auf die Idee kommen, dass der Brief geheim wäre?

Duncan plusterte gespielt empört die Wangen auf. »Was denken Sie von mir, Miss Lily?«

»Das Richtige, fürchte ich.« Sie stieß ihn lächelnd mit dem Ellenbogen an und zwinkerte. »Danke!«

»Ich habe zu danken, Miss Lily«, flüsterte Duncan, und sein Lächeln erstarb. »Das kann ich nie wiedergutmachen.«

Liliana legte tröstend ihre Hand auf seine Schulter. »Das musst du auch nicht.«

Es dauerte eine halbe Ewigkeit, bis Glynn mit Jack aus dem Gebäude trat. Der Advokat trug im Gegensatz zu ihrem Vater keinen Dreispitz, lediglich die Perücke. Gerade jetzt begann es zu regnen. Ein böses Omen? Liliana rannte sofort zu den beiden Männern, jegliches Benehmen vergessend.

Sie stoppte vor ihnen und sah sie flehend an.

»Miss Preston, welch eine Überraschung. Wie geht es Ihnen?« In der ernsten Miene des Advokaten konnte sie keinerlei Emotion lesen. Eine Tatsache, die Liliana beinahe wahnsinnig machte. Hatten sie nun verloren oder Erfolg gehabt?

Sie seufzte schwer. »Verzeihen Sie bitte, aber Ihre Frage kann ich erst ehrlich beantworten, wenn ich das Ergebnis der Verhandlung kenne, Mr Glynn.«

Der Mann zuckte mit den Mundwinkeln, hielt die Hand vor den Mund, und sein Lachen verwandelte sich in ein Husten.

Jack ergriff ihren Arm. »Alles gut, meine Kleine. Finlay wurde von allen Anklagen freigesprochen. Mr Glynn konnte meisterhaft seine Unschuld beweisen.«

Liliana fiel ihrem Vater um den Hals und drehte sich dann zu dem Advokaten. »Vielen Dank für die großartige Leistung!« Sie nahm seine breite Hand und drückte sie fest. »Sie haben mich damit wirklich sehr glücklich gemacht!«

Der Mann räusperte sich. Dann lachte er erneut in seine Faust.

»Was ist mit ihm?«, fragte Liliana an Jack gerichtet.

»Bitte verzeihen Sie mir den Ausbruch und mein gewiss eigentümlich erscheinendes Verhalten, Miss Preston«, sagte Glynn, noch immer bemüht, ernst zu bleiben. »Ich fürchte, ich lebe schon zu lange in Londons spießigster Gesellschaftsklasse.« Er räusperte sich erneut und straffte die breiten Schultern. »Wissen Sie, ich bin in einem kleinen Dorf in der Nähe von Nottingham aufgewachsen, in dem das Leben noch einfacher war. Doch mit den Jahren und steigendem Erfolg vergaß ich, wie ungezwungen und fröhlich Menschen sein können ... und ebenso wie dankbar. Sie alle haben aus reiner Freundschaft oder purem Gerechtigkeitssinn zusammengehalten, ohne dass es um Geld oder Vermögen ging. Das alles wirkte so erfrischend ungewöhnlich auf mich, obgleich es einst den Grund darstellte, dieser Profession nachzugehen.« Er atmete tief durch und sah Liliana an. »Des Weiteren erinnern Sie mich mit Ihrer Lebensfreude so sehr an meine jüngere Schwester, dass es beinahe schmerzt.« Er lächelte breit. »Danke für diesen Auftrag, ich bin seit zu langer Zeit mal wieder aufrichtig froh, dass ich helfen konnte. Ich werde nun zurück nach London reisen. Auf Wiedersehen«, endete er mit einer Verbeugung.

Liliana deutete höflich einen Knicks an.

Jack reichte dem Advokaten die Hand. »Grüßen Sie William ganz herzlich von mir, Gordon, und richten Sie meinem alten Freund John Cartwright bitte aus, dass ich mir sein Angebot überlegen werde.«

Glynn erwiderte den freundschaftlichen Handschlag und nickte. »Das werde ich gerne, Jacob, ich würde mich freuen, eine Person wie Sie bei unserer kleinen Gesellschaft dabeizuhaben.« Er sah zu Liliana und hob die Brauen. »Und ich denke, es wird auch mal wieder Zeit, meine Familie zu Hause zu besuchen. Dies habe ich viel zu lange nicht getan.«

Liliana lächelte. »Grüßen Sie bitte Ihre Schwester un-
bekannterweise von mir.«

Der Advokat schmunzelte. »Auch das werde ich tun,
danke.«

Finlay

Die Wachen lösten die Ketten, ließen ihn seine Schuhe wieder anziehen und überreichten ihm Geldbörse, Mantel und Hut. Finlay nahm die Sachen entgegen und trat aus dem Gerichtsgebäude in die Sonne, die sich gerade wieder durch ein paar graue Regenwolken kämpfte. Er schloss die Augen und genoss die Wärme, die er so viele Tage hatte entbehren müssen.
Wie angenehm die Luft hier draußen duftete. Der frische Frühlingsregen, der Erdboden, Gras und Blumen leicht benetzte, damit die Sonne alles zum Glitzern bringen konnte.

Er trat zum Brunnen auf dem Platz, wusch sich und pumpte dann das klare Wasser über seinen Kopf. Auch wenn die Luft noch zu kühl für ein nasses Hemd war, wirkte es unheimlich belebend und reinigend. Er zog seinen Rock über den feuchten Stoff und setzte den Dreispitz wieder auf, schloss die Augen und ließ sein Gesicht vom Wind trocknen. Süße Freiheit! Raus aus dem verdammten Kerker, sich endlich wieder zivilisiert fühlen. Der Gestank von Schimmel, Fäulnis und Exkrementen hing ihm noch immer in der Nase.

Noch weitaus schlimmer waren die verfluchten Albträume, in denen er sich zurück auf dem Walfänger von damals wiedergefunden hatte. Verdammt, er war überzeugt gewesen, diese Zeit hinter sich gelassen zu haben und nicht mehr derart verweichlicht zu sein. Stattdessen suchten die Erinnerungen ihn jede verfluchte Nacht in der Zelle heim und ließen ihn jammernd aufwachen wie ein kleines Kind.

Finlay sog tief das salzige Aroma des Meeres ein. Die Erinnerung an die Zelle schmolz in der leicht warmen Frühlingssonne dahin wie lächerliche Schneeflocken.

Ein Mann lief schnellen Schrittes auf ihn zu. Finlay blinzelte. Gang und Statur wirkten vertraut, doch das Gesicht ... das war doch nicht etwa ...?

»Ezekiel?« Das Sprechen schmerzte noch etwas in seiner rauen Kehle. »Was ist mit deinen Haaren passiert?«

»Frag nicht danach! Das ist eine lange Geschichte.« Er trat näher und umarmte seinen Kapitän. »Dafür hast du einen Bart bekommen, wie ich voller Neid erkennen muss.«

Finlay klopfte dem treuen Freund auf die Schulter. Nach der langen Zeit der Isolation und Kälte die Berührung eines anderen Menschen zu spüren tat gut. »Danke für alles.« Es kam aus vollem Herzen.

»Ein großer Dank gilt Duncan. Er hat sich aufs Schiff geschlichen und das Logbuch geholt.« Ezekiel lächelte breit. »Er ist wirklich ein guter Junge.«

Finlay presste die Lippen zusammen. »Ja, das ist er gewiss.«

»Du siehst aus, als könntest du etwas zu essen gebrauchen.«

»Nahrung klingt in der Tat verlockend.« Finlay schnaubte. »Das schimmelige Brot da drinnen war ungenießbar. Ist das Schiff wieder frei?«

Ezekiel nickte. »Das wurde angeordnet.«

»Wie geht es der Mannschaft?«, fragte er besorgt.

»Besser als dir auf jeden Fall, nur der Proviant schwand langsam bedrohlich. Ich habe ab und zu mit ihnen in Kontakt treten können. Ich fürchte nur, auch wenn die *Alceto* schon frei ist, hat der Smutje sicher noch keine frischen Vorräte besorgen können, um dir was zu kochen.«

»Sorge dich nicht um mich. Ich werde hier in der Gaststätte etwas bestellen«, sagte Finlay. »Mein Geld haben sie mir wiedergegeben. Kehre du zum Schiff zurück und sag den Männern Bescheid. Die sollen alles startklar machen. Ich kann es kaum erwarten, diese verfluchte Stadt zu verlassen.«

»Aye. Ich werde auch anweisen, unseren Verräter festzuhalten, damit der uns nicht noch durch die Lappen geht.« Mit diesen Worten schritt er davon. Finlay sah ihm stirnrunzelnd nach.

Nach einer ausgiebigen Mahlzeit und einem Bier fühlte er sich schon bedeutend besser. Finlay wollte gerade den Wirt rufen und zahlen, als er Duncan an der Tür stehen sah. Er winkte den Jungen zu sich.

Duncan trat vor den Tisch und knetete seine Mütze in den Fingern. »Sir?« Sein Blick fiel auf die wunden Handgelenke seines Kapitäns und er schluckte blass.

Finlay deutete auf den Stuhl gegenüber. »Ich denke, wir müssen reden.«

Der Junge nickte und setzte sich. »Ja, Sir.«

***

Als Finlay einige Zeit später allein auf dem Weg zurück zum Schiff war, riss das Bild einer jungen Frau ihn aus dem Grübeln. Sie stand vor ihm auf der Straße und trug ein wallendes, fliederfarbenes Kleid. Ihre Haare waren hochgesteckt, nur einzelne Strähnen hatte der Wind daraus gelöst. Sie drehte sich ihm entgegen.

»Liliana?« Er kam vor ihr zum Stehen und sah sie mit großen Augen an. Im hellen Sonnenschein war sie noch schöner als zuvor in diesem düsteren Kerker. Ihre hellblauen Augen strahlten wie klare Bergseen unter den kastanienbraunen Haarsträhnen.

»Ja.« Ihr Lachen klang wie eine Symphonie. »Habe ich mich in der kurzen Zeit so verändert?«

»Ich kann endlich wieder klar sehen.« Er lächelte breit und hoffte, dass sein Herz nicht zu hörbar pochte. So unsicher kannte er sich selbst nicht.

»Wie geht es dir?« Ihr sorgenvoller Blick wanderte seinen Körper entlang.

»Besser. Sehr gut sogar. Man lernt gutes Essen und sauberes Wasser wieder richtig zu schätzen.« Er schmunzelte. »Komm doch mit an Bord, die Mannschaft würde sich bestimmt auch freuen, dich zu sehen.«

»Ich muss dir vorher etwas sagen.« Ihr Gesicht wurde ernst. »Über Duncan.«

Finlay winkte ab. »Er hat mir alles gestanden. Auch, wie sehr du ihm geholfen hast. Ich danke dir dafür.«

»Du bestrafst ihn nicht, hoffe ich?«

Finlay schüttelte den Kopf. »Auf keinen Fall. Der arme Junge ist genug gestraft. Ich trage einen Teil der Schuld. Ich bin der Kapitän. Ich hätte merken sollen, dass etwas nicht stimmt ... was dem Jungen angetan wurde.« Er schluckte. Sein Magen krampfte sich zusammen beim bloßen Gedanken daran. »Es geschah unter meiner Aufsicht und Verantwortung.« Dieser Travis würde dafür büßen, dass schwor er sich. Er verstand nun Ezekiels Andeutung und hoffte, dass seine Männer den Kerl noch erwischt hatten, bevor er von Bord schleichen konnte.

Der Quartiermeister wusste, dass Ezekiel noch draußen mit den Männern Kontakt hielt, und war gewiss als *Gefangener* auf dem Schiff geblieben, um nicht zu früh in Verdacht zu geraten und etwaige Pläne der Mannschaft weiter zu belauschen. Sicher hatte Parker Duncan deswegen auch laufen lassen, damit er sich nicht doch noch verplapperte.

Liliana trat näher und berührte seinen Arm. »Du bist ein großartiger Kapitän, und Duncan ist ein guter

Junge. Er war es, der dein zweites Logbuch geholt und damit deine Unschuld bewiesen hat.«

»Ich weiß. Er erzählte mir auch, dass er dies alles nur dir hatte anvertrauen können, keinem anderen auf der Welt.« Er sah ihr tief in die Augen. »Du bist eine bewundernswerte Person«, sagte er leise. Und dazu wunderschön!

Liliana näherte sich ihm lächelnd. »Der Bart steht dir übrigens gut. So verwegen.« Sie strich ihm leicht über das Kinn.

Finlay schmunzelte und genoss die sanfte Berührung ihrer Finger. »Der kommt trotz allem wieder ab. Zu viele schlechte Erinnerungen sind daran geknüpft.«

Sie beugte sich vor und drückte ihre Lippen auf seine. Finlay zuckte kurz zurück, doch die Überraschung hielt nicht lange. Er gab dem Drang nach, nahm sie in den Arm und küsste sie leidenschaftlich zurück. Er verspürte ein Verlangen nach ihr, das er nur mit Mühe zurückhalten konnte.

»Ich ...«, flüsterte er, als sie sich in den Armen lagen. »Ich liebe dich, Liliana!« Sein Herz pochte unter dem Hemd.

Liliana antwortete nicht, sie küsste ihn erneut. Als ihre Zunge seine Lippen berührte, brannte sein Herz wie Feuer. Er wollte und begehrte diese Frau so sehr, dass es ihm beinahe den Verstand raubte.

»Liliana ...« Finlays Stimme zitterte leicht, er hatte sich noch niemals so verunsichert gefühlt. Langsam drückte er sie von sich weg, auch wenn es so schmerzte, als trennte er sich selbst einen Arm ab. »Ich darf nicht, du ...«

Liliana hielt ihm nur sanft die Finger auf den Mund. »Keine Sorge«, sagte sie lächelnd. »Ich bin kein kleines Kind mehr. Ich weiß, was ich tue, und auch, was ich will. Ich dachte anfangs selbst, dass ich wohl noch zu jung und unerfahren wäre und mich nur naiv verliebt hätte ... doch das stimmt nicht.« Sie sah ihm tief in die Augen. »Ich liebe dich, Finlay! Ich habe dich all die Monate einfach nicht aus dem Kopf bekommen können und bei niemandem ein solches Kribbeln im Bauch verspürt, wie wenn du mich anblickst.«

Finlay ergriff ihre Hand und drückte sie fester gegen seine Lippen. Er schloss kurz die Augen und genoss dieses Gefühl. Das Herz klopfte ihm bis zum Hals. Innerlich kämpfte sein Verstand um Oberwasser, bemüht, das brodelnde Magma zum Erstarren zu bringen. Er war keinesfalls gut genug für Liliana! Sie verdiente etwas Besseres, keinen um so viel älteren und verdorbenen Händler und Trickbetrüger. Und noch etwas machte ihn nicht unerheblich nervös ... »Jack ...«, begann er zögernd. Der würde ihn bei lebendigem Leib zerfleischen.

»Das hier hat Vater nicht zu interessieren«, sagte Liliana sanft und strich ihm über die blonden Haare. »Ich bin erwachsen, und es ist mein Wille.«

»Bist du sicher?«

»Ganz sicher.« Die Bestimmtheit ihres Tonfalls ließ keinen Zweifel zu.

Finlay lächelte glücklich und nahm sie in die Arme. Er drückte ihren zarten Körper an sich wie ein Erfrierender eine wärmende Decke und wünschte sich, dieser Moment würde nie vergehen.

Sie löste sich aus der Umarmung und sah ihn ernst an. »Ich sollte erst einmal zurück zur *Nemesis.*«

»Ich werde mitkommen«, sagte Finlay mit hörbarer Unsicherheit in der Stimme. Nun würde er wohl oder übel zum Hai ins Wasser springen müssen. Doch Liliana war es ihm wert.

»Warte doch noch etwas«, sagte sie. »Du brauchst Erholung von den Strapazen. Ich werde ihn erst einmal darauf vorbereiten. Du kennst sein Temperament.«

»Nein, Lily.« Finlay lächelte freudlos. »Wenn ich dich vorschiebe, dann wird er mich nur wieder einen Feigling nennen.« Er seufzte in sich hinein. »Da muss ich jetzt durch, ich werde es ihm sagen.«

Liliana runzelte die Stirn. »Bist du sicher?«

»Natürlich bin ich das, ich liebe dich!« Er küsste sie auf den Mund. »Immerhin werde ich nicht sterben, ohne dir das gestanden zu haben.«

Liliana fiel in sein strahlendes Lächeln ein. »Keine Sorge, ich kann auf dich aufpassen. Das hast du ja gesehen.«

Die beiden gingen nun über den Steg auf die *Nemesis*. Mit jedem Schritt zogen sich Finlays Eingeweide weiter zusammen, doch er bemühte sich, dies zu ignorieren. Wenn er durch ein gefährliches Riff musste, um das Paradies zu erreichen, so würde er dies akzeptieren.

Jack stellte sich ihnen hinter dem Eingang mit überkreuzten Armen entgegen. »Wer kommt denn da?«, fragte er in strengem Ton. »Und ganz ohne Ketten. Schade, sie kleideten dich.«

Beim Anblick seines ehemaligen Kapitäns rutschte Finlay dann doch das Herz in die Hose. Er atmete tief durch, ignorierte den altbekannten Spott und zog seinen Dreispitz vor ihm. »Ich muss mit dir reden, Jack.«

»So, was hast du mir denn zu erzählen?« Jacks blaue Augen wanderten zwischen Liliana und ihm hin und her, als habe er bereits eine Ahnung. »Ich höre!«

Finlay schluckte. Sein Blick fiel auf die von den Ketten aufgescheuerten Handgelenke, und sein Selbstbewusstsein sank wie ein leckgeschlagenes Schiff. Was dachte er denn, wer er sei, hier um die Hand von Jacks Tochter anhalten zu wollen? Als ein erbärmlicher Knastbruder! Unrasiert und nach Schweiß stinkend. Knapp einer Todesstrafe entkommen.

»Ich wollte mich auch noch einmal aufrichtig für deinen Einsatz für mich vor Gericht bedanken, das werde ich nicht vergessen«, begann er und atmete tief durch. »Umso schwerer fällt es mir, zum eigentlichen Grund meines Besuchs zu kommen.« Er rieb sich nervös über den Nacken, doch nun gab es kein langes Herumdrucksen mehr. »Kapitän«, fuhr er leiser fort und blickte seinem Gegenüber in die eisblauen Augen. »Es geht um deine Tochter!«

Jack blies energisch Luft durch die Nase. »Ich hoffe, es ist nicht das, was ich denke!«

Liliana trat vor, als wollte sie sich schützend vor Finlay stellen. »Es ist ebenso meine Entscheidung, Vater. Du hast nicht das Recht, über mein Leben zu bestimmen!«

»Als dein Vater habe ich das sehr wohl, junge Dame!« Jack betrachtete sie mit verengten Augen. »Also ist es das, was ich vermute. Wie lange geht das schon so?«

»Jack, hör mich bitte an!« Finlay legte beruhigend seine Arme um Liliana und schob sie sanft zur Seite. Er musste sich ganz gewiss nicht von einer Frau beschützen lassen. »Meine Gefühle für sie sind aufrich...«

Weiter kam er nicht. Jack packte ihn am Kragen und schleuderte ihn mit dem Rücken gegen die Bretterwand, dass es krachte. Der aufflammende Schmerz raubte ihm die Luft. Sein Dreispitz fiel auf den Boden. Unsägliche Wut stieg in ihm auf. War er sonst immer darauf bedacht, Konflikten auszuweichen, trieb ihn nun die Rage dazu, zu kämpfen. Diesmal würde er sich nicht unterbuttern lassen! Jack hatte lange genug über sein Leben und seine Zukunft bestimmt. Er schob seine Arme zwischen die seines Angreifers und löste mit Schwung dessen Griff. Jack wirkte überrascht genug über den Ausbruch, dass es gelang. Sobald er frei war, sprang Finlay weg von der Wand und ballte die Fäuste. »Wenn du es so haben willst, dann los!«, fauchte er. Er würde für Liliana kämpfen. Dieser Kerl hatte nicht das Recht, ihm sein Glück zu rauben.

»Übernimm dich nicht, Kleiner!« Auch Jack ballte die Fäuste. »Wenn ich mit dir fertig bin, nimmt dich keine Frau dieser Welt mehr, das verspreche ich dir!«

»Hört sofort auf!«, schrie Liliana und drängte sich vor ihren Vater. Sie funkelte ihn zornig an.

»Aus dem Weg! Sonst wirst du es bereuen!«, zischte Jack.

»Was willst du tun? Mich ebenfalls zum Krüppel schlagen?«

Jack sog bei diesen Worten zischend die Luft ein, als hätte er sich an glühenden Kohlen verbrannt. Seine Augen blitzten, doch er senkte die Fäuste. »Liliana, du verstehst das nicht ...«

»Ich verstehe das sehr wohl! Mehr vielleicht, als dir lieb ist. Du willst über alle und jeden bestimmen, weil dir deine eigenen Ansichten und Ideale über die anderer gehen. Als Kind habe ich dich dafür bewundert. Du warst ein strahlender Held für mich.« Ihre Augen füllten sich mit Tränen. »Heute weiß ich, dass auch du nur ein Mensch bist und fehlbar. Ich akzeptiere das und liebe dich dafür sogar umso mehr. Aber bitte zertrümmere dieses Bild nicht, indem du meinen Willen ignorierst, sodass mein Leben und meine Liebe zerstört werden! Benimm dich nicht, wie Mutter es mir gegenüber tut! Das würde ich dir nie verzeihen, Vater. Du würdest mich für immer verlieren, das schwöre ich dir!« Sie spie diese Worte beinahe aus.

Jack blickte sie eine Zeit lang stumm an. Finlay hätte gerne gewusst, was in seinem Kopf vorging, doch auch er wagte kaum zu atmen nach dieser Rede. Er bewunderte Lilianas Mumm. Tochter hin oder her, was diese junge Frau hier wagte, hätte sich kaum ein gestandener Matrose getraut.

Jack verzog den Mund. »Pah, Liebe! Eine Schwärmerei!« Trotz des strengen Tons entspannte sich seine Körperhaltung. »Liliana, sei vernünftig! Der Kerl benutzt dich nur. Er will mir eins auswischen damit. Das Spiel wird er verlieren, da wacht er eher morgen zahnlos in der Gosse auf!« Er ballte die Fäuste erneut und sah zu Finlay.

Der spürte diesen Blick wie einen Schlag in die Magengrube. Doch der Zorn über diese Ungerechtigkeit siegte über seine Furcht. »So ist es keineswegs. Bitte höre mich zuvor zumindest an, Jack!«

»Du schuldest mir dies«, drängte Liliana. »Bitte sprecht wie zivilisierte Menschen miteinander, anstatt euch zu prügeln wie ungezogene Lausbuben!« Ihre Stimme bebte hörbar.

Jack presste die Lippen zusammen. Finlay bildete sich ein, seine Zähne knirschen zu hören. »Nun gut. Folge mir! Liliana, du bleibst hier!«

Liliana hob mit empörter Miene das Kinn. »Nein, Vater, ich werde mitkommen.«

Jacks Blick verfinsterte sich. »Das ist ein Gespräch unter Männern, du bleibst hier!«

Sie öffnete den Mund, wohl um zu protestieren, doch Finlay drückte ihre Hand. »Ist schon gut«, sagte er leise. »Es ist wohl besser, wenn wir allein reden.«

»Du hast ja doch mehr Mumm, als ich erwartet hätte.« Der Hohn in Jacks Stimme weckte erneut Finlays Zorn, doch mehr als ihm einen finsteren Blick zuzuwerfen, wagte er in diesem Moment nicht.

Finlay hob seinen Hut auf, klopfte den Dreck vom Filz und folgte dem Kapitän der *Nemesis* in dessen Arbeitszimmer. Sein Herz schlug wild in seiner Brust, und er fühlte sich wie ein Kalb auf dem Weg zur Schlachtbank.

Jack verriegelte die Tür hinter ihnen. Er drehte sich langsam zu ihm um, verschränkte die Arme und betrachtete ihn auffordernd. »Du hast drei Minuten.«

Finlay riss sich mit aller Kraft zusammen. »Jack, ich ... liebe Liliana aufrichtig.« Seine Stimme brach, und er musste sich räuspern. »Ich habe lange versucht, es zu unterdrücken, und ich hätte auch von mir aus nie etwas unternommen, wenn sie nicht auf mich zugekommen wäre.«

Jacks Miene blieb ausdruckslos. »Und was, wenn ich Nein sage?«

Finlay schluckte den Kloß in der Kehle herunter. Er straffte seinen Rücken und blickte seinem Gegenüber fest in die Augen. »Jetzt, da ich weiß, dass sie mich auch liebt, werde ich um sie kämpfen.« Ja, das würde er. Zur Not hier und jetzt. Auf Leben und Tod. Dieser Kerl würde nicht noch einmal zwischen ihm und seinem Glück stehen.

»Tapfere Worte«, erwiderte Jack gefährlich ruhig, was Finlay mehr verunsicherte als ein Wutausbruch. »Glaubst du denn, du hast sie verdient?«

Finlay sah erneut auf seine Handgelenke und schüttelte den Kopf. »Nein, sicher nicht.«

Jack schwieg eine Weile, und Finlay wartete geduldig, auch wenn jede Sekunde an seinen Nerven nagte wie eine Ratte am Tau. Er rieb sich nervös die wunden Handgelenke und spürte noch immer die Härte der Bretterwand in seinem Rücken. Würde es nun zu einem handfesten Kampf kommen? Er wünschte sich, er wäre ausgeruhter oder zumindest besser vorbereitet.

Der Kapitän der *Nemesis* hob stolz das Kinn. »Meine Tochter ist alt genug, um ihre eigenen Entscheidungen zu treffen«, erklärte er. »Ob es die richtigen sind, muss sie selbst herausfinden.« Er hob drohend den Finger. »Wenn das allerdings nur ein Spiel für dich sein sollte, säufst du samt Schiff ab, dass dir das klar ist!«

Finlay atmete erleichtert durch. Mit dieser Reaktion hatte er nicht gerechnet. »Ich bin froh über dein Verständnis, Jack. Keiner vermag zu sagen, was die Zukunft bringt, doch ich kann dir versichern, dass ich es sehr ernst meine mit Liliana.«

»Und du schwörst der Piraterie ab!«

Finlay zuckte bei diesen Worten zurück, als wäre er gegen eine Wand gelaufen. »Ich bin kein Freibeuter, ich kapere keine Schiffe.«

»Natürlich nicht, das wäre ja gefährlich«, spottete Jack. »Aber schön Menschenhandel treiben mit dem Pack!« Er spie es förmlich aus.

Finlay schluckte. Er kannte Jacks doch sehr unkonventionelle und auch harte Meinung über die Sklaverei und verspürte den Drang, eine Sache ihm gegenüber klarzustellen. »Die wenigsten Piraten beteiligen sich am Sklavenhandel, und viele befreien diese sogar.«

Jack hob drohend den Zeigefinger. »Du weißt ganz genau, auf was ich anspreche!«

»Es würde wohl nichts nutzen, vor dir zu behaupten, ich hätte diese Menschen schließlich freigekauft. Ja, ich gebe zu, ich habe einen finanziellen Nutzen aus den Gefangennahmen der Piraten gezogen. Aber trotz allem haben wir nie deren Würde verletzt.« Er holte tief Luft. »Und keine Sorge, vor Lilianas Augen kann ich derartigen Geschäften wohl kaum mehr nachgehen.« Nach der Sache mit Pelts Nachfolger hatte er es sich ohnehin mehr als nur verscherzt in der Gilde.

»Finanziellen Nutzen aus Menschenleben ziehen?« Jack hob die Brauen.

»Eine Aufwandsvergütung für ihre Rettung«, versuchte Finlay abzuwettern.

»Auch Lösegeld genannt.«

»… für Angehörige adliger oder anderer wohlhabender Familien, die ohnehin mehr Geld haben, als sie jemals ausgeben können.« Er hob abwehrend die Hände.

»Und auch nur das! Wenn keiner zahlte, ließen wir sie frei. Ich habe und werde mich nie an der Sklaverei beteiligen. Verdammt, ich wurde selbst einst allen Rechten entzogen, das ist weiß Gott nichts, was ich irgendeinem anderen Menschen antun oder auch nur wünschen würde. Das kannst du mir glauben.«

Jack sah ihn eine Zeit lang an und nickte. Es war offenbar das, was er hören wollte. Finlay atmete innerlich auf.

Der Kapitän der *Nemesis* ging zur Tür und öffnete sie. »Liliana!«, rief er nach oben. »Komm bitte zu uns!«

Sie trat vorsichtig in den Arbeitsraum und blickte sich um. »Keine Blutflecken? Wie schön!«

»Wenn, dann hätte ich ihn ohnehin über Bord geworfen, das macht weniger Dreck«, brummte Jack. »Allerdings nur mit gebrochenen Armen, der Kerl kann ja bekanntlich schwimmen.«

Auch wenn Jacks Worte offensichtlich scherzhaft gemeint waren, verursachten sie Finlay eine Gänsehaut, da er vor einigen Minuten genau das erwartet hatte. Der flaue Druck in seinem Magen wich nun jedoch einem kribbelnden Gefühl übermäßiger Erleichterung. Er trat zu Liliana und legte den Arm um ihre Taille.

Sie lehnte sich an ihn, was sein Herz Freudensprünge machen ließ.

»Ich liebe ihn, Vater«, sagte sie ernst. »Ich war niemals zuvor so glücklich in meinem Leben.«

Jack schüttelte abwehrend den Kopf. »Ist ja schon gut. Ihr stellt mich hin, als würde ich euch euer Glück nicht gönnen. Allerdings muss ich mich erst noch an den Gedanken gewöhnen, euch beide zusammen zu sehen.«

»Darf ich den Rest des Sommers auf der *Alecto* verbringen?«

Jack schnappte nach Luft und starrte sie an, als habe er nicht richtig verstanden. Er hob den Zeigefinger. »Übertreibe es nicht, junge Dame!«

»Vater!« Liliana stemmte ihre Hände in die Hüften. »Alle meine Freundinnen sind bereits verheiratet und haben bis zu drei Kinder. Nur weil du mich zehn Jahre nicht gesehen hast, heißt das nicht, dass ich in dieser Zeit nicht erwachsen geworden bin.«

»Ihr seid aber noch nicht verheiratet!«

»Ehrlich gesagt, möchte ich erst sehen, wie es sich zusammen lebt«, sagte sie nun deutlich zaghafter. »So wie du und Effie.«

»Das kann man nicht vergleichen.«

Finlay hob beschwichtigend die Arme. »Wir haben keine langen oder gefährlichen Strecken geplant«, sagte er. »Nur Kontinentaleuropa: die Niederlande und Hamburg. Ich kann sie in vier Wochen schon wieder nach England bringen, und wir treffen uns in Plymouth oder Bristol.«

Jack wirkte noch immer nicht überzeugt. »Sie soll mit *dir* zusammen auf *dein* Schiff?«

»Sie war bereits eine Woche bei uns, Jack, erinnere dich. Ich versichere dir, dass nichts gesche...«

»Nein, das wirst du nicht versichern«, fiel Liliana ihm ins Wort. »Solche Dinge haben ihn überhaupt nicht zu kümmern!«

Finlay schloss den Mund und hob erstaunt die Brauen.

Jacks Mundwinkel zuckten leicht. »Glaubst du noch immer, du seist ihr gewachsen?« Er grinste schelmisch.

Finlay ging nicht auf den Spott ein, er legte seinen Arm um Liliana und drückte sie an sich. »Ich fühle keinerlei Drang in mir, bei einer Frau, die ich liebe, mit Gewalt Oberwasser halten zu müssen.«

Liliana lächelte ihn an. Finlay triumphierte innerlich bei Jacks Blick. Diesen Mann einmal ausmanövriert zu haben, tat gut.

Jack griff sich an die Stirn. »Ich brauch einen Drink!«

»Ja«, jauchzte Liliana. »Lasst uns anstoßen!«

Er lachte trocken auf. »Dann geh, und hol Effie! Sie sollte daran teilhaben.«

Liliana nickte und rannte hinaus.

Finlay zwang sich zu einem Lächeln. »Du kannst mir vertrauen, Jack, wirklich.« Er atmete tief durch. »Ich weiß, es lief nicht immer friedvoll zwischen uns, aber nichts liegt mir ferner, als Liliana oder dich zu verletzen. Glaube mir, ich achte dich sehr, du warst immer ein großes Vorbild für mich, auch wenn mir das Nacheifern nicht ganz so geglückt ist.«

»Das ist vielleicht auch besser so«, sagte Jack und goss vier Gläser Wein ein. »Jeder sollte seinen eigenen Weg gehen, dass muss auch ich lernen zu akzeptieren.« Er sah zu Finlay, der sich bei diesem Blick wieder wie der Junge auf der *Black Hound* fühlte. »Ich weiß, ich habe dich oft niedergedrückt«, fuhr Jack in sanftem Ton fort. »Aber merke dir eines: Wenn du wirklich solch ein Versager wärst, würdest du heute nicht hier vor mir stehen! Du hast es nicht nur geschafft, meine Attacken heil zu überstehen, du hast auch noch meine Tochter für dich gewonnen, und sie besitzt eine verdammt gute Menschenkenntnis. Alle Achtung!«

Finlay schluckte. »Danke, Jack«, sagte er ernst. »Deine Anerkennung bedeutet mir wirklich viel.«

»Das ist auch gewiss das letzte Mal, dass ich dir ein Kompliment mache, merke dir das! Sonst wirst du nur noch eitler, als du es ohnehin schon bist.«

Finlay schüttelte den Kopf. »Du kannst es einfach nicht lassen, stets noch mal nachzutreten, was?« Er überlegte kurz und griff dann in die Innenseite seiner Jacke, in der eine versteckte Tasche eingenäht war. Daraus holte er die abgegriffene Goldmünze hervor und warf sie vor Jack auf den Tisch. »Ich möchte dir dies hier zurückgeben. Es ist noch immer dieselbe, ich habe sie nie ausgegeben.«

Jack sah auf die Münze und ihm dann ausdruckslos in die Augen. Finlay hielt dem Blick stand, auch wenn es schwerfiel. Dennoch, mit der Rückgabe des Geldstücks war ihm, als wäre er von einer tonnenschweren Schuld befreit, die ihn all die Jahre zu Boden gepresst hatte. Ein Makel. Er fühlte sich deutlich erleichtert.

Bevor sein Gegenüber etwas dazu sagen konnte, kam Liliana mit einer über beide Ohren strahlenden Effie zurück in den Raum.

Jack reichte allen ein Glas. »Auf die Familie.«

»Ich freue mich so für euch«, jauchzte Effie. »Ihr seid ein solch wundervolles Paar.«

Jack warf ihr einen vielsagenden Blick zu, verbiss sich aber sichtlich einen Kommentar.

»Gebt ihm etwas Zeit«, schmunzelte Effie. »Er reißt sich schon so zusammen.«

»Er wird sich bald nicht mehr zusammenreißen können, wenn weiter über ihn in der dritten Person gesprochen wird«, knirschte Jack zynisch. »Er ist nämlich anwesend!«

Effie lachte und umschlang seinen Arm.

»Darf ich auf die *Alecto?*«, fragte Liliana vorsichtig.

Jack atmete tief durch. »Wenn deine Tante nichts dagegen hat, meinetwegen«, sagte er deutlich erschöpft. »Ich werde euch in genau acht Wochen in Bristol erwarten, vorher schaffe ich es nicht, dort zu sein, und hoffentlich keine Klagen hören!«

»Jack, was denkst du von mir?«

Der Kapitän der *Nemesis* sah ihn an, und Finlay hob abwehrend die Hände. »Das sollte eine rhetorische Frage sein«, sagte er schnell, bevor Jack antworten konnte.

Liliana

Als die beiden gemeinsam die *Alecto* betraten, wurden sie von der Mannschaft jubelnd in Empfang genommen. Die Männer stürzten auf Finlay zu, ergriffen ihn und trugen den erstaunten Kapitän auf den Armen mit lauten Hurrarufen übers Deck.

Auch Liliana wurde von Ezekiel und Joshua geschnappt und zwischen die Schultern beider Männer gehoben. Sie schrie erschrocken auf, ließ es aber lachend geschehen. Die Freude der Männer schwappte schnell auf sie über. Das Abheben versinnbildlichte ihre momentanen Gefühle perfekt, dazu war es wundervoll, derart gefeiert zu werden.

Schließlich standen beide wieder auf den Brettern, die Mannschaft sang und tanzte hingegen weiter über das Deck und feierte die wiedergewonnene Freiheit.

»Tut mir leid«, sagte Finlay lachend, noch immer außer Atem. »Damit habe ich in der Tat nicht gerechnet.«

»Freu dich doch, so vermisst worden zu sein.«

Joshua Brown pfiff laut neben ihnen durch die Zähne, als Finlay seinen Arm um Liliana legte, und dieser schleuderte daraufhin seinen Dreispitz nach dem Steuermann, der sich grinsend duckte.

»Meinen Männern muss ich wohl noch etwas Benimm beibringen«, brummte er und hob eine Braue.

Liliana kicherte, wurde aber schnell wieder ernst. »Ich würde gerne eine Aufgabe übernehmen auf der *Alecto*«, sagte sie. »Nicht einfach nur Begleitung sein.«

»Was schwebt dir denn vor?«

»Kochen kann ich leider nicht so gut wie Effie, aber mir ist zu Ohren gekommen, du hättest einige Probleme mit deinem ehemaligen Quartiermeister.« Sie legte den Kopf schief.

Finlay schnaubte. »Das kann man so sagen.« Er sah auf. »Wärst du denn an dieser Position interessiert?«

»Ich würde es gerne versuchen. Enriques Arbeit fand ich recht faszinierend. Natürlich nur, solange du keinen Richtigen hast, oder als Gehilfin.«

»Warum nur Gehilfin?«

»Na ja, ich bin eine Frau.«

Finlay zuckte die Achseln. »Na und? Wir sind nicht auf einem Schiff der Marine. Ich kann anheuern, wen ich will.«

Lilianas Herz machte einen Sprung. Würde nun tatsächlich ihr Traum in Erfüllung gehen? Sie strahlte ihn an. »Du meinst ... ich könnte solch eine Position einmal ganz offiziell ausüben?«

»Selbstverständlich, warum nicht? Es kommt natürlich darauf an, wie du es meisterst und ob du es dauerhaft willst. Aber ich war selbst längere Zeit Quartiermeister und kann dich durchaus ausbilden, wenn du magst.«

»Das würde mich sehr freuen. Danke!« Sie küsste ihn. »Das ist alles so aufregend.« Sie wurde wieder ernst. »Was geschieht mit Parker?«

Finlays Kaumuskeln verspannten sich. »Ezekiel signalisierte mir eben, dass er sich feige verdrückt hat, noch bevor die Männer ihn in Gewahrsam nehmen konnten. Er hat wohl den Braten gerochen.«

Liliana schluckte. »Dann wird er seiner gerechten Strafe entkommen?«

»Der Justiz hätten wir ihn wohl ohnehin nicht übergeben können. Der Kerl besitzt offensichtlich ranghohe Freunde in der königlichen Marine und käme ungeschoren davon. Das hätte Duncan nicht verdient.« Er ballte die Faust. »Ich werde versuchen, ihn zu finden. Ich muss erfahren, wer hinter alldem steckt.«

Liliana nickte. Sie hoffte nur, dass der Junge den Kerl nicht noch einmal sehen musste. Ihm war es immerhin schlimmer ergangen als ihr unter Pelt damals. »Was wirst du der Mannschaft erzählen?«, flüsterte sie leise.

»Die erfahren nur, dass Travis der Verräter ist. Den Jungen lassen wir da raus.«

Sie atmete erleichtert durch. »Danke! Du bist ein toller Kapitän für Duncan. Er bewundert dich sehr.«

»Ich hoffe, du tust das auch. Jetzt, wo du zur Mannschaft gehörst.« Finlay grinste wie ein frecher Junge und strich ihr über die Haare. »Mein Schiff muss ich dir ja nicht mehr zeigen.«

Liliana tippte sich mit dem Finger an die Lippen und spazierte einen Schritt beiseite, als überlegte sie. Sie drehte sich keck zu ihm, dass ihr Kleid wehte. »Deine Kajüte habe ich noch nicht gesehen.«

»Das ist wahr, die zeige ich dir gerne.« Er zwinkerte. »Aber ich denke, noch ist das Wetter hier draußen zu schön.«

Liliana näherte sich erneut und schlang ihre Arme um seinen Hals. »Du bist ja ein echter Kavalier.«

»Und du ganz schön vorlaut. Du warst wohl zu lange mit Matrosen zusammen.« Er umgriff ihre Taille.

»Stimmt. Meinst du, Seemänner sind nichts für mich?«

»Ach, da gibt es durchaus auch gute Exemplare. Ich kenne da ein vortreffliches.«

»So?« Liliana drückte ihren Körper sanft gegen seine Brust. »Welches denn?«

Finlay lächelte. »Dieses hier«, flüsterte er und küsste sie leidenschaftlich.

Liliana genoss das prickelnde Gefühl seiner Lippen auf ihren. Sie löste sich von ihm, strich ihm sanft mit der Hand über das Gesicht und den blonden Bart. Etwas anderes nagte die ganze Zeit über schon an ihr. »Hattest du schon viele Frauen?«, fragte sie leise in ernstem Ton. Auch wenn die Mannschaft höflich Abstand hielt und weiter Lieder sang und tanzte, wollte sie nicht, dass jemand anders dieses Gespräch hörte.

Finlay blickte ihr tief in die Augen. »Keine wie dich, Liliana!«, flüsterte er dicht vor ihrem Gesicht, seine Stirn berührte die ihre. »Und das ist jetzt keine hohle Floskel von mir. Bevor ich dich getroffen habe, waren Frauen für mich lediglich Frauen.«

Liliana wich etwas zurück und legte irritiert die Stirn in Falten. »Und was sind wir nun für dich?«

Finlay musste über ihren Blick schmunzeln. »Du hast mir gezeigt, dass eine Frau auch ein Freund sein kann.« Er strich ihr sanft eine Haarsträhne aus dem Gesicht. »Hast du schon ...?«

Liliana lächelte schief. »Wäre das denn ein Problem für dich?«

»Sicher nicht.« Er zuckte die Achseln. »Ich kenne es nicht anders. Ich hatte bisher nur ... nun, sagen wir, geübte Frauen.«

»Dann würde es wohl für uns beide eine neue Erfahrung werden«, flüsterte sie fast lautlos. Sie blickte zu Boden und traute sich nicht, Finlay direkt anzuschauen. Zu sehr brannten ihre Wangen.

Sie spürte, wie er mit sanftem Druck ihr Kinn hob und ihren Blick suchte, bis das warme Braun seiner Augen sie traf. Seine Hand zitterte leicht, als sie zärtlich über ihre Lippen strich. »Ich liebe dich«, flüsterte er kaum hörbar.

Liliana vergrub ihr Gesicht in seiner Brust und spürte seinen pochenden Herzschlag unter dem Hemd. Sie war so glücklich wie nie zuvor in ihrem Leben.

Epilog

Effie

Hastings, England
April 1786

»Bald gehört Finlay wohl mit zur Familie«, sagte Effie feierlich. »Ich bin wirklich glücklich darüber.«

Jack sah aufs Meer hinaus und drehte wie in Gedanken eine Münze in der rechten Hand. Er verschloss sie in einer Faust, und seine Miene verdüsterte sich. »Wir wollen mal nichts überstürzen. Ob er jemals zur Familie gehört, ist noch lange nicht entschieden.«

Effie lächelte wissend. »Für dich gehört er doch schon dazu, seit du ihn auf der *Black Hound* adoptiert hast.« Sie trat neben ihn, drehte seinen Körper zu sich und legte ihre Hände auf Jacks Brust. »Gib es doch endlich zu, du magst den Jungen!«

»Er hat mir leidgetan damals, das ist alles«, sagte Jack kühl, hob aber mit der linken Hand ihre Finger an seinen Mund und küsste sie sanft. »Zudem hat jeder eine zweite Chance verdient, und Finlay hat sie genutzt. Aber ich bezweifle, dass er wirklich der Richtige ist für Liliana. Er ist zu eingebildet und selbstbezogen, er hat keine Ideale und lebt nur für Profit.«

»Sagtest du nicht gerade, jeder habe eine zweite Chance verdient?« Effie schüttelte den Kopf. »Warum gibst du sie ihm nicht und urteilst noch immer aus deiner damaligen Sicht? Wie es den Anschein hat, ist aus Finlay doch ein recht anständiger Kerl geworden.«

»Nun gut«, sagte er mit einem tiefen Atemzug. »Ich muss zugeben, er hat etwas aus sich gemacht, auch wenn ihm einige Steine in den Weg gelegt worden sind – nicht zuletzt von mir selbst. Aber er soll sich in Acht nehmen! Wenn er Liliana in Gefahr bringt oder ich sie auch nur einmal unglücklich sehe, geht er kielholen.«

»Ich denke, er ist sich dessen mehr als bewusst.«

Jack brummte etwas in seinen nicht vorhandenen Bart, und Effie schmunzelte.

»So verunsichert kenne ich dich ja gar nicht«, sagte sie und umarmte ihn.

»Verunsichert?« Er schnaubte. »Ich mag verweichlichen mit der Zeit, aber Unsicherheit sieht anders aus!«

»Du hättest die Schnösel sehen sollen, die Eliza ihr aufgetischt hat«, scherzte sie und stupste ihm mit dem Finger auf die Nasenspitze. »Da hättest du dir einen Kerl wie Finlay herbeigesehnt.«

»Schade eigentlich.« Jack zeigte seine Zähne. »Mit denen hätte ich sicher viel Spaß haben können. Finlay weicht mittlerweile meinen Angriffen einfach zu geschickt aus.«

»Also ist er fähig, zu lernen.«

»Er ist noch immer wie ein kleines, verwöhntes Kind. Was, wenn die beiden mal selbst Kinder haben sollten? Wenn er nach seinem Vater kommt, na, dann gute Nacht!«

Effie verzog den Mund. »Du bist nicht fair, Jack«, sagte sie streng. »Was sein Vater ihm angetan hat, ist unverzeihlich und hat mit Finlays eigenen Fähigkeiten als Vater rein gar nichts zu tun. Ich denke, du unterschätzt den Jungen, er wäre ein sehr verantwortungsbewusster Vater.« Sie lächelte. »Liliana ist gut für ihn, sie kann ihm viel Verantwortung und Mitgefühl beibringen, sie kommt schließlich auch nicht nach ihrer Mutter.«

Er seufzte kopfschüttelnd, die geballte Faust um die Münze löste sich, und er sah erneut auf das Geldstück. »Warum schaffe ich es einfach nicht, etwas Positives über Finlay zu sagen?«

»Weil du ihn liebst wie einen Sohn, es dir aber nicht eingestehen willst.«

Jack blickte sie an und hob die Brauen. »Ich wünschte manchmal, du wärst etwas weniger ehrlich und direkt, sondern mehr diskret und verlogen wie deine Schwester.«

»Oh, du Fiesling!« Effie schubste ihn gegen die Brust.

Lachend zog er sie zurück in seine Arme und küsste sie. »Keine Sorge, ich bin sehr froh und dankbar, dass du bei mir bist.« Er drehte sich zur Reling, sah auf die Münze in seiner Hand, holte aus und warf sie kurzerhand ins Meer.

Effie erschrak. »War das Gold? Warum wirfst du so etwas fort?«

»Zu viel unnötiger Ballast.« Er drehte sich zu ihr und lächelte beinahe erleichtert. »Und du hast recht. Ich mag den Jungen, ich empfinde sogar eine Art Vaterstolz für das, was er erreicht hat, so, jetzt ist es heraus. Es zehrt nur an meiner Seele, dass ich Liliana schon wieder verliere ...«

»Du verlierst sie doch nicht. Du gewinnst vielleicht Enkelkinder hinzu.«

Jack rieb sich schmunzelnd das Kinn. »Der Gedanke klingt gar nicht so schrecklich, wie ich immer befürchtet hatte.«

Danksagung

Ein ganz besonderer Dank gilt meiner guten und hilfsbereiten Autorenkollegin Ute Bareiss, die mir in allen maritimen Fragen Rede und Antwort stehen konnte. Sie segelt mit ihrem Mann auf einem Katamaran um die Welt und schreibt zudem außerordentlich gute Bücher (Thriller und Romance).

Auch die liebe Karin Seemayer, die selbst historische Romane auf hohem Niveau schreibt, lieh mir ihr fachkundiges Auge, um die Sprache des Zeitalters korrekt einzufangen. Lieben Dank dafür!

Bei meinem Mann und meinen Töchtern bedanke ich mich erneut für die Geduld, wenn ich mal wieder stundenlang in der Recherche- oder Schreibarbeit versinke. Ohne eure Unterstützung würde ich es nicht schaffen.

Weiterhin bedanke ich mich natürlich bei dp DIGITAL PUBLISHERS für das Vertrauen, allen voran Ina Lütjen für die liebevolle Betreuung, Birgit Förster für ihr professionelles Lektorat, und dem restlichen Team, das im Hintergrund so fantastische Arbeit leistet.

All diese lieben Menschen trugen dazu bei, dass dieses Werk nach jahrelanger Arbeit endlich den Weg in eure Hände fand.

Ganz lieben Dank natürlich auch an alle Leser:innen. Ich hoffe, mein Buch konnte euch begeistern und in andere Welten entführen.